U0463597

蒋介石与宋美龄

孟忻——著

团结出版社

图书在版编目（CIP）数据

蒋介石与宋美龄 / 孟忻著. 一北京：团结出版社，2021.2（2023.10 重印）
ISBN 978-7-5126-8306-8

Ⅰ. ①蒋… Ⅱ. ①孟… Ⅲ. ①纪实文学 - 中国 - 当代 Ⅳ. ① 125

中国版本图书馆 CIP 数据核字 (2020) 第 192875 号

出 版：团结出版社
（北京市东城区东皇城根南街 84 号 邮编：100006）
电 话：（010）65228880 65244790（出版社）
（010）65238766 85113874 65133603（发行部）
（010）65133603（邮购）
网 址：http：//www.tjpress.com
E-mail：zb65244790@vip.163.com
tjcbsfxb@163.com（发行部邮购）
经 销：全国新华书店
印 装：三河市东方印刷有限公司

开 本：170mm×240mm 16 开
印 张：24
字 数：377 千字
版 次：2021 年 2 月 第 1 版
印 次：2023 年 10 月 第 2 次印刷

书 号：978-7-5126-8306-8
定 价：68.00 元

前　言

我在1989年曾编过一本小册子——《蒋介石和宋美龄》，很简单。不过，从那时起，产生了一种阅读和积累这方面的资料、写读书笔记的习惯和兴趣。

《蒋介石与宋美龄》这本书即是我在读书笔记的基础上整理而成。现在出版的关于蒋介石和宋美龄的论著、史料，数不胜数。我从其中吸取知识，征引重要内容、精彩的论述和文字，整理有关史料，用我的粗浅认识，编在一起，形成一个体系，尽最大努力，还原蒋介石与宋美龄的生活、婚姻、家庭以及政治追求、言论、主张等情况，和读者一起，了解曾经被称为“中国第一家庭”的真实历史。对他们一生的功过是非，也发表我的不成熟见解，以争取批评和指导。

中国的家庭，习惯以男方为主。在此不妨借用这一惯例，按蒋氏家族的系统，以蒋介石、宋美龄为中心加以叙述。书中主要写他们的基本生活概况，以及他们一生所注重并为之奋斗的政治活动。另附蒋介石与宋美龄生平大事年表。

在蒋介石的感情世界里，有过4位女性伴侣，即毛福梅、姚冶诚、陈洁如和宋美龄。她们都陪伴蒋介石生活过一段时间，不过，她们在他心目中的地位和分量有轻重和高下之别，宋美龄是蒋介石的最爱。

宋美龄除了美丽温柔、体贴入微、善解人意，还是可以对丈夫的事业、思想、性格及行为发生影响的妻子。

蒋介石是中国20世纪的重要人物，一生追求的目标，是当时一言九鼎的中国最高统治者。为此，他不惜诉诸武力，以致在大陆的大部分时间都是在征战中度过。他在宋美龄心中是“英雄”。宋美龄一生追随蒋介石，二人立场一致，夫唱妇随。他们相爱、结合在1927年，共同经历了十年“剿共”

的内战，北伐奉系军阀，蒋、桂、阎、冯之战，九一八事变，西安事变，十四年抗战，反共内战，以及退台后的“反攻大陆”活动，反对美日分裂中国、制造“台湾独立”阴谋的斗争。

其中，两次反共内战和“反攻大陆”，与地方实力派混战，九一八事变后对日不抵抗，都是害国害民之举；而七七事变后，坚持抗日不妥协，到台湾后反对美国对中国大陆使用原子弹，反对美日分裂中国，反对“台独”，坚持一个中国原则，则有功于中华民族。

宋美龄以她的学识和才干，尽心尽力协助蒋介石，并在对欧美外交上弥补蒋介石的不足，起到了无可替代的作用。为营救蒋介石，赞成和平解决西安事变，是她人生中的一大亮点。抗战时期，宋美龄与其他党派合作比较开明，为蒋介石所不及。她在航空事业、前线劳军、抗日宣传、救济、妇女、儿童、办学等工作上，发挥了独特的作用。她基本上按照蒋介石的意志做事，但有独立见解和独立处理事务的能力。她有时也自行其是，置蒋介石的指示于不顾，如：不接受英国的邀请，不见丘吉尔，蒋介石对此毫无办法。有时蒋介石还要听命于夫人，如：包庇孔令侃。不过，这并不影响蒋介石对她的信任和依靠。

宋美龄的作为，在当时妇女界，是出类拔萃的。她的地位和影响力，不论在国内，还是在国际上，都是令人瞩目的。

蒋介石和宋美龄都是政治人物。他们是恩爱夫妻，又是并肩战斗、甘苦共享的同志。他们一生的言行离不开政治。当然，他们的爱情和婚姻与政治密不可分，但并不是那种毫无爱情的政治婚姻。其实，爱情和政治不是互相排斥的，而是可以互相促进、互为因果地结合在一起的。即使平民百姓，也有政治上的志同道合，成为相爱的因素之一；或因为政治上没有共同语言而分手。

蒋介石和宋美龄是相爱的，而通观其全部生活，政治色彩更浓厚。蒋介石除了看好宋美龄作为配偶的条件，由衷爱慕外，对宋美龄的政治优势极为重视。宋美龄的父亲宋耀如是孙中山的亲密战友和岳父；二姐宋庆龄，是孙中山的夫人；大姐夫孔祥熙、大哥宋子文是在中国金融界有广泛影响力的人物；宋家成员在旅美过程中，熟悉美国社会，有广泛的社会交往。这些，都是蒋介石登上中国最高层政治舞台所需要的。

宋美龄非英雄不嫁。蒋介石的军事、政治强势和步步高升，使她为之倾心，她找到了心目中的“英雄”。蒋介石的地位，可以为她提供演绎人生事业的舞台。所以，即使家庭成员反对，她也力排众议，执意嫁给蒋介石。

婚后，他们处理事务，也注重考虑政治影响和政治意义。例如：1975年初，即蒋介石去世前不久，重病期间，美国“驻台湾大使”马康卫即将回国，宋美龄安排蒋介石接见。医疗小组不同意，因为蒋介石心脏病很重，已出现过几次心跳突然停止的情况，而且每次心跳停止间隔时间已有日渐缩短的迹象，不宜离开监护室，不宜活动和激动，但宋美龄坚持按照计划进行。在蒋介石夫妇与马康卫的谈话过程中，蒋介石的表情呆滞，偶尔讲几句中文，舌头僵硬，不时喘着大气，这说明蒋介石的病情已到了相当严重的程度，只好由夫人在一旁协助，掩饰蒋介石的窘态，使马康卫比较清楚地了解蒋介石的意思，这种事，通常人家的妻子是做不出来的，而且会坚决制止。然而，那是宋美龄。她并非不关心蒋介石的安全与健康，但她更多地考虑政治影响，她认为这对蒋介石有利。这就是政治人物思考问题的不同之处。

他们彼此欣赏。宋美龄认为，蒋介石是中国极少有的“伟人”；蒋介石则称赞她是“以公忘私，诚挚精强，贤妻也”。蒋介石不仅给宋美龄极高的评价，而且给予丰厚的回报。宋美龄和蒋介石共同生活了48年，积累了巨额财富，富贵一生，享受一生，106岁而终。

认识粗浅，不当之处，敬请指正。

作者

2017年8月1日

目录
Contents

第一章 浙江蒋家次子

一、溪口玉泰盐铺，亦商亦农 2
二、蒋父早逝，母亲王采玉劬劳抚育督教 4
三、出生在山城，受中国传统文化教育 10
四、一兄，一姐，一妹 17

第二章 上海宋家三千金

一、父亲宋耀如从牧师到实业家 22
二、宋耀如对孙中山的无私援助 29
三、宋庆龄与孙中山的婚事 35
四、宋美龄留学美国十年 40
五、美龄归国 47

第三章 蒋介石的一妻二妾

一、发妻毛福梅离婚不离家 52
二、蒋经国是毛氏一生最大的幸福和骄傲 57
三、侧室姚冶诚成了蒋纬国的母亲 65
四、风光一时的陈洁如 69
五、“出洋留学”，陈洁如被骗往美国 72

第四章　蒋介石的求婚之路

一、漫长的五年等待与追求　84
二、相爱在 1927 年的春天　89
三、最显赫的婚礼　94
四、蒋介石的结婚感想　100

第五章　磨合与相随

一、两种不同的生活方式　104
二、不住上海，住南京　108
三、打败奉、桂、阎、冯，“内助之力实居其半”　112
四、宋美龄的个性独立和自由空间　115
五、有惊无险，功归基督　120
六、自幼拜佛的蒋介石皈依基督教　122

第六章　“剿共”，夫唱妇随

一、双双亲临“剿共”前线　128
二、配合“剿共”军事，推进“新生活运动”　130
三、蒋氏夫妇西北之行　132
四、西南行，蒋氏夫妇贵阳遇“险”？　136

第七章　宋美龄赴西安救蒋

一、蒋介石誓死不改变“剿共”政策　140
二、华清池的枪声　143
三、蒋介石要“为国牺牲”　147

四、宋美龄来了 150
五、“领袖人格”的担保 156
六、背信弃义：幽禁张学良，杀害杨虎城 159
七、背信弃义：否认西安的谈判协议和承诺 166

第八章 抗日，联共

一、抗战到底与对日和谈 174
二、宋美龄代蒋劳军，多次遇险 180
三、不追究“航空之母”的失误 183
四、与共产党人合作，蒋、宋分歧 187
五、宋美龄发话：不许伤害二姐 194

第九章 寻求美英支援和重视

一、向世界揭露日军侵华暴行 202
二、蒋介石函电指导，宋美龄赴美求援 206
三、对丘吉尔的争取与争斗 217
四、开罗会议，蒋、宋最光彩的时刻 224

第十章 发动反共内战，走入歧途

一、和谈背后暗藏杀机 232
二、唱黑脸，唱红脸 237
三、“打虎”不能碰孔家 246
四、向美国求援遭冷遇 251
五、衣锦还乡，凄凉告别 255

第十一章　合唱“反攻大陆”

一、不断延期的“反攻大陆”计划　262
二、“妇联会”的“政治反攻”　265
三、依靠和受制于美国　267
四、被驱逐出联合国　274

第十二章　特权—敛财—奢华

一、蒋介石、宋美龄对失败教训的总结　282
二、从大陆运往台湾多少金银财宝?　284
三、蒋、宋、孔氏家族都是巨富　288
四、蒋介石的行馆，宋美龄的旗袍　291
五、第一夫人的骄娇脾气　296

第十三章　蒋、宋晚年和身后的期盼

一、晚年蒋介石多病多灾　302
二、宋美龄定居美国　307
三、反“台独”，望回归　314

第十四章　后　代

一、蒋经国从共产党员到国民党领导人的历程　322
二、蒋纬国反“台独”遭受打击报复　329
三、蒋介石家族世系表　335

附录　蒋介石与宋美龄生平大事年表　337
本书征引参考的著作、资料、文章目录　371

第一章　浙江蒋家次子

蒋介石是浙江省奉化县溪口镇人。

浙江奉化溪口镇蒋家，是当地有名的富户，世代积累的财富，以及亲戚的资助，为蒋介石读书、出国留学提供了财力支撑。但蒋介石要飞黄腾达，成为中国的第一人、最高统治者，所需要的政治方面的优势，蒋家则不具备。他必须另寻门路。

一、溪口玉泰盐铺，亦商亦农

溪口，是奉化县北乡的一个山乡小镇，地处四明山南麓，在宁波西南39公里处，有公路可达。

溪口，山环水绕，风景优美。附近溪流很多，主要有三：县溪、剡溪、锦溪。剡溪发源于四明山余脉横溪岭，与其余两溪汇于甬江，东流入海。剡溪迂回曲折，共九曲。第一曲为“六诏”。相传王羲之隐居于剡溪，晋帝六次下诏书征其入朝为官，他均推辞不就，后人便以此称之为“六诏”。第二曲为“跸驻”。传说唐朝吴越王钱镠曾经驻跸于此，因而得名。第九曲经公塘南北两支流合于锦溪，为溪口，又名锦溪村。溪口东有武岭（也叫武山），屏蔽全镇。

清朝末年，溪口隶属于禽孝乡。民国时期，1928年，改称溪口乡；1935年，又称溪口镇，是奉化县28个乡镇之一。中华人民共和国成立前，全镇900余户（一说六七百户），其中500余户姓蒋。全镇低房浅屋居多，有几家小杂货店、酱酒店、米行、面店、小饭馆、茶馆等。还有一家盐店，是蒋介石家开的。溪口水产丰富，蚶子很有名气，叫“奉蚶”，农副产品也相当丰盛。

溪口镇一条长街，沿着剡溪北岸伸展，有3里长。街东头城门叫武岭门。据说此门系蒋家所建，蒋介石曾自称“武岭蒋氏”。一进武岭门就入镇内。门的左侧临溪有一个小山岭，屹立溪岸，有谷有壑，有石矶露出水面，可供垂钓之用。进武岭往前走不远，就是蒋宅。

蒋介石的家乡奉化溪口

蒋家的门户面临大街，隔街就是溪水，溪的彼岸是山岭。正对着蒋家大门的山峰叫笔架山。蒋宅为一幢二层楼房，10余间，名“素居”，后改称“丰镐房”，是蒋介石祖辈所建。“丰镐”二字，取自西周两个帝王都城的第一个字。周文王建都丰邑，周武王建都镐京，现在西安附近的原址仍叫丰镐村。

据说，蒋氏在唐代由浙江台州（今临海）迁到奉化三岭。元代，蒋介石的十六代太公蒋仕杰从三岭迁至武岭。到蒋介石的曾祖蒋祁增时，蒋家五房中的第三房分为新三房和老三房。蒋祁增是新三房的祖宗。

蒋介石的祖父辈，有三兄弟，属于“斯”字辈，依次取名为斯生、斯水、斯千，起房名依次为夏房、商房、周房。斯生有一子，名肇余，斯水无后，斯千生二子，长子肇海，过继给斯水，次子肇聪，承接自己的香火。三家房名依旧。蒋介石的父辈，肇余无子，肇海早夭无后，肇聪生有介卿、介石二子，将介卿过继给肇余，为夏房；介石继承周房。因仰慕周文王、周武王，肇聪的两个儿子取奶名：建丰、建镐，合起来就是丰镐房，所以改“素居”为“丰镐房”。

自蒋仕杰迁至武岭，世代以务农为业。到蒋介石的祖父蒋斯千时，开始弃农经商。他在溪口镇上开设一家以经营盐、酒、石灰为主的商店，店名为“玉泰盐铺”。同时也兼营农业。当时中国中小商家多数兼营。

蒋介石的祖父蒋斯千（1814—1894），字玉表，生于清嘉庆十九年甲戌十一月二十日，卒于清光绪二十年甲午十月二十，是溪口蒋姓第二十六世孙。他开的盐铺，是溪口镇上唯一的经营“官盐专卖”的店铺，店堂内挂着一块“官盐”的招牌。盐是从宁波批发来的，石灰是由富阳运来的。后来，还经销大米，到安徽芜湖去贩米。同时酿酒兼营糟房，经营范围不算小。主要销售对象是溪口以西“五岙山头”的山民。盐铺请有阿大（今称经理）、账房，还有伙计、学徒，固定吃饭的有一桌人。在玉泰盐铺先后当过阿大的有樊老如、程全法、陆德勋，账房是王采玉的堂兄王贤东。蒋介石的妹夫竺芝珊，曾在店里当过学徒。根据生产需要，作坊工人时多时少，都是临时性雇工，干砻米、做酒、搬运等杂务，多时有两三桌人。

1861年至1862年前后，太平军一度占领宁波府属各县。由于战争的影响，溪口商业曾一蹶不振，玉泰盐铺也停了业。一年以后，蒋玉表出资恢复玉泰盐铺。这时，蒋玉表已进入“知天命”之年，而蒋肇聪二十有二，精明能干，蒋玉表便把店务交给儿子，自己坐享清福，诵经念佛，安度晚年。他懂得一点中医中药知识，常入山采药，给乡人治病，还曾在武岭庵施舍粥、茶，镇中居民颇有好感。

蒋介石的发迹，与祖父蒋斯千弃农经商有很大的关系。蒋介石在追述其祖父的行状中写道：

> 吾族自仕杰公迁居锦溪（溪口旧名）以来，累世力勤穑事，敦崇礼让，胜清三百年间，未有一人求通仕籍者。至公（玉表）以货殖起家，兼居积盐鹾，生计日渐饶裕。

可见，蒋家“生计日渐饶裕”是从蒋斯千经商开始的。有了财富的积累，家境的“饶裕”，才有蒋介石以后四处读书、出洋留学的条件。

二、蒋父早逝，母亲王采玉劬劳抚育督教

蒋介石的父亲蒋肇聪小名明火，字肃庵，生于清道光二十二年（1842

年）壬寅七月初八，卒于光绪二十一年（1895 年）乙未七月初五日。他能说会道，和他打过交道的人，认为他嘴上说得好听，但办起事来总要占三分便宜，镇上的人们给他起了个诨号，叫“埠头黄鳝”。黄鳝很难捉，人们用它比喻蒋肇聪，是贬义，带有辱骂的意味。不过，中国不论南方还是北方，村镇里发生矛盾纠纷，或遇到大事小情，都需要有能说会道的人物，出面说和、劝解，排除矛盾，化解纠纷。他以嘴巴会说的特长，经常出面给镇上人调解讼事纠纷，也是做好事。由于他精明能干，经营玉泰盐铺不过数年，即兴隆起来。盐铺之外，另有土地 30 余亩。蒋肇聪去世时，只有 53 岁。

蒋介石自述他的父亲病殁时的情况说：

吾九岁而丧父，今几二十年，未尝须臾忘吾父未殁时之言也。吾父之殁也，吾母王太君在侧，吾父顾吾及幼妹，指谓吾兄曰：“尔弟妹幼，吾死后，尔母必哀痛不自胜。尔年长，其能尽孝致友以慰吾心耶！”吾兄承涕自任，乃瞑。

蒋介石提供资料、邀请朱执信撰写的《蒋父肃庵公墓志铭》里记载了蒋肇聪的业绩：

经商有道。“当道光、咸丰间，太平天国兵起，全浙残破，百业皆废，蒋氏家亦中毁……既而浙稍定，先生稍壮，承父命，复治盐业，振乏起匮，废者皆举，数年而复其初，闾里亦渐宁矣。”

好管讼事。“顾锦溪人喜讼，讼辄不休，先生以为是非不可以已者也。遇有欲讼者，悉力弥之，即有真不平者，倾资助之，使必胜，狡者惩焉，故讼日减而奸非自绝。”

善管庙产。“乡人皆知先生能，每有约议，非先生言不决。乡人立社于锦溪之左，曰武山，有田产甚丰，主之者因以为奸利，纷不可治，乡中耆硕议，谓非先生不能理斯社也。坚要任社首，三请，先生未之允，乃至奉社公主就先生家祀之，得诺乃已。先生卒治其社数年，产倍于初。”

乐于助学。“尤致力于义塾，士贫不克学者，皆资助之，所育成者甚众。”

蒋介石的母亲王采玉

1895年，蒋肇聪去世，蒋介石才8岁（周岁）。前一年，1894年，祖父蒋斯千去世。童年的蒋介石接连失去两位亲人，母亲成了他唯一的依靠。他对母亲的依恋至深，怀念久远。

蒋介石的母亲王采玉（1864—1921），是离溪口28公里的奉化县葛竹村人。葛竹村原属嵊县，后划归奉化。

据《王氏之宗谱》记载，明朝洪武年间，王采玉远祖王爽，自奉化连山乡迁到葛竹村落户，务农。王采玉是葛竹村王家第二十四代子女。

王采玉的父亲王有则是清朝的国学生，曾多次应考，未获功名。他先后娶过两房妻子，都姓姚，共生了7个子女。原配生三子一女，长子贤宰、次子贤侯、三子贤达，女儿名采钏，嫁给葛竹乡石门村单有德；续妻生一女二子，女即采玉，子名贤钜、贤裕。王家这些子女世居奉化，繁衍后代，有30余人。

王采玉生于清同治三年（一说同治二年）农历十一月初九（1864年12月7日），是王有则的爱女，心灵手巧，精于女红。但她青年时期命运不佳。王有则不事生产，家道中落。后来，王采玉以一双灵巧的手，做针线活，贴补家中生活，日子过得十分艰苦。后来，王采玉嫁到跸驻乡的曹家地村，丈夫竺某，秉性粗暴，王采玉时常挨打受骂。一年秋天，曹家地霍乱流行，竺某染病身亡，王采玉年轻守寡，情景凄惨。祸不单行，父亲又故去。王采玉无依无靠，心灰意冷，只好寄身佛门，入葛竹村口的金竹庵带发修行，不想再嫁。传说两年后的一天，竟有一个看相人，路过金竹庵，见到王采玉，说根据相法，日后可生一贵子，晚年将光耀无比。相面先生走后王采玉萌生了再嫁的念头。

溪口玉泰盐铺老板蒋肇聪连丧两妻，有意再娶。店中账房王贤东，是王采玉的同族堂兄，为双方做媒，一说即成。王采玉22岁时嫁到溪口玉泰盐铺，为蒋肇聪续妻。次年生蒋介石。

蒋介石和他的母亲

蒋肇聪去世，王采玉30岁出头，再次孀居。蒋介石的同父异母哥哥蒋介卿，尽管在他父亲临终时“承涕自任”，但事后并不实践诺言。家庭失和，不得已，王氏于1898年分家另居。蒋介卿独得玉泰盐铺全部财产，又继承了其伯父一份遗产，立名为“夏房”。王氏母子只分得王氏所居“素居”一幢小楼房，立名为“丰镐房”，还有田产20余亩。王氏靠这份产业勤俭度日，抚养年幼的子女介石、瑞莲、瑞青。

王采玉还俗后仍一直信佛吃素，朝晚念经。她粗识文字，能念《心经》及《大悲咒》。即使家务繁重，也按时诵经不辍。她的母亲健在，经常接母亲来伴居念佛。晚年，还有与自己性情相合、亲如生女的贤惠儿媳妇毛福梅朝夕相伴，一同念佛。王采玉除了在自家佛堂和去摩诃殿之外，也常去武岭庵、法华庵、雪窦寺、白雀寺等地念佛诵经。武岭庵位于现在武岭门北侧的武岭墩。从丰镐房到武岭墩，过去是一条崎岖山路，王氏一双小脚，晚年行走不便，恰好孙子蒋经国幼年就读于武山小学，每天上学必经武岭庵，便顺路扶着祖母到庵内拜佛。据蒋经国的堂兄蒋元通说：“那时，我与经国同在武山小学读书，两人坐前后桌，上学时经常看到经国扶着祖母，背着书包，提着念佛篮，一老一少，往武岭庵走去。有时经国不在，我们这些小同学也乐于代替。因为到了庵门口，阿婆总要从念佛篮里拿出两个咸光饼给我们。”

王采玉一生坎坷，为了抚育儿子成才，费尽心血，体弱多病，于1921

年6月14日上午7时，因患心脏病，卒于故居内寝，年仅57岁。此时蒋介石在孙中山先生领导的粤军中任职，因处境不如意，在家闲居。母病卧床期间，朝夕亲侍汤药。王氏病中，嘱咐儿子三件事：其一，要为她择地另葬，不与其父同穴；其二，要办一所学校，培育乡里子弟；其三，要报答几家至亲好友的恩情。这三件事，她死后，蒋介石均一一付诸实现。

蒋母之死，令蒋介石悲痛欲绝。他在当天的日记中写道："上午七时四十九分，吾母寿终内寝。弥留之际，儿负母背，不能对其长逝之生面，惟闻呼息微嘘，苦痛异甚。儿叫嬷嬷三四声，而回音寂然矣。擗踊呼抢，肝肠寸断。"次日的日记中，他又写道："昨夜，八时后睡，十时醒，惝恍迷梦，如母犹存，黯惨不可名状。"

蒋介石成名后还在他的文章中多次提及他如何得益于慈母教诲。比如，在他50岁生辰所撰《报国与思亲——五十生日感言》一文中说：

> 其（母亲）于中正抚爱之深，常如婴孩，而督教之严，甚于师保。出入必检其所携，游息必询其所往，罢读归来，必考其所学；而又课以洒扫应对之仪，教以刻苦自立之道，督令躬亲佣保猥贱之工作，以励其身心；夜寐夙兴，无时不倾注其全力，期抚孤子于成立。

蒋介石敬爱他的母亲，对外婆家感情也很深厚。外婆姚氏活到69岁，卒于1905年3月15日，外公则早在1882年，即蒋介石未出世以前数年就故去了。蒋介石童年常到葛竹村去看外婆。外婆也常到溪口，与女儿、外孙三代人团聚，其乐融融。1932年，蒋介石在《外王母姚太夫人传》中写道：

> 外王母，嵊县欢潭姚氏培松公女，归我外王父品斋王先生，生吾四母舅贤钜，五母舅贤裕，及先妣王太夫人……。外王母老而康强，先妣每岁必迎外王母至吾家，恒累月留。中正课余假归，侍外王母与先妣于冬日爱堂中。中正读，先妣织，外王母念佛，机声梵音与书句相间如唱和，此情此景，髣髴犹在目前。

他回顾外祖母的关爱，充满感激之情：

> 中正年十三，从姚宗元先生馆于外氏，外王母时其寒温，谨其饮食，考其学业，循循而善诱，故不肖之孤，远离膝下，而先妣无姑息之爱者，以有外王母在也。
>
> 夫世之贤母多矣，然其贤大抵止于其子或及其孙，未有施及外孙，如我外王母者也。

蒋介石为他外公家、王氏宗祠，都送有匾额。家堂前挂匾，上书“乡国望重”，落款为“外孙蒋中正”。宋美龄也送了一块，上书“慈云普荫”，落款为“美龄敬题”。祠堂里那块挂匾，中间题“音容宛在”，落款为“蒋中正”。

蒋介石还为其外公外婆分别修了两座坟墓。现在位于离葛竹村 3 里地的东家坑山上的王有则墓，墓碑正中刻着“外王父有则公之墓”，上首标注时间为“中华民国十九年三月”，下首署名“外孙蒋中正敬题”。两边还有一副柱对，右边是“精神不灭，外王父王公千古”，左边是“教泽常存，外孙蒋中正敬书”。碑的上方扇形应栏上刻有“仁慈”二字，落款为“美龄敬题”。

蒋介石地位高了，权力大了，不但光宗耀祖，还要给外祖母家的人封官。王采玉的 3 个异母兄长均早年故去；两个胞弟贤钜、贤裕以及子侄等，都是平庸之辈，贤裕身体还不够健康，因此没有在蒋介石身边做大官的。只有贤钜的长子良昭职位稍高，当过福建浦城和浙江新昌县长。良昭之子忠泽，之江大学政治系毕业，被蒋介石擢用为福建浦城县长，历时 5 年。抗战胜利后，陈仪任台湾省行政长官，调忠泽去台湾，未赴任，回到浙江，调任新昌县长。贤钜的次子良穆，随蒋介石去广东充侍从副官，北伐军抵达南京，良穆贪污了一笔公款，逃回葛竹家中，蒋介石不加追究。1933 年在葛竹设立武岭分校，良穆被任为分校主任。

但在蒋介石左右担任军政要职的王氏族人却不乏其人。一个是王采玉嫡亲堂兄王贤甲的儿子王震南，曾任军政部军法司司长、上海特刑庭庭长等职。另一个是王采玉的堂兄、玉泰盐铺账房王贤东的侄孙王世和（名忠淼），曾任蒋介石的中将侍卫长。王贤东是王氏嫁到蒋家的介绍人，又长期在蒋家管账，深得蒋氏父子好感。抗战胜利后，王世和在溪口开设五泰钱庄，并大造住宅。大陆解放后，去了台湾。还有一个是比王采玉小三辈的王澂莹，又名惜寸。此人辈分虽小，但年长于蒋介石，原是葛竹凤翥学堂教师，也是因为王氏的关系，曾在黄埔军校担任秘书，以后历任浙江省财政厅长和中国农民银行常驻监察委员。一个仅有百余户人家的小山村，如果不是蒋介石的外婆家，那是不可能有那么多人担任要职的。

当时中国处于半殖民地半封建社会，在官员任用方面，裙带关系，任人唯亲，以致“一人得道鸡犬升天”的现象司空见惯，而且被认为合情合理。

蒋介石并不回避任人唯亲，他说：“亲亲与尊贤”是中庸的治国平天下之道。他解释说：凡是本党的同志“就都是亲”“我们都要亲信他”，这就是亲亲；不是本党的同志，“只要他有本领”“我们就叫他做官”，这就是尊贤。实际上，亲亲是亲其本家亲属，亲其本党，但也不是全部。尊贤并不是看本领的有无和大小，而是有政治界限和亲疏之分。革命人民，共产党人，民主党派和民主人士，地方实力派，乃至国民党内的不同政见者，不在尊贤与亲亲之列。

三、出生在山城，受中国传统文化教育

蒋介石（1887—1975）光绪十三年农历九月十五日（10 月 31 日）生于溪口中街玉泰盐铺楼上。第二年，1888 年，蒋介石两岁时，因一次火灾殃及盐铺，蒋肇聪由玉泰盐铺迁居至报本堂西厢房（即后来的丰镐房）。蒋介石的名字很多，除了前面说的奶名建镐外，出生时，祖父蒋玉表还替他取乳名瑞元。他是溪口蒋姓中第二十八代子孙，属周字辈，故又取名周泰。上学读书时，取学名志清。后自己改名为中正，字介石。

蒋介石的接生婆是撑竹排的堂兄蒋肇富之妻。以此恩，后来蒋介石家凡有婚丧大事，必请这位接生婆赴席，直至她故去为止。

蒋介石降生后，生母王采玉奶水不足，恰巧蒋家近邻唐徐氏生子唐文才，奶水充足，便将蒋介石抱去，由唐文才之母喂“开口奶”。蒋介石飞黄腾达后，为报此恩，由其原配夫人毛福梅于每年除夕令长工蒋昭明开 20 元洋钱给唐家。唐文才的母亲病故出丧时，毛福梅破例亲自送到村外藏山大桥以南的上山村，又送了福、禄、寿三星寿被和香烛等祭品，亲临祭奠，以示孝敬。唐文才之子唐瑞福，深得蒋家信任，任蒋家账房。1937 年 4 月，蒋经国携妻子、女儿、儿子从苏联回奉化时，蒋家按乡俗，为儿子、媳妇补办婚礼，所需物品，全托唐瑞福采购。蒋介石兄蒋介卿出丧，也委以唐瑞福总采办的重任。1938 年，溪口受灾歉收，毛氏又委托唐瑞福赴蒋经国任专员的江西赣州，购买粮食，运回溪口，缓解当地缺粮之困。1939 年 12 月，毛氏被侵华日机炸死后，蒋经国正式聘任唐瑞福为蒋家账房。

蒋介石的另一喂奶人是同族蒋肇性之妻单氏。蒋介石感恩这位奶娘，曾亲笔为其坟墓题写碑文：“蒋公肇性德配单氏之墓　中正题”。肇性和儿子胜坤，孙子恒德、恒祥都曾受到蒋介石的照应。恒德、恒祥当了他的侍卫官，恒祥还曾升任到侍从室内卫副主任、少将参议。溪口蒋氏族人说：“胜坤的跟脚很深，原因就在于他的母亲曾经是蒋介石的奶娘。”

据诸多传说和文字记述，蒋介石幼年显然是一个外向型的、极顽皮的孩子。他的祖父和父亲在世的时候，颇为他操心。1894 年、1895 年，祖父与父亲先后故去，母亲王氏更为他焦虑劳神。

蒋介石幼年的顽皮非一般孩子可比，有若干次，他的嬉戏几乎戕害了他的生命。刚刚过了 3 岁生日不久，他把一双筷子插入喉中，想知道筷子能到达的深度。筷子塞在喉里，费很大劲才拔出来。次晨，他的祖父来探问他的声带有无损伤时，他骤然从床上跃起，高喊：“我能够说话，我没有哑。”

据他的老师毛思诚记述，蒋介石自幼好嬉，尤其喜欢水。他 5 岁时，常在住宅前面山边的泉水洗浴。由于山洪暴至，山水湍急，有好几次险遭灭顶之灾。冬季的一天，他见檐前缸水冻冰，圆明如镜，非常高兴，打算触摸，因人小缸高，手与冰块还有一段距离，他双脚一跳，用力过猛，收不住身，致使身体倒栽缸中。等家人发现，把他从结冰的水缸拉出来时，他已是奄奄一息了。

战斗的游戏最能吸引他。他生性顽梗倔强，自命领袖大阿哥，指挥镇中儿童伙伴，手握木制的刀矛，玩武打游戏。

奉化旧习，农历正月初一那天，一族人都要到祠堂参拜祖宗，拜后每人可分到几块芝麻糖饼。溪口蒋家也有此俗。一次，蒋介石参拜祖宗后去领糖饼，别人都按照次序排队领，由于领糖饼的人很多，他等得不耐烦，吵着要先领，受到大人们阻止。当时雪化地湿，一片泥浆，蒋介石心生一计，躺倒在地，打了个滚，弄得满身泥污，爬起来就往人缝里乱挤，别人只得让开，由他先领。从此人们称之为“瑞元无赖”。

他的父母和祖父深恐他顽劣成性，陷于危险，在他5岁、还不到入学年龄时，就请师设塾，让他入家塾读书。启蒙老师是老秀才任介眉。7岁改从蒋谨藩读完《大学》《中庸》。8岁，又从任介眉读《论语》《孟子》。任先生于1895年6月病故，蒋介石又从蒋谨藩学习4年，到1898年底，共读完《礼记》《千家诗》《孝经》《春秋》《左传》《诗经》等课程，间习古文辞，学作八股文。

读书生活虽对年幼的蒋介石有所约束，但并未能立即尽除其顽梗之习。据说，在刚入任介眉的私塾时，蒋介石5岁，是学生中年纪最小的一个，老师讲课他又听不懂，所以常在课堂上任性喧闹，不守塾规。尽管祖父蒋玉表在老师面前多次请求关照、恳请原谅，但由于蒋介石在私塾犯塾规次数太多，老师有时也难免动用戒尺。有一次，老师拉过他的手，要打他的手心，还未打着，蒋便自动倒地，边滚边哭边闹，说：“打伤了，要你赔！”弄得塾师没有办法。

蒋介石对自己幼年的顽劣行径并不隐讳，他在自撰《先妣王太夫人事略》中说：“中正幼年多疾病，且常危笃，及愈，则又放嬉跳跃，凡水火刀棓之伤，遭害非一，以此倍增慈母之忧。及六岁就学，顽劣益甚，而先妣训迪不倦，或夏楚频施，不稍姑息。”

的确，蒋母对儿子的成长，没少操心，管教甚严，也没少流泪。在蒋家迭遭变故后，蒋介石有了变化。他的祖父去世，次年又死了父亲，同父异母哥哥蒋锡侯与他们母子分家，占去大部分家业。不久幼弟瑞青病故。母亲抚孤携幼，茕孑无依，处境极为艰难。正是这种每况愈下的困难境地，促使他体念慈母心情，逐渐改掉嬉耍顽皮之劣习，树立起奋发图强之信念。

蒋母得知嵊县名士姚宗元设帐于葛溪溯源堂，于 1899 年送 12 岁的蒋介石前往从姚受业。因得名师指导，蒋介石学业长进较快，不久就读完《尚书》及《唐诗三百首》。姚命以竹为题作诗，蒋家正好有一片山场竹林，蒋介石经常前去玩耍，有所体验，便应声作成："一望山多竹，能生夏日寒。"颇得老师称赞，认为他"若教养得法，前途不可限量"。次年，到榆林村，师从毛凤美读《易经》，14 岁又从竺景松（景嵩）读于崎山下皇甫氏家馆，学作策论。

蒋母王氏托家住榆林的表兄陈春泉寻找一位有威望的私塾先生。榆林和岩头相距二三里地，陈春泉平时常来岩头，知毛裕称开馆授徒，便于 1902 年介绍蒋介石到岩头师从毛先生温习《左传》，圈点《纲鉴》。

毛裕称，号勉庐，学名思诚，清末廪生，后又考中秀才，为人斯文规矩。其祖辈家道清贫，每年寒冬腊月抱着山羊取暖过冬。因为是穷秀才，就在村东头开设学馆，收罗远近十多个学生。毛先生教导有方，蒋介石进了他的学馆后，以前的顽梗性格、调皮行为有所收敛，学习方面长进很快。毛思诚先生的手录里有"瑞元好书，善于仿练""文如其人"等记载。从师两年，上进不少。一天，前任老师毛凤美来思诚家做客，看到蒋的作业，也很惊讶。

岩头离溪口 30 里地，村口狭窄，有狮子、白象两座大山守门，是岩头村八景之一，曰"狮象对踞"。王暮先生诗曰："一承金宿一瑶星，禀受群推二兽灵，漫讶名山何得似，在天成象地成形。"进得口子，豁然开朗，呈现一座山明水秀的小山村，周围青山环绕，中间流过一条小溪，两岸房舍毗连，村里住着 400 多户纯属毛姓的勤劳俭朴的农民。蒋在课余，常去山脚拾零，溪边捕捉，特别欣赏风景如画的进口处，那里俗称"新茶庵"，一座亭子，供应过往客商茶水。旁建一幢"来青阁"书院。古老的广济石拱桥，相传也有 400 年历史，桥边两棵合抱樟树，桥下一泓碧波，深达一丈多，游鱼碎石，清澈见底。其水除村中小溪流注外，还有大象鼻子里涌出点点滴滴的泉水，常年不息，日夜发出叮叮咚咚的响声。清初，大书法家毛玉佩先生在削壁上写有“石泉”二字，刚劲有力，丰满挺立。晚辈廪生毛裕称先生在另一方悬岩上配有“砚池”，为山水平添了风韵。约 200 米远处的狮山脚下，还有石台老人的真迹“伴我山”。蒋介石对这些先生的字迹，十分仰慕，常和同窗来这里观赏，甚至用手抚摸，印象殊深。难怪 20 年后，蒋介石的长子蒋经国到外婆家探亲回家，蒋甥头就问：“在岩头见到了什么？”当他得知蒋经国没有见到村口的名人字迹时，十分气愤，责备他走马看花，枉走了一趟。

就读岩头，是蒋介石少年时期的转折点。他感念老师的教导之恩，以后对毛先生一直非常好。

1903 年，毛思诚关闭学馆，去上海开设东亚印刷所，后又在奉化县立龙津学堂、镇海培玉高等小学堂、宁波第四中学、衢州省立第八师范学校执教。1925 年 4 月，蒋介石邀他去广州黄埔军校秘书处任少校秘书兼校史编纂委员会委员。次年 3 月调任广东潮阳县县长，任职 8 个月。毛思诚感到自己是个书生，治政非己所长，再三恳请辞职。1927 年进入北伐军总司令部，蒋介石委之以中校秘书，不久升总司令部办公厅文书科上校科长。北伐胜利后，任中央第一编遣区办事处总务局文书科长、陆军空军总司令部副官处文书科上校科长（少将待遇）、国民革命军战史编纂委员会常务委员、国民政府主席办公室秘书等职。1934 年 7 月起任监察院监察委员。1937 年七七事变后，离京回乡，蒋介石给他带回一批日记、书信、委任状等，让他专事著述。毛思诚为蒋介石撰写了《民国十五年以前之蒋介石先生》《蒋介石大事年表》，还为蒋介石编辑了一套文集——《自反录》6 卷，为蒋介石保留了大量的历史资料，也为后人研究蒋介石提供了许多第一手资料。

毛思诚 3 岁丧父，由母亲孙氏抚育成人，所以对母亲感情很深。在他母亲去世后，决定造一座石牌坊，以资表彰和纪念。蒋介石知道后，亲题“贤母”二字，刻于牌坊正面当中，何应钦也为牌坊两侧写了一副对联。1941 年，毛思诚病死家乡，蒋介石寄治丧费 1 万元，过几年其老伴蒋氏寿终，蒋介石寄治丧费 1 万元。

毛思诚珍藏的蒋介石的日记等历史资料，由他的长孙毛丁于 1985 年 6

月7日捐献给南京中国第二历史档案馆，受到国家的奖励。

清朝末年，旧式书馆渐形没落，纷纷停馆，新式学堂兴起。这时，奉化城里原有的锦溪书院首先改革学制，改为龙津学堂，主办人严筱轩，聘请两位日本人当教师。接着，城内另一派学者创办了凤麓学堂。这些新兴学堂，师资水平较高，规模较大。蒋母望子成龙，不惜教育投资。蒋介石于1903年（16岁）先入凤麓学堂，学习英文、算术，接受新式教育，不久，因闹风潮，就转到龙津续学。在凤麓学堂，他结识了很多老师和同学，除凤麓校长周枕琪及其弟周枕琴外，同学有江环清、张硕卿、俞镇臣、陈泉卿和城内结识的周日暄、俞飞鹏、朱孔阳等人。北伐前后，这些人都被他罗致去充当部下，帮助他踏上最高的政治舞台。

在凤麓学堂读书时的蒋介石

1905年，蒋介石18岁，又转到宁波城里西河沿文昌殿陈家祠堂里，由鄞县顾清廉主讲的箭金学堂。顾先生廪生出身，专治性理之学，但思想还不算太旧。他以明代薛暄“为学第一在变化气质”之语教诲学生，提倡“青年欲有大成就，当出洋留学异邦”。又谈国内新闻，称赞孙中山。蒋介石在箭金学堂虽然只读了一年，但收获颇丰。一是读了周秦诸子、《说文解字》及《曾文正公集》，并研究了性理之学，为他打下了国学的基础，儒家思想对他产生了深刻的影响。后来蒋介石曾经说，他“通晓读书方法，窥见汉文门径，皆顾先生一手陶成之”。二是学习了《孙子兵法》，开始对军事著作产生兴趣，对以后弃文从武，具有一定影响。三是顾清廉还向蒋介石讲述孙中山的革命故事和伦敦蒙难及脱险经过，使蒋介石心中萌发了对孙中山的崇拜和追求革命的心愿。四是顾清廉还向蒋介石灌输国家要强盛必须壮大军事力量的理念，并勉励蒋介石将来应当出国留学，学取更多的知识。

蒋介石在日本高田野战炮兵联队时留影

蒋介石于1906年（19岁）考取浙江武备学堂，用的名字是蒋志清。他的母亲不赞成他去学陆军，不给路费。他无计可施。便偷了他妻子毛福梅的首饰箱，离家出走。路过宁波时，他到新顺木行舅父孙琴凤（蒋肇聪的第二房妻子孙氏的兄弟）处求助，打算将首饰变卖充作路费。他舅父当即给他现洋100元，叫他安心前往，首饰箱则留下送还给毛氏。后来，他的这家舅母还资助过他出国留学。

由于受顾清廉出洋留学思想的影响，蒋介石迫不及待地想去日本学军事。于是，他写信给母亲，表示“决计出洋”。蒋母“无时不倾注其全力”，抚育其成长。于是，给蒋介石凑足费用，让他东渡日本留学。1906年4月，蒋介石第一次踏上日本的土地。到了日本他才知道，清政府与日本有约在先，中国学生要在日本军校受训，必须由清政府的陆军部保送才行。无奈，蒋介石只好进入东京的清华学校，学了半年的日语，于1906年冬季回国。蒋介石这次去日本，虽然没能进入军事学校，但在此期间，他结识了同乡陈其美（英士），对他的前途产生了深远的影响。

同年，清廷鉴于1895年中日甲午战争的失败，决定次年在直隶省（河北）保定府设立全国陆军速成学堂（陆军大学的前身），并令各省设立训练公署，定额选取学生。规定浙江省60人，除武备弁目各学堂保送外，仅余14个名额。蒋介石为达到学习军事的目的，毅然报名投考，被录取。

1907年夏，蒋介石到保定这所陆军学校炮兵科学习，除接受军事训练外，便专心攻读日语。年终军校校长选学生赴日本就读军事学校，蒋介石应考获选。1907年年底，蒋介石获得清政府保送，享受公费，东渡日本，入东京振武学校学习军事。1910年冬，蒋介石自振武学校毕业，被分配到日本陆军第十三师团野战炮兵第十九联队实习。顽童蒋瑞元，变成了出国留学生。

四、一兄，一姐，一妹

蒋介石的父亲，娶过3房妻子。生有6个子女，其中两个夭折。他只有同父异母姐姐瑞春、兄介卿，同母妹妹瑞莲。

蒋肇聪原配徐氏，娶自离溪口镇5里地的上白村，道光二十六年（1846）三月十九日生，与肇聪结婚后，生下1女1子，女名瑞春，子名周康，小名瑞生，号介卿，字锡侯。徐氏于光绪八年（1882年）二月初九日去世。

瑞春（1874—1946），嫁给离溪口5里地的任宋村宋周运为妻。宋粗识文字，爱钱如命，生活俭朴，有一段时间是丰镐房的管家之一。他从宁波到溪口，不坐汽车，宁愿跑路。问他原因，说买一双布鞋只要大洋4角，汽车票来回需1.6元，可买四双布鞋，穿两年，乘汽车太不划算。20世纪30年代末期，宋被蒋经国接到江西，死于赣州，一生没做过什么大事。

蒋介石对同父异母的姐姐蒋瑞春一向比较敬重。她比蒋介石长十几岁，在蒋介石很小的时候，这个姐姐就看管、照顾他，常抱着蒋介石在街上溪边嬉戏。在家里，她是蒋母最主要也是最得力的帮手。小时候，蒋介石很是调皮，因为活泼好动，难免会发生一些刮擦碰撞，偶尔会增添一些小伤。对顽皮的弟弟，瑞春总是耐心照料，悉心疼爱。正因为这样，蒋介石对这位幼年时抚育过他的胞姐深怀感激，长大后也一直对她敬重有加。据瑞春的大儿媳妇张小翠说："舅公（指蒋介石）和婆婆感情很好，每次回乡，总要来我家看望婆婆。有一次两人在溪口到任宋村的路上相遇，舅公即忙下轿，请婆婆上座，自己步行随轿到我家。路上的人看到都很惊奇。"

受父亲的影响，蒋介石的儿子蒋经国对瑞春姑妈也是关怀备至。抗日战争期间，溪口被日寇占领，蒋介石命蒋经国把瑞春夫妇接到江西赣州保护起来。时任赣州专员的蒋经国，为了妥善安置姑妈一家，先后几次变更居住地点，生怕他们受日机的侵袭。为了照顾好老人，蒋经国派人把远在安徽的瑞春外孙女王珠凤接到赣州侍奉他们。尽管他的工作繁忙，但仍然每周前去看望一次。媳妇蒋方良也经常亲手做好饭菜，派人送到水仙乡孝敬姑妈。瑞春丈夫不幸病逝赣州，瑞春在此一住就是 4 年，直到抗战胜利之后，才回到家乡。1946 年，蒋瑞春在任宋村去世，蒋介石因忙于部署内战，无暇亲自料理姐姐的后事，特派儿子蒋经国主丧。瑞春的后代，也得到蒋氏父子的关照。

蒋介石的异母兄蒋介卿（1877—1936），郡庠生，四明专门学校法政科毕业，做过台州地方法院推事、广州地方审判厅推事。因蒋父死后，介卿为家产事对继母王氏不敬，蒋介石与他的这位哥哥感情比较一般。但蒋介石升官后，为了表示他孝悌忠信，还是让介卿当过一任广东英德县长、浙江省府委员、宁波海关监督。因此溪口人常称他为监督。

西安事变那天，介卿正好在武山庙看戏，突然有人来报："张学良、杨虎城在西安发动兵变，先生（蒋介石）下落不明。"介卿大吃一惊，脸色大变，高血压发作，不久就一命呜呼。1937 年 4 月 14 日，介卿出殡，蒋介石主持葬仪，许多人借此机会前来向蒋介石讨好，大大增加了热闹的色彩。那天，国民党要员云集，溪口街上车水马龙，蒋氏门前冠盖如云。账房唐瑞福负责签到。据他回忆，签到的有林森、居正、阎锡山、冯玉祥等人。出殡之时，满街是人，附近群众都来看热闹。蒋介石自兼校长的武岭学校童子军全部出动，上街站岗放哨，维持秩序。唐瑞福说："那天附近村庄，来人不少，只要进入灵堂，都可就桌吃斋饭，吃了一席又一席，究竟办了多少桌斋饭也算不清了。"溪口人把介卿出丧称为"大出丧"。

蒋介石为他这位兄长的后代，安排了官职，后带他们去了台湾。

徐氏死后，蒋肇聪续娶离溪口 20 里地的肖王庙镇孙氏。孙氏咸丰五年（1855 年）六月初一日生，婚后不久，因溪口时疫流行，染病死去。孙氏无所出。其兄弟孙琴凤与蒋介石有不寻常的关系。孙在宁波开了一爿新顺木行，小有资本。蒋介石外出读书和谋职，颇得这位舅父的资助。来往信件电报也由新顺木行传递。讨袁之役失败后，蒋介石曾躲到肖王庙镇舅父家，得到舅母的掩护。以后，这位舅母又卖掉 20 亩田，供外甥出国。蒋介石铭记其恩，后来托这位舅父负责重建丰镐房。而且，每次回乡必到肖王庙镇探望。其对孙家尊敬和亲热程度，不亚于他的两位亲娘舅。就连蒋经国也十分崇敬肖王庙镇的舅婆。据原蒋家账房唐瑞福说，他曾陪同蒋经国步行 20 里，到肖王庙镇看望这位舅母。当时，老人端出桂圆汤招待了这两位客人。

蒋介石的生母王采玉生育过 4 个子女。长子介石，以下为长女瑞莲、次女瑞菊、幼子瑞青。

蒋瑞莲（1890—1937），1905 年嫁给后竺村的竺芝珊为妻。竺原来是玉泰盐铺学徒，与瑞莲青梅竹马，结成夫妻。他虽然文化不高，但靠蒋介石妹丈关系，也曾担任佛山筹饷委员、苏州税务局长、中国农民银行常务董事、津浦铁路车务总段长等一系列重要职务。因为蒋介石的关系，他的大半生可谓顺风顺水，一直官运亨通。1949 年中华人民共和国成立前夕逃到台湾，1971 年死于台湾。

瑞莲子竺培风，女竺培英。培风宁波商校毕业，与溪口毛庆祥之弟毛凤美、蒋介卿儿子蒋国秉同年留日。国秉学陆军，他们学航空。回国以后，蒋介石对他期望甚深，认为他将来一定会有出息，大加栽培，对他同自己儿子蒋纬国一样钟爱。培风娶杨森女儿为妻，生有一女。解放战争初，培风因飞机失事殒命。

瑞菊生于 1892 年，瑞青生于 1894 年，均夭亡。瑞青死于 1897 年，已 4 岁（虚岁），聪明、乖巧、懂事。蒋介石在《亡弟瑞青哀状》中描述：

> 当是时吾与吾弟，并肩而坐，惟见其貌之温而丽，与其性之静而淡也。与吾弟携手而行，唯见吾弟潇洒逸逸，举止不苟如成人也。其见到长辈“敬恭如礼”。父亡，母亲痛哭，瑞青到母亲身边相劝：“母勿哀，母哭则儿亦欲哭矣。”母亲十分钟爱这个儿子。瑞青死后，母亲给他找了一个王姓夭折的幼女，作为冥配，让她和瑞青合葬在一起。……

蒋介石的这篇《哀状》写于 1918 年。蒋介石跟随孙中山在南方进行护法斗争，形势不利。他在汕头军中，心情不佳，感到孤独无助，想起这位早殇的弟弟，如果活至今日，二十几岁年华，该是哥哥的好帮手。用他的话说：

> 弟之生至今二十有四年矣，如不殇则成学立业之期不远，与乃兄以左右手，可以执干戈卫家国矣。即（既）不然，亦可以赡（赡）家守业，分吾内顾之忧。

然而，今日，母亲因弟之殇，而悲伤成疾，“吾更孤苦零丁（伶仃），凄怆荒凉，强颜承欢，忧心忡忡者，亦十有余年”。

第二章　上海宋家三千金

宋家和蒋家不是一个类型。宋家是大城市上海的大富商；宋耀如和他的子女，两代人旅美，是一个充满“洋气”的西化之家。特别引人注目的是这个家族和革命党领袖孙中山的关系：宋耀如是孙中山的密友和同志，孙中山和宋耀如次女宋庆龄结为夫妻，又成了宋氏家族的成员。一心登上中国高位的蒋介石，梦寐以求与这个家族攀上亲戚，与孙中山结为连襟。

一、父亲宋耀如从牧师到实业家

宋氏家族在中国现代历史上赫赫有名。宋美龄的父亲宋耀如（1861—1918）生于海南岛（今海南省）文昌县昌洒区古路园村韩家，本名韩教准。

韩家原住河南安阳，早在南宋时期，中原战乱，南迁海南岛，定居于文昌锦山。后代在清朝年间，居住在罗豆市坦乌坡村，后移居文昌县昌洒区古路园村。教准的父亲名叫韩鸿翼，教准兄弟 3 人，他排行第二。韩家不富，只有 4 亩薄沙地。教准年龄不大，就与父兄共挑养家糊口的重担。

19 世纪末至 20 世纪初，西方列强侵入中国，清政府腐败无能，中国一步步沦为半殖民地状态。中国农业经济和社会遭到破坏，民不聊生，纷纷向外寻觅生路。据《文昌县志》记载：“从 1876 年至 1898 年的 23 年间，仅通过客运出洋的琼侨人数就达 24.47 万人左右，平均每年 1 万有余，最高的年份竟达 2 万余人，其中文昌人占半数以上，几乎都是青壮年劳动力。”他们多从清澜、铺前乘三桅船于冬至前后启程，趁北风随波漂流到东南亚或再转程到欧美各地。

在这股出海谋生的移民潮中，韩教准和他的哥哥韩政准，于 1875 年漂洋过海，寻觅谋生之路。先到印度尼西亚的爪哇岛。不久，教准到美国北部的波士顿，在姓宋的堂舅（婶母的哥哥）开的丝茶店当学徒。膝下无子的堂舅十分喜爱聪明懂事的小教准。于是，在征得韩教准父母同意后，正式收这位堂外甥为养子。他随养父姓宋，改名宋耀如，又名宋嘉树。养父为他聘请了一位英语教师，不仅教授宋耀如英语，同时也向他讲述美国历史，包括林肯总统的“民有”“民享”“民治”的主张，以及解放黑奴运动等。这位老师还带领宋耀如参观了波士顿的历史古迹和革命纪念地。他们去了 1765 年波士顿市民抗议英王征收印花税举行示威的地方、1770 年 3 月 5 日波士顿惨案的发生地——英王街、1773 年 12 月 16 日波士顿茶叶党将英国茶叶倾倒到海里的纪念处、1775 年 4 月 19 日马萨诸塞州民军向英国军队发出独立战争第一枪的列克星敦、1776 年 3 月 17 日民军将英军赶出波士顿的纪念地，等等，这让少年的宋耀如受到了思想启蒙教育，内心逐渐萌生了祖国自强、民族革命的朦胧意识。

宋耀如来到美国波士顿后，一边学习英语，一边跟着养父学习进口和销售丝茶的业务。据美国波士顿档案馆的资料记载：宋耀如的舅舅所经营的丝茶号叫“北美华商先锋”，这是打进美国东部的第一个专营丝茶贸易的中国商业机构。宋耀如来到之前，该店连舅父在内只有 3 个人，都是文昌乡亲。这家商号兢兢业业的经营作风，诚恳周到的服务态度，赢得了波士顿市民的普遍赞赏和欢迎，因此，生意十分兴隆。宋耀如聪明勤快，秉性温和，虽说没有念过多少书，但很快掌握了店铺的进货、入账业务。养父很赏识他，常常鼓励他要好好干，这个店铺将来就交给他经营了。

然而，宋耀如的追求不是当一个有钱的老板。1878 年，在养父开的丝茶店，他遇到了牛尚周、温秉忠等人，他们是容闳带往美国的中国早期留美学生。由于留美学生事务所设置在马萨诸塞州，因此宋耀如和他们来往的机会比较多。在同他们频繁接触的过程中，宋耀如接受了许多新鲜事物。留学生们“点燃了宋的蓬勃雄心”，他想改造自己落后的祖国。温秉忠和牛尚周鼓励宋耀如走出丝茶店，接受美国现代文明教育，待学业有成后回到故土报效祖国。

1879 年 1 月 8 日，他带着强烈的愿望向养父提出求学的要求，遭到断然拒绝。他怀着求学若渴的心情逃离养父家，闯进波士顿港口，走上停在海边的一艘缉私巡逻艇，船长查理·琼斯收留了他，让他当杂役。宋耀如的机敏、勤劳和勇敢赢得了琼斯船长和全体船员的喜爱。船长是位基督徒，有意向他灌输基督教的教义。他的心渐渐地贴近了基督耶酥，融进了美国生活。他剪掉了辫子，换上了漂亮的船员制服。1880 年 11 月 7 日，当船停泊在威明顿港口时，在第五街卫理公会教堂，牧师为宋耀如举行了洗礼仪式，宋耀如成为北卡罗来纳州接受基督洗礼的第一位中国人。他加入了基督教，受洗礼时取名查理·琼斯·宋。

西方列强用炮火打开中国大门之后，正致力于把基督教输入中国，用宗教征服中国人。为宋耀如主持洗礼的里考德牧师在与宋耀如做过多次的深入交谈后，决定让查理·宋接受西方教育，培养他成为一个会治病的传教士，然后把他派回中国去传教。里考德牧师亲自带他认识杜克大学的前身圣三一学院创建人，一位有名望、有地位的人——朱利安·卡尔将军。这位卡尔将军喜欢宋耀如的聪明能干，愿意当宋耀如的保护人。在朱利安·卡尔将军的资助下，1881 年，宋耀如在圣三一学院读书。6 月 25 日，他写信给监理会在上海的传教士林乐知（1836—1907），请他帮忙，转交给父亲一封家信。从信中能看出，他很高兴找到了救世主。这时他已经是一个虔诚的基督教徒。信是这样写的：

亲爱的父亲：

我愿写这封信让你知道我在何处。我于 1875 年在东印度群岛（即印度尼西亚）离开哥哥到美国，幸运的我找到了耶稣基督——我们的救世主。为基督之故，上帝满足了我的要求，与我相见。现在达勒姆主日学校和圣三一学院正在帮助我，我急于受到教育，以便我能回到中国，告诉你关于达勒姆朋友们的善意和上帝的仁慈。上帝派遣他的独生子为世上所有罪人而死。我是个罪人，但由于上帝的恩典得救……在我们过去的时代，人们不知道基督，但是我现在已找到救世主，不论我到哪里，他都安慰我。请你张开耳朵，你能听到神灵在说话；请你用眼向上看，你会看到荣耀的上帝。我深信上帝，并希望凭上帝的意志在世上再见到你。我们现在在度假，我住在达勒姆卡尔先生的家里。收到我的信，请立即答复，我将非常高兴收到你的信。请将我的爱给予母亲、兄弟和姐妹，也给你。我下次写信时将告诉你更多的事情。卡尔先生和太太家是一个很好的基督教家庭，他们对我很好。

祝你好，来信请寄北卡罗来纳圣三一学院。

你们的儿子　韩嘉树

查理·琼斯·宋

1881 年 6 月 25 日于美利坚合众国北卡罗来纳州达勒姆

1882 年，宋耀如转学到田纳西州的纳什维尔市范德比尔特大学专修神学。范德比尔特神学院的院长马克谛耶是监理会会督。当时美国各大教会都在竭力鼓动青年人去中国传教，宋耀如无疑是去中国传教的最合适人选。宋耀如也抱定回国传教的决心。1883 年 7 月，他在写给林乐知的信中表示："当我结束我的学业时，我希望我能把光明带给中国人，我活着的目的是行善、敬人、赞美上帝。"

1885 年 5 月，宋耀如从范德比尔特大学神学院毕业。威明顿《星报》的报道称，宋耀如将到中国去传教，已推荐他在江苏省的上海中西书院任教。但是他本人还想再多留一二年学医，等成为一名医务传教士之后再回去。马克蒂耶院长拒绝了宋耀如的申请，对他说布道团的医生已经够多，不再需要了。真实的原因是担心如果他在美国逗留太久，享受美国的舒适过深，会使他身上固有的中国人的吃苦耐劳精神消失殆尽，以致影响到他回中国后的传教工作。

宋氏家族第一人宋嘉树（宋耀如）年轻时留影

1885 年 10 月，监理会在威明顿举行北卡罗来纳州年议会会议，由马克谛耶主教主持，举行特别仪式，任命范德比尔特大学神学院毕业生查理·琼斯·宋为见习牧师，授予"副牧"圣职，并派

宋嘉树的夫人倪珪贞

赴中国，在上海林乐知牧师手下传教。

1886 年 1 月 13 日，宋耀如回到中国上海，在美国基督教南卫理公会来华传教士林乐知手下从事传教工作。1888 年，宋耀如试用期满，被提升为牧师，在昆山、七宝、太仓等地巡回布道。这个教会里的美国白人传教士并不因为宋耀如曾在美国受到教育而特别敬重他，对他极不平等，要求他站着报告他的传教工作，而他们全坐着。他“像个仆人，而非同事”。真诚相信并一心为美国基督教会工作的宋耀如完全没想到会是这样，这极大地刺伤了他的自尊心。同在教会里，中国人竟受标榜自由、平等、博爱的美国人的歧视和羞辱，他无比愤懑和压抑。种种不如意，使他备感孤寂。

幸好，这是在中国，在自己的国家。宋耀如在上海巧遇自波士顿一别后再也未见的牛尚周。他欣喜若狂。牛尚周在上海邮电局做官，已成家，妻子倪珪金，浙江省余姚县人，是上海富商的女儿。她的母亲姓徐，是明末大学士、基督教在华“三大柱石”之一徐光启的后代。上海徐家汇因徐家住在此处而得名。牛尚周很同情宋耀如的境遇，经他撮合，宋耀如与倪珪金的妹妹、倪家第二个女儿倪珪贞成婚。

倪珪贞（1869—1931）贤淑而有教养。倪家世代信奉天主教，到了她父亲倪韫山时又改信基督教。倪珪贞儿时在家庭私塾读书，后来毕业于上海培文女子高等学堂。1887 年，宋耀如与倪珪贞相识只有两个月就结婚成家。1889 年，他们的长女蔼龄出世。1892 年宋耀如辞去传道职务回到上海。他后来对家人说，此举的真正原因是他不堪忍受白人传教士的歧视和羞辱。但宋耀如写信给北卡罗来纳州的《基督教倡导者》主编，没吐露真情，而是解释说：“我离开布道团的原因是它给我的薪俸不足以维持生活。我以每月

15 美元左右的薪金无法养活我自己、我的妻子和孩子。”并称自己没有因为脱离布道团而放弃同教会有关的布道工作。他在没有教会资助也不属于任何教会组织的条件下，仍从事与基督教有关的事务。不过此后他已将主要精力转向实业。

此时宋耀如的境界，已经不局限于个人家庭生活的改善。他在和他的朋友探讨改变中国社会、强国富民之路。他认为，中国必须学习西方先进科技和管理经验，办现代化工业。起初，他没有自己的私人企业，而是参与了监理会出版机构华美书馆的经营。当时林乐知为发展印刷事业募得一笔专款，就由宋耀如通过其亲戚关系在美国订购机器设备等。宋耀如担任美国圣经协会的代理人，负责他们在华的《圣经》销售等业务。经济条件有所改善后，他决定自己开办一个印刷厂，以印刷《圣经》为主，附带印一些账簿、表册等。这些账簿、表册是当时正在兴起的新式工业所需要的。当时的宗教书刊，大都由国外印刷后运到中国销售，因为价格昂贵，一般人无法承受。而且这些书都是英文的，大部分人看不懂。宋耀如抓住这个缺口，当了一阵子批发商后，于 1892 年在上海办了一个印刷厂，用中国生产的便宜纸张，雇佣中国廉价的劳动力，在中国印刷宗教书刊。他把《圣经》等书翻译成了上海的地方方言，通俗易懂，读者剧增，印刷数量扩大。从 19 世纪 60 年代起，中国民族资本主义处于萌芽状态。印刷工业作为新兴产业的一部分而逐步发展起来。1871 年，王韬在香港创办的中华印务总局，是我国民族资本主义兴办印刷工业的开始。21 年后，宋耀如经营印刷业，这意味着他加入了创办新兴工业的行列。从此他由宗教专职人员转为商人，跻身上海的工商界，开创了宋氏家族的基业。他是上海新兴的资产阶级工商界代表之一。

宋耀如积累了资金和经验，又担任上海一家大型面粉厂——傅丰面粉厂的经理，通过“卡尔父亲”为其进口重型工业机器。据说，他是为中国人的工厂进口重型工业机器的第一批中国人中的一个，对于促进当时工业的发展起了积极作用。他还进行烟厂和纺织厂的投资。1893 至 1894 年，宋耀如已经是上海小有名气的出版商和实业家。

无论是经营出版业还是其他工业，宋耀如都力求向美国学习。他的良好的外语功底，以及掌握的西方先进的技术和管理经验，都令他如虎添翼。为了提高生产效率，他奔走于美国和中国之间，为中国商人进口美国机器和技术设备，与美国商人进行谈判，成为中美进行民间贸易的中间人。无论是在经营实业的过程中还是在以后从事资产阶级民主革命过程中，宋耀如同他的美国朋友特别是朱利安·卡尔都保持着密切的联系，这种联系一直持续到1918年他故去。

宋家的生活富裕起来，在当时的上海郊区虹口，宋耀如建造了一栋豪华的两层楼，中西结合式建筑，为他的子女们提供了优越的学习和生活环境。在他的长女之后，1893年次女宋庆龄出生，1894年长子宋子文出生，1897年三女宋美龄出生，1899年次子宋子良出生，1906年三子宋子安出生。三子三女，令人羡慕的八口之家。

宋氏一家人。前排右起宋庆龄、宋子安、宋子文、宋蔼龄；中间右起倪珪贞、宋耀如；后排右起宋美龄、宋子良

但宋耀如不只图私家享受，他的财富，为孙中山的革命事业提供了源源不断的经费资助。宋耀如的无私援助，在民主革命进行过程中，在孙中山最艰难的岁月，如雪中送炭，十分宝贵，他因此受到革命党人的尊敬。澳大利亚的新闻记者端纳曾对孙中山说："没有宋查理，哪有你今日？"

二、宋耀如对孙中山的无私援助

大企业家宋耀如，生财有道，但不是那种胸无大局、唯利是图的商人。他有一颗炽热的爱国心和敏感、清醒的政治头脑。他旅美多年，是清朝末年的“海归派”。他个人生活西化，但时刻心系祖国，忧国忧民，和孙中山相遇前，就屡有改变中国社会、救国救民的尝试。

倪家有 3 个女儿，分别嫁给牛尚周、宋耀如、温秉忠。他们三人早年在美国波士顿相识，又在上海成为倪家三连襟。有缘经常聚会，谈论国是，交流思想，情投意合。他们效法美国，成立一个“自由之子”社，这是中国第一个归国留学生的社团留美学人会，由牛尚周、温秉忠两位清朝官员领衔。其宗旨是“尽心爱国”“开通民智”，为富国强民而奋斗。但由于他们信洋教，穿洋服，在中国人中没有号召力，又为清政府所不容，在官府的恐吓和威胁下，参加活动的人越来越少，最后，只剩下宋耀如和牛尚周、温秉忠等几人继续维持这个社团。

宋耀如还加入了以反对清朝统治为宗旨的秘密会社三合会，这是他从传教士向革命者过渡的开始。

1894 年，宋耀如结识了孙中山，从此投身于反对封建清王朝的民主革命洪流之中，为中国近代革命立下了不可磨灭的功勋。他被孙中山先生尊称为“革命的瘾君子”。孙中山在《致李晓生函》中写道：

> 宋君嘉树者，二十年前曾与烈士陆皓东及弟初谈革命者，二十年来始终不变，然不求知于世，而上海之革命得如此好结果，此公不无力。然彼从事于教会及实业，而隐则传革命之道，是亦世之瘾君子也。

那是 1894 年，通过陆皓东的介绍，宋耀如和孙中山在上海相识。陆皓东和宋耀如是好朋友，经常到宋家做客，纵谈国家大事。他谈到孙中山的革命思想，宋耀如由衷钦佩。1894 年 2 月陆皓东与孙中山自广州乘船到上海，宋耀如去码头接迎，邀请他们去家里做客。宋耀如和孙中山“屡作终夕谈”，志同道合；他们都是广东人，都是基督教徒，又都曾在国外长期生活和学习；他们都十分崇尚美国“民有”“民治”“民享”的民主共和制度，对中国的封建专制统治十分不满，这些共同点使他们一经相识就成为知己。

从此两人开始合作。宋耀如得知孙中山想推翻清朝政府，建议他效仿林肯，彻底改变中国面貌。孙中山起草《上李傅相书》，向清政府建议推行改良政策，希望政府能够采纳。宋耀如和孙中山一起讨论上书内容。孙中山重视“农工”，宋耀如则说，想要富国强民光有农工是不够的，还需要发展工业，也就是机器。宋耀如在国外漂泊多年，他知道发展工业的重要性，中国要想赶上世界发展的步伐，必须要走进机器时代。孙中山听后立即表示赞同，并加到上书内容中来。就这样，随着他们二人谈论的逐渐深入，又将铁路以及其他问题逐渐添加到文章中。

1894 年 6 月，孙中山带着陆皓东北上天津，他们费了一番力气把《上李傅相书》递给了李鸿章。但由于当时李鸿章正忙于与英、法、美、德等国周旋，没与孙中山见面。甲午战争爆发后，孙中山和陆皓东又来到了北京。当时，清廷正在为慈禧太后办六十大寿。孙中山不禁怒火中烧，中国在危难之际，清廷却只顾享受荣华富贵，这使得孙中山明白：“救国并不是上个书那么简单了。”他给宋耀如写信，表示：现在只有革命才能帮助中国走向富强，因为现在的中国政府，已经不可救药了。

宋耀如和孙中山，还有陆皓东，对于如何革命进行了探讨。此时的宋耀如已通过经商和创办实业积累了一定的财富，具备了帮助孙中山革命事业的能力。宋耀如郑重地向孙中山、陆皓东表示，只要他们革命的目的是将君权变成民权，他就愿意给予任何方面的帮助，尤其是金钱上的。他会为革命事业筹集经费，还可以暗中辅助他们做联络工作，但是他要求孙中山和陆皓东将手放在《圣经》上宣誓：驱除鞑虏，恢复中华！

宋耀如曾对孙中山说：

逸仙弟，我以基督教牧师的身份向你们保证：只要你们决心化专制为自由，变君权为民权，实行民有、民治、民享，我就永远和你们在一起。但我是个牧师，不能像你们一样叱咤风云地冲在前面，只能幕后辅助你们。我想，开展革命活动需要花大量钱财，就让我来为你们筹措经费吧。另外，我还可以暗中为你们做联络工作。

之后，宋耀如又将孙中山介绍给洪门弟兄们，孙中山向他们表示想在上海举行一次武装起义。洪门弟兄们听到后立即表示支持，因为他们之前的武装起义不幸夭折，所以他们为能再次有机会起义而感到兴奋。

就这样，宋耀如终于找到了志同道合的人，找到了革命方向，走上了为中华富强而奋斗之路。宋耀如家是孙中山在上海进行革命工作、商讨问题、召开会议等的最安全的地点。宋耀如在上海的印书馆、“上海华人基督教青年会”等机构的办公地点，成为革命党人秘密聚会的场所。孙中山曾在宋耀如的书房里起草过兴中会章程，在宋家商讨革命局势和行动措施以及草拟建国方略等。宋耀如有传教士的身份，同时还是个实业家，这两个条件能够为他们打掩护。

孙中山天津上书失败后，对清廷彻底失望，遂放弃改良的思想。1894年11月24日，孙中山在美国檀香山建立兴中会，接着去美国宣传革命。宋耀如参加了兴中会，在国内冒着风险，暗中支持孙中山，第一时间给兴中会汇去3000元经费。《中华民国国父实录》中记载：“时适清兵屡败，高丽既失，旅、威继陷，京、津亦岌岌可危，清廷之腐败尽露，人心愤激。上海同志宋耀如以时机可乘，乃函促国父速归。而香港方面同志亦敦促国父返国”，“十二月中旬……国父得宋耀如自沪来函促迅速回国，及香港方面同志之敦促，至是乃偕邓荫南、夏百子、陈南、李杞、侯艾泉等自檀香山返国”，做起义准备，美国之行因而中止。这一记载，足以证明宋耀如和孙中山的关系非同一般。宋耀如十分关切孙中山的革命事业，认为此时正是革命良机，遂函促孙中山归国领导起义。孙中山即刻接受宋耀如及香港同志的建议，自檀香山回国。这是1894年，孙中山和宋耀如结交的第一年。他们已经是风雨同舟、并肩前行的战友。

起义需要经费，在檀香山时，富商邓荫南及孙中山的大哥孙眉变卖家产给以资助。1895年1月下旬，孙中山偕兴中会会员邓荫南、夏百子、陈南、李杞等人，又来到上海。孙中山约见了宋耀如，请他帮助筹划经费。宋耀如毫不犹豫地“倾囊捐助”，并且为了“保守兴中会的机密”，瞒着家人。

1895 年 10 月，由宋耀如建议、孙中山发起的革命党人的第一次武装起义——广州起义，因事泄失败。孙中山和宋耀如共同的朋友陆皓东为反清大业献出了生命。孙中山被迫抛家弃子流亡海外，长期在海外从事反清活动。宋耀如因未暴露身份而幸免于难，但他并未就此沉沦，丧失革命的信心。他仍然在国内坚持活动，秘密支持孙中山的革命事业。他在自家的印刷厂里为兴中会和后来的同盟会印刷宣传革命的秘密小册子、宣传品，这其中包括兴中会和同盟会的宣传材料，如：《民报》（同盟会机关报）、《伦敦蒙难记》（孙中山著）、《革命军》（邹容著）、《驳康有为论革命书》（章太炎著）、《猛回头》和《警世钟》（陈天华著）、《兴中会章程》、《军政府宣言》、《略地规则》、《招降满洲将士布告》、《军政府与各地军民关系条件》、《扫除满洲》、《租税厘捐布告》以及委任状等材料。宋庆龄时隔多年还记得：

> 父亲（宋耀如）在他住宅的地下室里设了一个印刷厂，印刷宗教书，也印刷宣传革命的秘密小册子。那时我们年纪都小，记得父母当时告诉我们切不可向任何人提及此事，也禁止我们拿宣传革命的小册子。父亲后来还在经济上帮助孙中山的革命事业。他不仅将自己的收入资助孙中山的革命事业，还多方募捐。

1905年，宋耀如远渡重洋去美国，向资助他读书的达勒姆富商朱利安·卡尔，募捐革命资金。至 1906 年，他在美国为革命筹款 200 万美元。

宋耀如的革命思想和革命活动，影响了全家。宋家人都无条件地支持他。妻子倪珪贞在他的影响下，不顾母亲的劝阻和警告，承受着巨大的精神压力，帮助丈夫“进行爱国任务”。她“主持家政，量入为出，节衣缩食，资助革命事业”。宋家一直没间断援助孙中山革命经费。

孙中山在海外期间，宋耀如在国内从事各种爱国活动。1903 年 4 月，俄国撕毁《中俄交收东三省条约》，企图长期霸占东北，并提出 7 项无理要求，中国人民为此集会、游行、通电，表示反对，爆发了拒俄运动。这是一次由资产阶级领导的爱国运动。

宋耀如和诸多教会的爱国人士参加了拒俄运动。1903 年 5 月 24 日下午，他们先后在美华书馆和三马路慕尔堂聚会，为东三省之事祈祷。宋耀如在美华书馆发表演说，宣传爱国宗旨。他说：“耶教救国有自由之权，令俄人夺我土地，我欲自保，并非夺人之地也。教友能结团体，如日方新，有蒸蒸日上之势。”他的演说博得好评。

宋耀如还参加创建了“上海中华基督教青年会”，是其董事部成员、第四任会长。此时，上海革命党的领导人仍旧在他的虹口宅第或山东路老印刷厂开会，而一般的革命成员把基督教青年会当作安全的处所。这些地方均不易引起政府及外界注意。

1905 年，革命党人在上海创办有革命背景的中国公学，宋耀如同马君武、于右任等革命党人担任中国公学的教员。中国公学是同盟会在上海活动的据点，校内革命党人为数众多。宋耀如的学生中还有以后赫赫有名的胡适。

1911 年 10 月 10 日，武昌起义，各省响应，清朝封建皇帝退位。辛亥革命胜利了，在举国欢腾中，孙中山由海外归国，于 1911 年 12 月 25 日抵达上海。29 日，17 省代表选举孙中山为中华民国临时大总统。1912 年元旦，孙中山在南京就任中华民国临时大总统，宣布中华民国成立。三个月后，孙中山辞临时大总统之职，专办中国铁路事宜。

孙中山日理万机，异常繁忙，诸多事务需要宋耀如协助。孙中山抵沪不久，就和宋耀如见面，要求了解在华传教士对武昌起义及建立中华民国的反应。1 月 12 日，宋耀如致函孙中山，汇报外国传教士对建立民国的意见，说：“除了两位是尚贤堂成员的传教士，在华传教士团体的舆论是支持我们的共和事业的。”这时，宋耀如及其家人对孙中山事业的支持从幕后走向了台前，并经常出入随行。宋耀如的长女宋蔼龄（1889—1973）担任了孙中山的秘书。1912 年 4 月 6 日，宋蔼龄首次以孙中山秘书的身份公开露面，随从视察江南制造局、出席统一党欢迎会。之后，孙中山离沪赴粤，往访闽、港、澳等地，秘书宋蔼龄随行。宋耀如与孙中山家人来往频繁，关系日渐密切，以至孙中山及其家人每次回上海，都住在宋耀如家。他在九江路的私人办公室由宋耀如负责，宋蔼龄也在那里为孙中山工作。宋家的私人车夫在此做警卫，

宋蔼龄、孔祥熙与孙中山夫人卢慕贞（中）合影

充当第一道门卫。

1912 年 4 月，孙中山辞去临时大总统之职，筹划中国铁路事宜，“拟专办铁路事业，欲以十年期大成”。宋耀如从事实业多年，经验丰富，是辅佐孙中山筹建中国铁路总公司的最佳人选。下列活动足以说明宋耀如在孙中山筹办中国铁路事业中的重要地位：

1912 年 11 月 14 日，孙中山在上海创办中国铁路总公司，并于上海五马路（今广东路）A 字第 36 号设立事务所。宋耀如担任会计，宋蔼龄主持外事。

1913 年 2 月 11 日，孙中山以私人资格乘“山城丸”自上海赴日本“视察日本工商并铁路现状”，宋耀如与马君武、戴季陶、何天炯、袁华先等人随行，先后赴日本长崎、门司、下关、神户、东京、横滨、箱根、名古屋、京都、大阪等地考察，受到日本民间、官方各界和印度及欧美各国众多人士的欢迎。孙中山夫人卢慕贞、宋耀如夫人倪珪贞和宋蔼龄另行，于 3 月 8 日抵达日本。

3 月 11 日，孙中山参观日本大阪每日新闻社，与该社人员合影，宋耀如均一同参与。

3 月 14 日，孙中山出席神户国民党交通部支部会议，支部长吴锦堂在寓所设午餐，宋耀如到会。3 月 16 日，卢慕贞、倪珪贞和宋蔼龄在东京因车祸受伤，幸无大碍。因孙中山行程匆忙无法前往，宋耀如遂中断考察，“立即同山田纯三郎一起搭乘当晚夜 7 时半发的快车迳往东京”，料理一切。

4 月 1 日，中华民国铁路协会在上海召开周年纪念会，出席者中有宋耀如与温秉忠等人。

袁世凯当上中华民国大总统后，有些革命党人幻想用约法、国会和责任内阁制制约总统的权力，同盟会改组成立国民党，宋教仁代理国民党理事长。殊不知，袁世凯另有图谋。1913 年 3 月 20 日，国会开会前夕，袁世凯派人在上海暗杀了宋教仁。孙中山在日本闻讯后，立即于 23 日从长崎启程归国，发动讨袁的“二次革命”。

“二次革命”失败，孙中山逃往日本，风雨同舟的宋耀如，也举家（当时宋庆龄、宋美龄和宋子文仍在美国）迁往日本神户。1913 年 8 月 9 日，孙中山抵达日本，与宋耀如会合，秘密商谈下一步革命计划。不久，孙中山移居东京，继续策划反袁斗争，并准备把国民党改组为中华革命党。宋耀如和宋蔼龄随即离开神户，到东京工作。他们同时担任孙中山的秘书，宋耀如除了参与起草英文函电外，主要是“帮助孙先生为党筹集革命经费”，宋蔼龄则为孙中山处理英文函电等，因此父女俩经常留宿孙宅，并频繁来往于东京与神户之间。

三、宋庆龄与孙中山的婚事

宋庆龄少年时期在上海教会办的马克谛耶女子学校读书。有一次，学生演话剧，是一个神话故事。宋庆龄应邀扮演了一个主要角色——公主。剧的末尾，当剧中所有的人物都有了幸福生活的前景时，宋庆龄扮演的公主被加冕为王后。观众都是学生的家长，他们个个容光焕发，兴致勃勃。宋庆龄的父亲宋耀如也在场。他是一位慈爱的父亲，对子女之事向来十分认真，不论多忙，也要设法脱身，前来观看女儿的演出。剧中英俊的王子把一顶王冠戴在宋庆龄头上，说道：“我给王后加冕。”这时，宋耀如的一个朋友登上舞台，开玩笑地大喊：“啊哈！这样一来，宋先生就是王后的父亲，国王的岳父！国王的岳父！”人们都将目光转向宋先生，向他大笑，这些欢乐的上海市民、纯朴的家长以及在场的所有人，都一齐笑起来。宋耀如比别人笑得更灿烂，因为这是为他开的玩笑。谁能想到，这个玩笑，后来竟成了事实。

孙中山是中华民国的缔造者、第一任临时大总统，被尊为国父，宋庆龄和孙中山结婚，被尊为国母。如此，宋庆龄的父亲便是“王后的父亲”“国王的岳父”了。

宋耀如、倪珪贞夫妇一直无私地支持孙中山的革命事业，彼此友谊深厚，但丝毫无意从中获取私家利益，更不曾想过当“王后的父亲”“国王的岳父”。

今天看，孙中山和宋庆龄夫妇相亲相爱，共同为祖国的独立、民主、富强不懈奋斗，受到举世赞美和羡慕，但在当时，他们的婚事，不为家人和亲朋看好。宋耀如夫妇甚至对二女儿这桩婚事持坚决反对态度，看到女儿和自己最亲密的朋友结婚，感到是有生以来不曾受过的打击。

宋庆龄（1893—1981）是宋耀如的次女，出生在上海，先在教会办的马克谛耶女子学校读书，毕业后赴美国留学。1913 年毕业于佐治亚州梅肯市基督教卫理公会办的卫斯理安学院文学系。受父亲的影响，她深爱祖国，向往革命，敬仰孙中山。1912 年年初，她接到父亲来信，得知武昌起义成功，建立了民国，欣喜若狂。她抛弃清朝的龙旗，挂上父亲寄来的民国国旗。她在校刊上发表文章，歌颂辛亥革命的胜利。她准备毕业回国和革命党人一起，为祖国强盛奉献一切。

1913 年 8 月 29 日，刚刚从美国卫斯理安学院毕业的宋庆龄抵达日本，和那里的亲人团聚。9 月 16 日，父亲带她去东京见孙中山。从前，在孙中山眼里，她还是个孩子，而此时的宋庆龄，已经是有理想、有抱负、有教养、有学识，端庄美丽、朝气蓬勃的女青年。孙中山在她心目中是英雄，是能够拯救中国的伟人。她和孙中山在一起感到无比快乐。她多次去孙中山那里，表示她愿意献身革命，帮助他工作。

1914 年 1 月，宋庆龄陪母亲回上海。宋耀如因患肝病，身体虚弱，不能长时间坐在日本矮桌边从事书写，秘书工作多由宋蔼龄一人承担，忙不过来。宋耀如次子宋子良偶尔前来协助做事。3 月下旬，宋庆龄应父亲之召到日本，接替父亲为孙中山工作。宋庆龄担任密电码保管和外文复信工作。此时，孙中山准备书面揭发袁世凯的罪行。宋耀如和宋庆龄，协同革命党人廖仲恺，为孙中山准备所需材料，几乎每天从横滨去东京孙先生处工作。1914 年 9 月，宋蔼龄和孔祥熙在日本横滨结婚，宋耀如让宋庆龄接替姐姐，正式担任了孙中山的英文秘书。而宋耀如的工作，则主要是为革命经费继续奔走。

宋庆龄在孙中山身边热情饱满地工作着，她觉得自己“真的接近了革命的中心”，非常快活。她给妹妹美龄的信中说，她的唯一快乐，是“与孙先生在一起”，对他大有帮助。她认为自己的工作对中国有益，对孙中山有益，孙中山需要她。对孙中山，她由敬而爱。有一天，宋庆龄坦诚地向孙中山表达她的爱慕之情，说她愿意关心和照顾他，做他的妻子。她说：“孙先生，我已仔细地想了好久，我知道没有别的比为你和革命服务能使我更加快乐。”

孙中山与宋庆龄情投意合，但谈婚论嫁，他不能不慎重其事。宋庆龄的父亲，是他志同道合的战友，他认为应该征得他的同意。孙中山曾致函宋耀如，试探宋耀如对宋庆龄婚姻的态度，称宋庆龄可能会与一个“大叛逆者”结婚。宋耀如非常认真地回答了孙中山，他反复向孙中山强调决不会让宋庆龄嫁给有妇之夫。因为基督教主张一夫一妻制。他表示：“我们可能贫于‘物质’，但是我们既无贪心，更无野心，不大可能去做违背基督教教义的任何事情。”

孙中山是有妇之夫，发妻卢慕贞，是一位传统式三从四德的贤妻良母。1885 年，他们由父母之命、媒妁之言，结为夫妻，生有一子二女。孙中山为革命常年东奔西走，卢氏在家侍奉老人，抚养子女，他们在一起的时间不多。孙中山要和宋庆龄结婚，需要与卢氏解除夫妻关系。他写信问卢氏是否同意离婚，卢氏爽快地表示同意。她于 1915 年 9 月到东京，在和孙中山离婚的协议书上画了押。

宋庆龄原本认为婚姻是两个人的事，应该自己做主。不过，她还是遵从孙中山的意见，于 1915 年 6 月，回家向父母宣布她要和孙中山结婚。宋耀如夫妇非常震惊，强烈反对。宋耀如发了火，倪珪贞则流了眼泪。可以理解，孙中山是同辈挚友，有妻子儿女，年龄上比女儿大一倍还多，做父母的认为女儿的选择不当。宋庆龄性格文静谦和，但不盲从，不随波逐流，凡事独立思考，有主见，主意既定，不再动摇。她知道父母决不会答应她的婚事，便不继续等待，于 10 月下旬的一个晚间，给父母留下告别字条后，从窗户里爬出来，在女佣的帮助下逃出家门，乘船东渡日本。当月 24 日到达东京，孙中山到火车站迎接。

第二天，也就是 1915 年 10 月 25 日，宋庆龄和孙中山在日本东京和田

孙中山和宋庆龄结婚后与日本挚友梅屋庄吉夫人在东京合影

瑞律师家中举行婚礼。委托这位律师到东京市政厅办理结婚登记，并由和田瑞律师主持签订了婚姻《誓约书》。

宋耀如夫妇在看到宋庆龄留下的告别信后，紧随宋庆龄之后，立即搭下一班轮船赶到日本，想劝说女儿离开她的丈夫，跟他们回去。10 月 27 日，宋耀如夫妇来到孙宅，此时已是孙中山与宋庆龄结婚后的第三天，“母亲哭着，正患肝病的父亲劝着”，宋耀如甚至跑到日本政府去请求帮助。宋庆龄拒绝离开丈夫。这件事对宋耀如打击很大，后来，他曾向挚友步惠廉吐露：“我一生中从未受过这样的打击。我自已的女儿和我最好的朋友结婚。”

宋耀如是一位胸怀革命大局、极其宽厚仁慈之人。事已至此，他默默承受打击和伤害，不改初衷，依然深爱他的女儿，依然忠实于孙中山的革命事业。老夫妇补送了女儿一份丰厚的嫁妆，其中有一套欧式藤木家具、一条绣着百子图的被面和一件宋老夫人在出嫁时穿的锦缎长袍。这些嫁妆证明宋庆龄与孙中山的婚事已得到父母的认可和祝福。

宋耀如一如既往支持孙中山及其革命事业。他在致孙中山的函中真诚地说：

> 我能向您保证，我们是如此高度地尊敬您，永远不会做任何事情去伤害您和您的事业。……虽然有些人不会感谢您的志在创造伟大中国的努力，但是，我们属于那些感谢您的工作的人们中的一部分。

1918 年，朱利安·卡尔应宋耀如之邀来上海做客，宋耀如与孙中山一起招待了这位曾为资助中国革命做出特殊贡献的富商。

1918 年 4 月，宋耀如病危，宋庆龄正在广州协助孙中山开展护法运动。由于受西南军阀的排挤和打击，孙中山任大元帅的护法军政府举步维艰。宋庆龄得知父亲病危的消息，立即赶回上海，守护在父亲的身边。5 月 3 日，宋耀如最终没能战胜病魔，带着革命尚未成功的遗憾，永远离开了人世。为纪念故人，孙中山臂佩黑纱为宋耀如服丧。1931 年倪珪贞在青岛病故后，移柩上海万国公墓，与宋耀如合葬。

1942 年 11 月 1 日，“宋耀如纪念堂”在美国卡罗来纳州威明顿城第五街卫理公会内落成，用来纪念宋耀如对卫理教派的卓越贡献。

宋耀如终其一生都在帮助孙中山，支持中国革命，即便在遭受打击的情况下亦不改初衷。他的家人也为革命做出了巨大贡献。

宋庆龄不仅是孙中山的生活伴侣，而且是孙中山的亲密战友和得力助手。在谈及嫁给孙中山的动机时，宋庆龄总是提到自己为中国的改造和复兴而献身的决心，说明自己愿意把一切奉献给体现这种精神的人。而使她产生这种思想的第一个引路人正是她的父亲宋耀如。自宋庆龄幼年始，宋耀如便已全身心地支持孙中山的革命事业，他的革命行动和思想潜移默化地影响了宋庆龄。在子女留学海外时，他不断地给在异乡求学的孩子写信，告诉他们国内的政治形势，教导他们要关心中国局势，多读一些中国历史书籍。宋庆龄的思想境界和品德，与她的父亲十分相近。实际上，是宋耀如最终促使宋庆龄走上了革命的道路，也正是他本人在孙中山和宋庆龄之间穿上了一根无形的红线。

宋庆龄没有辜负父亲的培养和期望，没有违背自己的初衷和意愿。她一生追随孙中山，无怨无悔。苏联十月革命后，中国爆发了“五四运动”，孙中山满腔热情地欢迎和支持；1921 年中国共产党诞生，孙中山看到了中国的新生力量，看到了革命的希望。他毅然改组中国国民党，吸收共产党员以个人身份加入中国国民党，并建立国共合作，共同进行大革命。1925 年，孙中山逝世后，国民党内发生分化，右派篡权，叛变革命，向革命者开刀。宋庆龄为首的国民党革命派人士，顶着血雨腥风和右派的威逼利诱，坚决继承孙中山的遗志，坚持孙中山制定的三民主义纲领和联俄、联共、扶助农工三大政策，和共产党人一起，为建立和建设新中国而奋斗。中华人民共和国成立后，宋庆龄被选为国家副主席，受到中国人民和世界人民的尊敬和爱戴。

四、宋美龄留学美国十年

宋美龄（1897—2003）出生于1897年3月14日（农历二月十二日）。这时，宋耀如已成为上海有名的富翁。美龄在极优越的生活环境中长大，又是三姐妹中最小的一个，自幼娇生惯养，十分任性。幼年的美龄矮矮的、胖胖的，冬天，她的妈妈给她穿着厚鼓鼓的棉袄，全身呈圆形，走起路来一摇一摆，显得很笨拙，每走两三步就要跌倒，但因为衣着厚，身体胖，所以从未跌伤过。人们看她的样子既可笑又可爱，给她起了个绰号叫“小灯笼”。妈妈着意打扮她，给她梳当时小女孩最流行的“螃蟹眼”发型，将她头顶上的两根小辫子用红绸子扎着，然后卷成圆环；还给她穿花布制作的、背后开口系扣的短上衣；至于鞋子更是独一无二，看上去像个猫头，两旁伸出两只猫耳，还绣着猫的胡须和眼睛。

儿童时代的宋美龄

幼小的美龄虽然目空一切，盛气凌人，但很崇拜刻苦勤奋的大姐蔼龄。蔼龄让她干什么她就干什么。在蔼龄发号施令处理家务时，她总是站在一旁聚精会神地注视着，就好像她正在实习，准备将来接替这个角色。她什么都向大姐学习。由于大姐是5岁上学，所以她到5岁那年，也吵着非要去马克谛耶女子学校读书不可。

马克谛耶学校是一所教会办的女子

学校，以主教的名字马克谛耶作为学校的名字。学校坐落在上海的汉口路，专为外国小姐们开设，是当时很有名气的学校。宋耀如崇拜西方文化，并有和教会的关系，将女儿们都送进这所学校去读书。而且，该校一般只收16岁左右的女孩，宋耀如却能让自己的女儿很小就去上学。蔼龄5岁那年要求入学读书，母亲笑她胡闹，父亲却予以支持，领她去见马克谛耶女子学校的校长海伦·理查森，说明了孩子的愿望。蔼龄聪明伶俐，比一般女孩早熟，理查森十分了解宋家子女的情况，同意把蔼龄作为特别生收下，并为她单开一个幼儿班，亲自辅导。蔼龄5岁入学寄读，成了学校轰动一时的特例。校长在她身上倾注了大量的爱，经过两年单独辅导，蔼龄进步很快，居然可以同其他同学一道正式跟班上课了。

1900年，年方7岁的庆龄，也进了马克谛耶女子学校。她美丽而文静，英语学得非常出众。由于庆龄入学时比大姐入学时的年龄大两岁，适应环境快一些。

美龄5岁要上学，她的父母认为她没有蔼龄那样的坚强意志和生活能力，恐难适应艰苦的学习环境。但由于美龄坚持，她的父母不得不让步，也考虑有庆龄可以同小妹做伴，于是给她收拾衣物，送她去马克谛耶女子学校就读。马克谛耶女子学校又做了一番特殊的安排，将美龄编入幼儿班，并准许她同庆龄住在一间寝室里。

美龄入学后，学习比较轻松，在寝室里还能做些简单的、力所能及的劳动，大家很喜欢她。但她不服从她的二姐，有时反而无端地责难这位文静而谦和的姐姐。每个星期三的晚上，马克谛耶女子学校都从外面邀请一些有名望的客人，包括宋氏夫妇，来主持宗教讨论会。经常来当主持人的是李牧师。讨论会鼓励孩子们提问题，经过公开讨论，解决她们信仰上的疑难问题。什么问题都可以提，不会受到批评。有一次讨论中，庆龄提出一些疑难问题，这本来是正常的，但会后，美龄却愤怒地质问庆龄："你为什么向李牧师提问题？""难道你不忠实于信仰？"谦和的二姐，总是忍让着妹妹。

美龄好逞能。学校有两座楼，一座点气灯，一座用电灯，从点气灯的楼到有电灯的楼之间有一段漆黑的通道。大多数岁数小点的女孩都怕走这段路，只有美龄硬充好汉，声称自己不怕，故意在晚上从这条漆黑的通道上走过。为此，她受到老师的表扬。老师对其他人说："你们为什么不敢像美龄一样从这里走过呢？"其实，美龄在夜里走过通道时也不是不害怕，而是硬着头皮往前闯，这使她精神处于极度紧张的状态。后来学校老师发现，这孩子夜里有时睡不着觉；也有时睡着之后被噩梦吓得尖叫起来，搞得整个宿舍不得安宁。

父母深知美龄自幼容易过分冲动，而在过分激动时会突然出荨麻疹，浑身上下出现许多红肿块或"疹团"。既然这次又受到精神刺激，不敢忽视，便把她接回家中，请人单独教她念书，直到几年后送她出国为止。

宋家姊妹的成长，与家教有关。每当暑假到来，三姐妹与小兄弟会聚在一起，本该是尽情玩耍的时候，但父亲竟不允许他们虚度时光，而是聘请教师，安排重点科目的补习。每天上午，孩子们到一英国女教师家中补习英语和拉丁语；下午，请一位当年教过自己的老先生到家中，给孩子们讲授古典文学。每天安排得满满的，只有午休时间孩子们可以游戏。

宋耀如不满足于女儿们在马克谛耶女子学校完成的学业，几年以后，把她们一个个送到美国去留学。

20 世纪初，中国只有最富有的家庭才能送子女出国，而且多数是送男孩子，很少有送女孩子出国留学的。当时宋家在上海虽已小有名气，但还算不上最富有之家。而宋耀如夫妇不仅送男孩出国，也将 3 个女儿先后送往国外就读。因此，仅靠他当时拥有的财产是不够的，美国的教会和教友在这方面帮了他的大忙。

宋家三姐妹，最先出国的是大姐宋蔼龄。1904 年 5 月 28 日，经卫理公会步惠廉牧师的推荐，年仅 14 岁的蔼龄获准去美国学习。她随步惠廉夫妇，乘"高丽"号轮船离开上海，前往美国南方佐治亚州梅肯的卫斯理安学院就读。一路上，因至日本神户进行防疫消毒，到美国旧金山检查护照发生麻烦，耽搁不少时间，直到 8 月 2 日午夜后才到达卫斯理安学院。梅肯是位于奥克穆尔吉河畔的一座宁静的城市，市区树木葱茏，色调淡雅，飘溢着玉兰的馥郁芬芳。卫斯理安学院是美国第一所特许设立的女子学院，是南方卫理公会创办的几所学院之一。它坐落在一座俯瞰城市的小山上，举目望去，周围到处是苍松翠柏，景致宜人。

宋蔼龄住在院长格里先生家的一个小房间里，很方便、舒适。来到梅肯后的第二个月，就作为“预科生”入了学。她以自己顽强的毅力，赢得学校师生的好评。以后，庆龄、美龄也来这里学习，大姐的成功，无疑起了开路先锋的作用。

1906 年，宋耀如借赴美为孙中山筹措经费之机，在纽约与大女儿会面，并到新泽西州的小镇萨米特，为二女儿庆龄和三女儿美龄联系赴美就读学校。这个小镇上，有一座由克拉拉·波特温小姐创办的学校，录取小批中国学生，辅导他们报考美国的大专院校。宋耀如经过参观、交谈，很喜欢这座学校的气氛，征得校方同意，决定第二年送两个女儿来这里就读。

这年，美龄不满 10 岁，宋耀如就准备把她送到美国念书，看来也许为时过早。这是由两个因素决定的：一个因素是，庆龄已经到出国的年龄，美龄坚持跟随二姐同行；另一个因素是，宋耀如已参与孙中山的革命活动，一旦被清廷发现，必将逃亡国外，先将子女送出去，免得牵挂。送完女儿之后，长子子文即将从上海圣约翰中学毕业，宋耀如准备将他送往哈佛大学深造。仅剩子良、子安两个小男孩，出现危险时，还比较容易安排。

1907 年夏天，庆龄和美龄跟随二姨父、二姨即温秉忠夫妇，乘坐“满洲里”号客轮前往美国。温在清政府任职，奉命率领教育事务团访美，顺便一路照看宋氏姊妹。

波特温小姐的学校，学生年龄一般在 9 岁左右，正好与美龄的年龄相合。所以美龄一进学校，就无拘无束，非常活泼欢跃，而且相当淘气，对周围的一切都兴致盎然，不论是新奇的花草树木，还是房屋和人，她都要盘根问底，打听清楚。不过，年龄小，第一次离开父母，尽管有二姐做伴，美龄还是常常想家。想家时她就到住在学校里的一位教师那里去聊天解闷。

宋庆龄在同学中显得年龄大些，由于年龄和性格上的差异，她自然不去参加小孩子的玩耍和嬉闹，而是利用一切休息时间，贪婪地阅读成年人看的小说和其他书籍。

在萨米特度过了愉快的 1 年之后，宋庆龄已经 15 岁，可以进卫斯理安学院读书了。1908 年夏天，庆龄和美龄同一些朋友一起到佐治亚州的山城德莫雷斯特避暑。这里有一所卫理公会办的皮德蒙特学饺。这年秋天，宋庆龄转入梅肯的卫斯理安学院就读，宋美龄则留在德莫雷斯特，同伙伴们一道入皮德蒙特学校念书，住在大姐一个同学的母亲莫斯夫人家里。

宋美龄在皮德蒙特八年级，非常愉快地度过了 9 个月。她看到班内许多同学都是来自遥远山区的成年男女，为了维持生计和取得接受基础教育的机会，而不得不含辛茹苦地奋斗，甚为感动，表示钦佩，从而认识到："他们和他们那样的人，正是任何民族的支柱。"受到同学们的影响，宋美龄在学习上也有很大进步。原来她的英语知识比较薄弱，在词语的表达上，经常出现可笑的小毛病。为了纠正这些毛病，老师教她从语法上分析句子，收到成效，使她能比较准确地用英语将自己的意图表达出来。她的哲学成绩也很好，平均分数为 98 分。但算术成绩则比较差，尤其没有弄懂百分比的换算，据说仅能得"C 等"，勉强及格。

12 月 25 日圣诞节，是基督教为纪念传说中的耶稣基督诞生而规定的盛大节日。在节日的前几天，美龄与另外 3 名小朋友决定发扬圣诞节的真正精神，为他人谋求幸福。于是每人拿出 25 美分，总共凑成 1 美元，买土豆、牛奶、牛肉饼、苹果和橘子，准备送给铁路那边的某家穷人。店主亨利先生慷慨地把食糖等每样食品都送给他们一些，使得他们的礼品更加丰盛。他们抱着大包小包的食物，以执行神圣使命的愉快心情奔向一间摇摇欲坠的简陋小木屋，看见一位精疲力竭、面容憔悴的女主人拉扯着一群瘦弱不堪的儿女。面对这般凄惨的情景大家都愣住了，谁也说不出一句话来，于是搁下纸包，拔腿就跑。跑了一段距离之后，有一个孩子才回头大喊："祝圣诞节快乐！"美龄事后回忆说："当时因为要去做一件乐善好施的事情，所感到的那种激动心情，是我一生中从来没有再体会过的。"

在皮德蒙特最令美龄喜爱的娱乐活动，是利用星期日下午，同小朋友们到野外树林中采摘榛子、黑莓等野果。野外空气清新，大家说说笑笑，边摘边吃，十分惬意。此外，她常常读很多书，特别喜欢坐在房前两棵大树之间的木凳上读书。

1909 年，美龄 12 岁，年龄仍然太小，连作为"特别生"进卫斯理安学院念书都不行。幸好，在院长格里退休后，新院长安斯沃思主教改变了非本院学生不得住在学院宿舍的规定，允许美龄来卫斯理安学院居住，与二姐庆龄做伴儿，便于彼此互相照顾，因为大姐蔼龄即将毕业回国。

由于美龄不是正式学生，没有繁重的功课负担，所以她自从来到学院的第一天起，便和比自己小两岁的院长的小女儿埃洛伊西成了好朋友。她们在维多利亚式的主楼过道里随便跑来跑去，有时躲在会客室的窗帘后面，窥视学院的姑娘们同男朋友在那里幽会，然后笑着跑回来，把看到的情景叙述给大人听。

后来又来了第三个小女孩，叫真拉瑞贝尔，也是一位在校学生的妹妹。她们 3 人创办了一份报纸，每天把看到或听到的关于某人之事，不外谁漂亮、谁聪明、某人做了什么事情等，稍加评论，写在作业纸上，然后去卖给本人。每天发行 5 份，每份卖 5 分，内容各不相同。美龄是文字编辑，另两人分别担任美术编辑和记者。这种所谓报纸，实际上是在小孩子恶作剧基础上发展起来的，虽然价值并不很大，然而毕竟也是一种舆论，所以凡是写到谁，那人总是慷慨地花 5 分钱，将那张报纸买下。就是这样的“报纸”，竟引起东部某大学学生的注意，他们花钱买去一份，以当作美国最年轻编辑的作品的一项记录。

学院怕美龄学业荒疏，派青年教师马吉·伯克斯和露西·莱斯特进行个别辅导。伯克斯小姐的母亲、英语教授伯克斯夫人，照管美龄的个人生活，为她做衣服，帮助她到城里买鞋。个别辅导对美龄并未构成约束，她有时仍像脱缰的野马一样，为所欲为。有一次在上法语课时，美龄想外出活动，坚持要求把课停下来，到校园里去跑一会儿。不过，美龄经过老师的个别辅导，还是比在普通班有了更大的进步。

美龄姐妹长期在美国生活学习，其穿戴、习俗不能不随之西化。不过她们也念念不忘自己所喜好的中国风俗。每当姐妹俩在一起时，她们往往马上换上中国旗袍，只有和外国同学在一起时才穿着西装。当时美国人视抹胭脂口红为伤风败俗，而美龄和蔼龄则喜欢那样打扮，经常用中国香粉搽脸并涂口红，尽管为此一再受到同学们的讪笑，她们仍泰然自若，而且申明自己“搽的是中国粉”。

美龄在卫斯理安学院当了 3 年“自由旁听生”之后，终于在 1912 年成了大学一年级新生。她给人们留下的仍是淘气孩子的印象，认为她并不特

宋美龄在卫斯理安学院与同学合影

别用功，远远不如二姐勤奋和严谨。

1913 年春季学期结束，庆龄从卫斯理安学院毕业并返回中国，美龄便从佐治亚州转学到马萨诸塞州的卫尔斯利学院，以便与她在哈佛大学二年级念书的哥哥宋子文离得近一些，因为哥哥是她的监护人。

美龄从 1913 年秋至 1917 年夏在卫尔斯利学院就读，4 年时间使她从一个圆脸顽皮的小姑娘，变成一位风姿绰约、体态丰满的妙龄女郎。她念一年级时，住在校园附近的卫尔斯利村；从二年级起搬进校园，住在伍德楼里，一直到离校为止。她刚到这里，感到一切生疏，不习惯，曾对校长表示："我估计，我在这儿不会待很久。"然而，一旦适应环境之后，她改变了主意，很快就埋头学习，交男朋友，从事体育运动。

她主修英国文学，对亚瑟王的传奇故事尤其感兴趣。她兼修哲学，选修课中包括法语、音乐（理论、小提琴和钢琴）、天文学、历史学、植物学、英文写作、圣经史和讲演术。此外，她还在佛蒙特大学选修过教育学，也获得学分。

在大学四年级，她获得了"杜兰特学生"的称号，这是卫尔斯利学院授予学生的最高荣誉称号。

她虽然不广泛参加体育运动，但参加了她们班的篮球队，有时穿一件水手罩衫和一条过膝的锦缎灯笼裤。她也喜欢游泳和打网球。一次复活节，她在格洛斯特附近游泳，差一点儿在汹涌的回头浪中淹死。同游的女学生揪住她的头发，把她拖出水面，她才得以生还。

宋美龄有时去找哥哥子文，从而也认识了哥哥的许多朋友。这些在哈佛大学和麻省理工学院读书的中国小伙子，为她的容貌和才气所倾倒，纷纷前往伍德楼，主动与她交往。她曾与来自江苏省的哈佛大学学生李彼得订婚，婚约只持续了几个星期，便解除了。

宋美龄自1907年至1917年，连续在美国生活了10年。她脚蹬结实的美国鞋，身穿和大家一样的美国裙，“似乎完全西方化了”。但是她经常用一些色泽明快的丝绸在自己宽大的短外套或夹克衫上做点缀，使其具有东方人的特点。尤其是她对东方文化及其遗产的思想感情，随着年龄的增长，反而越发强烈。她在与一位教师的谈话中，口若悬河地谈到中国对世界文明的贡献，为中国的文化和艺术感到自豪，并为西方世界对此竟然漠视而表示遗憾。

宋美龄有敢于改变陈旧观念的精神，给卫尔斯利学院的师生留下极为深刻的印象。一位教员在为她做的评价中写道：“在我的记忆中，（美龄）这个人很有趣，具有内在的力量，……她的性格中真正有趣的一面是她具有独立的思想，她对任何事情不停地苦苦思索。她总是在提问题，询问一些概念是怎么回事，头一天跑来问文学的定义是什么，第二天又来问宗教的定义是什么。她思索道德问题，自己找到了一些道德标准；而在比较传统的环境里成长起来的人总是不加询问地接受现成的标准。她执着地追求真理，只要发现自己在过去曾接受传统的错误灌输，她就怨恨不已。”

宋美龄在美国期间，进行了极为广泛的游览。她曾对别人说：“我游遍了整个美国，实际上，美国的每一个州我都去过。每年暑假，要么就是同我父亲的朋友们在一起，要么就是去拜访我的同学。”

五、美龄归国

宋美龄于1917年6月毕业于美国的卫尔斯利学院，7月回国。此时宋家住在上海法租界霞飞路上一栋新买的小楼。这时，袁世凯在全国一片反对声中死去，民国似乎出现新的转机，国内气氛有所好转。宋耀如夫妇与心爱的幼女久别重逢，心情愉快，家中一片欢乐和谐的气氛。

由于宋美龄长期生活在国外，刚回到上海，对一切都感到不习惯，甚至对家里的房子也不满意，责怪父亲为什么不买一栋比较排场的大房子。父亲听后多少有点伤心。后来有一位朋友向宋耀如征求意见：应不应该送自己女儿去美国留学？他半真半假地劝阻说："不要送你的孩子出国。"送出去，在外国待的时间长了，"他们回国后会觉得什么都不够好，他们想把一切都翻个个儿"。

宋美龄爱清洁，对女佣人十分严格。有一位童年的女友应邀到她家做客，见她走进起居室，按铃叫来一个女佣，然后环视一下房间，小声说："灰尘！"她接着又解释道："这些佣人简直不懂得如何打扫房间。"她叫那个女佣人看看那张满是尘土的桌子，要她重新擦干净。女佣人蹒跚着取来一块抹布，开始轻轻地拂拭桌面，宋美龄尽可能耐心地等待着，然后要过抹布，对女佣说："不对！不能那样干！""看着，要像这样。"她边说边麻利地拂去尘土，擦拭需要擦拭的地方，并很快地转过身来，对她的客人说："不教她们，你就别指望他们懂得怎样干活。"

当时社会上乃至亲朋之中，有人对回国留学生抱有一定成见，认为他们穿洋服、说洋话，即使说中国话也是颠三倒四、满腔洋味，因此往往以厌恶的眼光看待他们，这使宋美龄遇到极大困难。因为她自幼长期旅居国外，对祖国语言确实有些生疏。所以她回国后做的第一件事，就是找一位中国教师，教她学习汉语。她凭借孩提时代的记忆，稍加练习就恢复了上海方言，她又进一步努力提高自己的汉语会话和理解能力，以及汉语读写能力。经过多年的不懈努力，宋美龄终于能以一口流利的汉语公开发表演说。

回国后脱下洋装、穿上旗袍的宋美龄

在衣着方面，宋美龄也尽力克服对中式服装的陌生感，很快地穿起了中式服装。不过，她并不沿袭陈旧式样，而是参照西装的某些特点对中国服装的某些陈旧式样进行必要的改造。例如：按中国惯例，青年女子只能身着筒式上衣，旗袍也是筒式的，而她则将腰部剪裁得很合体。她还经常满不在乎地穿着一身剪裁时髦的女式骑装，头戴一顶秀雅的宽檐女帽。她对旧式服装的改革，符合时代潮流。合身的女装和旗袍很快推广开来，有的妇女甚至仿效美龄，骑马时也穿起马裤。

宋美龄是一个体态苗条、性格活泼的姑娘。她以充满活力的个性和极其旺盛的精力，积极参加社会活动，很快赢得人们的青睐。作为上海社交界的名流，宋美龄加入了基督教女青年会，协助该会从事社会工作。同时，她还是全国电影审查委员会的一名成员。上海市参议会也一反先例，聘请她参加童工委员会。在此之前，还没有一个中国人得到过这样的职位。她在该委员会的工作对她人生道路的选择，有着巨大的影响。她接触到上海的工厂，看到那里恶劣的劳动条件，对于这位纯粹是学校里培养出来的大学生来说，无疑是一种接受社会实践教育的机会。

宋美龄从未正式当过老师，然而，上海的好几所学校曾请她去讲学，因为人们很想从这位美国大学生的身上学到点什么。宋美龄口齿清晰，因材施教，而且很有耐心，受到欢迎。

宋氏三姐妹

宋美龄的社交活动也是相当频繁的。上海是富贵阶层奢华享乐的地方，宋家的亲朋好友都像宋家一样，拥有私人汽车。在挥霍无度的社交聚会上，他们纵情欢乐。当他们为某位家庭成员庆祝生日时，总是要举行为期几天的盛大宴会，还要聘请剧团的名角到家里来，为他们的亲戚朋友唱堂会。凡有这种场面出现，宋美龄必亲自出席，并担任重要角色。

宋家与外国人的交往关系也是引人注目的。一般从海外回来的中国人，往往不再与外国人接触，但是宋美龄回国后却仍然与美国人保持往来。她回国后的翌年春天，宋耀如邀请美国朱利安·卡尔访问上海，宋美龄帮助父亲热情接待。由于卡尔资助过中国革命，所有共和派领导人都招待他。住在法租界莫里哀路的孙中山和宋庆龄，亲自宴请并馈赠珍贵礼品。卡尔成了一个接一个的宴会的贵宾，陪同卡尔赴宴的宋美龄，不仅得以和孙中山会面晤谈，而且认识了不少革命党人。

卡尔访华之后仅仅几个月，57 岁的宋耀如因患胃癌，于 1918 年 5 月 3 日溘然长逝。这时宋美龄留学归来还不到一年。他临终时，美龄、庆龄、蔼龄都随侍在侧，亲视含殓。这一次的姊妹团圆非常珍贵、难得，此后就各奔东西、劳燕分飞了。两个姐姐各自回到自己丈夫的身边，宋美龄则着手和她母亲一起搬到西摩路的一栋比较大的房子里。宋美龄自从在卫尔斯利学院毕业归来，就一直渴望住进这幢房子，而她的父亲却坚决反对。在居丧期间，美龄和蔼龄埋头整理亡父的私人文件，但所有文件都没发表。

第三章　蒋介石的一妻二妾

蒋介石向宋美龄求婚前，早已成家，有发妻毛福梅（1882—1939），侧室姚冶诚（1887—1966）和陈洁如（1907—1971），还有两个儿子：蒋经国、蒋纬国，一个女儿：蒋瑶光。他要娶宋家千金美龄为妻，和这3位妻妾必须解除婚姻关系。

一、发妻毛福梅离婚不离家

蒋介石于1901年，14岁时，娶奉化县岩头村毛氏为妻，为原配夫人。毛氏原名毛馥梅，后来因馥字难认，便改为福梅，也有人叫她福美或福妹。毛福梅生于1882年农历十一月十九日，比蒋介石大5岁。女大于男，在当时风俗很普遍。毛福梅的父亲毛鼎和在岩头村开设祥丰南货店，大家都叫他“祥丰老板”，是一位封建道德观念很深的商人。毛福梅是毛鼎和的幼女。毛鼎和有4个子女：长子怡卿，又名武宝，一贯经商，早年在宁波开肉店，20世纪20年代去上海，在福州路开了一家店号为“清一色”的饭店，1927年结束店务，回老家岩头隐居，1945年5月26日去世。次子懋卿，又名秉礼、鸿文，幼年就读私塾，获得秀才功名，北京高等警官学校毕业，曾任慈溪县警察所所长、黄埔军校总务主任、广东省东莞县县长、宁波市公安局长、中国农民银行江西赣州支行常务董事，后转办鄞奉长途汽车公司，任董事长兼总经理。中华人民共和国成立后，续任鄞奉长途汽车公司私方代表，并先后任宁波市、浙江省的全国政协委员。1970年病逝上海。长女英梅（毛福梅的大姐），嫁到奉化跸驻村，丈夫宋孟果，务农为业。他们膝下有3个儿子，依次取名宋继修、宋继坤、宋继尧。继坤的儿子宋时选，从抗战时期起，一直跟随蒋经国左右，1949年去台湾，几经提拔，曾任国民党中央常委、中央组织工作委员会主任等要职。继修、继尧曾在蒋介石主办的武岭学校任职，溪口解放后移居香港。毛福梅是毛家最小的孩子。

毛氏所以能嫁到蒋家，据说有一段小故事。原来蒋介石在榆林读书时，常于课余到离榆林二三里路的岩头村堂姑家去玩。堂姑嫁到岩头毛家，有个女儿，年龄与蒋介石不相上下，面貌清秀。两表兄妹时常见面，颇为亲热，蒋介石便产生了娶表妹为妻的念头。消息传开，被其堂姑得知，堂姑对蒋介石的印象不太好，很不高兴，对人说："瑞元这个无赖，他娘还当作宝贝似的，我看以后必是个不成器的败家子，我的女儿岂肯嫁给他……"话说得很不好听，偏偏又传到蒋母王采玉耳中。王采玉问明儿子，确有此事，心中埋怨堂姑："你是蒋家自己人，不愿将女儿嫁给我儿子，倒也罢了，为何还要出言相讥？我倒非要在岩头毛姓中择一个门户相当、人品俱佳的闺女为媳妇不可。"当即与蒋介石的表舅陈春泉商量，请他到岩头村帮助物色。

陈春泉是当地有名望的乡绅，与岩头村许多人家有交往，特别是对士绅之家的情况，无不了如指掌。他经过多方斟酌，对蒋母说："祥丰南货店老板毛鼎和的幼女福梅，品貌端庄，尚未许人，只是年纪要比瑞元大几岁。"提到毛鼎和，王氏也知道，丈夫与他素有交往，家境殷实，很有名望。女孩年龄大几岁，也正合自己心意。她认为早娶一个比较老练的大媳妇，既可为家务分劳，又可帮助自己管教顽劣的儿子，还可早日抱孙子，一举三得，有啥不好？于是请陈春泉做媒，双方交换八字，排算相合，然后过书下聘，议定翌年冬迎娶新人过门完婚。

清光绪二十七年，也就是 1901 年，19 岁的毛福梅嫁给了 14 岁的蒋介石。毛福梅对这门亲事很是满意。

毛福梅拜堂成亲那天，小女婿闹出一场大笑话。自从蒋父去世，蒋家虽大不如前，但蒋母王采玉还是要支撑门面，为儿子大办喜事。迎亲之日，故居悬灯结彩，宾客盈门。新郎蒋介石身穿长袍马褂，头戴红结子瓜皮小帽，脚穿白底元色绸面的新鞋，兴高采烈，招待宾客。下午 4 时许，新娘花轿到达门前，这时按例鸣放喜庆爆竹。一群随轿看热闹的孩童和跟大人前来吃喜酒的小客人，都拥到天井去抢拾爆竹蒂头。年方 14 岁的蒋介石，见此情景，顿时忘乎所以，也急忙奔出，挤在其他孩童之中，抢拾爆竹蒂头，引得亲友哄堂大笑。奉化向有“新郎拾蒂头，夫妻难到头”的俗话，人们都忌讳此事，认为它预兆新婚夫妇可能不合。正坐在轿中的新娘毛福梅听到此事，其痛苦心情是可想而知的。蒋母更是气得跺脚大骂。新郎、新娘拜堂献茶仪式完毕，蒋母又将儿子叫到自己房中，训责一顿。

毛福梅嫁给蒋介石，是由两家老人做主包办的旧式封建婚姻，毛氏又是一个缠足的旧式家庭妇女，因此结婚以后，夫妻两人感情一般。1905 年，蒋介石到宁波文昌殿陈家祠堂读书，王氏命他将毛福梅带去伴读，照料生活。这一时期，蒋介石与毛福梅感情较好，雇用一个梳头娘姨供毛氏使唤，又聘请同学林绍楷的妹妹林瑞莲教毛福梅读书。但时间只有六七个月，蒋介石就把毛氏送回溪口。这段“蜜月”过后，毛福梅将要开始她漫长而孤寂的婚姻生活。此后蒋介石考入浙江武备学堂，再进保定军校，又赴日本留学，学习军事，很少有回家聚居之日。

蒋母王采玉为蒋介石娶年龄大一些的媳妇，原有早日抱孙之心，但多年不见生育，未免有些心焦。后来知道毛氏终于有孕了，她喜形于色，关怀备至。那时蒋介石在日本留学，寒假归来探亲，夫妻之间偶尔因故争吵，毛氏顶撞几句，他一时性起，竟举起皮鞋脚向毛氏腹部踢去。当时毛氏怀胎已七八个月，被踢之后腹部疼痛，王氏闻声赶来，大骂儿子，命他尽快请医生诊治，服药安胎，但已无效，当夜小产。王氏啼哭痛骂，重述家庭痛史，责以“不孝有三，无后为大”的道理。蒋介石素来对母亲孝顺，便跪下听训。

1909 年暑假，蒋介石由日本回国，滞留上海。王氏亲自送媳妇前往，为了促使其夫妻和睦共处，并痛哭训子，闹着要到黄浦江投水，以死相劝。蒋介石跪地求饶，说今后誓不再与妻子争吵，并邀好友张静江、戴季陶同来劝解，留毛氏在上海居住。王氏回乡前夕，还去托付在上海的乡亲随时探询儿子与媳妇相处的情况。后来得悉媳妇再次怀孕，又亲自前往，延医诊脉，说是男胎。翌年，1910 年农历三月十八日毛氏分娩，生下儿子，乳名建丰，谱名经国。这时，王氏 46 岁，蒋介石 23 岁，毛氏 28 岁。结婚将近 10 年，得一经国，婆媳喜悦异常，十分疼爱。在旧式年代，女人在婆家的地位，一是取决于娘家，二是靠儿子。儿子最重要。如果儿子将来出人头地，她的日子就会过得好些。毛福梅心里洋溢着喜悦，在这将近 10 年缺乏丈夫关爱的婚姻里，她第一次有了安全感，庆幸此生有了依靠。

后来，蒋介石在上海花天酒地，娶青楼出身的姚冶诚为侧室，并把她带回了溪口老家。毛福梅表现得宽宏大度，她对姚冶诚十分亲热，嘘寒问暖，把她当成自家的妹妹看待。

毛氏和婆婆王氏终日以念佛度其余生。丰镐房楼上经堂内供奉观音大士像，农历初一、十五均为斋期。江口白雀寺的当家静悟，雪窦寺方丈大胜、静培，都是丰镐房斋期的常客。婆媳俩常到雪窦寺朝山进香。该寺住持朗清和尚迎奉权贵，对他们婆媳俩大献殷勤，特地在雪窦寺后院布置一间清静的客房，作为憩息之所。毛福梅还出大洋 800 元，修筑入山亭到雪窦寺长达 5 里地的崎岖山路。

蒋介石对毛福梅越来越冷淡，丝毫没有夫妻感情。他在日记中发泄对毛氏的厌恶："甚至不愿同衾""人影步声，皆足刺激神经""决计离婚，以蠲痛苦"。1921 年 4 月 4 日蒋介石曾给大舅哥毛懋卿一封信，表示："吾今日所下离婚决心乃经十年之痛苦、受十年之刺激以成者。""高明如兄，谅能为我代谋幸福，免我终身之痛苦。"所谓离婚，并不是夫妻双方协议或者经法院判决，而是蒋介石的一厢情愿，如同封建时代的"休妻"，毛福梅被抛弃。1921 年 6 月 14 日，蒋母王采玉去世，解除了蒋介石离婚的障碍。11 月 28 日，蒋介石给他的两个儿子蒋经国和蒋纬国的信中，告知"余今与尔等生母之离异"。这就算是离了婚，没办法律手续。

后来，在 1927 年，蒋介石去日本请求宋老夫人允许宋美龄嫁给他之前，才致函奉化县长："请许可与夫人离婚。"并回溪口强迫毛福梅办理离婚手续。但毛氏为蒋母王采玉主持的明媒正娶的蒋介石原配夫人，平时恬静自律，吃斋念佛，与世无争，蒋与毛氏离婚，于情理上说不通，乡里亲戚故旧均不认可。毛氏也坚决表示不离蒋家老宅，况且长子蒋经国是毛氏所生，尚在苏联留学，正宗嫡嗣，毛氏自然是丰镐房主妇。事情闹成僵局。后来还是蒋介石的孙家舅舅琴凤考虑蒋、宋结合有利于蒋今后的政治前途，便将毛福梅和蒋介石的侧室姚冶诚接到肖王庙镇暂住，默认离婚。办了一个登报离婚手续，并在奉化县政府备案，将蒋、毛同署名的《协议离婚书》一份转交宋家，这也等于一个官样文章。待蒋、宋在上海举行过婚礼后，姚冶诚带蒋纬国去苏州，陈志坚作为家庭教师相偕同去。毛福梅则与蒋介石“离婚”不离家，仍回丰镐房，生活由蒋介石供给。逢年过节，亲友往来，乡俗依旧，均以毛氏为正宗。

这当然不是蒋介石的宽宏与恩赐，而是毛氏以自己的实际行动在蒋家争得了不可动摇的地位。毛氏是个典型的贤妻良母，她的儿子蒋经国，是蒋介石的长子，亲生骨肉。蒋经国敬爱并支持母亲。闻知父亲遗弃生母，便写信给母亲，百般安慰。毛氏也得到蒋氏族人和乡里故老的普遍同情与赞扬。自从 1921 年婆婆去世，毛氏便成了丰镐房的主妇、当家人，并没有因“离婚”而改变她在家庭中的地位。在溪口人的眼中，仍认为毛氏是原配，一般人都称她“大师母”。

毛氏治家严谨，性好整洁，卧房里所有家具用品，都有登记。而且，摆设有序，不许乱加移动或乱放。有一个自幼跟随她的侍女叫蒋聪玲，每天打扫揩抹，收拾得窗明几净，一尘不染。

蒋介石每次回溪口，事先都有通知。毛氏对蒋介石尊敬有礼，数十年如一日。得到蒋介石回乡通知后，总是打发蒋聪玲到镇上叫几个临时工，将丰镐房大厅内外冲洗一番。蒋介石回溪口后，除找人帮忙为蒋介石及其侍从备办菜饭之外，毛氏也照例要下厨房，亲手为蒋介石做几样家乡菜。蒋介石每次回来，也总要抽暇到丰镐房与毛氏叙谈。有时蒋介石偕宋美龄一同回溪口，住在“乐亭”别墅。宋美龄一向有睡早觉的习惯。蒋介石起床后，相隔一个半小时，她才起床盥洗。蒋介石利用这段时间，带着卫士步行到丰镐房老宅。毛氏知道蒋介石回籍，早做好艾青团子一类点心，供蒋享用。蒋介石用过早点后，回转乐亭，宋美龄往往还在蒙被大睡。蒋介石特别喜欢吃奉化的鸡汁烤芋头，毛氏每年要送几十斤奉化芋头、咸菜到南京给他吃。毛氏因为想念在苏联的儿子蒋经国，有时与蒋介石争吵，要他把儿子叫回来。她在绝大多数情况下能与蒋介石和睦相处。1947 年，蒋介石曾回溪口探亲，还去过毛福梅的墓地，独自默然久立。他自知毛福梅从未亏欠过他，相反她对蒋家有恩。她照顾他的母亲，为他生了儿子，甚至在离婚后，每次他回溪口，她都悉心照料他的生活，还在新夫人面前给足他面子。

二、蒋经国是毛氏一生最大的幸福和骄傲

毛福梅的婚姻没给她带来幸福，长期在“冷宫”里过着孤独寂寞的生活。常年和婆婆一起烧香拜佛，打发日子。1910 年 4 月 27 日，即辛亥革命的前一年，蒋经国诞生。蒋经国呱呱坠地的一声啼哭，给香烟缭绕、死气沉沉的丰镐房带来生机，房里房外，欢声笑语，阳光灿烂。从此，她的心中充满快乐，她看到了光明，看到了希望。她精心抚养爱儿，盼着他长成一个顶天立地的男子汉。

蒋经国在母亲温暖的怀抱里长大，得到了充分的母爱。蒋介石经常在外，毛氏抱着蒋经国到岩头娘家居住。她娘家开有南货店，家境殷实。蒋经国从断奶到独立行走的一段时间，曾留在外婆家抚养，店中的一切糕果食品，由他任意食用。后来蒋经国仍经常随母亲到岩头外婆家省亲，有时一住就是几个月，以至他把岩头看成是第二故乡。

祖母王氏敏锐地发现，蒋经国的性格温和稳重，“略无乃父童年的那样顽态”。毛氏的结拜姐妹、姚冶诚的文化教师陈志坚回忆：“我到蒋家任教那年，蒋经国刚 4 岁，朝夕共处，喊我姨娘，非常亲热。他的仪表、性情都像他娘，稳重文雅，懂事听话，尊敬长辈。”

蒋介石按着他的思路教育儿子。1916 年，蒋经国 7 岁入武山小学（后并入“禽孝区立完全小学”），从毛同福受启蒙教育。之后又先后从师于顾清廉、王欧声，后到县城锦溪书院就读。顾清廉给蒋经国的

祖母怀抱着的蒋经国

评语是“天资虽不甚高，然颇好诵读”。蒋介石认为半部《论语》可以治天下，故纸堆里，有为人治事的指南针，要蒋经国读《说文解字》《诗经》《尔雅》。蒋经国在《我所受的庭训》一文中，很详尽地描述他父亲的教诲。其中说：“父亲指示我读书，最主要的是四书，尤其是《孟子》，对于《曾文正公家书》，也甚为重视。”

1922 年的 3 月，蒋经国第一次离开家乡出远门，经过宁波到上海。他留恋家乡的一草一木，尤其依恋母亲。但是，上海的诱惑力很大，上海有新式的学堂，令他无限向往。

3 月的第三天，他考取了万竹小学的四年级。在上海念小学，学到许多新知识，有外语，自然科学有数学、生理卫生，人文科学有历史、地理等，境界随之拓宽许多。1925 年春，改入蒲东中学。这里有他的父亲和“上海姆妈”陈洁如。蒋经国到上海的第三年，蒋介石携他的“上海姆妈”陈洁如去了广州，塾师王欧声和姑丈竺芝珊负责监护蒋经国。

1925 年 5 月，上海爆发了惊天动地的“五卅运动”，蒋经国和很多爱国青年一样，坚决地站到反帝国主义这一边，参加游行示威，被蒲东中学以“该生行为不轨”罪名，给予开除处分。蒋经国带着满腔愤怒不平，告别上海，去了北京，进了吴稚晖办的外国语学校。由于参加了当地学生发动的反政府示威游行，被北洋军阀当局判处了两个星期的监禁。恢复自由后的蒋经国，彷徨苦闷，最后决定去广州。

在初秋的某一天，他跳上从天津开往南方的一艘轮船。广州，是国民革命的中心，在孙中山联俄、联共、扶助农工三大政策的指导下，国民党和共产党合作，正在热火朝天地进行着推翻北洋军阀统治的北伐大革命活动。

1925 年 3 月 12 日，孙中山在北平逝世。10 月 7 日，在中国国民党中央执行委员会第六次会议上，苏联的军事顾问鲍罗廷宣布，为纪念孙中山先生，莫斯科将成立中山大学（亦称孙逸仙大学），希望国民党选送学生，前往苏联学习。

于是，中山大学招生的消息传遍了中国的南部地区，各地向往革命的青年纷纷报名投考。广东一地即达千名以上。经甄选后，实际录取 340 名，其中 30 名由鲍罗廷推荐，他们都是国民党要员的子弟，包括蒋经国在内。当时，

"留苏三公子"比较有名，引人瞩目，即廖仲恺的儿子廖承志、陈树仁的儿子陈复和蒋介石的儿子蒋经国。他们的父亲都是国民党要员：廖仲恺当时是黄埔军校党代表，并掌握广东革命政府的财政大权；陈树仁是党务部长；而蒋经国的父亲蒋介石则是黄埔军校的校长。此外，著名者还有：于右任的女儿于芝秀，冯玉祥的儿子冯国洪、女儿冯弗能；还有张闻天、王稼祥、沈泽民等一批共产党人。

在 20 世纪 20 年代的初期，国内的进步青年，都以赴苏联留学为荣。蒋经国是一个高中一年级学生，由于好奇，更由于他有一种革命激情，向往着那个遥远的革命圣地，便向他父亲提出赴苏留学的要求。蒋介石起初不同意蒋经国留苏，后经陈洁如的劝说，又有鲍罗廷的推荐，才同意了儿子的请求。

1925 年 10 月 19 日，15 岁的蒋经国带着鸿鹄之志，和同学们由广州乘船到上海，然后乘苏联轮船远航海参崴，又从海参崴换乘火车去莫斯科，进入中山大学，开始了他在苏联的生活。

借在上海候船的机会，蒋经国得以和母亲做短暂的团聚。母子恋恋不舍，相对而泣。此后，一别 12 年。起初，毛氏还接到过蒋经国从苏联的来信，后来音信皆无。她不知道发生了什么事，天天拜佛诵经，祈求神明保佑。她日夜思念，抑郁成疾。蒋经国在一本为纪念母亲的书的自序中写道：

> 回忆三十年来，始而寄迹上海，继而留学国外，常离膝下，十有余年。且因邮电不通，音讯久疏，母不知儿生死，因抑郁以成疾；儿亦未能亲侍汤药，以娱慈母之心。

在毛氏的心中，是蒋介石把她的儿子"夺"走，送到一个遥远、回不了家的异国他乡，所以见到蒋介石就吵着要他把儿子叫回来。1936 年西安事变和平解决之后，蒋介石回溪口休养，毛氏护理他，照料他的生活。一天，蒋介石以少有的和颜悦色对她说："你这么多年来的委曲、痛苦，我都明白。现在你有哪些事要办、需要些什么东西，只管说，我一定替你办到。"毛氏不假思索地回答："我什么也不要，只要你还我经国！"蒋介石点头应允。她哪里知道，儿子在苏联加入了社会主义青年团和共产党，担任苏维埃的基层领导，已经与屠杀共产党和革命人民的父亲划清了政治界限；蒋介石和儿子也没有联系。好在国民党和共产党已经停止内战，将实行第二次合作，共同抗日。因而，蒋介石和儿子的关系，也有了改善的机会。

1936 年，中国派蒋廷黻担任驻苏大使，赴苏联就任前，蒋介石通过宋美龄转告他，希望他帮助寻找长期滞留在苏联的长子蒋经国，并将其送回国。蒋廷黻在回忆录中记载：

（1936 年）当我赴莫斯科前，委员长夫人告诉我说，委员长希望他滞留在俄国的长公子经国能回国。他的长公子于 1925 年赴苏，自那时开始，他便一直留在苏联。

在我和苏联外交部次长史脱尼可夫初期会晤中，有一次我提到委员长的长公子，并表示，极愿知其下落，如能代为查询，感激之至。他认为很困难，不过他答应试一试。

1937 年某夜，当我和部属们闲谈时，有人报告我说有客来访，但于未见我本人前，不愿透露姓名。当我接见他时，他立即告诉我他就是蒋经国。我很高兴。在我还未来得及问他计划和意图前，他说：“你认为我父亲希望我回国吗？”我告诉他，委员长渴望他能回国。他说他没有护照、没有钱。我请他不必担心，我会为他安排一切。接着他又说，他已与一位俄国小姐结婚，而且已经有了孩子。我肯定地告诉他，委员长不会介意此事。接着他又问是否应该给委员长及夫人带一些礼物。最后，我帮他选了一套乌拉尔黑色大理石制的桌上小装饰品送给委员长，一件波斯羊皮外套送给夫人。

几天过后，他们到大使馆来，和我共进晚餐。经国夫人是一位金发美人，外表很娴静。经国先生告诉我他对中国未来的抱负。我劝告他，请他在回国后一年内不要提出他的理想，尽量了解中国的问题以及导致这些问题的原因，然后再提出解决的办法。

1937年3月25日，蒋经国携妻子费娜（蒋方良）、儿子爱伦（蒋孝文）、女儿爱理（蒋孝章），从莫斯科出发，横渡西伯利亚后，由海参崴乘船直驶祖国。同年4月，一行4人抵达上海。

蒋介石派杭州笕桥航空学校总务处长陈舜耕到上海接蒋经国一家到杭州，住进西泠饭店。蒋介石立即赶到杭州西泠饭店，当面叮嘱蒋经国，先去拜见宋美龄，说："她住在法院路，就是等你回来，你一定先去见她，带着你的媳妇、孩子一道去。"

蒋经国深知生母毛氏盼儿归的急切心情和苦衷，也从内心愿意尽早见到娘亲。然而蒋经国冲不破政治对他的约束，父命不好违抗，只得服从。第二天，他便带着妻子、儿子、女儿，连同行李，一起到法院路宋美龄的住处。蒋介石也在那里，他装作还未与儿子见过面，见到蒋经国，笑吟吟地说："好，好，经国你来啦！"蒋经国先叫父亲，再呼宋美龄为母亲。宋美龄非常满意，笑逐颜开，亲切地说："经国，你路上辛苦啦，难为你这几年在俄国挨过来。你要知道，你这次回国，是我跟苏联大使馆打了多少次交道才成功的呀！"蒋经国恭敬地说："多谢母亲。"蒋经国刚刚返回溪口，她就汇去法币10万元巨款，作为杭州认母的见面钱。

蒋介石见到儿子、儿媳、孙子、孙女也十分高兴，当即为儿媳取名芳娘（到溪口后毛氏认为"娘"字不妥，改为"方良"。之后只有蒋介石仍称之为"芳娘"），冠夫姓之后成为蒋芳娘。同时，为孙子取名孝文，为孙女取名孝章。

蒋经国在自己的生日那天，携妻子从杭州回到溪口，与亲生母亲毛夫人团聚。这一天，溪口街上人来人往，热闹异常。标语、横额张贴满街。工商界的人士做好红条纸旗，置办鞭炮，迎接蒋公子还乡。下午2时许，蒋经国一家乘坐的汽车驶到蒋宅丰镐房大门口停下。等候在门外的舅父毛懋卿和姑丈宋周运、竺芝珊等人率领一批长辈，连忙拥着外甥、外甥媳妇进入大门，直往里走，进了蒋经国的出生和幼年玩耍之地丰镐房。

安排毛福梅、蒋经国母子会面的那一场，很有点古代章回小说家的笔法。她们决定将母子相会的地点定在客厅，以试试儿子的眼力。客厅里坐着十来个壮年和老年女人，她们是：毛氏、姚氏冶诚（特意从苏州赶来团聚）、

毛福梅和儿子、儿媳的合影

大姑蒋瑞春、小姑蒋瑞莲、姨妈毛意凤、大舅母毛懋卿夫人、小舅母张定根、嫂子孙维梅，以及毛氏的结拜姊妹张月娥、陈志坚、任富娥等。大家热情洋溢、兴高采烈，等待蒋经国来认娘。

人们簇拥着蒋经国、方良、孝文和孝章，走向客堂间来。客堂内外挤满了人。蒋经国进屋环视。一眼望见亲娘，便急步趋前，抱膝跪下，放声大哭！方良和孝文、孝章也上前跪哭！毛氏与爱子久别重逢，早已心酸，也不由抱头痛哭！一时哭声震荡室内，好不凄楚！经众人相劝，才止哭为笑。毛氏因亲子携眷当众认娘，心中得到极大的安慰，对大家说："今天我们母子相会，本是喜事，不应该哭，但这是喜哭。"

毛福梅和儿子、孙子的合影

毛夫人认为，儿子虽在外国成亲，孙子、孙女也有了，但回来后，还得照中国规矩，补办婚礼。同时，按溪口风俗，凡是长期外出之人，回来之后要办“归里酒”。毛夫人决定将婚礼与归里酒结合起来办，请族里亲戚前来欢聚，不收礼。她嘱咐总管宋涨生（表侄）：“凡亲朋众友所送礼仪，一律不收，长辈茶仪受之。”同时，差人量好尺寸，到宁波为新娘子定做礼服，要顶好绸缎料子绣花的，共做大红、粉红等好几件，同时定了沙罩和绣花鞋子。

蒋经国与蒋方良回乡补办中式婚礼，蒋方良穿上中式旗袍

这次婚礼和归里酒，共办了近 50 桌。丰镐房张灯结彩，蒋经国穿长袍马褂，与穿大红礼服的方良，照乡下规矩，在报本堂举行了拜堂、献茶等仪式。后来捉弄新娘子，要她扎上围裙，到厨房炒花生。这也是乡下风俗，象征新媳妇下厨房做家务，炒花生象征将来子孙满堂，讨吉利。有人用预先准备的青松毛烧火，铁叉掀锅，浓烟上冒，熏得新娘睁不开眼，亲友在旁拍手欢笑，使新娘蒋方良领略了与中国人结婚做新娘的滋味。这种恶作剧，毛夫人也高高兴兴地参加，说“三日无大小”，即新婚 3 日之内可以不拘长幼，尽情开玩笑。丰镐房一连热闹了五六天，待众亲百眷散去，这才静下来，进入正常的生活程序。

早在西安事变的消息传到溪口时，丰镐房上上下下都震惊万分，毛氏曾到武山庙去求签。儿子回来后，她逢人便说：菩萨真灵！我到武山庙里求签，得的是“秀才出门，状元归家”，“果然伯伯（秀才）抬出（介卿出殡）后第六天，经国就回来了！”为此她雇了戏班做还愿戏。13 年中，毛氏到处求神拜佛，保佑儿子平安回来，在奉化、鄞县许多庙里许了愿。蒋经国回来后一一亲自去还了愿。

蒋经国带着妻儿归来，对慈母毛福梅是极大的安慰。那些日子，她在多年来不曾有过的最快乐、最幸福中度过。曹聚仁在《蒋经国论》中说：

他的归来，对于毛太夫人是极大的安慰，她捞到了一颗水底的月亮，在她失去了天边的太阳之后。这位老太太曾经为了她的丈夫在西安遭遇的大不幸，焚香祈祷上苍，愿以身代。她相信这点虔诚的心愿，上天赐还了她的儿子；她一直茹素念佛，在那老庙里虔修胜业。她对着这位红眉毛、绿眼睛、高鼻梁的媳妇发怔。可是，那个活泼又有趣的孙女，却使她爱不忍释。这位洋媳妇就穿起了旗袍，学着用筷子，慢慢说着宁波话来了。那个夏天，他们这一小圈子，就在炮火连天的大局面中，过着乐陶陶的天伦生活。

按照蒋介石的用人原则，儿子当然属于“亲亲”之列，不过，对在社会主义苏联生活了十几年、受过共产党思想熏陶的蒋经国，他不放心，一定要给儿子洗脑，把他的“赤化”思想洗掉。所以，蒋经国奉父命率妻子、儿女，住进“小洋房”别墅，除就近探望小时候常去的至亲好友以外，每日深居书房，闭门读书。一是读些蒋介石亲自指定的《朱子纲目》《阳明全书》《曾文正公家书》等古籍，接受儒家思想的熏陶；二是重新认识在苏联的一段生活，向蒋介石写了长篇的《旅欧报告》，以消除在苏联十几年耳濡目染所受到的影响。同时也读《总理全集》和《民国十五年以前之蒋介石先生》之类的书，并做三民主义的阅读笔记。同时还要补习中文、读古文。

这时，张学良以“读书”名义被蒋介石软禁在雪窦寺，蒋经国也曾奉命与张学良一道在雪窦寺读书。

这对毛氏倒是一件好事。这样，儿子离她近一些，可以多一些和儿子在一起的时间。

1937 年 7 月卢沟桥事变，全民族抗战爆发。大约在 9 月，蒋经国和张学良结束了这一段读书生活，同机飞到重庆。不久之后，蒋经国应江西省主席熊式辉的邀请，赴江西任职。蒋方良母子则留在老家溪口。

从蒋经国回国到毛氏去世这两年，毛氏的幸福和自豪感达到她一生的最高峰。她知道，虽然儿子外出做事，不经常在家，但他是安全的；儿子已经组成一个美满小家庭，有妻子和儿女，他是幸福的。她和儿媳、孙子、孙女在一起，享受天伦之乐，生活充实而愉快。儿子出息了，在外面当官做大事，令人羡慕，她感到无比荣耀。她十分满意和满足。

毛氏经常为乡里族人做善事，如修桥、补路、救济贫困、平粜赈灾等。现在，她又有了能帮她做善事的儿子。1938 年夏，因溪口一带粮食不够吃，毛氏和溪口镇镇长蒋立祥商量办平粜。这时蒋经国在江西任职，毛氏与镇公所分别派人，一起去江西办米，并写信嘱咐蒋经国，好好招待，大力支持。在蒋经国的帮助下，办来 1500 石米，丰镐房与镇公所各一半，进行平粜。次年，在毛氏吩咐下，丰镐房又办来平粜米 1000 石。由此种种，毛氏在溪口很受乡邻的尊重。

蒋经国屡次要接母亲前往赣南共同生活，朝夕侍奉，然而始终未能如愿。据曹云霞回忆："太夫人平日关心乡人疾苦，深得乡人爱护，他（蒋经国）多次要接太夫人来赣南，太夫人都因舍不得家乡人而不忍离家。最后一次，蒋氏和夫人偕同儿女一起跪在毛太夫人膝前，央求一同来赣，并称：太夫人如不答应，即长跪不起，这样太夫人只得允许来赣。正收拾行装，定期起程，消息传出去了，近亲和乡人纷纷来到蒋府，聚集成群，又跪在蒋府内外，恳求太夫人不要离乡。太夫人感于乡人的深情，终于决定再不离乡，最后打消了来赣的念头。"

这位慈祥的母亲，本可继续安享幸福的晚年，只因日本帝国主义侵略中国，到处烧杀淫掠，狂轰滥炸，中国成千上万的无辜百姓惨遭屠杀。1939 年 12 月 12 日（农历十一月二日），日机轰炸溪口，以蒋家故居丰镐房和武岭头文昌阁别墅为主要目标。蒋经国的母亲毛氏，在敌机轰炸时不幸罹难，年仅 57 岁。与毛氏同时遇难的还有担任丰镐房账房的外甥宋涨生、教蒋方良国语的董老师和其他 6 人，另有多人受伤。

蒋经国对日军暴行表示极大的愤恨，立誓要报杀亲之仇，挥笔疾书"以血洗血"4 字，并在其母罹难处刻石立碑纪念。

三、侧室姚冶诚成了蒋纬国的母亲

旧社会的上海滩是冒险家的乐园，也是反清的革命者的浪迹之地。1907

年，蒋介石东渡日本，入振武学校。这期间，经陈其美介绍参加孙中山领导的同盟会。1909 年冬，从振武学校毕业，入日本新潟县高田陆军第十三野战炮兵第十九联队，为士官候补生。次年，经陈其美介绍，初次晋谒孙中山。他还利用假期多次回国参与陈其美策划的上海反清活动。武昌起义爆发，与同伍生张群等，登轮回国。根据陈其美的命令，蒋介石率领一支百人先锋队去杭州，帮助当地的革命者攻占杭州，完成任务回沪后，被任命为沪军二师第五团团长。革命党攻占了上海，陈其美排斥光复会首领陶成章，1912 年 1 月，蒋介石帮助陈其美暗杀了陶成章，以维护和巩固陈其美在上海的领导地位。孙中山指示缉拿凶手，陈其美令蒋介石到日本躲避。

1912 年冬，蒋介石应陈其美之召，从日本回到上海。此时，辛亥革命的成果被袁世凯窃夺。蒋介石情绪消沉，自暴自弃，过着一种放荡不羁的生活，出入于花街柳巷，常常几个月不到总部露面。就是在此时，他结识了姚冶诚。

姚冶诚，小名阿巧，花名怡琴，后改怡诚。冶诚是蒋介石书信、日记中对她的称呼。姚冶诚是江苏吴县人，与蒋介石同龄，父母早亡，依靠叔父姚小宝生活。姚小宝无亲生子女，将阿巧认作自己的女儿，准备选婿入赘姚家，以接续烟火。姚家开糖果店，生活尚可。阿巧虽不是绝代佳人，但皮肤白皙，面目娟美，体态丰腴，身材适度，而且处人随和，心灵手巧。因此，姚小宝的心愿不难实现。农民沈氏的次子沈天生与阿巧结婚，入赘姚家。婚后，夫妻感情尚好，同去上海谋生，天生从事“殡葬”“脚力”等劳动，阿巧做佣人。但天生沾染了一身恶习，吸食鸦片，以致穷困潦倒，早早死掉。阿巧无依无靠，到上海五马路群玉坊的一家青楼里当了姨娘。

蒋介石结识姚冶诚，同居于上海法租界蒲石路新民里 13 号蒋的秘密住所。姚冶诚的叔父得知后，要求蒋介石补办了喜酒，姚氏遂成为蒋介石的侧室。那时，蒋介石在上海与戴季陶、张静江过从甚密。戴、蒋是拜把兄弟，关系非同一般。蒋介石在上海花天酒地，挥霍无度，家中雇用一个厨子（蒋小品）、一个当差（毛延寿）和一个女佣翠娥，工资常常发不出，他们的日常生活靠来客外赏维持。许崇智每次去蒋宅，必赏茶包 50 元。此外又找一批朋友打牌抽头，由姚冶诚发给他们 3 人平均分用，完全靠打秋风度日。蒋的友人中，张静江最富，张是湖州（今浙江吴兴）南浔镇四大豪门之一、浙江财界著名人士，蒋介石在上海活动的经费及其个人的生活费用，均靠张静江资助。据说由蒋介石经手向张静江陆续支用的钱，竟达10余万。蒋介石无力偿还，暗使姚冶诚拜张为过房爷，从而使张对这笔钱无法开口，不了了之。

蒋介石与姚冶诚结合不久，将姚送回奉化溪口家中。贤良的毛福梅，以礼相待。蒋母王太夫人，既乐得丰镐房新增如花似玉的儿媳，又为她们姐妹和睦相处而深感欣慰。

姚冶诚和蒋介石结婚后，没生育子女，若干年后收养了蒋纬国。

蒋纬国生于1916年10月6日。据他自己说，幼年成长环境相当特殊。从1岁到5岁，一直寄养在上海朱姓和邱姓的家中，与戴季陶家常有往来。4岁半那年，随蒋介石回到奉化溪口，由姚冶诚抚养，称姚氏为“养母”，称毛氏为“娘”，称王太夫人为“祖母”，为蒋介石的次子。姚氏没有文化，但心地善良，视蒋纬国为亲生儿子。蒋纬国成人以后，也视姚氏为生母。

蒋纬国的生母是一位日本妇女，名重松金子。据蒋介石的日记记载，1919年11月4日下午，在日本曾“往会纬母重松金氏”。1921年3月11日日记：“晨起，得季陶书，知纬儿生母因难产而身亡。”后来，蒋介石对陈洁如说，蒋纬国是戴季陶与一日本女子所生。该女子带着蒋纬国来中国送子，戴季陶考虑家人难以接受，而未相认。蒋介石是戴季陶也是重松金子的朋友，收下蒋纬国，为次子，取名蒋纬国。

姚冶诚到溪口后，最初，姚氏和毛氏都住在丰镐房楼上。因毛氏诵佛念经，姚氏为毛氏的安静考虑，便搬到簟墙弄王昆生的空房子去住。王家卫生条件差，1921年，姚氏带着蒋纬国搬到县城西街岭墩住周家的房子。这里有毛氏的结拜姐妹陈志坚做伴。早在1913年，蒋介石就邀请陈志坚教姚冶诚学文化。这时陈志坚担任起姚氏母子的家庭教师，也便于蒋纬国进奉化县幼稚园受启蒙教育。后来，蒋纬国到了入小学的年龄，又移居宁波江山岸花墙弄，住钱家的房子。这里成了蒋介石的另一处家庭住所。

不久，姚冶诚又带蒋纬国搬到上海去住，住在张静江的别墅里。这时蒋经国已到上海，蒋介石的第三夫人陈洁如也在上海。蒋纬国有时去陈氏住处，称她为“庶母”。

蒋介石与陈洁如结合后，尤其是1924年出任黄埔军校校长后，便离开上海去广州，陈洁如随蒋长住广州，姚氏则带蒋纬国住上海。姚氏为了见到蒋介石，不得不略施小计。因为蒋介石爱蒋纬国，姚氏让蒋纬国拍一张小照，又冒蒋纬国的名义给蒋介石写了一封信。信中说："我已好久没有见到亲爱的爸爸，心里非常想念，如果我能长上翅膀，我一定飞到广州去探望您老人家了。"蒋介石接此信，读了又读，将信中附来的蒋纬国照片瞧了又瞧，忽然对其私人机要秘书毛懋卿说："赶快拍电报叫纬国来。"这样，姚冶诚就带着蒋纬国到广州住了一段时间，又返回了上海。

1927 年，蒋介石即将与宋美龄结婚，因而与姚冶诚宣告解除婚姻关系。蒋纬国是蒋介石的儿子，不能让姚氏带走，托养给吴忠信，拜吴忠信及其夫人王唯仁为"干爹""干娘"。姚冶诚离开上海，自建新居于苏州蔡贞坊，在那里落户。但蒋纬国离不开养母，姚氏也离不开蒋纬国，母子仍生活在一起。蒋纬国进入苏州东吴大学附属中学就读，为走读生，住在养母姚冶诚家中，母子共同生活，蒋介石供给。

姚冶诚被遗弃，其内心的痛苦是可想而知的。唯一给她安慰的是蒋纬国。1947 年 8 月 26 日，为姚冶诚六十寿辰，那时她和蒋纬国住在上海。祝寿那天很热闹，蒋经国夫妇以及汤恩伯等都参加了。丰镐房账房唐瑞福夫妇和武岭学校教务主任施季言等，也专程到上海为姚氏祝寿。姚氏很高兴，亲自为宾客一一敬酒。

姚冶诚在蒋纬国的照顾下，安度晚年

1949 年，姚冶诚随蒋纬国从大陆撤到台湾。蒋纬国每当周末假日，总是要去探望孤寂的母亲，带给她安慰和亲情。姚氏先住在桃园，后迁往台中。

这里天气晴和，蒋纬国当时担任装甲兵司令，驻扎清泉冈基地，照顾她也比较容易。1966年，姚氏去世，碍于蒋家的权势，新闻界并未报道这项消息。传说，蒋纬国震怒，但也无可奈何，只好悄悄地主持了葬礼，并在墓碑上题写“辛劳八十年，养育半世纪”的铭文。

1990年，蒋介石和蒋经国全都过世了，蒋纬国才在台北善导寺为其养母姚冶诚举行了隆重的追悼会。

姚氏虽然未生育，但有位像蒋纬国这般孝顺的养子侍奉，她也可以知足而含笑九泉了。

四、风光一时的陈洁如

陈洁如生于1907年，乳名陈凤，学名陈璐，“洁如”是蒋介石为她取的名字。陈洁如原籍浙江镇海，自幼居住上海，是上海纸商陈鹤峰的女儿，就读于上海海宁路爱国女子学校。她和朱逸民是好同学、好朋友、好姐妹。朱逸民嫁给张静江为续弦，陈洁如经常去张家会友。蒋介石在张静江家第一次遇到陈洁如，便一见倾心。那年，陈洁如才13岁，还是个小女孩。但她身材高挑，眉清目秀，文雅纯真，发育得像个大姑娘。尤其是陈洁如的清纯，让经常和上海风尘女子厮混的蒋介石感觉好像遇到了天仙，如醉如痴，穷追不舍。

13岁，在父母眼里陈洁如还是个孩子，不到出嫁的年龄，而且蒋介石已有一妻一妾，陈洁如的父母当然不肯答应这门婚事。一拖两年，经张静江夫妇出面做红娘，替蒋介石美言，陈母终于同意。1921年，15岁的洁如嫁给35岁的蒋介石，成为他的第二位侧室。

1921年，蒋介石和陈洁如的结婚喜柬

一个15岁的新娘，一进蒋家的门，就是两个孩子的妈妈。1922年，蒋经国从溪口到上海读书，陈洁如给予孩子们照料，蒋经国称她为“上海姆妈”。蒋纬国也在上海，常往

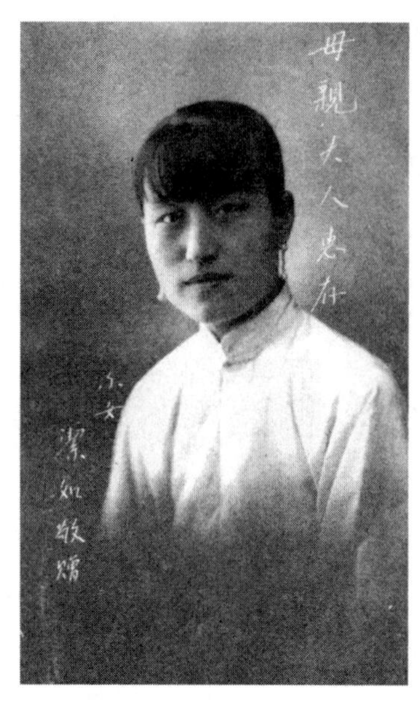

1924年，陈洁如在广州留影，寄给上海的母亲

来于陈洁如住处。后来蒋经国去苏联中山大学留学，陈洁如给予支持，将私蓄2000元委托陈果夫转汇给他，作为资助。她比蒋经国只大三四岁，比蒋纬国大十来岁，和他们在一起，她也就是个大孩子头。和蒋纬国一起玩耍，很快乐。她给蒋纬国留下的印象相当不错，说她很有教养。蒋经国更念念不忘“上海姆妈”的恩情，蒋介石与陈洁如离婚后，他仍与她保持联系，从苏联回国后，曾带着妻子蒋方良去探望她。后来。蒋经国官至赣南专员、上海经济督导员，仍抽时间去上海陈洁如住所问候。1961年，陈洁如去香港定居，蒋经国得知，特在九龙窝打老道买了一套豪华公寓，赠给“上海姆妈”。

1924年1月，中国国民党在广州召开第一次全国代表大会，中国国民党改组成功，实行孙中山的民族、民权、民生三民主义和联俄、联共、扶助农工三大政策。为了建立国民革命军，大会决定建军官学校，校址在黄埔。孙中山任命蒋介石为校长。于是蒋介石携陈洁如去广州，出任黄埔军校校长。以后又任国民革命军总司令，率军北伐，很快耀武扬威起来。这时，毛氏和姚氏都在冷宫，而蒋夫人的风光，由陈洁如独享。

陈洁如由上海到广州，先与蒋介石同住在长洲要塞司令部，据黄埔一期出身的宋希濂、孙元良等人说：蒋介石任黄埔军校校长期间，和陈洁如同住该校校长官邸。有时，蒋纬国到广州来小住。那时，“每到傍晚，军校课务告一段落后，蒋校长常与陈洁如携手在校园中散步，有时也会牵着天真活泼的纬国一道出游”。那时，廖仲恺和夫人何香凝在东城门外山脚下——东山，建有两幢小洋房，自住一幢，另一幢让给蒋介石带着陈洁如去住。他们住了进去，两家一个大门进出，一起吃饭。蒋介石每天早饭后到省城办公，中午有时回来吃饭，晚饭也回来吃，也有时被别人约去吃饭。

广州，是中国国民党中央所在地，是革命的基地和中心。孙中山和国共两党的领导人常驻或常来往于此。陈洁如这位上海普通人家的女子，跟着蒋介石接触到这里的上层人物，包括孙中山夫妇、苏联顾问鲍罗廷夫妇、国民党人廖仲恺夫妇、共产党人周恩来夫妇，以及国民党元老胡汉民等，大开眼界，大长见识。

1926 年 5 月蒋校长与夫人陈洁如在黄埔军校留影

在事业上，陈洁如对蒋介石不无所助。她被带到社交场所，参与交际应酬，在当时的妇女中，也算得上是精明能干的。1926 年 6 月 5 日，蒋介石任国民革命军总司令，7 月 27 日，督师北伐。出发的这天上午，陈洁如和二公子蒋纬国前去送行。黄沙火车站站台上送行者有国民党中央和国民政府主要领导人及其他人员等 200 余。蒋介石与部分送行人员合影，国民党中央代理主席张静江（主席蒋介石）在前排居中，身边站着小时候的蒋纬国。张静江身后为苏联加仑将军，加仑将军左边站着蒋介石总司令，右边站着总司令夫人陈洁如。后排左一、左三为苏联顾问鲍罗廷夫妇，左四何香凝，右三李济深。在如此高层公共场合，陈洁如已经是众人瞩目的人物。

1926 年 7 月 27 日，蒋介石督师北伐，陈洁如携蒋纬国前去送行，蒋介石与部分送行人员合影

蒋介石也很信任陈洁如。北伐军由广东向南昌进发，陈洁如由广州先回上海。蒋介石和以往外出一样，家书不断，信使往还，保持密切联系。入南昌城不几天，蒋介石就派宓熙和金佛庄（警卫团长）分别化装秘密去上海，送信给陈洁如。据宓熙回忆："我一路平安到了上海陈洁如家里，她一见我来，非常高兴，问我怎么来的，我把途中情况大略说明了之后，接着就把蒋介石叫我向她口头传达的各点，对她一一说明，她更加高兴。所说的各点，除些生活上的事情以外，重要的一点是要她一切听陈果夫的话。"陈洁如给宓熙 200 元，叫他休息几天，让他就住在她家的一个亭子间里，一日三餐，都到街上馆子吃。她有工作，白天不回来。这时上海仍然被军阀盘踞着，北伐军的东路军还在浙江，尚未逼近上海。中国共产党正配合北伐进军，在发动上海工人举行起义。不几天，上海大风雪，天气骤冷，他衣服单薄，受了寒，在亭子间里发高烧。陈家一个老妈妈打电话告诉陈洁如，她回来立即让他到上海一家外国医院住院治疗，住了两个星期，病才痊愈。由于误了返程时间，陈洁如写信证明他是因病耽搁。宓熙回南昌总部，见蒋介石，果然不出所料，他怒容满面，责备："叫你早点回来，你怎么耽搁这许多天，你干什么啦？"但他看了陈洁如的信随即息怒。

陈洁如和蒋介石没有生育子女。有一次陈洁如去广州平民医院，遇到一位侨眷产妇，拟将新生女婴送人。陈洁如征得蒋介石的同意，把女婴抱回家中，取名陪陪。蒋介石为陪陪取名瑶光，"瑶光"是北斗第七星之名，可见他对这个养女的珍爱。

这一切，都使陈洁如感到幸福和满足。步步高升的丈夫，恩爱无比的夫妻，加上一个可爱的女儿，多么美满的小家庭！她太年轻、太单纯、太痴情了！对蒋介石百分之百地信任，丝毫没有忧患意识。

五、"出洋留学"，陈洁如被骗往美国

陈洁如哪里知道，这个令她陶醉的小家庭，早就潜伏着破裂的危机。还在与她结婚仅仅一年，正海誓山盟、热恋着她的时候，蒋介石就已经开始托

孙中山向宋美龄求婚了。孙中山在世时，蒋介石虽然是赫赫有名的黄埔军校校长，但还没进入国民党决策高层，不是中央领导人。孙中山逝世后，他击败一个又一个对手，步步高升，成为掌握最高军事实权的国民党最高领导人。这时，他逐渐对深爱着的洁如产生厌倦，而对宋美龄，已经“心甚依依”。黄沙车站一别，陈洁如泪如泉涌，蒋介石握着她的双手，安慰说：“我就要出发作战，请你不要哭泣，否则会给我带来霉运。”“等到全国各省都已光复，我们大功告成之时，你我将是中国最幸福的一对。请你拭目以待吧！”可是，只过了3天，即7月30日，他给张静江的信，就明确表示要和陈洁如分手了。

二兄大鉴：

洁如之游心比年岁而增大，既不愿学习，又不知治家，家中事纷乱无状。此次行李应用者皆不检点，而无用者皆携来，徒增担夫之劳。请嘱其不管闲事，安心学习五年，或出洋留学，将来为我之助，如现在下去，必无结果也，乃害其一生耳。如何？

今日在乐昌休息，有怀，随笔书之。

弟中正 顿首

中华民国十五年七月三十日

分手不说分手而说“出洋留学”，这是蒋介石经过精心策划出来的高招。娶富豪之家的千金宋美龄为妻，不同于以往纳妾。家里的一妻二妾，事先必须清除干净。与毛氏的婚姻是母亲包办的，没有感情；姚氏出身低下，不能登大雅之堂。对她们都有说得出的理由，抛弃也就了事。

陈洁如不同：她本是纯洁的青年学生；双方自由结合，陈洁如是蒋介石明媒正娶的妻子；在场面上公开露面，是公认的、名正言顺的蒋校长、蒋总司令夫人。挑剔“不愿学习”“不知治家”，以及行李打得大一些，等等，构不成离婚的理由。尤其是陈洁如对他忠贞不二的感情，绝对接受不了突然从天而降的“离婚”决定，闹出什么事来，也不好收场。而送出国留学，将来为官府做事，这对原本学生出身的陈洁如来说，是培养，是深造，求之不得。阅历浅、缺乏社会经验的陈洁如，不是老奸巨猾的蒋介石的对手，容易受骗，不会怀疑其中有诈。

1927 年 3 月，北伐军攻占上海，蒋介石到上海后与宋美龄来往密切，但仍和陈洁如住在一起。蒋介石 26 日到上海，即去宋家看宋美龄。据宓熙回忆：3 月 26 日蒋介石在宋宅用晚餐，宋老太太、宋蔼龄也在座。将近 11 点，蒋介石才告辞下楼。他已同宋子文说好，所有随从人员都住在宋宅。“他带着我和两个卫士一同乘汽车到迈尔西爱路陈洁如处，我和两个卫士住在亭子间里。”

但这时，陈洁如已经是蒋介石和宋美龄之间的最大障碍。蒋介石邀请宋母和宋氏三姐妹等游庐山牯岭，宋美龄未去。蒋介石知道这是因为陈洁如的存在，于是送陈洁如“出洋留学”的方案付诸实施。陈洁如还蒙在鼓里，1927 年 8 月 19 日，以蒋总司令夫人的身份，在随从人员簇拥下，在上海新关码头登上美国“杰克逊总统号”轮船，走上了与蒋介石分离、孤独一生的凄苦路。

1927 年 8 月 22 日《申报》刊余华亭以《黄浦江头送别声》为题的特写，摘录如下：

> 每年的 8 月里，总有大批官私费的男女学生，出洋留学。今年出洋留学的清华有 72 人，自费有 68 人，共计 140 人。这亦可说中国学生出洋留学的踊跃了。……到了前天（19 日），是他们的放洋日子了，因为其中有几位是我的朋友，所以这天上午我亦赶到黄浦江头去送别。直待他们的轮船走了才回来。回来以后，回想到送别时的情形，我就随便写了几句在下面，用告读者。
>
> 那只放洋的轮船叫杰克逊总统号（President Jackson），因为船大水浅，不能拢岸，所以停泊在黄浦江中，另外预备一只小火轮，停在新关码头。等齐出洋的学生和送别的亲友，就在上午 11 点半钟开到总统号的旁边去了。大家上船以后，整理行李的，整理房间的，话别的，摄影的，各种都有，忙得不亦乐乎，大约忙了十几分钟光景，大家都跑到舱面上来，三三五五地相叙阔别的话了。有的是和姐妹兄弟，有的是和亲戚朋友，有的是和未婚夫，有的是和未婚妻，大家互相用手

牵着，现出一种难离的痛苦。到了下午1点钟的时候，小火轮的汽笛表示要开回去似的响了一声，大家都被这无情的汽笛一吹，吹得不能自禁的饮泣起来了。用手巾揩眼泪的人，真真不少。尤其是女人，等到放洋的轮船之汽笛表示要开船了的一吹，有几位女人竟放声哭起来了。一时“你去罢，顺风啊！”“路上当心啊，到了神户就写信来啊！”“到了美国要保重些啊！”等等的离别话，充满了耳鼓，真是令人闻之伤心，听之断肠。唉，可见生离死别，实在是人生最痛苦的一件事啊！

这次出洋的男女学生中，最令人注意的，就是已经宣告下野的国民革命军总司令蒋介石的夫人陈洁如女士。陈女士同张静江的两位女公子往来于人群之中。起初知道的人很少，后来因为张静江的第五女公子张海伦女士说出来，人家才知道伊是蒋介石夫人。大家争先恐后地摄影，所以蒋夫人就特别被人注意了。蒋夫人穿一件淡灰色细纱长马甲，下面有白红蓝的间色，里面衬着半节式的背心，脚上穿白皮鞋和粉红的长筒丝袜，短发蓬松，态度自然。在小火轮汽笛吹第一次的时候，伊不觉得怎样，到了大轮船的汽笛吹，小火轮的汽笛再吹的当儿，伊就哭泣起来了。同时就在手提皮夹中取出一条手巾，揩伊的眼泪了。送伊的人都是女人，男人招呼伊的只有两位。等到送行的人上了小火轮开回去了，伊还是同张海伦女士在一个窗栏上挥着伊的手巾，表示无穷的离情别绪。伊是住在115号，两位张小姐住在113号。伊的房间里还有人家送伊的花篮两只。听说蒋夫人是不谙英文的，这次到美国去，不知道是去读书呢，还是游历呢？我的朋友林君泽苍，替伊们摄了一张照片。我现在把他登在这里。中立的就是蒋夫人，两旁的就是张静江的两位女公子。

上海《时报》1927年9月4日同船赴美留学的鲁潼平所撰《蒋夫人等过日再记》，报道了记者采访蒋夫人，以及陈洁如等在日本购物、游园、摄影、餐饮等情况。

9月2日，陈洁如一行到美国，在檀香山，受到当地中国领事馆官员

1927年9月2日，陈洁如在美国檀香山总督府，与欢迎者合影。

欢迎；80多位国民党员，打着大旗，召开欢迎蒋夫人大会。檀香山总督范任顿在总督府亲切接见陈洁如，并亲自给她带上花环。在旧金山，陈洁如同样受到隆重欢迎。

然而，不久，中国新闻机构出面，否认有蒋夫人在美国。

蒋介石有一则家事启事，刊载于上海《民国日报》1927年9月28日、29日、30日。据天津《益世报》1927年10月19日刊载：

各同志对于中正家事，多有来函质疑者，因未及遍复，特此奉告如下：

民国十年，元（原）配毛氏与中正正式离婚。其他两氏，本无婚约，现已与中正脱离关系。现除家有二子外，并无妻女。惟传闻失实，易滋淆惑，特此奉复。

美国的报纸上也见蒋介石澄清婚姻关系的二则报道：

（1）1927年9月　《旧金山报》报道：

蒋氏对结婚事保持沉默

否认其妻在美，但不谈再婚事

美联社1927年9月19日上海电讯　据载，前国民革命军总司令蒋介石将军于最近在奉化之一次记者访问中，宣称本月稍早自中国搭乘杰克逊总统号前往旧金山之妇人（当指陈洁如），并非其妻。蒋对指述此妇即为其妻之讯息，认之为“政敌之虚构”，旨在以任何手段，使其难堪。蒋并称，他不认识该电讯中所述及之“蒋介石夫人”。

（2）1927年9月下旬《纽约时报》报道：

蒋氏指责政敌捏造其已有妻室之谣传

渠正计划与宋女士结婚之时，此事再度盛传，渠表愤慨。

婚事尚未确定，宋女士须获其母同意，否则将不出嫁。

蒋氏将赴日征求同意

（亨利·朱苏维茨报道。版权者：纽约时报公司，1927年，《纽约时报》无线电讯）

9月24日上海电讯——蒋介石对于外间所传现在美国之某位年轻妇女系其妻室之报导，指控此乃虚构，并为此指责其政敌。

这位已引退之国民党领袖昨日已自宁波返回上海。但其此次返沪，系以爱神，而非战神，为其守护神灵。正如前所宣布，彼希望与宋美龄女士结婚，并即将前往日本神户拜见宋女士之母，以征求女方家长同意此一计议中之婚姻。如能结婚，新人夫妇计划在美国度其蜜月，在华府至少停留一年。

蒋氏今日下午，身着宽适之中国长袍，在法租界闲适地品茗。彼对前述报导所引致之其未婚妻处境，较之对其本身所可能因此遭受政治伤害，尤感愤慨。彼对余若干陈述，足以显示当今中国之两方面情况——政治阴谋及其所引起之枝节，及中国新旧习俗间之斗争。

彼称："有关本人第一位妻室及近时赴美之某一年轻妇人之报导，被人广为宣扬之目的，不但在于诬陷本人，且欲玷辱本人与宋女士拟议中之婚姻。本人欲澄清此事：此种报道系由政敌鼓动而来，意在尽可能令本人难堪，并阻止本人返回革命工作，亦欲获取其个人利益。本人于1921年与第一位妻子离婚。其后，本人又曾离异两位侍妾。本人获悉此二位侍妾之一以本人妻室身份前往美国，感觉诧异。"

看了这些消息，陈洁如如梦方醒。她万万没想到，原来"出洋留学"竟是蒋介石抛弃她的一场骗局，她被抛到大洋彼岸，抛到远离祖国、远离亲人的异国他乡。她痛恨这个"心黑如炭"的骗子，她的心被撕碎了！她想起家中亲人，想起母亲，到纽约中国领事馆去取信。副领事一脸冷漠，说明他们奉命，不再经手收取她的信件。有人把她看成冒充蒋夫人的骗子，指指点点，冷嘲热讽。张家姐妹同情她、安慰她，力主向蒋介石报复，认为蒋与她并未离婚，她完全可以公开反击。可是，她一个平民百姓出身的弱女子，哪有能力和蒋总司令抗衡？她绝望地走到河边，登上栏杆，在纵身的一刹那，被一位老人抓住。善良的老人送她回住处，苦口婆心地规劝她不要再做傻事，只要有信心，前程会美好的。

和毛氏、姚氏一样，陈洁如的生活费由蒋介石供给，应当是很富裕的。但蒋介石把陈洁如骗去美国，不想让她回国，以免影响他的声誉。除了使用外交手段外，还在经济上控制她，让她没有回国的路费。所以，寄给她的费用不敷支出、不及时，陈洁如常常通过朱逸民向他讨要。

1928 年 3 月 20 日，她给朱逸民的信中，请张静江转告蒋介石：

> 每月支我美金三百元。一月的开支我可列一数目如下：
> 房租按月六十元；
> 伙食按月六十元（此伙食是晚间及星期六、星期日的）；
> 学琴费二十元；
> 学费按月贰四元；
> 在校中饭拾四元；
> 车费按月四元。
> 以上的数目，共计一百八十二元。他给我只有一百七十五元一个月，所以我要问他索款，他可否愿意尚未能知之，希请吾姐劳神转告为盼，如何情形望请吾姐示复为要。

1928 年 10 月 24 日，陈洁如给朱逸民的信又说：

> 姐姐呀，谢谢你把我的信交与介石，这种东西是没良心的，有了东就忘了西的，真是要气死人的，并且每年的年费尚未寄来，你想岂有此理吗？未知他的心中如何想头，或者不愿意给我了，亦可以来信告诉我

的，不要使我在外面为难才是呢。

1928 年 12 月 3 日，她给朱逸民的信中说：

可恨中国离此太远，如近些我早已回国了，现实觉得没有味道。在此举目无亲的环境内，介石是否要我到死的地步，要他每月增加些月费，他亦不理，死死活活亦要给我一个回音，自己不愿写信与我亦可以的，只要通知我一听就完了。好姐姐，你想他可恶吗？我下星期再要写信给他索钱，如其不愿意给我，则我明年要回国了。

1929 年 2 月 17 日，她给朱逸民的信说：

想明年回家一次，然后再出来学成一件事业，但是，可恨介石，要他的钱，总是半吞半吐的，不来照你的意思的，你想可恶吗？我要他给我三百元美金一月，他音信不通，好当我已死在外面了，并且汇来的钱亦迟了两个月，他是不要紧，但是我不能无钱住屋的，并且我又无一个亲人及朋友，你想我这生活如何能维持下去，他真要想逼死我唉。爱姐姐呀，为何我这样没有眼睛地去爱了这样一个没良心的东西？破碎了我青春尚要来这样的摆弄我，真使我有冤无处可诉。可否请姐姐费心与二先生（即张静江，下同）商量，问介石可否给我三百元一月，如其不允，请他汇一万元美金船费来，我要想游历欧洲各国而一路回家了。如我有力量读我自己的苦书，而不要依靠他了。

蒋介石既不寄钱，也不回信，她只好把自己国内的存款汇到美国应急。1929 年 8 月 28 日，她给朱逸民的信中说：

谢谢你和二先生代我送信给介石。爱姐姐呵，为何世界上的男子这样黑良心，自我离祖国以来，一个字的音信介石亦没有给我过。尤其是朋友的交情亦没有，你想要气死人吗？总而言之，我没有好运气，但是介石不应该使我出洋，而使我母女们相离异地，而对于金钱缩紧，我实在难以维持。因此，我只能来信实告我姐，我已将自己的钱汇来用了。爱姐姐，我和你商量，我可以写信去问介石，每月给我美金三百元一月否。讲实在话，我在纽约住并不花多钱，但是我现在想定下学期去一个专门女子学校学园艺，本来我想明年去的，因为我的英文不太好，但是现在我们的护照关系，美国移民局不准再延期，因此我等非出境不可（还要一个学校承认我，因此我不能出境去换学生护照）。而且对于钱财一事，又要发生关系，我实在觉得惭愧。说起此事，但是我不愿意再用我自己的钱了，但是我已有信去弟弟，由其转告陈果夫，由陈果夫再告介石，未知他能否明白我的痛苦。如其不明白，请姐转告二先生劳心，当时他们见面的时候提起一句。真正谢谢，时常劳烦你们两位，临时只能谢谢你们，以后当面谢就是了。

蒋介石不肯出这点小钱，目的是把陈洁如困在美国，其手段既无情又卑劣。

蒋介石声明，与陈洁如没有婚约，是欺人之谈。既然没有婚约，当然不需要办理离婚手续。但 1928 年春，也就是他和宋美龄结婚几个月之后，蒋介石派江一平律师与陈洁如洽谈，两人正式离婚。离婚之后，蒋介石仍承担陈洁如的生活费，对陈洁如的经济控制依旧。

这时，陈洁如才 20 出头，完全可以再婚，重新组建一个家庭。但她从蒋介石身上看男人，认为男人都心黑，不可靠，决定此生不再嫁人。她对密友朱逸民说："男人实在不能使我入目，我一眼望出去都是无良心的男子，所以我实在不愿意再想要嫁人，"嫁人这个心思"我可以说完全打消了，究竟是没有味道呀"。

她下决心自立自强，靠自己的知识和劳动生活。她给朱逸民的信中说："承蒙爱姐与二先生记念，并想我回家，我心中实在想回家，但是事实上做不到，且回家亦没有趣味，虽有爱姐等及家母，但是既已出洋来此境地，我想学成一种事业，而我可自立而生活，不去依赖他人才是我所要求的目的。但是想明年回家一次，然后再出来学成一件事业。"

她想念祖国，想念亲人，非常想回家，但她必须安排学业。她充满思乡和追求自立之情，跃然纸上：“我们中国的春天是没有别国所能比得上的，想起春景还是想回国。但是，我要学成一种学问，能够自立而不依赖于他人了，我才能称我的心了，你想对不对？但是我明年想回国一次，因为我的老母亲想我回家，所以我想今年寻定一个学校，可以给我学成一样行业的，那么我要回来相见你们了。”

实现自立自强的目标，对她来说，并不容易。她的英语水平不高，需要加倍努力；由于蒋介石的限制，经济上诸多困难；精神上的痛苦悲伤和孤独感，时常困扰着她。她有时甚至觉得“做人究竟有何趣味”，只因有母亲及弟弟，需要照顾，否则，“只有我个人，我实在不愿为人于世，只是希望早死一日，早有出头之日”。

但她还是以坚强的毅力，战胜一切艰难困苦，一步一步脚踏实地向前走。她集中全副精力于深造，留美 5 年多，苦修英文，掌握语言工具，然后专修养蜂和园艺。后来，她在美国旧金山购置了产业。她终于用自己的艰苦努力，在社会上赢得了独立地位。

从 1929 年起，陈洁如就有回趟家的要求。为了回国，看看日思夜想的祖国和亲人，她和蒋介石费尽了交涉，多次给蒋介石写信，请朋友转递口信、说情，“两眼望穿，音悉不见”。1932 年，到了蒋介石要陈洁如“出洋留学”5 年誓约的期限，蒋介石因故仍不准陈洁如归国。出国 5 年誓约也不算数。陈洁如只得继续滞留美国。

1933 年，陈洁如终于回到上海。重回上海，对她来说，会勾起对心酸往事的联想。但亲人在这里，她还是回来了。她的养女瑶光，在蒋、陈离婚后改姓母姓，叫陈瑶光。她赴美时，把养女交给母亲抚养。她这次回来，用原名陈璐，住上海巴黎新村，与爱女相依为命，深居简出，闭门谢客。她给蒋介石写过几封信，蒋介石批给她 5 万元钱。汪伪统治期间，汪精卫之妻陈璧君发现她，欲拉她下水为日伪做事，她于是逃往重庆，被蒋介石秘密安置在吴忠信家里，战后回到上海。国民党失败逃往台湾时，她的女婿陆久之劝她留下。她非常赏识这个女婿，曾特将珍藏多年的一块蒋介石任黄埔军校校长时苏联顾问鲍罗廷赠给蒋的金壳怀表，送给陆久之为见面礼。在历史变迁的重要关头，她相信女婿的劝说，拒绝去台湾。

1962年陈洁如抵香港时留影

上海解放后，陈洁如被邀为上海市卢湾区政协委员，每月有固定生活津贴。1961年12月陈洁如到北京，受到周恩来总理和邓颖超的亲切接见和款待，并经人民政府批准，去香港定居，住在铜锣湾百德新街。1962年，蒋介石75岁时，曾派戴季陶之子戴安国秘密送一封亲笔信给陈洁如，信中说："曩昔风雨同舟的日子里，所受照拂，未尝须臾去怀。"1967年，她在唐德刚教授与蒋介石的英文教师李时敏的协助下，完成自传稿，纽约一家出版公司有意出版，但蒋家出钱收买，该书未得问世。

1971年2月21日，陈洁如病逝于香港。她临终时，给蒋介石一封信，写道："三十多年来，我的委屈惟君知之。然而，为保持君等家国名誉，我一直忍受最大的自我牺牲，至死不肯为人利用。"陈瑶光获准携女儿赴港奔丧，从此定居香港。1983年9月，适逢陈瑶光六十诞辰，陆久之赴港探亲。陈瑶光劝他留下，他没有同意，只住了两个月，便不辞而别，悄悄地返回了上海。2002年4月7日，陈瑶光偕同儿子、女儿带着陈洁如的骨灰回到上海，将其安葬在上海福寿园。

陆久之曾任上海市文史馆馆员、市政协委员、老年旅游公司董事长。此外，还与国内外进步人士创办了《海外侨胞》，担任总监之职。晚年的陆久之，居住于上海淮海路的一座住宅里。2008年2月12日，106岁的陆久之去世。

被蒋介石抛弃的3个女人，由蒋介石供给生活费用，锦衣玉食，物质上无忧无虑。当时中国社会上广大民众处于贫穷困苦状态，相当一部分人过着饥寒交迫的生活，社会上游动着广大的失业人群、饥饿人群，与之相比，她们生活在天堂。但在精神上，她们受到了沉重的打击，悲伤、痛苦，无处申诉。她们都不再嫁，没有一个完整的家。她们的后半生乃至后大半生，在凄风苦雨、孤独寂寞中度过。苦水，只能自己默默地吞下，直到老死。

在3个女人痛苦的基础上，建立起蒋介石和宋美龄的幸福婚姻。

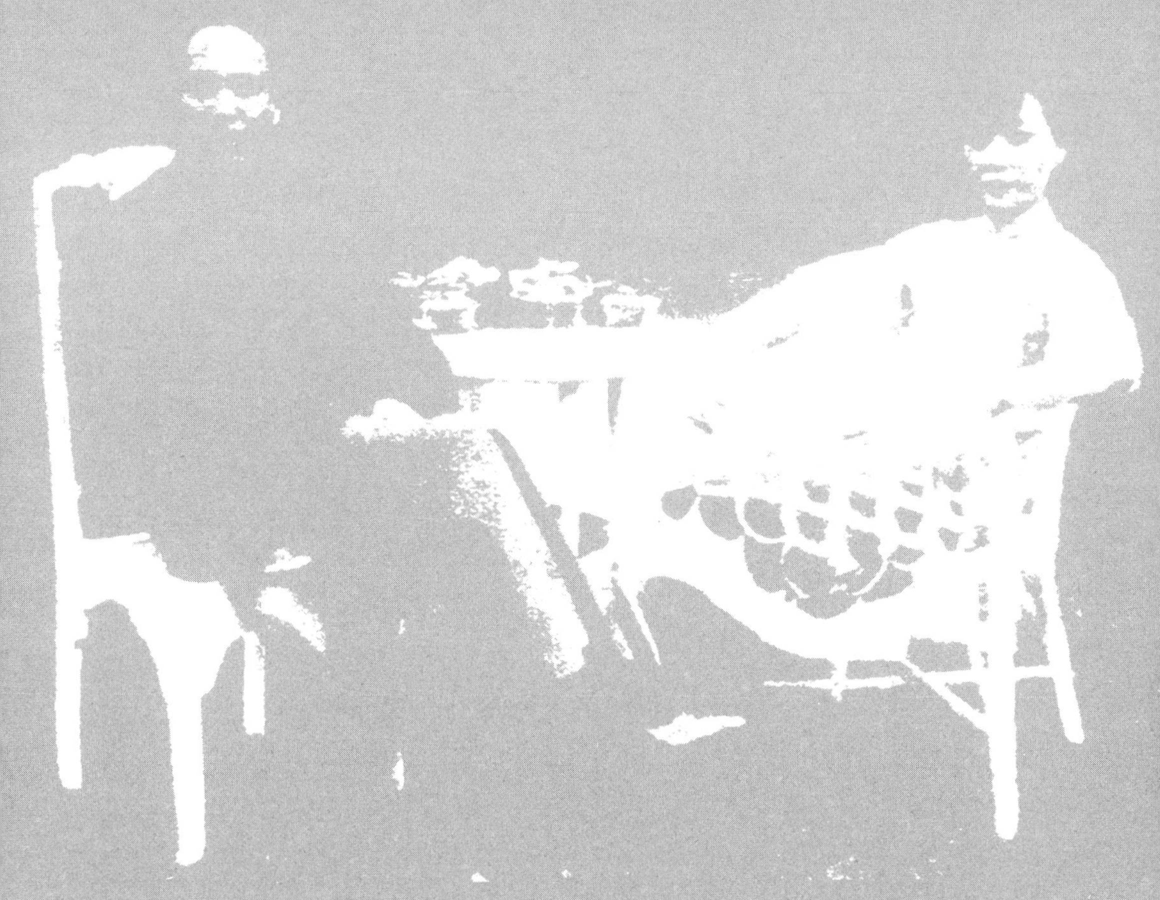

第四章　蒋介石的求婚之路

蒋介石对宋美龄一见钟情，为她的高雅气质和出众的才貌所吸引。并且，和宋家联姻也意味着和孙中山攀上亲戚，仕途会一帆风顺。娶美龄为妻，美人与江山，一箭双雕，两全其美。所以，蒋介石执意向宋美龄求婚，不达目的不休。显赫家族的千金小姐，能嫁给一个有妇之夫、口碑不佳的蒋介石吗？更何况，宋美龄心高气傲，非英雄不嫁。这需要一个过程，一个时机，更需要一个共同的爱情基础。

一、漫长的五年等待与追求

蒋介石结识宋美龄，是通过孙中山和孙夫人宋庆龄。蒋介石在 1922 年 6 月陈炯明兵变时，与孙中山曾共患难。有一张蒋介石与孙中山在黄埔军校的合影，孙中山坐在藤椅上，蒋介石侍立在旁。孙中山很庄重，侍立在旁的蒋介石身挂武装带，足蹬马靴，潇洒自信。

蒋介石与孙中山在黄埔军校

蒋介石是一个不平白付出的人。他把这张照片作为在永丰舰上他与孙中山的合影，放大制板，印发了数万张。从此，人们开始知道有蒋介石这样一个人，而且视他为“难中救主”的英雄。这是他后来高升的一份资本。孙中山感恩蒋介石，亲书一副对联相赠，文曰：安危他日终须仗，甘苦来时要共尝。下署“孙文”，上款为“介石吾弟属书”。

蒋介石特别重视孙中山的亲笔对联，把它挂在南京寓所的客厅内。因为这段共患难的历史，蒋介石深受孙中山的信任，常出入孙公馆。

蒋介石与孙中山在永丰舰上

宋氏三姐妹感情厚笃，宋美龄经常到孙公馆与二姐宋庆龄团聚，并对姐姐表示过非英雄不嫁的愿望。

1922 年 12 月初，蒋介石参加了一个社区的基督教晚会，主人是宋美龄的哥哥宋子文，地点是孙中山在上海莫里哀路的家中。那晚，他有幸认识了活泼可爱而交游很广的宋美龄小姐。蒋介石正当壮年，见宋美龄绰约多姿，顿时为之倾倒；加知宋美龄又是孙大元帅的小姨子，她大姐宋蔼龄嫁给山西富商孔祥熙，孔、宋两家的财力和在国内外的影响都不一般，因而不加踌躇，即欲娶宋氏三妹为妻。为达此目的，对孙中山和孔、宋两家，包括宋美龄的大姐宋蔼龄、二姐宋庆龄、兄宋子文、姐夫孔祥熙，都十分亲热。

当年 12 月底，蒋介石请孙中山把妻妹介绍给他，并说，他已经“休掉”那位他 14 岁时所娶的毛福梅，也甩掉了姚冶诚。但是，他闭口不提刚刚结婚的新太太陈洁如。一天，他对孙中山说：“我现在没有太太了。……您认为可以说服宋小姐接受我吗？”

那时，蒋介石仅仅是孙中山为讨伐陈炯明组建的讨贼军的一个参谋长；他的相貌也一般；出身与宋家不在一个档次；家有妻妾，并有绯闻。因此，追求宋家千金，未免过于高攀。追求宋美龄的人很多。蒋介石开始求婚时，宋美龄没有反应。1927 年宋美龄就这件事答记者说：“此乃 5 年前事，当时余未注意之。”

也许孙中山心里明白，他没去劝宋美龄，而是把蒋介石的意思转告了妻子。宋庆龄悻悻地回答说，她宁可看到妹妹死，也不愿意让她嫁给一个在广州城内至少有一两个情妇的男人，虽然他自己说还没有结婚。

孙中山没把这话告诉蒋介石，他劝蒋介石说：“等一等吧。”蒋介石按照孙中山的意思，于是等了起来。在孙中山逝世以前，蒋介石又曾两次提起过这门婚事，但每次得到的答复都是“再等一等吧”。

娶宋美龄，蒋介石需要政治资本。1924 年 5 月，他被任命为苏联帮助建立的黄埔军校校长。这项工作很重要。黄埔建军是中国国民党建立自己军队的开始，这所军校是国民革命军的摇篮，因此蒋介石的声望提高了一步。不过，直到孙中山逝世，蒋介石也没进入国民党中央党政中枢机构，连中央候补委员都不是。在党中央下属的军事委员会，他也仅仅是委员之一。孙中山欣赏蒋介石的军事才能，并知恩图报，但他向来重视干部的党德修养，强调不要谋求做大官、发大财，而要立志牺牲、做大事。看来，孙中山对蒋介石有所了解，在使用上，有原则、有分寸。

孙中山德高望重，在国民党中无人可比。他在世时，没有人敢明目张胆地争权夺利。1925 年 3 月 12 日孙中山逝世，党内围绕着最高权力发生了明争暗斗。在复杂的斗争过程中，蒋介石见风使舵，一步步把最高权力抓到自己手里，一两年的时间就以“流星的速度”兴起，地位发生了神话般的变化。

1925 年 8 月 20 日，国民党中央常务委员会委员、左派代表廖仲恺被暗杀，国民党元老、几次代孙中山掌大权的胡汉民涉嫌出国。这时，蒋介石是坚决拥护孙中山联俄、联共、扶助农工三大政策的左派，是清查廖案抓凶手的领导成员。

1926 年 3 月 20 日凌晨，蒋介石发动了“中山舰事件”，打击共产党，把国民党中央常务委员会委员、中央政治委员会主席、国民政府主席兼军事委员会主席汪精卫排挤出了中国。

同年 5 月 15 日，蒋介石在国民党二届二中全会上提出《整理党务决议案》，规定：共产党员在国民党各级党部执行委员会的名额不得超过总数的三分之一，共产党员不得担任中央机关的部长，等等。

把障碍一个个排除，蒋介石一路攀升，当上中央委员，并为常务委员、中央政治委员会委员、军事委员会主席、国民革命军总司令、中央政治会议主席、中央常务委员会主席（张静江代理）。只剩下国民政府主席一职仍归汪精卫，由谭延闿代理。它不影响蒋介石对政府的支配，因为北伐计划确定，授予总司令紧急处置权。国民党的一切政府机关均隶属于他的军事总部。兵工厂、政治部、总参谋部、军事学校和海军学校均由他指挥和调动。

到 1926 年 7 月，蒋介石已经是国民党党政军的最高领导人。其权力之大，地位之高，是当年孙中山之外无人可比的了。

这个过程中，蒋介石与宋氏姐妹的交往，也进了一步。宋庆龄不支持他和宋美龄的婚事，他打宋蔼龄的主意，请大姐帮忙。1926 年 6 月 30 日下午，蒋介石“往访宋氏大、三姊妹”。同年 7 月 2 日上午，往访宋美龄。下午宋美龄将回上海，他“心甚依依”。

1926 年蒋介石、宋美龄在孔家花园

1926年7月，开始北伐。首战直系军阀吴佩孚，向两湖进军，一路势如破竹，10月10日占领武汉。宋美龄致函蒋介石恭喜他军事告捷。蒋介石去电道谢，邀请宋美龄陪同家人到武汉参观战果。1926年11月，北伐军克复江西，蒋介石致电宋庆龄，邀请三姐妹到江西南昌叙谈，电文称："广州宋部长勋鉴：转孙夫人玉鉴：江西克复，东南可平，先生在天之灵，可以告慰大半矣。夫人如驾来，请由海道为便，到沪时，中再派专员巡迓，并请孔夫人与三妹同来一叙为盼。中正叩，庚午。"1927年1月，宋美龄回信表示感谢：

亲爱的大哥：

我已几个月没有见到你，聆听你的教益。你在军务倥偬之中，给我来电，邀请我陪同家姊及家人往访武（武昌）汉（汉口），以参观我们国民党的新猷。为此，我很感激。但是，我已于前天离开广州，前往上海探视家母。大姊仍在广州，不久可能返回上海。一俟得暇，我必当陪她参观长江各城。我趁庸之（孔祥熙）前往汉口之便，聊草数语，敬候起居。

美龄

1927年3月19日，蒋介石邀请宋母和宋氏三姐妹等到庐山牯岭游玩，唯独宋美龄没去，蒋介石知道原因就是他的妻子陈洁如，于是给"亲爱的大姐"去信：

亲爱的大姐：

敬请陪同令堂、孙夫人、令妹三小姐（美龄）、令公子令侃及令嫒等前来牯岭居住。无论如何，请勿续留汉口。今夜我将离开九江，明日抵达安庆。我已悉美龄前此未来牯岭的原因（由于我的妻子）。你回到汉口之后，请询明三妹（美龄）的态度。你如来函，盼交专差径送安庆。嗣后每周我们均可派专差递送信件，以免有所遗失。你赞同此议吗？

中正

同一天，也给宋美龄一信：

美龄女士：

我料想令姐已代转我给你的专函。今夜，我将离开九江向前进发，途中将在安庆停留数日，以等待你的回信。我收到你的信后，将上前线。

你的态度如何？请来函详示。你可否赠我一帧最近的玉照，以使我得以经常见到你的芳影？我的想法是：令堂、孙夫人、孔夫人暨男女公子，以及你自己应当即速离开汉口，赴牯岭定居，如此较为妥适。你因我仍在江西，以为不便来与我晤面（由于我的妻子）。但我今已离开江西，你大可不必再存此种令你不安的疑虑。

中正

1927 年 3 月 19 日

蒋介石对宋美龄思念不已，致电、致函、求赠相片，不一而足。北伐军 1927 年 3 月 21 日攻占上海，24 日占领南京。蒋介石 25 日入南京城视察，26 日去上海。随着蒋介石权势的增长、地位的提升，他成了宋美龄心目中的“英雄”。蒋介石的等待终于即将有结果、胜利在望了。

二、相爱在 1927 年的春天

1927 年春天，是一个不寻常的春天。由于北伐顺利进军，经过半年多时间，取得了决定性胜利——打败了北洋军阀吴佩孚、孙传芳的军队，只剩奉系军阀张作霖，窃据东北和北京。中国的统一已为期不远了。

不料，革命阵营内部出了问题。北伐是国共合作的伟大事业，大批共产党员和青年团员在军队中起先锋模范作用，带头冲锋陷阵，舍生忘死，战功卓著；共产党发动工农大众参军参战、支援前线、救护伤员、维护革命秩序，有力地配合了战争的进行。眼看着全国胜利就要来临，蒋介石容不得和他共苦的人与他同甘。占领上海、南京不久，1927 年 4 月 12 日，从上海开始，对昨日的同盟者、战友——共产党人、革命人民，进行惨无人道的大屠杀，国共合作被破坏。4 月 18 日，在革命者的尸骨上建立起南京国民政府。

在这白色恐怖笼罩全国的时刻，人们重新审视、辨别真理与邪恶、黑暗与光明，重新选择弃取。宋氏家族也不例外。宋庆龄敏锐地察觉到，蒋介石背叛了孙中山的三民主义和三大政策，她与共产党员毛泽东等、国民党左派邓演达等共 40 人，发表了《讨蒋通电》。宋子文本来在武汉，1927 年 4 月初，他离开二姐去了上海。宋庆龄托人劝说他回武汉，他犹豫再三，还是投靠了蒋介石。蒋介石派宋子文当说客，要宋庆龄回到“他们的家庭”中去。她断然拒绝，她知道母亲、大姐蔼龄、姐夫孔祥熙、弟弟子文、小妹美龄都站在蒋介石一边，“这一家子都是从根本上反对革命的”，而她要忠于孙中山的未竟事业，就不得不与感情深厚的姐妹手足拉开距离。子文悄悄地告诉她，不要回上海，有人在上海策划刺杀她，她一笑了之。汪精卫在武汉反共，她坚决反对，1927 年 7 月 14 日，她发表了《为抗议违反孙中山的革命原则和政策的声明》。她化装秘密去了一次上海，之后，采取一个明确的、引人注目的和蒋介石、汪精卫分道扬镳的行动——公开访问莫斯科。

宋美龄当然是支持蒋介石的。蒋介石左手攻打北洋军阀，右手屠杀共产党，然后“君临天下”。在宋美龄心目中，这就是“英雄”风范。

政治上的一致，促使他们的爱情升温。蒋介石 3 月 26 日到上海，首先到宋家，看望宋美龄并在宋家用晚餐，直到将近 11 点才告辞。这前后，蒋介石和宋美龄之间互赠照片，书信、电话交往不断。后来，1927 年 10 月 14 日《交通日报》发表对宋美龄的访问，当问及她与蒋介石何时开始谈婚论嫁时，宋美龄回答：“半年前。”正是 1927 年的春天。

不过，宋家同意这门婚事，要有一个过程。据宋美龄说，开始反对这桩婚事的除了二姐宋庆龄之外，还有大哥宋子文和宋母，大姐宋蔼龄也曾反对。嫁给蒋介石是她自己的主意，是她说服家人接纳了蒋介石。当然，宋庆龄始终不同意，听说小妹和蒋介石结婚，她十分不快。

当时面临着一个问题——蒋介石成败未定，前途未卜，不一定给美龄带来幸福，这是宋家不能不考虑的大事。宋子文对妹妹的婚事很重视，直到妹妹与蒋介石已经相爱，他还在反对。有一次，谭延闿到上海，去宋家拜访宋老太太，宋美龄先出现在客厅，向谭延闿诉苦："三哥，我爱介石你是知道的，我要嫁他，而子文不赞成。子文订婚何尝得我们的同意，今天我要嫁人，他倒要干涉我，你说是不是岂有此理？"宋老夫人不赞成这门婚事是最大的障碍。首先，蒋介石是一个军人，而在过去有文化的中国人眼里，军人的社会地位是极为低下的。其次，蒋介石已经结婚，尽管这门婚姻是在他少年时期由父母包办，而且已经离异，宋老夫人仍然对他这段经历耿耿于怀，更何况社会上还流传着他与其他女人有关系的丑闻。而最为重要的还有，他不是基督教徒，仅这一个事实就足以使宋夫人坚定自己反对蒋介石与三女儿结婚的决心。

宋老夫人极力回避与蒋介石谈论这个问题，并且在很长一段时间里拒绝与他见面。宋老夫人之所以如此，意思是很明白的——这是中国人表示拒绝的一种方式。其他任何一个求婚者如果受到这样的冷遇，都会死了这条心，因为没有母亲的允诺，宋美龄不会以身相许。可是蒋介石是个不达目的不罢休的人，他仍然一刻不停地缠磨宋夫人，以致宋夫人最后不得不跑到日本躲起来。

同年，5 月 17 日晚，蒋介石又从南京赴上海。次日早上 7 点到达上海后，还是首先访问了宋美龄。他的日记写着："七时车抵上海，即访梅林（美龄）与庸之兄（孔祥熙），会子文（宋子文）。"然后参加几项活动，当天即坐车返回南京。5 月到 7 月，蒋、宋之间会面、走访、电函更加频繁。

1927 年"四一二"和"七一五"之后，国民党宁（蒋介石、胡汉民等）、汉（汪精卫、孙科等）和西山会议派（邹鲁等），在共同反共的基础上汇合；为了权力之争，又互相攻击，统一不起来。蒋介石以退为进，于 8 月 15 日宣布下野，19 日打发陈洁如登上去美国的轮船。

蒋总司令离开南京，经上海、宁波回到溪口故乡，住入雪窦寺"隐居"。这时，蒋介石以"举世所弃之下野武人"的身份，给宋美龄寄去一封"情书"。"情书"是 8 月写的，被天主教所办的天津《益世报》于同年 10 月 19 日公诸于世。信中写道：

余今无意政治活动，惟念生平倾慕之人，厥惟女士。前在粤时，曾使人向令兄姊处示意，均未得要领，当时或因政治关系。顾余今退而为山野之人矣，举世所弃，万念灰绝。曩日之百对战疆，叱咤自喜，迄今思之，所谓功业宛如幻梦。独对女士才华容德，恋恋终不能忘，但不知此举世所弃之下野武人，女士视之，谓如何耳！

这封信，蒋介石把自己说得可怜兮兮，好像他真的“万念灰绝”，只恋宋美龄了。恋宋美龄是真，“万念灰绝”、无意政治活动是假。世人皆知，蒋介石手握国民党军事大权，下野，是以退为进，进一步充实实力，南京政府第一宝座非蒋莫属。他要用下野这段时间做两件事，第一件就是确定和宋美龄的婚姻。

本来蒋介石叱咤风云已经得到了宋美龄的倾心，这“下野”的情书，又博得宋美龄的同情。宋美龄向朋友透露，她将与蒋介石结婚。9 月 16 日，负责全盘事宜的宋家大姊孔夫人宋蔼龄，在塞耶路的家中召开记者招待会，她将蒋介石和宋美龄介绍给成群的新闻记者，随即宣布：“蒋总司令即将与我的三妹结婚。”大家拥到花园去替这一对新人照相，国内外的报纸和杂志都争相报道消息和刊登照片。9 月 17 日，《纽约时报》刊登一则新闻，宣布“蒋介石将与孙夫人的妹妹结婚”。该报驻上海记者米塞尔维茨报道：一位英国裁缝正在为蒋介石赶制礼服。

9 月下旬，他们经过一番长谈，表明彼此相爱的意愿，宋美龄正式接受蒋介石的求婚。9 月 26 日，蒋介石与宋美龄订婚。同日，蒋介石交给《申报》一份《启事》，说明已与原配毛氏离婚，而与姚氏、陈氏并无婚约，现已脱离关系。

与此同时，蒋介石关于否认赴美留学的陈洁如是他的妻子，以及将与宋美龄结婚的启事，也见诸报端。

1927 年 9 月下旬，在《纽约时报》亨利·朱苏维茨的报道（9 月 24 日上海电讯）中，除蒋介石反驳在美国的陈洁如系他的妻子的内容外，着重披露了蒋介石与宋美龄婚事的信息：

这位已引退之国民党领袖昨日已自宁波返回上海。但其此次返沪，系以爱神，而非战神，为其守护神灵。正如前所宣布，彼希望与宋美龄女士结婚，并即将前往日本神户拜见宋女士之母，以征求女方家长同意此一计议中之婚姻。如能结婚，新人夫妇计划在美国度其蜜月，在华府至少停留一年。……

彼称……“本人与宋女士之婚姻尚未确定。本人认识宋女士已有五年。我等结合以前，必须征得宋母之同意。因此，本人将于近期内遄往日本拜见正在养病之宋夫人，并请其允许本人与其女结婚。如宋女士首肯，则我等将尽早结婚，可能在上海举行。婚后，我等计划前往美国。”

“本人不拟于数年内返回政界。本人希望南京新政府将获成功，但仍觉本人必须回避之。本人拟在美停留一年，在欧洲停留两年，在英拟研究政治财政事务，并参观海军及军事学校，俾资进修。本人之首要兴趣在于统一后中国之前途，并欲研究美国政府及军事科学与策略。”

余询蒋氏拟居住何处，彼答谓：“宋女士拟居何处，我等即在何处居住。”

其后，余晤及宋女士。伊云，如其母许其结婚，彼等在美停留之大多数时日中，将住在华盛顿。

伊云：“蒋将军欲研究政府事务，故本人之想法为我等将在华府居住。当然，此事仍须视家母之同意与否。如家母反对此一婚姻，本人将顺从其意。但如其并非十分反对，则本人以为可望促其同意。无论如何，本人如此希望。”

宋女士为美以美会教徒。伊云，婚礼将依照美以美会之仪式举行。

蒋介石和宋美龄的婚事，没有宋夫人的同意是难以成功的。因此，1927年9月28日，蒋介石和张群一起东渡日本，去长崎探望宋母。但宋老夫人不想见蒋介石，她得知蒋介石抵日本的消息后，立即从长崎乘飞机，横穿日本飞往镰仓，以避开女儿求婚者的纠缠。蒋介石信心十足，穷追不舍，因为宋美龄已经向他表露了首肯之意。

1927年10月3日，在宋蔼龄等的极力劝说下，宋夫人终于同意给她女儿的顽固追求者一次见面机会。蒋介石拿出一份表明他已和少年时代的配偶离婚的证件，并且澄清了社会上的流言蜚语，然而他的宗教信仰问题尚未解决。当宋老夫人问他是否愿意成为基督教徒的时候，蒋介石的回答使她大为满意。蒋介石说，他很愿意试一试，他将尽力研究《圣经》，但他不能未经体察就随便允诺接受基督教。宋母觉得已达成一夫一妻的基督徒信条，便慨然允婚。

据蒋介石住的旅社老板娘说，蒋介石从宋老夫人那里回来极其兴奋，说："成功！成功！婚约成功了！"

蒋介石下野后要做的第二件事也是在日本完成的，那就是进行外交政治活动，争取洋人的支持。11 月 5 日，他和日本田中首相做交易，达成如下谅解：（一）日本承认反共反苏的国民革命之成功，承认中国的统一；（二）中国承认日本在中国东北的特殊地位和权益。蒋介石在日本期间，还和美国驻日特使谈判，密约：蒋介石政府保障美国在华权益；美国支持蒋介石在中国建立政府，统一中国。这项活动，也大大增加了他重返国民政府的政治资本。

1927 年 11 月 10 日，蒋介石踌躇满志地从日本回到上海。

三、最显赫的婚礼

1927 年 11 月，上海各大报纸刊登出蒋介石的结婚启事：

> 中正奔走革命，频年驱驰戎马，未遑家室之私。现虽辞职息肩，惟革命未成，责任犹在。袍泽饥寒转战，民众流离失所，讵能恝然忘怀！尤念百战伤残之健儿，弥愧忧乐与同之古训。
>
> 兹订于 12 月 1 日在上海与宋女士结婚。爰拟撙节婚礼费用及宴请朋友筵资，发起废兵院，以完中正昔日在军之私愿。宋女士亦同此意。如亲友同志厚爱不弃，欲为中正与宋女士结婚留一纪念，即请移节盛仪，玉成此举，无任铭感。凡赐珍仪，敬谨璧谢！婚礼简单，不再柬请。

废兵院规划，当与同志贤达详商。现托浙江军事厅金诵盘君筹备。式布区区。惟希公鉴。

1927年12月1日，蒋介石与宋美龄在上海举行结婚典礼。蒋、宋的婚礼在当时的中国是最隆重、最显赫的。

婚礼分两次举行，一次是基督教式的，一次是中国传统式的。首先在上海西摩路宋家的宅邸里举行了静谧的基督教式的婚礼。中国基督教青年会全国协会总干事余日章博士担任司仪。余日章手捧《圣经》，站在新郎新娘面前宣读礼文：

诸位亲爱的兄弟姊妹们，我们今日在上帝与蒋、宋二府的亲友面前为蒋介石先生、宋美龄女士举行婚姻的圣礼。婚姻是我们中国人伦中最大的一伦，《易经》上说，有夫妇然后有父子君臣，其神圣高贵无可伦比。基督在世的时候，特地赴迦拿地方的婚筵，亦是注重婚姻的意思。圣保罗说婚姻一事，非常贵重，不可草率。我们应当谨敬遵奉上帝之意旨，成就这件大事。

然后，余日章将事先拟好的誓文授予新郎新娘。

新郎举起右手虔诚地宣誓：

我蒋中正，情愿遵从上帝的意旨，娶宋美龄为妻。从今以后，无论安乐患难，健康疾病，一切与你相共。我必尽心竭力地爱敬你、保护你，终身不渝，上帝实临鉴之，这是我诚诚实实地应许你的。如今特将此戒指授予你，以坚此盟。

宋美龄把手放在《圣经》上宣誓：

我宋美龄，情愿遵从上帝的意旨，嫁你蒋中正，从你为夫。从今以后，无论安乐患难，健康疾病，一切与你相共。我必尽心竭力地爱敬你、保护你，终身不渝，上帝实临鉴之。这是我诚诚实实地应许你的。如今特将此戒指授予你，以坚此盟。

接下来，双方交换戒指。新郎郑重地把婚戒戴在新娘的手指上，新娘把婚戒戴在新郎的手指上。

余日章宣布：

蒋介石先生与宋美龄女士，今日已在上帝和蒋、宋二府的亲友面前交换戒指，互立盟约，结为夫妇。我如今特郑重宣告他们二人已正式结为夫妇。

最后，他宣读祷文和祝福词：

我们天上的父，你是统治世界万民的大主宰，是人类真正爱情的源泉。我们今天奉你的名，结合蒋先生与宋女士为夫妇。我们感谢你的大恩，求你使他们伉俪之情与日俱增，使他们凡事相爱相助，得到人生圆满的幸福；求你使他们组织理想完善的家庭……。愿上帝天父保佑他们，赐福他们，引导帮助他们，叫他们一生一世，能完成上帝的意旨，荣耀你的圣名。阿门！

祝福完毕，新郎新娘向余日章鞠躬致敬。宗教仪式的婚礼结束时间是下午3时20分。

接着，这一行人前往富丽堂皇的大华饭店，举行世俗婚礼。

主婚人、前北京大学校长、南京国民政府教育部长蔡元培和证婚人余日章站在中央，介绍人谭延闿、何香凝、王正廷以及蒋介石的胞兄蒋锡侯、冯玉祥夫人李德全均列两旁。

那天，来宾们就在这家饭店里，等候着这对新婚夫妇的到来——所有能够及时赶到上海的名士要人都来了，大家要亲眼看看宋氏家族和中国第一强人结合的场面。各大报纸有意渲染，纷纷报道。

1927年12月2日的《上海时报》报道：

这是近年来的一次辉煌盛举，也是中国人的一个显赫的结婚典礼。这次婚姻使得南京军队过去最强有力的领导人和新娘的哥哥宋子文博士的家庭以及国民党创始人、已故孙中山博士的家庭联结成一体。

蒋介石与宋美龄的结婚照

昨天下午举行婚礼时，大华饭店的舞厅里足足有1300人。当蒋介石总司令同男傧相一起出场时，桌边的椅子上坐满了人，还有许多人站着，鼓掌欢迎这位前军事领袖。

上海以及其他地区的中外知名人士在这里济济一堂。高级领事埃德温·S．查尼汉姆（Edwin S·Chunningham）先生、英国总领事西德尼·巴顿（Sidney Barton）先生、挪威总领事N．阿尔（N·Aall）先生、日本总领事矢田七太郎（S·Yada）先生、法国总领事M．纳吉亚尔（M·Naggiar）先生以及其他一些国家的总领事出席了这次结婚典礼。美国太平洋舰队司令马克·L．布里斯托尔（Mark L·Bristol）海军上将、华北方面军司令官约翰·邓肯（John Duncan）少将以及其他外国高级将领也身穿便服出席了结婚典礼。

在这次结婚典礼仪式上担任接待委员会主任的郭先生站在大华饭店舞厅的入口处，来宾们向郭先生出示请柬后，即被引入舞厅。

步入装饰华丽的舞厅时，人们立刻就被那很有气派的满堂花卉迷住了。这些花卉是由刘易斯育婴堂布置的。讲台上——如果可以这样称呼的话——挂着国民党创始人孙中山博士栩栩如生的大幅肖像；肖像的一边是国民党党旗，另一边是孙中山博士的旗帜。

乐池里，一支俄国管弦乐队正在忙着调弦定音，等待下达演奏门德尔松婚礼进行曲的命令。4时15分的时候，新郎和新娘都还没有露面。舞厅外面，大约聚集着1000名中国人，他们都站着恭候这位前总司令及其新娘的到来。

在大华饭店内外，布置了一大批中外侦探。这些侦探严密地监视着周围动静，谨防出现任何乱子。在舞厅门口，必须出示请柬并签到之后方可进入。签到之后，签名者即被赠给一枚刻有总司令和宋小姐名字的徽章，同时还得到一张印有汉字的婚礼程序单。

根据程序单上的安排，这次结婚盛典共分十个项目，这十个项目分别如下：

1. 来宾入场。

2. 主婚人和证婚人入场。

3. 新郎入场。

4. 新娘入场。

5. 向孙中山博士肖像三鞠躬。

6. 宣读结婚证书。

7. 在结婚证书上盖公章。

8. 夫妻对拜。

9. 新娘、新郎向主婚人和证婚人鞠躬，以示感谢。

10. 新郎、新娘向来宾鞠躬，以示感谢。

……在大华饭店举行的中国式结婚盛典，是由北京大学前校长、南京政府教育部长蔡元培先生主持的。

结婚典礼开始之时，管弦乐队奏起外国乐典，舞厅里的人们屏住呼吸，伸长了脖子。蒋介石在男傧相的陪伴下步入舞厅，摄影机开始转动。

人们又一次屏住呼吸，又一次伸长了脖子，后面的人因为被人挡住了视线而登上了椅子。伴随着《新娘来了》的古老名曲，宋小姐挽着她的哥哥、前财政部长宋子文先生的臂膀走进来了。此时，摄影机快速地转动着。

宋小姐捧着一大束白色和粉红色的玫瑰花。在结婚仪式举行之前，她和新郎摆好姿势拍了照片，然后向位于讲台正中的孙中山博士的肖像三鞠躬。肖像的右边是孙博士的旗子，左边是国民党的旗子。新娘和新郎先向右边鞠躬，然后又向左边鞠躬，最后再向中间鞠躬。

蔡元培高声宣读结婚证书，新郎新娘分别在证书上用印，并相对鞠躬，又向主婚人、证婚人一鞠躬，最后转身向来宾一鞠躬。

4 点 47 分，婚礼在热烈的掌声和欢呼声中结束。

当宋美龄和丈夫一起在乐曲声中离开讲台，来到一个由玫瑰花装饰成的巨大的花团下面摆好姿势合影的时候，场内爆发出一片掌声。

与基督教的习惯相反，新郎、牧师或其他人都没有拥抱或亲吻新娘。这次结婚仪式的本身是短暂而又简单的。新娘是由她的哥哥宋子文交给新郎的。男傧相是蒋介石的秘书刘纪文。

E．L．霍尔（E．L．Hall）先生演唱的歌曲《啊，答应我！》为这次结婚典礼增色不少。婚礼结束以后，在舞厅和威尼斯厅举行了茶会。

据一家中国报纸报道：

大舞厅和旁厅挂满了白色鲜花饰成的花团，东侧供新郎和新娘通过的通道两旁也摆满了鲜花……讲台是一张中国式的桌子。桌子后面是一片绿色和白色的叶子。叶子两旁是鲜花组成的巨大的影壁。影壁上用红色鲜花镶出“长寿”和“幸福”的字样。讲台的中央悬挂着孙中山的肖像，肖像两旁挂着党旗和政府的旗子——一面旗子的图案是青天白日，另一面是青天白日满地红……今晚，这对新婚夫妇将乘专列前往杭州度假。

据《字林西报》报道：

新娘穿着一件漂亮的银色旗袍，白色的乔其纱用一小枝橙黄色胸花别着，轻轻地斜披在身上，看上去非常迷人。她那美丽的挑花透孔面纱上，还戴着一个由橙黄色花蕾编成的小花冠，饰以银线的白色软缎拖裙从她的肩上垂下来，再配上那件长而飘垂的轻纱。她穿着银白色的鞋和长袜，捧着一束用白色和银色缎带系着的淡红色麝香石竹花和棕榈叶子。

新娘由四位女傧相伴随着，她们是郭珀尔小姐、王月懿小姐、孔波琳（罗莎蒙黛）小姐和倪杰西小姐。前两人穿的是桃红色软缎衣，上面镶着钻石和桃红色珠子。软缎袖子长仅齐肘，在肘部用浓淡相宜的桃红色乔其纱做成宽大的袖口。另外两位年纪较小的女傧相，穿着同样的衣服，但是颈上装饰着带褶的乔其纱，袖口也带褶。女傧相后面，跟着撒花的小女孩周小姐和陈小姐。她们身穿撑开来的桃红色塔夫绸衣裙，手持装满花瓣的小花篮。走在最后的是两位小侍从孔珍妮小姐和孔路易少爷，他们身穿黑色丝绒衣服和白色缎子背心。

新娘的母亲身着紫红色丝绒旗袍，脚穿黑色鞋袜。

……新娘和新郎沿着深红色的地毯回到两把椅子那里去，椅子上方悬挂着一个由鲜花装饰成的巨大花团。花团上面垂下几条丝带，扯动丝带，花瓣就袅袅地飘洒到新娘和新郎的身上。拍摄了大量照片以后，新娘在几位女傧相的伴随下离开这里。随之摆好茶具，以供新娘、新郎及其陪伴在花团下用茶。不料，一切准备停当之后，新娘却从休息室溜走了，以后来宾们再也没有见到新娘和新郎。

四、蒋介石的结婚感想

当天，《申报》刊登了蒋介石谈结婚感想的文章《我们的今日》：

余今日得与最敬最爱之宋美龄女士结婚，实为余有生以来最光荣之一日，自亦为余有生以来最愉快之一日。

余奔走革命以来，常于积极进行之中，忽萌消极退隐之念。昔日前辈领袖问余，汝何日始能专心致力于革命？其他厚爱余之同志，亦常讨论，如何能使介石安心尽革命之责任？凡此疑问，本易解答，惟当时不能明言，至今日乃有圆满之答案。余确信，余自今日与宋女士结婚以后，余之革命工作必有进步。余能安心尽革命之责任，即自今日始也。

余平时研究人生哲学及社会问题，深信人生无美满之婚姻，则做人一切皆无意义。社会无安乐之家庭，则民族根本无从进步。为革命事业者，若不注意于社会之改革，必非真正之革命，其革命必不能彻底。家庭为社会之基础，欲改造中国之社会，应先改造中国之家庭。余与宋女士讨论中国革命问题，对此点实有同一之信念。

余二人此次结婚，倘能于旧社会有若何之影响，新社会有若何之贡献，实所大愿。

余二人今日，不仅自庆个人婚姻之美满，且愿促进中国社会之改造。余必本此志愿，努力不懈，务完成中国之革命而后已。故余二人今日之结婚，实为建筑余二人革命事业之基础。

余第一次遇见宋女士时，即发生此为余理想之佳偶之感想。而宋女士亦尝矢言，非得蒋某为夫，宁终身不嫁。余二人神圣之结合，实非寻常可比。

今日之日，诚足使余二人欣喜莫名，认为毕生最有价值之纪念日。故亲友之祝贺，亦敬爱不敢辞也。

李宗仁可能没明白蒋介石对宋美龄穷追不舍、一定要攀上宋家这门亲事的真正用意，所以不理解蒋介石为什么把娶宋美龄为妻看得这么重。在回忆录中，他写当时的心情道：“我们此后再追随蒋总司令，冒锋镝矢石，去‘真’革命，也岂视一女子为转移？内心悒悒不乐之下，我遂决定不送婚礼。”

当时的《大公报》总经理胡霖则另有见解，认为：

蒋介石的再婚，是一项有预谋的政治活动，他希望借此赢得孙逸仙夫人和宋子文的支持……那时候，蒋介石也开始觉得有必要寻求西方的支持。娶宋美龄以后，他就有了与西方人交涉的“嘴巴和耳朵”。此外，他非常推崇宋子文是一个财政专家。但如果说蒋介石不爱宋美龄，那是不公平的。蒋介石显然把自己看成英雄，在中国历史上，英雄爱美人是天经地义的事，为了政治上的考虑，蒋介石什么事都做得出来。在那些情况下，娶一位新太太对蒋介石来说，是一件合乎逻辑的事。

的确，往更远更深的层次看，蒋介石与宋美龄结婚不仅娶了一位理想的夫人，而且，这桩婚事对蒋介石的政治生涯有不可估量的作用。宋氏家族非同一般。宋氏全家信奉基督教，在美国教会中有颇大的影响和广泛的联系。蒋介石拟取得美英强国支持，宋氏家族和美国教会的这种关系是他所需要的。

宋美龄的父亲是上海拥有五六十万两白银财富的出版商和企业家，长兄宋子文是金融界名流、国民政府财政部长，大姐夫孔祥熙是山西富商。他们的财力和他们在中国工商界、金融界的影响力，关系到蒋介石军政活动的财政来源。

宋美龄的大姐和二姐先后为孙中山的秘书，二姐又成为孙夫人，宋氏家族和孙中山的关系，在社会上有广泛的影响，家族的一些成员都成为当时中国政治舞台上的风云人物，攀上宋氏这门亲戚，蒋介石的政治地位也会随之提高。有人说：蒋介石是碰到权力与欲望就什么事都干得出来的人。为了攀上宋氏家族这门亲戚，他费尽心机。

宋美龄不同于一般妇女，她不愿意只是过当时中国上流社会妇女所过的那种豪华安逸的享乐生活，而对事业有浓厚的兴趣。为此，她曾拒绝过为数甚多的追求者，宁可不结婚。她为蒋介石动心，也是因为和蒋介石在政治上有共同语言，她（他）俩想的合拍。她可以借助蒋介石的地位和权力，做她想做的事，得到她想得到的一切；她的教养和能力还能帮助蒋介石实现他的愿望。

这是一桩以政治为基础的婚姻。蒋介石很爱宋美龄，同时也对前妻陈洁如感情颇深，与宋美龄结婚很久以后，直至老年，这种感情犹在；但为了政治的需要，他抛弃了她，选择了宋美龄。

第五章　磨合与相随

蒋介石辞职，本来就没被批准。他（她）们婚后的第九天，即 1927 年 12 月 10 日，国民党二届四中全会预备会议决议蒋介石复国民革命军总司令职，并决议由蒋介石负责筹备二届四中全会。这意味着，蒋介石即将掌握中央最高权力。

蜜月刚过，1928 年 1 月 4 日，蒋介石就进京正式复职。

蒋介石在结婚感想中说他们将建立一个新式的家庭。果真如此，他必须从自我做起。他原本就是一位封建家长，大男子主义做派极强。他的 3 位妻妾：毛福梅，不必说，是中国旧式的包办婚姻。姚冶诚、陈洁如，是自主婚姻，新了一层，但她们都不是独立、自由的，而是她们丈夫蒋介石的附属品，无平等可言，蒋介石对她们召之即来，挥之即去。

宋美龄不同，在美国读书 10 年，人生追求、学识和能力，中国一般妇女都不能比。她追求自由、独立、平等。她爱蒋介石，关心、体贴他，但不做他的附属物；她很美，但不做花瓶；她帮助丈夫做事，但有独到见解和独特的处事风格。在宋美龄面前，蒋介石不可能再耍大男子主义做派。他们必须也只能平等相处，互敬互爱，才能白头到老。

一、两种不同的生活方式

蒋介石和宋美龄出身、生长生活环境截然不同，生活方式差距极大。

蒋介石自从在河北保定陆军速成学堂习武起，一直从事军事，所以养成军人习惯。他用冷水洗脸，烟酒不沾，很少用茶叶，只喝白开水，外出就罩一件猫皮黑披氅。除丰镐房名下外，对其他亲戚族人概不亲自接见。

他每日清晨 6 时前起床，散步半小时，室内活动半小时，7 时坐功。早餐是米饭和蔬菜汤或一片面包。阅读报纸以后，即乘车到国民政府办公。8 时批阅电文、写信。往往自己起草电文稿。午餐仍以便餐为主，一盘瘦肉，一盘蔬菜，或依其家乡口味，一块咸鱼及一碗汤。午饭后休息，下午2时起工作、看书，3时至5时会客或外出开会演讲。晚饭前，习惯在花园或中山陵散步，同家人谈心聊天，或自己默想。稍后，多半同友人和来宾共进晚餐。

蒋每日必记日记，格式自己设计，每天一页。他对文件的处理非常仔细，即使只错一字，也必追回改正后再发，对将发表的文告更是逐字斟酌，逐字推敲。他看书专注，多加圈点与评语，如对《张居正评传》、戚继光征倭的《纪效新书》《管子》，等等，择其有用者作为理论根据，加上自己的言行录，印发分送各将领。

他平时对人尚有礼貌，讲客气，当然是对为他所用、尽忠于他的人；但一有错误，便毫不留情。如：侍卫官张恒祥迟到5分钟，立即开除；骂侍卫长王世和"混蛋"，两次不起用；严厉责骂军需署长朱孔阳后立即撤职，由蒋在奉化凤麓学堂读书时的校长周枕琪之弟周枕琴继任。

宋美龄自幼生活优裕、豪华，衣、食、住、行都很讲究。穿着打扮向来不一般，旗袍贴身，大衣适体，高跟鞋款式新颖。在衣裳的花色方面，有一个很突出的特点，是喜欢穿有引人注目的彩色大花图案的服装。但她随蒋介石到四川和安徽的山区农村视察时，则穿上便裤、野外便服，以及结实的小号轻便鞋。她和大姐蔼龄、二姐庆龄一样，婚后梳从前中国妇女常梳的发型，即把头发梳向后颈，打一个发结。她前额留一束"刘海"，后来不要"刘海"，只打发结。她对体重很注意，房门外置有小型磅秤，经常量体重；饮食十分苛求、考究，注意减食，以免肥胖；即使住在庐山，也要由好几个厨房的下手背上大瓶蒸馏水上山，供她使用。宋美龄和蒋介石常在一起吃饭，宋喜欢吃烤鸡、猪排，蒋则喜欢吃肉丝咸菜汤、干菜烤肉、咸菜大黄鱼。

在生活习惯上，蒋介石和宋美龄有很大的不同。他们各自按自己的习惯生活，但宋美龄对蒋介石的日常生活有很大影响，如：午休时间，在蒋介石卧室门外放留声机，片子都是宋美龄选好放在盒内，由内务人员按时开关。唱片的内容是小提琴独奏，没有歌曲和大型交响乐。宋美龄不在时，蒋介石也很习惯地这样做。

宋美龄经常随蒋介石外出，在各地巡视，住处一般总是3间，包括卧室、办公室、秘书室。因为在政治上她是蒋介石的助手，与一般官员的夫人随丈夫外出不同，住处的安排考虑到工作上的需要。作为一个家庭主妇，她同样也想把自己的小家庭住宅安排得更宽敞、舒适，而且，她比别的妇女有更优越的条件。

宋美龄讲一口流利的上海话和广东话，也讲普通话。她碰见熟人总是自然地面带微笑，谈话的声音以让对方听清楚为限，一般情况下，不高声大嗓、颐指气使，使同她谈话的人不觉得拘束。

宋美龄处事仔细，也注意小节。有一次，一封从美国寄给她的信的信封上邮票被扯去，她立即查询，外收发胡某承认因爱好集邮私自扯下，还回原物，也就未予处罚。蒋、宋的私人信件，都经各自的侍从秘书（又称随从秘书）拆阅送呈，一般批件也由侍从秘书加封，若密件、急件均另打记号加火漆印。

新婚不久的蒋介石夫妇

宋美龄作为“第一夫人”，既参与政治，又管理生活，内外兼顾，事务繁忙。据侍从人员所见，她对时间抓得很紧，但一点也不显得疲惫、忙乱，一切都井然有序。她每日必看书读报，包括许多外国寄来的刊物。她的爱好也够广泛，对文学、音乐造诣较深，对美国历史及世界名人传记也有熟知。她的中文修养相当好，毛笔字字体秀柔，且颇似蒋介石的字体。

蒋介石和宋美龄也常请客吃饭，但菜肴是普通的，有些人出来后说吃不饱。这里当然同感到拘束有关，但与饭菜不丰盛也有关。在宋美龄的厨房里没有过多的酒肉，都是按少量、新鲜原则配置的。蒋介石在这方面也不大方，若有部下请求接济，最多只批 200 元，就算是面子十足了。宋美龄选购衣料，总是跑上好几家，问明价格，择合意的地方去买。但她对教会方面较慷慨，感情虔厚，每到一个省县，若有耶稣教会，必邀集教友尤其是外国传教士及其家属，举行茶话会或聚餐，联络感情。

和蒋介石、宋美龄日常接触较多的是国民政府军事委员会委员长侍从室的人员。侍从人员对侍从室称“公馆”，对蒋介石称“先生”，对宋美龄称“夫人”，都不带姓，不称官衔。先生方面的内务副官是蒋孝镇，是蒋介石的侄孙辈（从中尉升到少校级）。夫人的内务副官叫斯绍凯，平时穿蓝色长衫，没有军衔，还有两个下手，客来送茶点。有中、西厨师各 1 人。有 1 个 40 多岁的健壮外国保姆料理房间、保管衣物等，但不做洗衣服之类的下手事。宋美龄也有私人秘书，所以她也有秘书室，女秘书的能力和学识素质都好，但外表都是其貌不扬者，这或许是有意安排的。1933 年的女秘书叫钱用和，30 多岁，嘴唇动过手术，后来调到中山门外国民革命军遗族学校当校务主任，宋美龄常去视察，关心备至。继任的个子很小，长得不起眼。后来换了一个身体健壮、穿着虽然时髦但一只眼睛有毛病的女秘书。后来，又换成一个由宋子文介绍的男秘书，叫古兆鹏，广东人，40 多岁，秃顶，带着妻子。他专做与美国教会、华侨方面的通信交流工作，包括宣传和捐赠、救济事宜。宋美龄的秘书主要是代她做些妇女儿童福利工作。

1933 年至 1934 年间，侍从室公务繁忙，侍从人员常通宵工作。办公室离蒋、宋住处很近，宋美龄当然知道侍从人员这种辛劳情况。宋美龄考虑得很周到，往往亲自做糕点派人送给电务员谢耿民、邵恩孚、孙德庆等人当夜餐。年终还给少数侍从人员各送一套长袍马褂料。蒋介石的侍从秘书汪日章因为事情多，中午回去吃饭不方便，宋美龄知道后，让自己的中国厨师每天中午多开一份客饭，每次都是两菜一汤。

蒋介石迷信，这也许是受了他的母亲的影响。1925 年秋的一天，蒋介石由广州北教场黄埔军校总队部回到城内军校办事处。他所乘的一辆小汽车，插着一面青天白日的旗子。当这辆车子要发动时，马达发生故障，司机进行修理。蒋介石不耐久等，即改乘随从的那辆没有插旗子的汽车先走了。警卫排长黄友之带领几名卫士，乘了修理好了的插着旗子的汽车随后赶来。不料，当这辆汽车经东坡楼附近时，遭到埋伏，汽车被打翻，几名卫士被打死。伏击策划者着意指挥向插有青天白日旗的车子射击，要把蒋介石打死，而蒋介石却侥幸地到了目的地。蒋介石暗白庆幸是神明在保佑他。

1926 年，北伐军包围了南昌城。总司令部设在距离南昌约 30 公里的牛行车站附近。附近有一座小庙。一天傍晚，蒋介石和白崇禧散步到了小庙。一个当家的庙祝见蒋、白带着卫士，知是高级军官，上前施礼。蒋见这个庙是关帝庙，香案上设有签筒，随手取过来面向菩萨弯腰抖动了一下，落下一根签子，拾起递给庙祝，庙祝根据签号撕下一张签纸交给蒋看。蒋介石左看右看，还是不得其解，便请庙祝破释。庙祝问："将官所问何事？"蒋说："战事胜败如何？"对方答说："战事是大吉大利，一定得胜，但是有一句话很要紧，要谨防后路。"蒋介石点头。回到营地后，由白崇禧打电话给预备军，调来两个团，靠近司令部。第二天半夜三更，南昌城内的孙传芳部卢香亭师，从地下隧道爬出来，向牛行车站附近的总司令部冲来。幸亏头一天调来两个团加强守备，把从地下爬出来的敌人歼灭了。据俘虏称，其目的是切断北伐军的"后路"。于是，蒋介石就更相信起神灵来了。他命人赏赐了那位庙祝 200 块银圆，重修庙宇。

宋美龄信奉基督教，蒋介石和宋美龄结婚后，接受洗礼，加入基督教，但仍不忘中国的神佛菩萨，每逢大山名刹，仍要拈香问卜，祈求神明。

二、不住上海，住南京

蒋介石进京复职，宋美龄作为总司令夫人，随蒋介石离开上海，住到南京。当时，南京高官的太太们绝大多数不愿去南京居住，而住在上海，宁肯夫妻分居两地。宋美龄也知道，南京没有上海繁华，没有那种五光十色的社交场合。南京当时只能称得上一个有一条所谓宽马路的小村庄。这条马路起自东站终至桥楼（江岸附近的一个旅馆）。就是这条宽马路也很狭窄，以致两辆汽车迎面开来的时候，其中一辆不得不先停在马路一边，让另一辆驶过之后再走。南京的天气也不好，严冬寒风刺骨，盛夏暑气逼人。南京的住房都很简陋，没有自来水和下水道，有的外国使馆人员抱怨说，洗澡都得用瓶装水。

住在南京的许多年轻军官的生活相当乏味、枯燥。他们无家无业，工作之余，难得消遣一下，南京没有条件，街道冷清枯寂，一团漆黑，连一家酒吧间都没有。许多黄埔军校的毕业生都来拜访他们的前校长蒋介石，宋美龄因此常有机会和他们在一起闲聊。在攀谈中，宋美龄发现有一个问题引起了大家的普遍不满，那就是在南京除了待命奔赴前线之外，别无他事可做。于是，宋美龄设法改善他们的业余生活，1929 年 1 月提议由蒋氏夫妇名义组织一个军官“励志社”，动员基督教青年会颇有经验的工作人员黄仁霖，离开上海前来筹办军官“励志社”事宜。蒋介石身为“励志社”社长，但没有精力主其事，由宋美龄掌大权，实际负责人是黄仁霖。

军官“励志社”其实就是一个军官俱乐部，组织音乐会和美术等文娱活动，活跃军官们的文化生活。

蒋介石、宋美龄创办“励志社”时，与该社职员合影

蒋氏夫妇在南京，先住在中央军事学校（原名黄埔军校）营区的红砖、水泥结构的小房子里，这就是南京中央军校校长公馆，是抗战前蒋介石、宋美龄经常居住之地。楼下有客厅、饭厅、秘书室、副官室，还有一个狭长的会客室。楼上的房间全部由他们两个人使用，室内布置平常，墙上也不挂画。蒋介石时常去外地，居住条件不一，宋美龄都形影相随。

北伐奉系张作霖期间，宋美龄随同总司令来往于前线。他们走到哪儿，就住在哪儿，因此常常要在茅草屋、火车站和农舍里过夜。对于宋美龄来说，这是她真正体验中国生活的开始。

宋美龄从小到大，不论在国内还是国外，一直过着舒适、安逸的生活。到南京、到外地那种环境居住，对她来说，是一种不小的磨炼。

国民政府定都南京后，对京城逐步进行改建和修缮，街道、建筑、各项设施等焕然一新。不言而喻，蒋介石和宋美龄的居住条件，也要大加改善。

对于中央军事学校这所公馆，宋美龄不中意。她在 1931 年起就看好了中山门外小红山的一个山坡。树木丛中从未有过建筑物，四周围都是空旷的，就计划在这里盖一所宫殿式房顶的西式楼房，有地下室，有平台，作为长久居住的地方。从这里朝东北方向可望见中山陵，正北方能看到明孝陵。建房的任务交给南京市工务局长赵志游，由技正陈品善等几人设计了多种建筑图案。作为房子主妇的宋美龄出主意、做指点，一再提修改意见，单就室内装饰、浴室颜色就进行了多次变换，阳台也改修了几次。市长魏道明和赵志游为了讨好宋美龄，还特请杭州西湖艺专校长林风眠亲自绘画室内墙壁的装饰花样，有千姿百态的鸟群，啼叫嬉戏在嫩绿翠柏的树林中，生气勃勃。屋内的几间卧室、大小餐厅、两间办公室（他们每人 1 间），以及其他众多的大小房间的设计布置方案，无一不是由宋美龄逐个审查鉴定，有些已经决定实施，又经常改变，如浴室瓷砖，先是改成绿、黄相间色，后又一律改为淡蓝色，将复杂花样一概废去，改成单色平面。因而，这座房子长期不能竣工，抗战前夕只好停止建筑，抗战期间当然无法过问，直到抗战胜利后才完工，但时过境迁，也就不以为好了。宋美龄把它改作耶稣教堂，每逢礼拜日和蒋介石准时同去做礼拜。有时请几个教友同做礼拜。

在南京，还有一座汤山“蒋氏别墅”，位于南京附近汤山脚下汤泉路 3 号院内，原为国民党元老张静江建造，后来供新婚伊始的蒋介石、宋美龄夫妇专用。天长日久，人们便把它称为“蒋氏别墅”。院内一座飞檐翘角的小楼，有 5 间门面宽。这座别墅的最大特点是装设有高质量的温泉浴室，对皮肤病、关节炎等有很好的疗效。所以，当年蒋氏夫妇经常到此疗养、沐浴。

宋美龄和蒋介石的住宅，并不限于南京。宋美龄有一幢陪嫁的豪宅，在上海贾尔业爱路，在法租界住宅区内，靠马路。这是一幢两层楼洋房，在上海还算不上最好，原是外国人的花园洋房，宋家买了过来。这幢楼正房 4 开间阔，纵深颇大，楼下有一个大客厅，可容纳 40 余人，也可作为电影厅。有一次，由“励志社”总干事黄仁霖主持，在这个大客厅放过一部美国故事片。观众除蒋介石、宋美龄外，有少数侍从人员，外客中有孔家子女。楼内地板是柚木条拼嵌的。室内布置除大小沙发、大茶桌椅等家具外，墙上挂的艺术品颇精致。其中有八大山人画的春、夏、秋、冬四帧花鸟条幅，寥寥数笔，简爽、泼辣，勾画出荷花下面侧头看天的鸭子，惟妙惟肖，意境逼真。

楼房向西延伸一排两层楼、十多间下房。花园面积大于建筑面积 3 倍，有小溪横贯过草坪。溪宽 3 米，东侧安放小石块，可徒步跳跃而过。园内灌木丛中，间以假山，取自然园林式布局，散步其间，不觉身处闹市。

蒋、宋在这幢房子居住的时间并不多，据说终蒋之一生总共才住过六七次，最多一次也住不上两个月。蒋介石去南昌、重庆、昆明、贵阳等地，宋美龄随从，有时稍后赶去，有时提前回来，这种时候，宋美龄便单独在这里住上一个时期。有一个 40 多岁麻脸男管家看管这幢房子。

此外，1934 年在庐山观音桥旁，江西省主席熊式辉为蒋氏夫妇盖起 3 开间阔的小木屋，有水泥平台，坐在靠椅上可静听桥下泉水潺潺；远眺五老峰，宏伟雄奇，心旷神怡。此处只小住过几天，就废置了。后来，买了一所外国人的旧房子，即牯岭路 12 号。那所房子原来叫 13 号，因基督教徒忌讳“13”这个数字，改为 12 号。端纳任张学良的顾问时，常来做客。这所房子依山脚，门前低，后面渐高，有个大平台，宾主常常围坐在那里打桥牌，谈天说地，宋美龄借以练习英语。

抗日战争时期，在重庆南岸黄山，蒋、宋有一所别墅作为主要住处。宋美龄断言她的身体很好，但在重庆期间曾颅穴发炎，由香港来的一位医生替她动了手术。蒋介石一连几日守护在她的身边，劝她安心休养。宋美龄惦念着她办的学校，但由于手术后的情况不佳，她只得同意去香港休养一段时间。

宋美龄对于蒋介石原配毛福梅在奉化蒋氏旧居，离婚不离家，生活费用由蒋介石供给等事，并不计较。她自婚后，多次去蒋介石的家乡，或从事社会活动，或陪伴蒋介石探望乡里，休整小住，或为蒋介石祝寿……在溪口，她的住处不止一处。1930 年，蒋介石在原祖辈留下的旧居素居小楼的基础上加以扩建，不仅面积扩大，用材也很讲究。东厢房楼上为宋美龄的住房，室内全用西式家具。但毛氏在世时，宋美龄不曾在此居住，毛氏去世后，宋才在此留宿。蒋、宋同到溪口，常住乐亭别墅。乐亭别墅在武岭南端高处，原来有座文昌阁。蒋介石对这个地方很感兴趣，对面群山起伏，脚下剡溪奔流，居高临下，全镇尽收眼底，是镇上风景最胜处。于是在 1924 年，蒋介石任黄埔军校校长时，拆掉原有庙宇文昌阁，改建殿宇式的两层楼房，作为回乡居住的别墅，取名“乐亭”，并撰写了《乐亭记》，但也有时按老习惯，仍称文昌阁。乐亭别墅，飞檐翘角，近水楼台，内部设备均是西式，有暖气、浴室、客厅、餐室、卧室等。从北伐胜利到抗战初期，蒋介石回到溪口，经常携宋美龄到此居住。

蒋介石在溪口的别墅，除乐亭外，还有：武岭南端、剡溪之旁、背山面水的“小洋房”，雪窦山的妙高台别墅，蒋母墓道半山脚上的“慈庵”也是蒋介石、宋美龄到溪口时经常落脚的地方。

三、打败奉、桂、阎、冯，“内助之力实居其半”

宋美龄之所以不留恋上海，跟随着蒋介石驻南京，走各地，是她同其他官员的太太境界不同——她不满足于豪华的生活，而要和丈夫在一起，安排好他的日常起居，还要协助他从事政治活动。

到南京后，她经常陪同总司令出席各种形式的宴会和招待会。在自己举办的宴会上，蒋介石总是坚持让她作为女主人出场。宋美龄往往是这种场合中绝无仅有的一位妇女。起初，她感到不习惯。后来她说：“我认为官员们也觉得我是一个妇女。后来我索性忘掉自己，一心一意帮助丈夫工作，他们也就不再把我看作一个妇女，而当成他们之中的一个成员了。”在待人接物方面，宋美龄语言举止文明，温和大方。蒋介石脾气暴躁，对下级、对学生“总不能温和厚爱，使人无亲近余地”，宋美龄往往能居中缓和，弥补其不足，私下还做一些规劝。

随着外国陆续承认南京政府，各国外交官来到南京。宋美龄除了参加会晤之外，在必要的时候，还为蒋介石做一些翻译工作。起初，她教蒋介石学英语，但他总是学不会，后来干脆放弃了。于是，宋美龄既是秘书又是英文翻译。蒋介石语言、语气不一定恰当，她翻译时，往往做一些修改，使得话语缓和些、得体些。

1928 年 1 月 18 日中央政治会议决议，特任蒋介石为北伐全军总司令。2 月 2 日至 7 日，国民党召开二届四中全会，改组国民党中央和国民政府。谭延闿任国民政府主席，蒋介石任军事委员会主席、国民革命军总司令。会议决定攻打奉系军阀张作霖集团，“两个月内会师北京，完成统一”，为“二次北伐”。2 月 28 日，蒋介石又兼任国民革命军第一集团军总司令。3 月 31 日，蒋介石率军渡江北伐。

宋美龄支持蒋介石北伐和统一中国。北伐的后勤工作，有专门的机构和人员负责。但出现问题时，宋美龄出面，往往能得到解决。因为宋子文是国民政府的财政部长，用钱必须找他。宋子文曾经与蒋介石有过不睦。蒋介石成了妹夫，那一页自然揭过去。1928 年 1 月，宋子文出任南京国民政府的财政部长。蒋介石出征，宋子文密切配合，筹募经费，甚至向国外订购武器。宋子文遇到困难，有时发牢骚，甚至撂挑子。在这样的时刻，宋美龄常常扮演调解者的角色。曾经在 1928 年 5 月，宋子文因筹款艰难，既忧且累，以致成病，准备辞职，蒋介石得知，请宋美龄代为慰问和挽留，得以缓解。

1928 年 5 月“二次北伐”途中，蒋介石和宋美龄到达郑州

宋美龄本人也有广泛的社会联系和活动能力。北伐出兵之前，蒋介石就发现医疗方面准备不足，4 月 6 日，致电宋美龄：请再多购一倍前方伤兵药材，派员专送前方。战争进行中，伤员增多，13 日电称 ：“此次战斗胜利，但伤兵亦多，今日已有千名。”要求宋美龄速寄药品，并多聘好医生来。一些伤兵安排到南京治疗，宋美龄亲自处理医院有关事务。

宋美龄还帮助蒋介石接待外宾，处理外交。1928 年 5 月，日本出兵山东，占领济南，蒋介石派兵保护英美领事，要宋美龄联系两国驻沪领事，报告平安。1930 年 5 月，法国驻华公使自北京南下，蒋介石致电宋美龄，要她“优礼”接待。

1928 年 6 月，打败张作霖，北京的北洋军阀中央政府倒台。12 月 29 日，东北易帜，北伐成功。但蒋介石想削弱各地方实力派的实力，把权力集中统一于他的手中，以致引起更大的冲突。蒋介石与李宗仁、冯玉祥、阎锡山之间的联合破裂，形成蒋介石与各派军阀之间相互混战的局面。1929 年和 1930 年，国民政府各派在混战中度过了大部分时光。1929 年 3 月爆发蒋桂战争；5 月和 10 月，先后两次发生蒋冯战争，第二次蒋冯战争一直延续到 11 月；同月又有蒋、桂的第二次战争；12 月，蒋、唐（生智）开战；1930 年 5 月爆发了更大规模的蒋介石与桂、阎、冯之间的中原大战。此战历时 7 个月，双方动用兵力百万，死伤三四十万，是中国近代史上最大的一次军阀混战。

宋美龄毫无保留地支持蒋介石对其他军阀的作战。6 月 3 日，蒋介石在陇海路指挥作战，致电宋美龄云：“请另购肉类及笋类与糖类小罐头食品各十万个，毛巾十五万条，与避疫水一并专车送来前方，慰劳将士为盼。”宋美龄五弟宋子良，时任外交部总务司司长，宋美龄交宋子良办理，8 日电蒋，立即派人前来取运，以免途中意外。

国民党新军阀混战，给百姓造成无穷的苦难，政府财政也陷入捉襟见肘的困境。1930 年 7 月，前方紧急，蒋介石向宋子文要军费，被拒发，宋美龄苦苦哀求，宋子文仍然拒发。情急之下，宋美龄把自己名下的房产、积蓄全部交给兄长变卖，说：“若军费无着，战事失败，吾深知介石必殉难前方，决不肯愧立人世，负其素志。如此则我如不尽节同死，有何气节！”妹妹以

“尽节同死”相激，宋子文无奈，立即设法筹措军饷发下。蒋介石的“讨逆军”即于8月15日攻克济南。8月16日，蒋介石又致电宋美龄，要40万件卫生衣和本月下旬的军米。这本该由在蒋介石军中负责军需的周骏彦与宋子文催要，周骏彦不敢，蒋介石没有办法，只能仍请宋美龄出面办理。

反蒋联军与蒋介石的“讨逆军”在河南、山东鏖战。关键时刻，张学良通电主张息争和平，一切问题听候中央解决，并出兵入关，支持蒋介石。形势急转直下，反蒋联军败局已定。张学良之所以如此，除了经过对形势观察、权衡利弊外，还有蒋介石先和张约定，只要张出兵，所需费用照拨。张学良出兵后，蒋致电宋美龄，请催子文兄速电汇出兵费500万元，“以免变卦”。宋美龄转告宋子文，立即汇100万元，随后每日照数汇寄。

蒋介石对宋美龄给予他的协助，非常感激，给予极高的评价，甚至认为战争胜利的一半功劳应属于宋美龄。1929年的一篇日记写着：“结婚二年，北伐完成，西北叛将溃退潼关，吾妻内助之功实居其半也。”

四、宋美龄的个性独立和自由空间

宋美龄不辞劳苦地随蒋介石驻南京，走外地，协助蒋介石做他需要她做的事，完全出于她的自主，她认为应该做的，她尽力去做。这是她的自由和自动，而不是被动，更不受制于人。

她对婚姻的态度也一样，坚持个性独立，自主自由。她承认金钱的价值，坦言，没有钱她决不会结婚，但也决不会为了钱而结婚。回国后的头几年，上海门当户对的年轻人和富有的已婚绅士向她求过婚，都没能赢得她的芳心。最终，她自主选择了政治与军事强人蒋介石。这是她的选择，她情愿和他一起奋斗，助他成就他的愿望。但她也决不放弃个性独立与自由。1928年1月24日，也就是婚后不久的宋美龄，从南京写信给她的大学同学米尔斯，充分表达了她对婚姻的看法：

> 我并不认为婚姻应该抹杀或吸收一个人的个性。因此，我想做我自

己，而不是充任将军的妻子。这些年来我一直是宋美龄，我相信我代表了什么，我想继续发展我的个性，保持我的个性特征。自然，我丈夫不同意我的想法。他想要我作为他的妻子而存在，但我无言，我想要代表我自己。我不是卢斯斯通协会的会员，但我的确想被承认是一个因素，因为我是我，而不是因为碰巧成为他的妻子。

鉴于此，当我来时，火车站派代表来告知他们会为我提供专车。我拒绝了，因为我不要特权，直到我已经证明我自己值得享有特权为止。

蒋介石说要建立新式家庭，但他的新式和宋美龄的想法还有不小的距离。他习惯性地，还是只把宋美龄看成他的妻子，应该从属于他。这使她感觉婚后“不自由”。由于对婚姻有不同的想法，生活中就难免有分歧。蒋介石觉得宋美龄“骄矜”，宋美龄认为蒋介石“强梗失礼”，劝他“进德”，加强个人修养，和蔼些。蒋介石是一个固执已见、不肯服输的人，但在宋美龄面前，他从不固执，对宋美龄的规劝心服口服，发现夫人不满意之处，立即暗自反省，“心甚自愧”，而接受规劝，痛下决心，“改变凶暴之习”，不再“任性发露，使其难堪”。甚至在某种情况下还有一种自卑感。蒋介石的妹妹蒋瑞莲住在上海。1928年新年，蒋介石夫妇前去看望，发现妹妹正在家里与客人打牌，蒋介石自觉惭愧，生怕宋美龄看不起。蒋介石觉得宋美龄既可爱，又可敬。

这样，蒋介石和宋美龄之间，不仅没有因为分歧而疏远，反而更亲近，感情日益深厚、融洽，互敬互爱。他们经常在闲暇时间，相携散步，说说笑笑，十分轻松。据汪日章说：蒋、宋“夫妻间感情深厚，有时说些闲话也不避人。有一次我随他俩由镇海飞机场坐黑色特长轿车去溪口，在80分钟的行程中，他们谈笑风生。宋美龄还和蒋打赌说：‘谁先见到江口塔，谁就赢。’不一会儿蒋说：‘我先看见了。’宋接着说：‘我老早就看见了。’不认输”。在溪口时往往手拉手徒步于妙高台、相量岗之间，此地群峰环抱，曲径通幽，风景独美，他们常在千丈岩欣赏胜景。

在做事方面，宋美龄协助蒋介石，尽心尽力，但不盲从，有自己的见解和处事方法。在以后，比如抗战时期她赴美寻求援助，也不事事听从于蒋介石，在是否访英问题上她始终坚持己见不肯妥协，蒋最后只能听之任之，接受她拒绝访英的决定。

她不甘心做一个“专职妻子”，除了帮助蒋介石做事以外，她还要有自己的独立活动空间。早在宋美龄回国后，就投身于社会工作和社会活动。婚后，她依然如故。蒋介石予以支持。在南京，她更可以集中精力投身于社会工作，她开始创办革命军遗族学校。

学校建在南京紫金山麓，自然环境最好的地方。学校建有最现代化的教室、运动场、体育馆、宿舍，以及有篷的广场和游泳池。

关于办遗族学校的动机，宋美龄说：“我认为，这些孩子如果培养得当，将会成为极为有用的人才，因为在他们血管里，流的都是革命的血液。”

她在办学过程中，注重理论结合实际，教育学生懂得如何做个好公民，学会思考事情为什么以及应该如何去办。她摸索和总结了自己的教学法，后来她曾说：“我的那一套教学法主要是通过总结经验教训的方式取得的。换句话说，我发现在我们的教育制度与我们的现实生活之间存在着某些脱节的现象。比如，仅仅注重书本知识，而不强调学习与现实生活相结合的重要性，也不注意教育学生将来如何做一个社会公民。”

“在革命军遗族学校里，我的学生们在学习如何用自己的双手和肌体进行劳动，以及遇到问题应当如何处理。我总是强调学生必须发扬主动精神，克己自制以配合遵守校规。我力图通过这种方法来取代严格管理的措施。同时，我还在学校里组织了农村服务俱乐部，使学生们能够学以致用，帮助当地农民。”所以，男生要学田里的劳动，如种田、养牛等。女生要学缝纫、编织等女红。

根据教学方针，选聘优秀人才任教师。她对自己评价说：“我不认为自己天生就是当老师的材料，即使现在我也称不上是一个好老师。至今我仍在摸索教育方法。自战争开始以来，每举办一期训练班，我都有所收获。我总是将上一班的经验用在下一班的工作上。”

她很重视这所学校，说过这样的话：

个人的安全，我是从不放在心上的。但我时时关怀着我所手创的国民革命军遗族学校，如何把学生们训练成良好的公民，使他们将来对社会、对国家都有宝贵的贡献；而如何改良同胞的生活，也是我所最关切的问题。

1928年8月，她写给大学一位同学的信中，很自豪地说她的学生“种出很棒的西瓜，也会养蚕、养蜂”。

蒋母王采玉1921年临终的三遗愿中，有一项是，要办一所学校，培育乡里子弟。从前，溪口只有私塾，贫苦人家子弟上学困难；晚清以后有了族众合办的武山、溪西、西河3所国民小学，都是初级，升学必须外出。

蒋介石谨遵母训，于1923年助资将原有3所初级小学合并为禽孝区立完全小学，聘陈志瀛为校长，并暂以自家故居前屋做校舍，使镇上适龄儿童入学。1926年正式改名为武岭学校，改聘张葆元为校长。

宋美龄和蒋结婚后，从1928年起在原有小学基础上，着手扩建溪口武岭学校，既作为对乡里的贡献，又为蒋培养有用人才。于是，出资购置武岭西北侧的田地90余亩为校址，聘任蒋介石小时同学张昌雷之侄张明镐（留日，曾为宁波效实中学和商校教师）为校长，招上海余兴营造厂负责承建新校舍。宋美龄具体提出学校要包括农科中学、完全小学和幼儿园3部分，并附设武岭医院，仿照法国乡村学校方式，以学校为中心，把溪口镇的社会福利事业都包括进去，如：医院门诊、阅览室、消防队、电厂、电影院、公园，等等。农科中学要有实验场，分动、植物两部分，培育良种，以便研究和推广。当然校舍的布局和设备都是新式的，卫生设备一应俱全，还备有来宾客房。从设计开始，宋美龄可说样样事情始终过问，连教室门漆成深灰色，也本着她的意见处理。

1930年学校建成，蒋介石和宋美龄亲自巡视，逐项仔细检查，经过验收后师生迁入，学校改名为“奉化县私立武岭农业职业学校”。蒋介石宣布建校宗旨说：“中国以农业为主，创办这所学校，旨在培育农科人才。”校舍规模之大、设备之全、师资之高，都是一般私立学校所没有的。该校除招收本地学生外，还招收外地学生。

学校本部先后排列4幢3层楼房，第一幢为大礼堂，第二幢为农职部，

第三幢为小学部，第四幢是师生和校工的宿舍。旁边建有二层或单层各式房屋多处，气势雄伟，结构精致，分别为幼稚园、医院、图书馆、标本仪器室、音乐室、图画室、体育用具保管室、金木泥竹工劳作课操作间，还有工艺美术成绩陈列室、盥洗室、浴室、理发室、洗衣间、晒台和饭厅等。在体育设备方面有：围长 200 米大操场（兼足球场、晴雨篮球场）、网球场、排球场、小足球场各一处，浪船、浪木、秋千、滑梯、铁杠、跳马、乒乓台等，亦均齐备。医院请有内外科医生、护士共 5 人，设病床十余张，并有透视机等医疗设备。另在武山东麓设有农事试验场，下分农艺、畜牧、园艺、蚕桑等部门，并从国内外引进先进品种。

1931 年，学校聘王家骧为校长。自 1932 年起，蒋介石自兼校长，改原校长为校务主任。校务主任初为王家骧，1933 年为刘藻，1934 年为邓士萍。邓原为“励志社”副总干事，他遵从宋美龄要求，开辟了武岭公园。1933 年，开始筹建葛竹分校，1934 年开始正式招生，校名为“武岭学校葛竹分校”，校务主任为王良穆。

抗日战争时期，因日机轰炸，学校停办。

抗战胜利后复校，校务主任为施季言。校董也发生变化，蒋介石及其他大部分老年人不再担任校董，改由宋美龄、陈果夫、陈布雷、陈立夫、蒋经国、蒋纬国等比较年轻者担任。这时武岭学校改为普通中学，以脱去农业中学的宗旨，培养多方面的人才。到这所学校住读的，大多是宁波、奉化、上海等地的学生和当地的“蒋门子弟”。

蒋介石、宋美龄、蒋经国等人巡视学校，向师生训话。蒋介石训话内容不外乎“孝悌忠信”“礼义廉耻”等一类做人处世的道理，如“入则孝，出则悌”“立志做大事，不要做大官”等。他在训话中谈到教育儿童应从小抓起时，经常口操溪口土音引用其母王氏的话说：“阿拉娘是介讲，桑条务要小压。”蒋经国 1937 年由苏联回国居住溪口期间到此讲过话，内容为论抗日救国。在讲到面前的敌人时，他一再强调，敌人有 3 个，第一个是日本帝国主义，第二个是日本帝国主义，第三个还是日本帝国主义！声音洪亮，语气愤激。

1938 年，宋美龄去重庆小龙坎贾家岗办了一所中正中学，自任校长。这所学校和武岭学校一样，也是为了培养蒋、宋所需要的人员。校舍按战时规格为草顶泥竹墙，但规模很大，占地很广，经费、设备都很充足。要求学生一律住宿，生活军事化。宋美龄常去视察，还邀请名人学者参观讲话。有一次，学校特请内蒙古锡林郭勒盟的奇俊峰携其5岁男孩来校，现身控诉日寇蒙奸的暴行。奇俊峰的丈夫原是锡盟王爷（盟主），其弟投靠蒙奸德王，杀兄篡位。奇俊峰率忠于她的残部辗转战斗，向国民政府求援，携其子来重庆。蒋介石给了她5000人马的武器装备（内蒙古人口少，此数在当时已不少了），委任她儿子为少将司令，袭父职。那天，是宋美龄陪同奇俊峰到学校的，这5岁的小孩就穿着少将衔的军服。奇俊峰汉语流利，讲话动听，学生们都纷纷请她签名，她一签两行，一行是汉文名，一行是蒙文名。

五、有惊无险，功归基督

蒋介石请求宋母准婚时，承诺要学习基督教义。婚后，在研习教义过程中，基督已经开始进入他们的小家庭。

在几年与奉系以及与桂、阎、冯各派的混战中，蒋介石用尽了军事的、政治的各种手段。和以往不同的是，他把基督请到战争的前线和后方，向基督求援。1929年11月初，与冯玉祥的军队作战时，形势对他很不利。蒋介石向上帝祈祷，言称如果能获救，他一定立即正式洗礼，加入基督教。祈祷后的第二天，天降大雪，敌军无法迫近。这时，南京的援军赶到，反败为胜。蒋介石把这一切归功于上帝的帮助。

冯玉祥的部将石友三，在蒋冯战争中，叛冯投蒋。1929年10月21日，国民政府任命石友三为安徽省政府主席。蒋介石令石友三赴广州对桂系作战，石友三得知蒋介石欲对本部采取不利举措，遂于1929年12月2日半夜造反，在浦口举行兵变，炮轰南京。

在这前一天，正是蒋、宋的结婚纪念日。浦口和南京仅一江（长江）之隔。在蒋、宋结婚纪念日到来的前几天，蒋介石建议到江对岸的乡下度假，宋美龄表示同意。然而，当时间临近的时候，她开始不安和动摇起来，也说不清究竟是为什么。她好像有某种预感，觉得待在首都最安全。她对丈夫说：

“我真的不想去。”“可是我答应过你，如果留在这里会使你扫兴，那我们还是去。不过，我也不知道是怎么回事儿，我总是觉得待在家里好。”蒋介石说：“既然你不愿意去，我们当然可以不去。”

在原定动身的那天晚上，蒋介石要连续会见几个人，直到很晚才能得空休息。蒋介石同第一个人的谈话结束了，又有一个人被引进来。来人是石友三。他是来开脱自己，向蒋介石表忠心的。宋美龄敲了敲门，要丈夫进来一下。“要出事了，一件非常可怕的事。”宋美龄不无肯定地说。“千万要多加小心呀！我总觉得有一种不祥之兆。”蒋介石冷静地说：“可又能出什么事呢？”“一切都很正常嘛。你太紧张、太疲倦了。先让佣人陪你一会儿，我尽快和这个人谈完。”

但是当蒋介石半夜时分来到床前时，她又坐了起来，神情显得十分紧张。“我做了一个梦。”宋美龄说，“我梦见河中间有一块大石头，河面上闪烁着月光，河水突然化成了鲜血，整个河里都是血！”

蒋介石又安慰了宋美龄一番之后，两人都睡了。凌晨3点，有人敲窗户报告说，刚才特意前来向蒋介石表忠心的石友三叛变了，现正带着部队在江对岸的浦口闹事。而那儿正是蒋氏夫妇原来打算度假的地方。就在石友三前来拜会蒋介石的同时，他的部队正在更换臂章，准备宣布同南京政府决裂。

这一夜蒋氏夫妇没能睡成觉。宋美龄一连几个小时忙于应变，别的什么也顾不上考虑。清晨6点钟的时候，宋蔼龄就到了。她通过新近安装的长途线路给她上海的母亲打了一个电话。在电话里孔夫人只是含糊地说：“妈妈，将要发生一件非常不好的事情。我不能向您诉说实情，但是我和美龄希望您能为我们祈祷。”两个小时以后，她们收到母亲打来的一份电报。宋夫人在电报上引用了《圣经》上的一句话：“敌人将会自动退去。”原来宋母祷告后翻开《圣经》，其上正好写道：“仇敌起来攻击你，耶和华必使他们在你面前被杀败。他们从一条路来攻击你，必从七条路逃跑。”事情的结局真的像《圣经》说的那样，石友三没有继续向南京进攻，而是向北撤走了。宋母说这是上帝的恩典，使他们转危为安。

当然，宋夫人只能用《圣经》上的话安慰她的女儿们，但不能征服石友三。浦口兵变后，安庆的石友三部与之一致行动，唐生智在郑州反蒋，通电与石友三相呼应。这是唐、石联合反蒋。计划由石友三进攻南京，唐生智直取武汉。事态确实严重。最后由蒋介石联络了张学良、阎锡山，破坏了唐、石联盟，石友三投靠了阎锡山，通电主和。蒋介石打败了唐生智，事变告平。

宋美龄不信鬼神信上帝。她总觉得在冥冥之中，有一个万能的上帝在默佑她，使她得以逢凶化吉，遇难呈祥。她经常把 1929 年结婚纪念日发生的险情，作为坚持这种信念的最好说明。

六、自幼拜佛的蒋介石皈依基督教

蒋家早在先祖蒋宗霸起，就信奉佛教。蒋宗霸是一位佛门弟子，人称“摩诃居士”，蒋家人称他为“摩诃太公”，常念《摩诃般若波罗蜜多经》。蒋介石的祖父蒋斯千，也是个佛门信徒。蒋介石自幼丧父，由母亲王采玉培养长大。王氏和她的母亲姚氏都是虔诚的佛教徒。蒋母王采玉“信佛极虔诚”，曾一度带发修行，还俗后仍一直信佛吃素，晨昏念佛不辍。

蒋介石童年时，王采玉就带他去各寺庙拜佛，有法华庵、武岭庵以及雪窦寺、白雀寺等。距溪口十多里的四明山名刹雪窦寺，是佛教十大名刹之一，蒋介石是这里的常客。蒋介石离开家后，每次回溪口故里，经常到雪窦寺住几天，寺里的太虚法师和蒋介石关系密切。1927 年 8 月 15 日，第一次下野回奉化后，他还请雪窦寺住持僧测知他的前景。寺中还保留蒋介石题写的“四明第一山”匾。蒋在广东初露头角回乡时，1921 年 3 月 17 日，“随母上普陀山，施千僧斋，参观新纳受戒式”。蒋介石遇到难事，也求卦问卜，祈求神灵保佑。

不惑之年的蒋介石，为了与宋氏家族联姻，而皈依基督教。宋美龄和她的父母都是虔诚的基督教徒。1927 年 10 月，蒋介石在日本请求倪珪贞允婚之后，逐渐接近基督教。1927 年 12 月 1 日，蒋介石与宋美龄在上海的婚礼分两次举行，一次是基督教式的，一次是中国传统式的。1927 年 12 月 11 日，蒋介石到景林堂听教。24 日晚，在岳母家过圣诞。25 日下午，在岳母家祝耶稣圣诞。

1928 年伊始，蒋介石阅读教义书《信仰之意义》。之后，阅读基督教著作《人生哲学》《新约全书》等，并听岳母讲教义。还曾到孔宅与王宠惠、孔祥熙一起听讲教义。

直到 1930 年 2 月 17 日，岳母倪珪贞劝蒋介石入教，他还因“尚未研究彻底，不便冒昧信从”。21 日，倪珪贞和宋美龄邀请江长川牧师专程自上海到南京，劝蒋介石受洗礼，他不同意，理由是“未明教义”。江长川牧师劝他“先入教而后明教义”，但是蒋介石却说首先要明白教义，然后才会接受洗礼，并要求给他 3 个月的时间研究教义。他主要是觉得“以救世之旨信耶稣”可，“以《旧约》中之礼教令人迷信则不可”。

10 月 23 日，蒋介石到上海，发现岳母病况严重，出于感恩，决心入教，“以偿老人之愿，使其心安病痊”。当日，蒋介石偕宋美龄在西摩路宋家教堂里，由卫理公会的会督江长川牧师主持，举行了加入基督教的洗礼仪式，正式加入基督教的美以美会（后改称卫理公会）。除宋庆龄外，宋家的人都参加了洗礼仪式。宋老太太为蒋介石皈依基督教举行了庆祝宴会。正像宋美龄所说：“他（蒋介石）信仰基督教，完全由于我母亲的劝导，为了要使我们的婚约得她许可，委员长允许研究基督教义，并且诵读《圣经》。”“我母亲的宗教精神，给了蒋委员长很大的影响。”

1931 年 1 月 2 日，蒋介石首次去上海基督教堂，郑重地向耶稣祈祷。此后，蒋介石只要有时间，便尽可能到教堂做礼拜，清晨起床后，洗漱完毕，第一件事就是祈祷和读《圣经》，决不间断。宋美龄也帮助蒋介石诵读《圣经》。宋美龄说：

> 在美国卫尔斯利大学读书时，我曾选读旧约历史（多年后这项课程竟大有裨益于总统的启发，也真是奇事）。用我的旧笔记与课本，我们即开始每日的课程，至今这还是我们日常生活的一部分。每日清晨 6 时半我们一同祈祷，一同读经与讨论。每晚临睡前，我们也一同祈祷，我自己的信仰和心得的了解同时滋长，一种更深刻的意义浸润了我们的婚姻，我已走上我灵性发展的初步高原。

从蒋介石的表现看，他信奉基督教是虔诚的。岳母去世后不仅毫无改变，而且对基督教越来越迷信。每遇到麻烦或危险时刻，都要向上帝祈祷，上帝成了他的保护神，一切功劳也都归之于上帝。在他的著作、讲演和日记中，也常常引用些《圣经》箴言，或有向上帝祈祷的语句，甚至以《圣经》占卜吉凶，寻求解决政治、军事危机的启示。据宋美龄称："不论在什么地方，'总统'的卧室中，都一定要挂一张耶酥像，以表明蒋'总统'对耶酥的敬仰与虔诚。"抗日战争中，他们夫妇把救中国的期望寄托于基督。1937 年 10 月，宋美龄对美国记者说："我们认为没有宗教就救不了中国。政治是不够的。"1938 年 4 月 16 日，也即耶稣复活节的前夕，蒋介石发表了《为什么要信仰耶稣？》的长篇广播词。他把耶稣说成是"民族革命的导师""社会革命的导师""宗教革命的导师"。

蒋介石加入基督教后，在讲台上证道

1938 年 10 月，日军进攻武汉。10 月 2 日，蒋在日记中写道："布置已毕，兵力已尽，时间亦已到，凡能人为之事已尽，我此后自当宁静淡泊……以完成上帝之使命。"日军在广东登陆，10 月 16 日，蒋在日记中写道："江山依然，风景如古，战况国情凄怆万千，深信上帝必佑我中华，转危为安也。"又于 11 月中旬，保卫长沙的中国军队因判断失误，火烧市区，造成了烧死万余人的惨案。蒋介石很担心，他在日记中写道："希望增加信仰上的力量，从而增强对信仰的希望。"

蒋介石 1975 年 4 月 5 日在台北病逝，他生前留下了遗嘱，把基督与孙中山并列，一开头就说：“余自束发以来，即追随总理革命，无时不以耶稣基督与总理信徒自居……”蒋介石临终，令人在他死后，在他的棺材里放一部《圣经》。

不过，1941 年应罗斯福总统之召，担任蒋介石的政治顾问的美国人欧文·拉铁摩尔，和蒋介石、宋美龄接触不长时间就发现，蒋介石皈依基督教是政治原因，宋美龄炫耀基督教徒身份是为了获取美国选民的支持。宋美龄并不否认，她认为基督信仰和民族主义可以并存，有利于提升中国的国际地位。

一系列事实可以证明，蒋、宋在利用基督教为其政治目的服务。20 世纪 30 年代上半叶，蒋介石在“围剿”中国工农红军时，发动一个“新生活运动”，其中就利用过基督教（详见下节）。抗战胜利后，蒋介石要消灭共产党和人民军队。他在南京向司徒雷登“请教”应付时局的秘诀，司徒雷登直言不讳地说，对付中共，除加强军事攻势外，你本人“应当领导一次新的革命运动”，把学生和青年知识分子集合到自己周围。司徒雷登指示赴华基督教各分会，加强在农村的活动，与中共争夺农民。

1947 年 7 月，司徒雷登吩咐上海基督教方面的“代表”到南京给蒋打气，公开表示支持蒋的“戡乱动员令”。蒋则对“代表”说：“你们基督教应和天主教一样，公开出来拥护戡乱动员令，天主教的于斌已表示拥护，希望基督教方面也拥护。”司徒雷登直接扶持的基督教复兴计划，实质上就是反共计划。蒋介石发动的内战不得人心，他却说是“由于人格经不起历史的磨炼的缘故”，为自己的“法统”罩上神圣的光环。他还把 1947 年的圣诞节这天作为“行宪”纪念日，作为国民党“新生机运肇始的一天”。

1949 年 12 月以后，蒋介石和宋美龄被赶到台湾，面对现实的困难，宋美龄除了向美国求助外，就是祈求上帝保佑，希望上帝帮助她和她的夫君“反攻大陆”，夺回失去的天堂。蒋介石到台湾后，更加信奉上帝，还在台北他们居住的士林官邸内修建了一个教堂，命名为“凯歌堂”。每周日上午 10 点做礼拜，这个习惯一直保持着，雷打不动。蒋介石基本都是在夫人宋美龄的带领下参加各种宗教活动，他们最热衷的当属做礼拜，每次这个家庭的礼拜还要有很多高官家庭参加。

1950 年至 1953 年的圣诞节，蒋介石搞“禁食一天”活动，说是将节下的食物“贡献给大陆上遭饥饿的同胞”。直到 1974 年，他还呼吁海内外基督徒，

“在此黎明前的一刻”，“深体上帝的爱心，认识自己的使命，团结一切反共力量，以真理为宝剑，以自由为盔甲，以博爱为盾牌，汇合为讨毛救国的反共十字军……共同建立三民主义的新中国”。1950 年至 1974 年每年的耶稣殉难日，他都要发表“受难节证道词”。其中心内容就是“以宗教的精神力量，摧毁这无神的唯物主义”，实现“反攻大陆”的意愿。充斥其间的是，肆意攻击大陆“捣毁教堂，蹂躏教民”，剥夺宗教自由，而台湾就是弘扬基督事业的基地。

宋美龄在台湾组织了一个祈祷会。她说：“我们将一同为中国的命运及全世界祈祷。”她深信：“一条绕遍全球的，由各地祈祷会所组成的锁链必能有助于世界和平的建立。这种锁链比任何宣传还要有力量。”她们的祈祷会在每星期三下午举行，坚持了 5 年。

对于宋美龄创办的这个祈祷会的社会作用，陈香梅女士评论说：“我是天主教徒，早年住台北时，星期日只到天主教堂做弥撒，从来没有参加过蒋介石夫妇在士林的礼拜，但当年有不少朋友虽非教徒却以被邀参加高官的祈祷会为荣。宗教该是无我、不沾人间烟火的，如果也染了深浓的政治与金钱色彩是相当可悲的。”

第六章　“剿共”，夫唱妇随

中国共产党人没被“四一二”“七一五”大屠杀吓倒，他们从血泊中站起来，掩埋好同伴的尸体，继续革命。反面教材让他们懂得了，必须以武装的革命反对武装的反革命，于是建立中国工农红军，创建革命根据地，继续进行反帝反封建的革命斗争。

蒋介石视共产党、中国工农红军为不共戴天之敌，不遗余力对红军进行军事“围剿”。在城乡逮捕、杀害共产党员和民主人士。配合军事“围剿”，发动“新生活运动”，以清除共产党的思想影响。宋美龄支持她丈夫的反共方针，相随于第一线。

一、双双亲临“剿共”前线

从 1927 年中国共产党领导南昌起义、秋收起义、广州起义开始，蒋介石南京政府就不断派兵前去镇压。中原大战结束后，1930 年 11 月至 1931 年 1 月，蒋介石拼凑 8 个师约 10 万人，向赣南、闽西革命根据地发动第一次大规模“围剿”，被粉碎。1931 年 4 月到 5 月，蒋介石调集 20 万大军，第二次“围剿”赣南、闽西革命根据地，又被粉碎。

蒋介石在南昌指挥“围剿”红军

蒋介石急了。1931 年 6 月 6 日，发表《告全国将士书》，誓要“解除内乱，‘剿灭共匪’”，成功则解甲归田，否则舍死疆场，在所不惜。6 月 21 日，亲临南昌“督剿”，于 7 月到 9 月，调集 30 万大军，以他的嫡系部队为主，亲自担任总司令，带着英、德、日军事顾问，对赣南、闽西革命根据地进行第三次“围剿”，又被粉碎。蒋介石陷于极度苦恼、焦虑之中。

这时，宋美龄来到南昌。她并不了解共产党和红军，但她支持丈夫对红军的“围剿”，在战事不利的时候，她要到他的身边，给他鼓励与安慰。蒋介石很惊讶，前线危险，他劝妻子回南京去。宋美龄非但不肯听劝，反而要留下来，和他一起在前线活动。她照料蒋介石的生活，并收集材料，写战地报道。她还向国外宣传国民党的“‘剿共’战果”和她丈夫的“英雄”言行，并颠倒黑白地把国民党摧毁革命根据地、进行烧杀抢掠造成的惨状，栽赃到红军头上。她常发表国民党半官方的谈话，写长信，写评论文章，送去美国出版。宋美龄知道对外宣传、与国际沟通的重要性，因为蒋介石需要外国的支持与援助，所以主动担负起这个责任。后来发表的文章上，往往配上宋美龄与委员长共同活动的照片。

她看不到中国正面临着前所未有的危机。中国内战连绵，中央的主力部队到南方打红军。东北军主力，早在 1930 年中原大战时已经调往华北，张学良坐镇北平，东北空虚。日本帝国主义高兴了。日本侵略中国蓄谋已久，并已经把军队调进东北。趁蒋介石忙于打内战的时机，于 1931 年 9 月 18 日发动侵华战争，武装占领东北三省。蒋介石没拿东北领土丧失当回事，对日不予抵抗，继续“剿共”，引起全国人民的强烈愤慨和反对。国民党和国民政府内部矛盾斗争加剧，产生分化。一个反蒋高潮在全国兴起。

早在 1928 年 10 月，蒋介石出任国民政府主席，后又兼任行政院院长。现在，他不得不再次“下野”。1931 年 12 月 15 日，蒋介石“下野”，辞去国民政府主席、行政院长、陆海空军总司令本兼各职，22 日，偕宋美龄回奉化，“入山静养”，由林森任国民政府主席，孙科任行政院院长。陆海空军总司令一职暂空。

但蒋介石手握国家军事大权，宋子文掌握政府财政大权，离开蒋、宋、孔、陈，任何人也玩不转。蒋介石辞职，部长、司长们纷纷告退。财政部长宋子文辞职，连部里的账本也带走，没给孙科留下分文现金，却留下 1000 万元债务。孙科，这位前总理孙中山的长公子，在蒋介石的心目中已经没有地位。孙科没有办法，只好把蒋介石、汪精卫请回来。孙科政府对日采取强硬不妥协政策，蒋介石和汪精卫均持否定态度。1932 年 1 月 28 日，日军攻打上海，十九路军爱国官兵奋起抗战，蒋介石虽口头表示支持，但暗中埋怨、摇头。

于是孙科辞职，把行政院院长一职让位给汪精卫。1932 年初，蒋介石重新出山，担任国民政府军事委员会委员长。

从此，蒋、汪合作，随着日军南进，汪精卫在“一面抵抗，一面交涉”的口号下，与日本签署一个又一个卖国协定。蒋介石则以“攘外必先安内”为借口，继续集中兵力打红军。

二、配合“剿共”军事，推进“新生活运动”

1933 年 2 月，蒋介石调集 30 多个师 50 万兵力，对中央革命根据地进行第四次“围剿”，又被粉碎。1933 年 9 月至 1934 年 10 月，蒋介石调集 50 万军队，对中央革命根据地进行第五次“围剿”。由于中共中央领导的失误，反“围剿”失利，红军被迫进行战略大转移，开始了举世闻名的二万五千里长征。

在第五次“围剿”中央红军过程中，于 1934 年 2 月，配合军事“围剿”，蒋介石在江西等地发起“新生活运动”。蒋介石在《新生活运动要义》中说：“我们现在在江西一方面要‘剿匪’，一方面更要使江西成为一个复兴民族的基础。”

先在南昌设立“新生活运动”促进总会，后迁往南京。蒋介石任会长。同时成立“新生活运动促进总会妇女指导委员会”，宋美龄任指导长。蒋介石和宋美龄密切合作，一致行动，以中国的“礼义廉耻”和西方的基督教教义为准则，改造国民的衣、食、住、行等全部生活，使之“军事化、生产化、艺术化”，以达到清除共产党的影响，强迫人民组织军事化、思想奴隶化，割断人民与共产党的联系，做国民党驯服的奴隶的政治目的。

他们还在江西农村搞一些经济合作的福利事业，以为这样就“可以根绝共产主义的传播”。

蒋介石“要求各地教士，赞助我们的新生活运动”。宋美龄作为蒋的代言人向基督徒宣传：“‘剿匪’和新运工作，两者都是扫除愚昧、卑污、散漫和一切人类败德的开创工作”，“它和耶稣基督的计划差不多，也是援救贫苦者、被压迫者”，这“乃是教会所应尽的义务”，“它和我主殊途同归”，

"新生活运动"如能成功，"那真是天国的降临了"。宋美龄高呼："我愿以我夫妇的热情，邀请西方教会参加新生活运动，做更密切的合作。"江西基督教会与国民党当局合作，很快成立"江西省基督教农村服务联合会"，在原苏区黎川等10处建立"试验区"。蒋介石对教士的表现甚为满意："在全国境内，不论什么地方，凡是要求教士帮助的时候，他们莫不竭诚地援助我们。"在反共问题上，传教士是竭诚支持蒋介石的。

蒋介石、宋美龄在"新生活运动"集会上

1936年，在蒋介石的支持下，基督教又在全国推广"乡村建设"试点，试点的地区有河北的定县、保定、潞河，山西的太原、新德，山东的福山，江苏的唯亭、大场，湖北的皂市，湖南的汉寿，四川的成都、重庆、璧山、渔南，浙江的上虞，福建的福州以及上海等地，他们打着"农村复兴"的旗号，扩大基督教在农村的影响，发展教徒。

宋美龄每到一地，总是要将那里的传教士及外国太太们召集在一起，征询意见并向他们发表演说。1934年，宋美龄与蒋介石一起在桂林度假时，会见了正在那里度假的英国和美国传教士。据这些传教士说，蒋政府的救济金一点也落不到老百姓的手中。这些传教士说，如果南京指望得到外国政府的支持和贷款，蒋必须先拿出明确的社会福利纲领，给中国境内的外国人留下深刻印象。宋美龄马上征得蒋介石的同意，与这些传教士一起制定"新生活运动"的方案，并由蒋介石下令广泛推行。

宋美龄爱清洁，容不得不卫生、不文明的习惯。她置身于运动领导行列，要求国民的全部生活都要合乎民族固有道德——"礼义廉耻"，因而规定：不要随地吐痰；车辆行人靠右走；等车要排队；见苍蝇要消灭；天天刷牙；用钱要节省；要搞大扫除等禁令和信条。政府官员、军队、警察纷纷出动，严惩违犯者，凡是见到搽胭脂口红的姑娘、穿西装戴西式帽子的人，都用擦不掉的红墨水在他们的皮肤上盖上"奇装异服"的印记。理发师如果给人烫卷曲的发型，售货员卖不伦不类的游泳衣，都将当众受到侮辱。

“新生活运动”涉及范围很广，包括公共卫生运动、修建下水道、改进水的供应，等等。还对葬礼进行改革，防止排场和浪费；举行集体结婚仪式，以节省费用；批评烧香、烧纸、放鞭炮，送葬时撒买路钱等旧风俗；鼓励人人每天洗 3 次手，洗 3 次脸，每周洗 1 次澡；要求青菜要洗净煮熟再吃；并开展戒烟运动。

这些提倡卫生、节俭、革除不良习俗的要求，是有益的。但是，在当时的中国，兵荒马乱、贫穷落后、老百姓的生命都得不到保障的状态下，实行起来，谈何容易？在国民党统治区，各省、市、县都成立“新生活运动”分会。据统计，到 1936 年为止，成立分会的县份达 1133 个。“新生活运动”的口号贴满大街小巷，表面轰轰烈烈，实际收效甚微。有不少人表面遵守，背后照行其事。以“新生活”的倡导者宋美龄为例，她吸英国薄荷香烟的瘾很大，因提倡戒烟，勉为其难地不在公开场合抽烟，但在非公开场合，一支接一支地抽。

三、蒋氏夫妇西北之行

1934 年 10 月中国工农红军长征北上。蒋介石一方面对红军进行围、追、堵、截，一方面对南方革命根据地人民进行疯狂反扑、镇压，支持土豪劣绅反攻倒算，并接受传教士的建议，搞所谓的“农村服务实验区”，用以推广基督教的活动，清除共产党的影响。

1934 年 10 月 4 日，蒋介石在宋美龄、张学良、澳大利亚人顾问端纳及其他将领的陪同下，到汉口停留几天，召集了几次会议，主要议题是讨论“围剿”红军活动，与部下将领们讨论制定了新的计划。

10 月 10 日，蒋介石一行离开汉口，前往洛阳。11 日下午洛阳的一切活动全部结束，蒋氏夫妇一行登上专车，即将离开洛阳。他们一边静静地品茶，一边等待着赴汉口列车的到来。在闲谈中端纳提议：只要稍微改动一下日程，即把车厢挂在列车的另一头，就可以到西安一游了。这一想法突然吸引了蒋介石，宋美龄也很高兴。端纳曾说过，没有一个统治者能把中国治理好，因为他们不知道从何处下手。地方官僚不敢如实地汇报情况，统治者也没有时间和机会去做调查。这番话曾引起蒋介石的深思。因此他决心至少去一趟西安。于是，这一行人开始了一次走西北的旅行。

一些人随蒋介石乘专机前往，其他人则坐火车。此时西安府忙得不亦乐乎，谁也摸不透是什么风把蒋介石吹到了西安。整整两天，一行人受款待，游览古迹。

蒋介石夫妇到西安，可不是为了游览。消灭共产党是他们时刻不忘的目标。对于 14 日的活动，《华北日报》报道："舆论认为蒋介石西安之行与共产党对四川的威胁不无关系，因为国共的任何行动都会变该省为一主要战线。但蒋委员长暨夫人却大肆鼓吹新生活运动。今日于市区最大的明楼苑（音译）集会，以支持此业。昨日下午，该市所有外国传教士被邀参加茶话会，实为开明之举。蒋将军、宋美龄先后做即席演说，前者用中文，后者用准确、美妙的英文，赞扬传教士对中国所做出的贡献，并呼吁他们对新生活运动应尽力协助之，如同在江西所取得的优异成效一样。"在座的来宾，对历次倡导的提高群众风尚的运动，都示以赞赏态度。"茶话会期间，还推选出一个代表该市各传教机构的委员会来敦促这一运动。在座的无不赞叹蒋委员长暨夫人的尊严和风度，深为中国的首脑层中能有这般才智、活力和献身精神的人物而释慰不已。"

蒋氏夫妇表示愿意听取传教士们的意见。宋美龄用英文解释说，蒋委员长和她本人都渴望进行真正的改革。他们认识到，传教士是与中国人民生活在一起并了解他们疾苦的，因而他们能够说出怎么才能改造和提高社会风尚。传教士还有一种特殊的独立地位，他们可以讲实话，不必像官员那样由于害怕和野心而有所顾虑。宋美龄央求他们诚恳陈言，并代表政府保证合作。

蒋介石和宋美龄游览陕西茂陵

这是前所未有过的。传教士们起初不相信，有些惊讶。多少年来，他们当中较关注社会问题的人曾以笔头、祈求和耍花样等方式，来寻找与哪怕是最低级官员谈话的机会，但几乎无人成功。

于是，在座的一个人深深吸了口气，开始陈述他的看法。之后又有六七个人发言。当天下午的会很晚才结束，每个人都受益匪浅。

宋美龄还把西安高级官员的太太们召集到一处开会，敦促她们热衷于公共事业。这些太太们答允开设一个治疗鸦片瘾的诊所。宋美龄还与她们一道参观了省立孤儿院，和为穷家少女开设的生意学校。

蒋氏夫妇一行离开西安，继续向西北深入，来到了唐朝时期兴起的美丽城市——兰州。兰州坐落在甘肃省的狭长地带，与青海毗邻。在此之前，蒋介石从不到这类地方去。蒋介石此行被认为是危险之举，少帅和端纳由于未加以阻拦，事后曾遭到许多高级官员的严厉斥责。大多数南京官员认为，处在蒋介石地位的人随时都有被暗杀的危险，特别是在西北那些边远地区。那些省份是红军经过的地方，所以许多官员担心，蒋介石外出的每一分钟都有生命危险。但蒋介石充满胜利的自信，认为红军已经被他打到北方去了。

蒋氏夫妇一行在兰州视察完工业和游览了古迹后，便向北飞往更加偏远、堪称真正边陲的宁夏。那里有一些美好的古代文化遗迹和十分空旷而辽阔的原野。

10 月 21 日的上海《华北日报》登载了蒋介石的兰州—宁夏之行："方圆一百里左右，只有绵延无亘的尖顶、浅褐色的黄土小山丘，山丘四周被冲蚀成干裂的溪谷。水平望去，鳞次栉比的黄土丘恰似凝固的、陡峭的海洋波峰。受大自然侵蚀的小土丘成千上万，高低整齐，显得荒芜、凄凉，向各个方向伸展开去。从我们飞行的九千到一万多尺的高度向下看，纵是碧空如洗，也望不到黄土丘的尽头……这是一片荒凉的地带。你在地图上看到它时，万不要以为它还未被开发。人们没有开发它，是因为这里的土地不宜生存，但却能抗受住不断来自东西方人们的践踏……峡谷深处，无路径可寻，犹如步入迷宫；起源于宁夏的骆驼路一直伸向远方……从飞机的高度看到的唯一生命迹象，便是充气的牛、羊皮筏子，上面满载羊毛和牛皮，顺溪流而下，前后各三只桨来回摆动，在太阳光下熠熠反光。"

距兰州 100 里左右，绵延的黄土丘被开阔的平原所替代，但并不减荒芜之感。在这里，蒋介石等人第一次，也是唯一的一次见到了来自小戈壁沙漠的骆驼队，在低丘附近扎营过宿。小戈壁沙漠在阳光照耀下如同平坦的溪水，泛着红色的沙浪……望着伸向广阔地平线远方的红色沙漠，少帅叹道："多美的沙带。"

在飞机即将飞抵宁夏时，他们看到坟墓、农舍和人群，还在平原四处看到一些在干旱地带难以见到的湖泊、清朝驻防地破旧坍塌的城垣和高矗着的泥塔。

士兵列成纵队，骑兵排成圆形，伫立在机场。飞机降落后，号角吹响，乐队奏乐，欢迎蒋介石夫妇和张学良等人。马鸿逵及其兄弟马鸿宾走上前去与他们一一握手。检阅完仪仗队后，客人们驱车行驶了许久才来到市区。

在上海，中国报界对蒋介石西北之行多有溢美之词。《新晚报》报道说："关于中国西北的开发，时人早有众多议论。自宋子文视察那一地区后，开发工作已见端倪。当今蒋介石将军亲临其地，时人大可相信，大力开发西北的计划不久将付诸实施。"

蒋介石在兰州和宁夏时，还走访了羊毛厂和棉纺厂。这些厂在内战的纷乱中，部队进驻后曾一度停办。在宁夏，蒋介石参观了一座制币厂和一座由冯玉祥的军火库改装的大工厂。他还看了煤矿。他对羊皮筏子很感兴趣，询问了它们的制造和使用情况。蒋介石还看了一条修建中的铁路，这条铁路线通往西安，是陇海线的分支。

人们天真地想象，蒋介石要搞经济建设了。错了，他要做的还是反共内战。

离开宁夏后，张学良去汉口，蒋介石、宋美龄等一行人来到古都开封，他们在这里继续邀请当地传教士讨论问题。宋美龄派出私人代表邀请各个传教机构参加在省府举行的茶会。茶会上，蒋介石高度赞扬了传教士在中国所做出的努力。他向所有在座的保证，反对和压制传教士的日子已经过去。他说，现任政府的政策是，对传教士的工作给予最大的自由，并与他们合作。他详尽解释了在全国开展的"新生活运动"的宗旨。他呼吁地方官员利用全体传教士的经验来达到"新生活运动"的目标，并恳请全体传教士给予真诚合作。

宋美龄接下来用英文讲话。她特别呼吁女传教士们与官员的夫人合作，掀起美好家庭的运动。因为她认为家庭是一切需求之根本。开封高级传教士、加拿大教堂传教团的坎农·西蒙斯对蒋氏夫妇的呼吁给予最由衷的响应。他代表在座的二十几位传教士向他们及当地官员表示，将不惜一切努力真心合作。

“新生活运动”中，宋美龄展示了她的才能

之后，蒋氏夫妇又去了济南、北京、察哈尔省的张家口、绥远及山西省的太原。这时，孔祥熙从北京来到太原。蒋介石一行在太原开始分手。蒋介石于11月9日左右，急忙前往南昌。他得知红军突破重围，向川、黔方向行进，急忙部署追击军务。宋美龄、孔祥熙和端纳则取道北京、天津、青岛、上海，返回南京。他们这次北行用了一个月的时间。

宋美龄在“新生活运动”中和巡视西北、华北期间，以自身的能力出现在公众眼中。她每到一个城市，都动员外国传教士支持“新生活运动”，并把妇女们召集起来，敦促她们为全国的改革尽力。在演讲中，她大反中国陈规旧习，大反大家闺秀之深居简出，以及鸦片、肮脏和贫穷的威胁。她呼吁妇女要有责任感。她任命各地高级官员的夫人为“新生活运动”的领导。这些活动，显示了她的组织宣传才能和与外国人交往的特长。在来华外国人眼里，她“站在中国以及西方文化的巅峰”，是当代最了不起的女性。他们不认为是宋美龄协助委员长，而是相反。美国驻华公使高斯（Clarence E.Gauss）写信给他的前任尼尔森（Nelson Johnson）大使说，他听说蒋夫人已经成为中国“极重要的一个因素”。“她坐在委员长旁边，告诉他怎么做，而他也照着做。她发出的指示，他们都遵命办理。许多报告直接上呈给她，有些则同时呈给委员长和她。她已发展出极大的影响力。”

四、西南行，蒋氏夫妇贵阳遇“险”？

蒋氏夫妇西北之行到太原时，得知红军突围转向川、贵、黔，蒋介石于1934年11月9日，匆匆赶回南昌，部署对红军围、追、堵、截。1935年春、夏，他亲临西南，在贵阳、昆明、重庆、成都等地督战。宋美龄因身体不适，未同行，另路乘船入川，3 月 10 日抵达。27 日，蒋介石、宋美龄到达贵阳。他们满以为红军已是强弩之末，进入川黔，前有滔滔长江拦路，后有 40 万追兵紧逼，已经走投无路，陷入绝境，很快面临全军覆没境地。不料忽然接得报告：红军逼近贵阳，城外发现有红军活动。当时贵阳城防兵力不足两个团。蒋介石和他的随从大员一片惊慌。4 月 5 日，他们彻夜不眠，蒋介石曾步出行辕查勘城防工事，对下属大发脾气，下令确保机场安全，并挑选 20 名向导，预备 12 匹好马，两乘小轿，准备随时逃走。

4 月 6 日，滇军日月兼程，前来救驾，兵力集中在贵阳，正好中了毛泽东的计策。原来，红军逼近贵阳，但无意进占，只是虚晃一枪，把围、追、堵、截的敌军引到贵阳，然后甩掉尾巴，渡江北上。

早在红军突围后，在长征途中，1935 年 1 月，中共中央在遵义召开会议，纠正了中央领导的路线错误，改组了中央领导机构，由毛泽东等指挥红军进行大规模的运动战，致力于摆脱蒋介石几十万大军的围、追、堵、截，并把滇军调出来，以便乘云南空虚之际过江。于是往返四渡赤水，逼近贵阳，虚晃一枪，把滇军调动出来，到贵阳保驾，仅以一部分兵力佯攻贵阳，主力穿越湘黔公路，直插云南，又佯攻昆明，主力调头北上，挺进金沙江。敌军回援昆明扑空，再向金沙江追击，红军已经争取了 9 个昼夜的时间，巧渡金沙江，跳出了几十万敌军围、追、堵、截的圈子，长驱北上，奔赴抗日前线。

中国共产党的抗日主张和行动，非自当日起。早在 1931 年九一八事变的第二天，中共满洲省委召开紧急会议，发表《为日本帝国主义武装占领满洲宣言》。20 日，中共中央发表《为日本帝国主义强占东三省事件宣言》。21 日，中共满洲省委做出《关于日本帝国主义武装占据满洲与目前党的紧急任务的决议案》。22 日，中共中央做出《关于日本帝国主义强占满洲的决议》。1932 年 4 月 26 日，中国工农民主政府正式发表《对日宣战通电》。这些文件揭露日本帝国主义的侵略罪行，批评南京政府对日不抵抗的害国害民政策，表明中国共产党誓死反抗日本帝国主义侵略者、捍卫国家领土主权的决心，号召广大人民组织起来，开展抗日武装斗争，把侵略者驱逐出中国。从 1931 年 9 月起，共产党和东北爱国军民，就拒绝蒋介石南京政府对日不抵抗命令，自觉拿起武器，组织抗日游击队、义勇军、东北抗日联军，在白山黑水间开展抗日游击战争。

由于南京政府对日不抵抗，把兵力调到南方去打红军，日本帝国主义侵略者轻而易举地占领了东北，并得寸进尺，继续扩大侵略战争，向华北进犯。1933年1月17日，中华苏维埃临时中央政府工农红军革命军事委员会发表《为反对日本帝国主义侵入华北愿在三条件下与全国各军队共同抗日宣言》。三条件是：

1. 立即停止进攻苏维埃区域；

2. 立即保证民众的民主权利；

3. 立即武装民众创立武装的义勇军，以保卫中国及争取中国的独立统一与领土的完整。

1933年11月20日，以陈铭枢、蒋光鼐、蔡廷锴为首的十九路军将领，联合国民党内的李济深、陈友仁等，以及第三党黄琪翔等一部分抗日反蒋势力，和国民党南京政府公开决裂，在福建成立中华共和国人民革命政府，与共产党合作，进行抗日反蒋活动。

蒋介石对共产党的共同抗日主张，不予理睬。发动第四次对中央红军的"围剿"失败后，又发动第五次"围剿"，并镇压了福建人民革命政府。蒋介石自以为得计，认为共产党将被他打败，国民党内部的反对派也不是他的对手，决计继续推行他的对日不抵抗政策，围、追、堵、截红军。

红军在北上途中，于1935年8月1日，由中华苏维埃中央政府、中国共产党中央委员会发表《为抗日救国告全体同胞书》，呼吁：无论各党派间在过去和现在有任何政见和利害的不同，无论各界同胞间有任何意见上或利益上的差异，无论各军队间过去和现在有任何敌对行动，都应当停止内战，一致抗日。1935年10月，中央红军到达陕甘革命根据地，与那里的红军会师，于1936年2月17日发布《东征宣言》，组织中国人民抗日先锋军，东渡黄河，挺进山西，拟出师河北，与日军直接作战，但遭到蒋介石和阎锡山的武力阻挠。为避免大规模内战发生，先锋军回师。5月5日，中央工农民主政府和红军革命军事委员会发表回师通电——《停战议和一致抗日通电》。

蒋介石对共产党停止内战、一致抗日的主张，仍然置之不理。调张学良东北军和杨虎城西北军，"围剿"集中在陕北的红军。这种倒行逆施，招致部下的不满，蒋介石不得不采取非常行动。

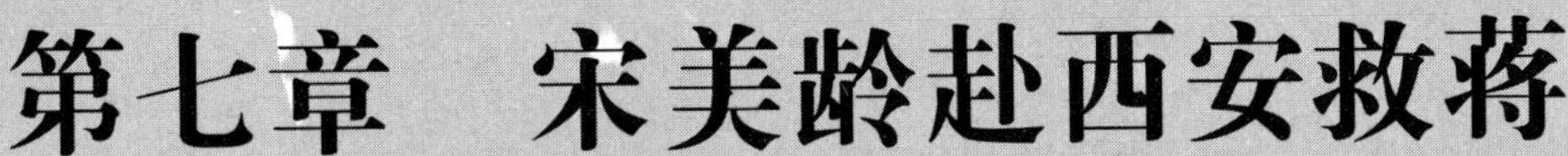

第七章　宋美龄赴西安救蒋

1936 年 12 月 12 日，发生西安事变，张学良、杨虎城举行“兵谏”，要求蒋介石停止内战，一致抗日。

这一事件的发生，完全是被蒋介石逼出来的。

张、杨无意伤害蒋介石，只要求他停止内战，一致抗日；共产党提出按张、杨的主张和平解决。但蒋介石顽固不化，南京政府借机武力进攻西安，危及蒋介石的生命。宋美龄为了救蒋介石，奔赴西安，接受和平解决事变主张。此后，全国内战停止，一致抗日局面形成。

一、蒋介石誓死不改变“剿共”政策

1935 年 9 月，蒋介石在西安设立西北“剿共”总司令部，自兼总司令，张学良为副总司令，并代总司令职务。蒋介石把张学良所部东北军和杨虎城所部的西北军（十七路军）都调到西北进攻红军，调他的嫡系部队进驻陕甘，对东北军和西北军进行监视。

东北军和西北军广大官兵主张抗日，不愿和红军作战。他们曾在“剿共”中损兵折将，不止一次失败。早在 1935 年上半年，红二十五军在陕南，就消灭西北军 3 个多旅。同年 9 月至 11 月，东北军与红军作战，其一一〇师、一〇九师先后被歼灭，而蒋介石又立即将这两个师的番号取消。显然蒋介石有意让他们与红军作战，两败俱伤。

中国共产党极力争取与东北军、西北军停战，共同抗日，通过各种途径，晓以民族大义，阐明联合抗日主张。从 1935 年底到 1936 年 4 月，共产党与东北军、西北军经过几次谈判，达成协议，停止内战，互不侵犯，互相帮助，互守原防，形成联合抗日的民族统一战线。

蒋介石发觉西北局势变化，张、杨“剿共”不力，非常不满。1936 年 10 月 22 日，亲临西安督战，宣布他继续“剿共”的计划。张学良、杨虎城代表部下官兵主张停止内战，一致抗日，受到蒋介石的严厉斥责。29日，蒋介石离开西安，前往洛阳，调兵遣将，部署新的“剿共”计划。

10月31日，蒋介石在洛阳庆祝50寿辰。左起：张学良、宋美龄、蒋介石、阎锡山

12月4日，蒋介石又到西安，住在临潼华清池。他已调动几十万兵力，云集陕甘地区，准备对红军大举进攻，并派嫡系蒋鼎文为前敌总指挥，调胡宗南部到陕西边境，切断东北军、西北军与红军的联系。

蒋介石抵达华清池“行辕”

蒋介石先把东北军、西北军的师旅以上军官请到他的住地华清池吃饭，要求他们服从命令，积极参加“剿共”。但得到的回答令他十分失望。两军的军官们异口同声表示：不愿“围剿”红军，而愿去前线抗日。蒋介石于是和张、杨摊牌，只能在两个方案中选择，一是，服

西安事变前的张学良（左）与杨虎城

从命令，两军全部投入前线，在中央军监视之下，“进剿”红军；二是，不愿“剿共”，东北军调往福建，西北军调往安徽，将陕甘让给中央军，张学良不听指挥，立即撤换，以蒋鼎文代替。

张、杨不愿意在这两个方案中选择，一再“哭谏”停止内战，一致抗日。张学良去临潼华清池，向蒋介石“哭谏”，劝说蒋介石，整个中国就要沦入日本帝国主义之手，再不抗日，就成为中华民族的千古罪人；共产党愿意团结一致，共同抗日，我们没有理由再“剿共”。张学良苦口婆心，痛哭陈词，蒋介石毫不回心转意，反而责备张学良是受了共产党的蒙蔽，决然表示：“即使你用手枪把我打死，我的‘剿共’政策也不会改变。”

张、杨实在没有办法，“哭谏”不成，改为“兵谏”。正如周恩来1946年12月12日在延安纪念西安事变十周年大会上概括西安事变发生的原因所说：“九一八事变以后，人民已日渐不满于国民党当局的对日不抵抗政策，尤其在中国共产党领导人民武装北上抗日与号召全国建立抗日民族统一战线之后，全国人民要求停止内战实行抗日的呼声，更因之日益广泛，并影响到当时的‘剿共’军队，首先影响到内战前线的东北军与十七路军。经过‘一二·九学生运动’，全国救亡运动，‘七君子之狱’，尤其是中国人民红军完成二万五千里长征转向东渡黄河抗日，全国抗日高潮，必然要走向抗战，大势所趋，人心所向，这已无可阻止。唯独蒋介石先生却别具心肠，硬要在日寇进攻绥东之际，拒绝东北军请缨抗日，强迫张学良、杨虎城两将军继续进行内战。但他这种倒行逆施，不仅未能达到目的，反而激起了西安事变……”“历史应该公断：西安事变是蒋介石自己逼成的。”

二、华清池的枪声

1936年12月9日，是“一二·九运动”一周年纪念日。西安近万名大、中、小学生，举行游行，向张学良、杨虎城和陕西省政府主席邵力子请愿，要求停止“剿共”，一致抗日。蒋介石下令警察向学生开枪，东北竞存小学一名学生受伤。游行学生被激怒，决定徒步去临潼华清池直接向蒋介石请愿。蒋介石下令张学良用武力制止。张学良不愿看到学生流血事件发生，前去劝阻，并向学生保证：

> 我张学良是国家的军人，决不辜负你们的救国心愿，决不欺骗大家，一星期之内我以事实做回答。

学生返回城里。

张学良向蒋介石反映学生的要求，被蒋介石一顿批评，责怪他不武力镇压学生。这件事使张学良对蒋介石感到绝望，遂断然决定对蒋介石“兵谏”，以武力迫使蒋介石改弦更张。

12月11日深夜，担任内线、直接负责捉蒋任务的东北军卫队二营营长孙铭九在张公馆领受任务，然后率领100多名卫队营官兵奔向临潼华清池。清晨四五点钟之前，兄弟部队已经开始行动。6点半左右，解决了蒋介石的卫兵后，孙铭九带兵进入五间厅蒋介石的卧室，发现蒋介石不见了：床上的被褥还有余温，桌子上放着蒋的假牙和皮包，衣架上挂着蒋的外衣和帽子，汽车还在院子里，表明他没走远。张、杨命令搜山。

原来，华清池门口枪响、东北军卫队营冲入院内后，与在五间厅平台上蒋的内侍卫兵互相交火。蒋的堂外甥、贴身侍卫竺培基，迅速唤醒睡梦中的蒋介石，竺培基和翁自勉等几个便衣卫士搀扶着他，向五间厅房后不远的围墙逃去，想从“东侧后门”出去，因门锁紧闭，不得不越墙逃跑。围墙虽不很高，年过半百的蒋介石却上不去。此时，蒋的另一名贴身侍卫，也是他的堂侄蒋孝镇便蹲下身子，让蒋介石踩在他肩上，竺培基和另一名卫士扶着蒋介石，蒋孝镇再慢慢站起来，把蒋介石送上了围墙。此时，枪声越来越近，东北军已向内院追来。蒋介石咬紧牙关，纵身跳到墙外。他双脚落地不稳，背部重重地摔在地上，腰脊受伤，疼痛难忍，惨叫了一声。竺培基、蒋孝镇急忙跳过围墙，蒋孝镇背起蒋往骊山上跑。枪弹不断向骊山袭来，蒋的卫士有的毙命倒下。蒋孝镇见蒋下身只穿一条单裤，双脚未穿鞋，行走十分困难，便把自己脚上穿的自贡呢鞋脱下让蒋穿上。骊山陡峭无路，荆棘丛生，行走十分困难。到山顶时，枪炮声大作，蒋又被迫下山，寻找躲避之处。最后，蒋介石在竺培基搀扶下藏进一个山缝中。

搜山的东北军俘获了蒋孝镇，问他蒋介石在哪里，他吓得浑身哆嗦，说不出话来，只是回头朝山上蒋介石藏身的地方看了一眼。孙铭九一面命令一个士兵把蒋孝镇押下山去，一面亲自带领队伍朝蒋孝镇目指的方向搜索。

走在前面的卫队一营两名士兵见一块大石头旁边有人影在晃动，看样子有点像蒋介石，他们顾不得证实，就连声高喊：“蒋委员长在这儿呢！”卫队一营一个班长陈思孝首先搜索到大石头旁，见洞里蜷伏着一个人，便高声喊道：

“是不是委员长？赶快出来！不出来就开枪了！”

里边连忙回答：“我是委员长！你们不要开枪，不要开枪！”

话音未落，蒋介石就从大石缝背后走出来，弯着腰扶着石崖站着。只见他上身穿一件古铜色绸袍，下身穿一条白色睡裤，脸色苍白，冻得全身发抖。

这时，陈思孝便向走在后面的孙铭九报告：“报告营长，委员长在这里呢！”孙铭九跑到蒋介石面前，只见他浑身还在哆嗦。蒋抬头看了孙一眼，又赶紧避开，颓丧地说：“你打死我吧！”

孙铭九回答说：“不打死你，叫你抗日！”

蒋问：“你们是哪里来的？”

蒋介石藏身的大岩石，后人刻上了“民族复兴纪念石”字样

孙回答：“我们是东北军，是张副司令命令我们来保护委员长的。请委员长进城，领导我们抗日，打回东北去！”

到此，蒋若有所悟地说：“啊，你是孙营长，你就是孙铭九？”孙答：“是我！你怎么知道我的名字？”蒋说：“有人报告我的。”他看出孙铭九不会伤害他，就故作姿态地说：“你是个好青年……你把我打死吧，你打死我吧！”孙铭九解释说：“副司令要委员长领导我们抗日，没有叫我们打死委员长。”他怕蒋介石不放心，不住地解释和催促说：“委员长快下山进城吧，副司令在那儿等着你呢！委员长，你可救了我……”还跪下磕了个头。谙于世故的蒋介石见孙铭九这般模样，便摆起架子来，他坐在地上要赖，发怒地说：“叫你们副司令来！我腰痛不能走。”孙铭九说可以背他下山，蒋介石要骑马，硬是赖在地上不动。孙铭九没有办法说服他，只好令士兵把他架上车，开往西安绥靖公署所在地新城。

张学良、杨虎城举行“兵谏”，毫无他求，只要求蒋介石改变误国害民的“剿共”内战政策，抗日救国。

扣押蒋介石之后，张学良、杨虎城领衔，向全国发出通电，说明事变宗旨，提出八项救国主张。全文如下：

南京中央执行委员会、国民政府林主席钧鉴：

暨各部院会勋鉴：各绥靖主任、各总司令、各省主席、各救国联合会、各机关、各法团、各报馆、各学校钧鉴：东北沦亡，时逾五载，国权凌夷，疆土日蹙。松沪协定，屈辱于前；塘沽、何梅协定，继之于后，凡属国人，无不痛心。近来国际形势豹变，相互勾结，以我国家民族为牺牲。绥东战起，群情鼎沸，士气激昂。于此时机，我中枢领袖应如何激励军民，发动全国之整个抗战！前方之守土将士，浴血杀敌，后方之外交当局，乃力谋妥协。自上海爱国冤狱爆发，世界震惊，举国痛愤。爱国获罪，令人发指！蒋委员长介公受群小包围，弃绝民众，误国咎深，学良等涕泣进谏，累遭重斥。日昨西安学生举行救国运动，竟嗾使警察枪杀爱国幼童，稍具人心，孰忍出此。学良等多年袍泽，不忍坐视，因对介公为最后之诤谏，保其安全，促其反省。西北军民一致主张如下：

（一）改组南京政府，容纳各党各派，共同负责救国。

（二）停止一切内战。

（三）立即释放上海被捕之爱国领袖。

（四）释放全国一切政治犯。

（五）开放民众爱国运动。

（六）保障人民集会结社一切政治自由。

（七）确实遵行总理遗嘱。

（八）立即召开救国会议。

以上八项，为我等及西北军民之爱国主张，望诸公俯顺舆情，开诚采纳，为国家开将来一线之生机，涤已往误国之愆尤。大义当前，不容反顾。只求于救亡主张贯彻，有济于国家。为功为罪，一听国人之处置。临电不胜待命之至！

张学良、杨虎城、朱绍良、马占山、于学忠、陈诚、邵力子、蒋鼎文、陈调元、卫立煌、钱大钧、何柱国、冯钦哉、孙蔚如、陈继承、王以哲、万耀煌、董英斌、缪澄流叩文。

三、蒋介石要“为国牺牲”

蒋介石在临潼被捉后，张学良、杨虎城决定把他扣押在新城大楼的东厢房里。这是1套3间的房子，外间是会客室，中间是卧室，里间是卫生间。

新城是西安绥靖公署所在地。新城大楼的第一道守卫部队，是绥靖公署特务营；第二道守卫部队，是杨虎城的卫队。张、杨指派西安绥靖公署特务营营长宋文梅负责看管蒋介石。

12日上午，蒋介石被押送到新城大楼，惊魂未定，面色惨白，因没戴假牙，两腮内凹，浑身颤抖，下车后寸步难行，宋文梅等只好搀扶着把他送进东厢房。蒋进屋后，因跳墙时腰脊负伤，腰直不起来，坐在椅子上，仍在全身发抖，呼吸急促，不断出声长吁。

蒋介石对这次事变，感到意外。虽然他早已知晓张、杨的停止内战、一致抗日主张，但他依照自己的思维习惯，无法理解张、杨纯洁的爱国情操；一直做歪曲的理解，认为他们是受共产党的利用，有意和他过不去。他对自己的高升之路，更心知肚明，当年靠发动军事政变窃夺北伐胜利成果，建立起南京政权；在后来国民党内的一系列派系斗争中，又不择手段地剪除异己，维持独裁统治；手握国家军队，不抗击日本侵略者，而专事“围剿”革命的红军，屠杀人民。据此，如果他自知罪责难逃，凶多吉少，性命难保，倒符合实际。

但事发之初，孙铭九就说明只要他抗日，而无伤害他之意。张学良和杨虎城多次去看他，一再说明此举的目的，绝无他意，只是要求他改变误国害民的内战方针，举国一致抗日。他不听、不信，不肯顺从民意，顽固地要张学良送他去洛阳或南京，否则，就死在这里。

蒋介石被扣在新城大楼期间，给宋美龄写了一封信，全文如下：

余决为国牺牲，望勿为余有所顾虑。余决不愧对余妻，亦决不愧为总理之信徒。余既为革命而生，自当为革命而死，必以清白之体还我天地父母也。对于家事，他无所言，唯经国、纬国两儿，余之子亦即余妻之子，望视如己出，以慰余灵。但余妻切勿来陕。

12月15日

这封信本是托“励志社”总干事黄仁霖上校转交宋美龄的。黄未能回南京，信也被张学良扣留。后宋子文来，20日，蒋介石重新写两份遗嘱，由宋子文带回。

一份是给宋美龄的：

贤妻爱鉴：

兄不自检束，竟遭不测之祸，致令至爱忧伤，罪何可言。今事既至此，惟有不愧为吾妻之丈夫，亦不愧负吾总理与吾父吾母一生之教养，必以清白之身还我先生，只求不愧不怍，无负上帝神明而已。家事并无挂念，惟经国与纬国两儿皆为兄之子，亦即吾妻之子，万望至爱视如己出，以慰吾灵。经儿远离十年，其近日性情如何，兄固不得而知；惟纬儿至孝知义，其必能克尽孝道。彼于我遭难前一日尚来函，极欲为吾至爱尽其孝道也。彼现驻柏林，通信可由大使馆转。甚望吾至爱能去电以慰之为感。

二十五年十二月二十日　中正

一份是给他两个儿子的：

经、纬两儿：

我既为革命而生，自当为革命而死，甚望两儿不愧为我之子而已。我一生惟有宋女士为我惟一之妻，如你们自认为我之子，则宋女士亦即为两儿惟一之母。我死之后，无论何时，皆须以你母亲宋女士之命是从，以慰吾灵。是嘱。

父　十二月二十日

据蒋介石后来在1938年12月20日的日记载，他曾在1936年12月20日另写有告全国国民的遗嘱，遗嘱全文如下：

中正不能为国自重，行居轻简，以致反动派乘间煽惑所部构陷生变。今事至此，上无以对党国，下无以对人民，惟有一死以报党国者，报我人民，期无愧为革命党员而已。我死之后，中华正气乃得不死，则中华民族终有继起复兴之一日。此中正所能自信，故天君泰然，毫无所系念。惟望全国同胞对于中正平日所明告之信条：一、明礼义；二、知廉耻；三、负责任；四、守纪律，人人严守而实行之，则中正虽死犹生，中国虽危必安。勿望以中正个人之生死而有顾虑也。

中华民国万岁！

中国国民党万岁！

三民主义万岁！

国民政府万岁！

国民革命军万岁！

蒋中正

蒋介石好像真的准备为国牺牲了。可是，谁会杀他呢？张、杨的动机和声明再明白不过，丝毫无意伤害他的性命，并在事变过程中一再强调要保护委员长。这是很清楚的。

共产党是蒋介石不共戴天的敌人。蒋介石屠杀共产党人和革命人民，犯下了不可饶恕的罪行。为死难者报仇，杀他蒋介石一百次也不过分。但是，共产党考虑的不是本党恩仇，而是中华民族的安危。张、杨举事后，致电中共中央派代表前来指导。毛泽东和周恩来等中共中央领导人认为，日本侵略者及其走狗亲日派会假借“拥蒋”之名，进攻西安，制造内战和混乱，从中渔利。

因此，中国共产党于15日和19日，两次通电给南京政府和国民党，劝他们接受张、杨的主张，停止内战，召开和平会议。16日，中共中央派周恩来、叶剑英、秦邦宪等组成的中共代表团到西安，参加谈判。中共毫无加害于蒋介石的意图，而主张停止内战，逼蒋抗日，和平解决西安事变。这是蒋介石做梦也没想到的。

西安、延安，都不想杀蒋介石，是他不肯接受张、杨的主张，以死相威胁。

蒋介石每天祈祷上帝。据宋美龄说：蒋介石在西安被张学良囚禁时，每日清晨灵修的习惯已成为给他以支持力量的磐石。虽然遭受着非常的精神痛苦，被围时因跌倒而身体受伤，同时面对着随时死亡的可能，而他在这时却保持着他灵性的安宁。“我终于得以飞到西安去到他的身边。我去看他时，他惊诧得以为我是一个幻影。在他稍微安定了之后，他给我看那天早晨他所读的经句中的一节：‘耶和华在地上造了一件事，就是女子护卫男子。’”

那是宋美龄救他来了。

四、宋美龄来了

南京方面，于12月12日当天下午3时许，接到驻潼关七十九师师长樊崧甫拍来的电报，得知西安发生事变。财政部部长孔祥熙立即将这一惊人的消息告知正在上海的宋美龄：“西安发生兵变，委员长消息不明。”

此时，宋美龄正以航空事务委员会秘书长的身份，在寓所召集有关人员开会，讨论改组全国航空建设会事宜。听闻丈夫生死不明，有如晴天霹雳。平静下来，深悔自己因病没能陪同蒋介石一起去西安。她深信，假如她在西安，“局势当不致恶化至此”。因蒋介石脾气暴躁，她在身边往往起缓冲作用，也许会化险为夷。但事已发生，追悔莫及，只有约集亲友，商议对策。

当晚，这一消息传遍世界，上海全城为之震惊。宋美龄当即偕同孔祥熙、蒋介石的顾问端纳，乘夜车返回南京，于翌日上午7时抵达。一夜未曾合眼。

宋美龄一到南京，看到政府中一片混乱，人们都异常紧张；国民党中央已褫夺张学良的一切职务，做出严办的决定；军政部部长何应钦等正在部署派飞机轰炸、进攻西安。此时，宋美龄比较冷静，她清醒地看到，这次事变“决非中国既往一般称其为作乱之叛变所可比拟，而其关于国际与外交者，尤有特殊之形势，倘处置失当，即酿成民国以来空前之战祸”。因此，她反对武力进攻，主张和平解决。她向附和何应钦的人力陈采取军事行动的严重后果，说道：“若遽张挞伐之师迳施轰炸，不独使全国所拥戴的领袖之生命陷于危殆，即陕西数千万无辜良民，亦重罹兵燹之灾，且将使为国防而建设之国力，浪作牺牲。”她要求这些国民党军政人士，“妥觅和平解决之途径”。

宋美龄的主张，得到英国和美国的大力支持，一部分黄埔系将领经过说服，也站在宋美龄一边，这便延缓了何应钦等人原定的军事进攻的进程，使南京政局初见转机。但是，为真正促成和平解决，必须立即与西安对话。

开始时，南京政府封锁了事变的有关消息，切断了与西安的一切通信和交通，对西安广播的张、杨的八项主张，用强大电波进行干扰；相反，不断制造流言蜚语，混淆社会视听。宋美龄当即要孔祥熙打电报给张学良，要求张指定一处电台，以便随时取得联系。接着，宋美龄发电报给张学良，说她准备派端纳前往西安，居中调解。

澳大利亚人端纳，原为张学良的顾问，后任蒋介石的顾问，熟悉双方情况，具备居中调解的有利条件。12 月 14 日下午，得到张学良允许，端纳前往西安。他到西安后，立即会见张学良、杨虎城，递交宋美龄的信件，并了解到西安方面的抗日救国诚意。然后，他又到蒋介石那里，把宋美龄的亲笔信交给蒋。信中说：

夫君爱鉴：

昨日闻西安之变，焦急万分。

窃思吾兄平生以身许国，大公无私，凡所作为，无丝毫为个人权利着想。即此一点寸衷，足以安慰。

且抗日亦系吾兄平日主张，惟兄以整个国家为前提，故年来竭力整顿军备，团结国力，以求贯彻抗日主张，此公忠为国之心，必为全国人民所谅解。

目下吾兄所处境况，真相若何？望即示知，以慰焦思。

妹日夕祈祷上帝，赐福吾兄，早日脱离恶境。

请兄亦祈求主宰，赐予安慰，为国珍重为祷！

临书神往，不尽欲言。专此奉达。

敬祝

健康！

妻　美龄

二十五年十二月十三日

张学良会见端纳

蒋介石看信后，百感交集，禁不住哭了起来。端纳趁此机会向蒋汇报与张学良晤谈的情况，劝他说："我首先告慰您，就是张将军对您并无加害之意，只要您答应他们的主张，他们还是忠心地拥护您做领袖。我认为这不仅是张、杨两位将军的个人意愿，也是全中国人民的迫切要求，而且许多西洋人也赞同这样的政见。您若是接受他们的主张，今后将成为世界的伟人；若是拒绝接受，势必将成为渺小人物。”端纳的这番话，对蒋转变态度起了促进作用。张学良还托蒋百里劝说蒋介石，对蒋的态度转变也起了很好的作用。

宋美龄还派遣军官、“励志社”总干事黄仁霖上校作为译员，陪同端纳一同前往西安，目的是让他看看蒋介石是否还活在人间。但是，在端纳会见蒋介石时，张学良却另派译员，不让他同蒋见面，甚至连瞥见一眼的希望都没有。黄焦急地问：“这样我怎么回南京？我怎么知道他确实还活着？我拿什么向蒋夫人汇报？我决不能说我连见都没见到他一眼。”张学良觉得黄仁霖的说法有理。他考虑了一番，最后想出了一个主意。他说黄可以见到蒋介石，但蒋介石却不能见他。他命令人把蒋介石房间门上的一小块白粉涂掉，形成一个窥视孔。黄仁霖谨慎地弯下腰，从小孔中朝里望去，后面一个人用枪顶着他宽大的后背，两边站着两个面部严肃的卫兵。他看到蒋介石躺在床上，背靠着枕头，正在与坐在一旁的端纳深谈，翻译在旁边立正站着。几分钟后，黄便被拉着离开现场。不管怎样，他见到了委员长，看到他还活着，尽管蒋的气色显得苍白不佳，但黄仁霖的心情轻松了许多。蒋介石从端纳口中得知黄已来陕，执意要见，张学良同意，但约定，只谈问安、身体之类的话，不谈公事，否则黄离不了西安。蒋、黄都答应了这个条件，但蒋介石违背诺言，要黄带信给宋美龄，恐信被扣，当众念了3遍，要黄记住。张学良扣下信，并暂留黄在西安，直到蒋介石获释后黄才返回南京。

端纳在完成了初步使命后，于15日飞回洛阳，用电话向宋美龄报告西安事变的真相和张、杨的意图，以及蒋介石的安全状况，并说西安方面要求她和孔祥熙去陕磋商释蒋问题。宋美龄听后，顿时得到宽慰，她“发现了第一次希望的曙光”。

然而，何应钦却放出空气说：“端纳来电，实迎合西安心理，欲诱孔、宋入陕，多一重作质者，以加厚其谈判之力量而已。”在16日召开的国民党中央政治委员会议上，由何应钦操纵，决定发布对张、杨的讨伐令，何应钦被任命为讨逆军总司令。何还举行了白衣誓师仪式，声称要“督率三军，指日西上”，调动十几个师开向西安，派飞机入陕轰炸，全然不顾蒋介石个

宋美龄抵达西安

人安危，而对西安采取断然行动。

宋美龄深感若让事态发展下去，势必爆发内战，蒋介石性命难保。她认为，日本“正盼中国之内战爆发，俾得藉口以大规模之侵略，完成其统治中国之迷梦”。因此，“为中国计，此时万不能无委员长以为领导，委员长生还之价值，实较其殉国尤为重大”。于是，她一方面在南京竭尽全力阻止讨伐行动；另一方面，立即打电话给端纳，要他赶快向蒋介石报告情况，下停战手令。

蒋介石在接到端纳的报告后，既害怕何应钦的讨伐将会危及他个人的性命，又想利用讨伐这张王牌来要挟张、杨早日放他，所以只给何应钦下了停止军事行动 3 天的命令。就是这个命令，何也拒不执行，认为是蒋介石被迫签署的。到 18 日，蒋介石派最亲信的副官蒋鼎文，携带亲笔手令从西安飞回南京，并要求南京防止与西安之间的裂缝扩大，各种各样的攻击性宣传都要停止。接着，端纳也回到南京，向宋美龄详尽地报告了情况。至此，何应钦的讨伐行动才暂时停止下来。南京的各集团达成了从 20 日起，休战 3 天的协议。

为了进一步争取在释蒋问题上与西安展开对话，宋美龄和宋子文等经过商讨，最后决定宋子文以个人身份先到西安活动。20 日上午，宋子文不顾阻拦，同端纳一起到西安。宋到西安后马上会见蒋介石，蒋见宋来，激动不已。宋美龄在写给蒋介石的信中说：“如果三天之内子文不回南京，我必定到西安跟你生死共存。”宋子文在了解到西安事变真相、中共和平解决西安事变的诚意和蒋介石确定安全之后，于 21 日回到南京。

宋美龄得知西安方面绝无伤害蒋介石的意图及中共解决事变的方针后，感到和平解决的可能性极大，但是摆在她面前的有两个问题，一个问题是何应钦的军事行动并没有停止。所谓休战 3 天仅是停止飞机轰炸，而地面战斗恰在 20 日爆发，国民党军队占了赤水，并进而包围了渭南；另一个问题是蒋介石脾气暴躁，拒绝同张、杨谈判，并以死相挟，甚至在给宋美龄的信中，要求南京采取军事行动（当时宋没将这一点告诉何应钦）。这些危害政局的不利因素，只有自己亲自出面才有可能解决。因此，宋美龄感到有亲赴西安的必要。

当时形势仍很紧张，内战随时可能爆发，宋美龄赴陕有很大的风险。张学良来电表示："如果战争不停，不宜来谈，因无法提供保护。"何应钦恐吓宋美龄说，西安是"充满流血与火的赤色世界"。南京还有人"提醒"宋："倘赴西安，不独不能晤委员长，且将被囚作质，丧尽尊严。"对于这一切，宋美龄全置之不顾，决心冒险赴陕，承担别人无法完成的使命。她形象地比喻说："西安的形势是：端纳先生已打好了地基，子文盖起了墙壁，只有等我去铺房顶了。"

22 日，宋美龄偕同宋子文、端纳、蒋鼎文、戴笠等乘专机前往西安。途经洛阳，她见轰炸机在机场罗列待发，因而于登机时，坚嘱洛阳空军司令："未得委员长命令，切勿派机飞近西安。"

当天下午，宋美龄来见蒋介石。蒋见到宋美龄大吃一惊，说道："余妻真来耶？君入虎穴矣！"说完愀然摇首，泪潸潸下。蒋那时仍想以死威胁，不肯谈判。宋美龄先告以外间各方情况，并劝蒋"能先设法出去再说"。她告诉蒋，只要处理得宜，事变可以马上解决。蒋介石与宋美龄约定："决不签字。"

第二天清晨，蒋介石躲开监视者视线，悄悄对宋美龄说：此事症结在于共产党。周恩来曾托张要求见面，蒋坚拒。现在他想让宋子文与周相见，察其态度如何，再定对待方针。

应宋子文的要求，中共代表周恩来同宋子文进行了长谈，张、杨参加。周耐心地向宋阐明了中共"停止内战、一致抗日"的主张，以及在这一基础上和平解决西安事变的方针，让宋认清国内外形势，明确是否走抗日道路与他们的利害关系，希望宋能说服蒋介石真正抗日，为和平解决西安事变做贡献。宋子文对其所谈结果"颇觉满意"。

宋美龄在见蒋以后，随即会见张学良，明确表示，她愿面晤任何人，凡是蒋介石不愿见的人，她可以代替他见。宋美龄的到来，缓和了紧张局势。

五、“领袖人格”的担保

经过一系列工作，蒋介石终于同意张、杨提出的停止内战、一致抗日主张。这是大前提。蒋指定宋氏兄妹作为他的代表，与西安方面张、杨及中共代表团周恩来等谈判。双方商定的条件，他以“领袖人格”担保，回南京实施，但不签署任何文件，张、杨和中共以大局为重，表示同意。

23日，谈判一开始，中共代表周恩来首先提出解决西安事变的六项主张：

一、双方停战，中央军撤至潼关以东；

二、改组南京政府，肃清亲日派，吸收抗日分子；

三、释放一切政治犯，保障人民群众的民主权利；

四、停止“剿共”，联合红军抗日，共产党公开活动；

中共为和平解决西安事变，派代表（右起）周恩来、叶剑英、秦邦宪赴西安

五、召开各党派、各界、各军救国会议，决定抗日救国方针；

六、与同情抗日的国家合作。

如果蒋介石接受以上条件并保证实施，中国共产党赞助他统一中国，一致抗日。

以抗日救国为宗旨的这六项主张，构成了这次谈判的基础。

经过两天会谈，双方充分交换意见，各方内部也不断地彼此进行磋商。蒋介石不出面谈判，幕后指挥。宋美龄与蒋介石随时沟通，宋美龄后来说："凡是我有秘密的话要告诉我丈夫，我就得趴在他耳朵上悄悄地说。"在权衡利害之后，宋氏兄妹基本上接受了中共和西安方面的主张，达成共识。24日，周恩来电告中共中央谈判结果：

（一）孔祥熙、宋子文组行政院，宋负绝对责任保证组织满人意政府，肃清亲日派。

（二）撤兵及调胡宗南等中央军离西北，两宋负绝对责任。蒋鼎文已携蒋手令停战撤兵（现前线已退）。

（三）蒋允许归后释放爱国领袖，我们可先发表，宋负责释放。

（四）目前苏维埃、红军仍旧。两宋担保蒋确停止"剿共"，并可经张手接济（宋担保周与张商定多少即给多少）。三个月后抗战发动，红军再改番号，统一指挥，联合行动。

（五）宋表示不开国民代表大会，先开国民党会，开放政权，然后再召集各党各派救国会议。蒋表示三个月后改组国民党。

（六）宋答应一切政治犯分批释放，与孙夫人商办法。

（七）抗战发动，共产党公开。

（八）外交政策：联俄，与英、美、法联络。

（九）蒋回后发表通电自责，辞行政院长。

（十）宋表示要我们为他抗日反亲日派后盾，并派专人驻沪与他秘密接洽。

12月24日，周恩来提出与蒋介石直接面谈。宋子文认为“中共支配了整个局势”，故积极促成蒋与周会面。当晚10时与次日晚10时，先后两次在宋氏兄妹陪同下，周恩来到蒋介石住处见蒋。

蒋介石看着周恩来说：“恩来，你是我的部下，你应该听我的话。”向周表示：“若尔等以后不再破坏统一，且听命中央，完全受余统一指挥，则余不但不‘进剿’，且与其他部队一视同仁。”周立刻回答：“只要蒋先生能改变‘攘外必先安内’的政策，停止内战，一致抗日，不但我个人可以听蒋先生的话，就连我们红军也可以听蒋先生指挥。”

周问蒋：为什么不肯停止内战？

宋美龄抢着回答说以后不“剿共”了，并说：“这次多亏周先生千里迢迢来斡旋，实在感激得很。”

接着，蒋介石向周恩来表示了三点：

（一）停止“剿共”，联红抗日，统一中国，受他指挥。

（二）由宋、宋、张全权代表他与周恩来解决一切。

（三）他回南京后，周可直接去谈判。

蒋讲完，坐在床上显得很疲劳的样子，指着宋氏兄妹说：“你们可以同恩来多谈一谈。”周向蒋说：“蒋先生休息吧，我们今后有机会再谈。”蒋连声说：“好，好。”周遂告辞。

张、杨的部下不相信蒋介石的诺言，要求商定的条件必须有蒋介石的签字，否则，不能释放蒋介石。蒋介石大惊失色，派宋子文去见张学良，恳求尽快回南京。蒋介石当着张学良和宋子文的面，承诺对张、杨不予处罚，还要给东北军8000万元。宋子文对张、杨部下同样保证，蒋介石对张、杨不予追究。最后，中共、张、杨都同意放蒋介石回南京。

25日下午，张学良送蒋介石回南京。汽车到西安机场时，这里正集聚着2000多人的群众队伍，准备欢迎来西安的傅作义将军。蒋介石误以为群众是来难为他的，显得很紧张，急忙向张学良、杨虎城表示：我答应你们的条件，我以“领袖的人格”保证实现，你们放心，假如以后不能实现，你们可以不承认我是你们的领袖。我答应你们的条件，我再重复一遍：

> （一）明令入关之部队于二十五日起调出潼关。从本日起如再有内战发生，当由余个人负责。
>
> （二）停止内战，集中国力，一致对外。
>
> （三）改组政府，集中各方人才，容纳抗日主张。
>
> （四）改变外交政策，实现联合一切同情中国民族解放的国家。
>
> （五）释放上海各被捕领袖，即下令办理。
>
> （六）西北各省军政，统由张、杨两将军负其全责。

蒋在机场还对张、杨说：

> 今天以前发生内战，你们负责；今天以后发生内战，我负责。今后我绝不“剿共”。我有错，我承认；你们有错，你们亦须承认。

下午4时，蒋、宋登机起飞，随之张学良也登上自己的飞机，飞往洛阳。次日，蒋介石与宋美龄乘坐第一架飞机，张学良与宋子文乘第二架飞机，飞往南京。

六、背信弃义：幽禁张学良，杀害杨虎城

张学良以为，他扣押了蒋介石，不加伤害，亲自送回京城，负荆请罪；蒋介石再宽大他“犯上作乱”之罪，放他回前线抗日，这将给人间留下一则美谈。可是，蒋介石的心胸没有那么开阔，不会善待冒犯过他的人。一到南京，蒋介石就翻脸不认账。张学良送蒋介石到南京后，要求蒋介石兑现西安协议，改组南京政府。蒋介石很生气，认为他“毫无悔祸之心”，告诉他，要对他进行军法审判，之后请求特赦，令其戴罪图功。张学良“昂昂然而

去”。他想不到，蒋介石为了防止他回到西安后继续坚持兑现八项要求，已经决定斩断他回西安之路。

由陈布雷代蒋介石写一篇《对张杨的训词》，闭口不提他在西安的承诺，说是由于他“伟大的人格”感召了张、杨，而回到南京。

蒋介石把张学良交给高等军法会审法庭审判。该法庭根据蒋介石的指令，定张学良为“劫持统帅罪”，其判决书主文中写道：

> 中华民国二十五年十二月，本会委员长蒋中正，因公由洛阳赴陕，驻节临潼。十二日黎明，张学良竟率部劫持至西安，强迫蒋委员长承认其改组政府等主张。当时因公随节赴陕之中央委员邵元冲，侍从室第三组组长蒋孝先，秘书萧乃华及随从公务人员、卫兵等多人，并驻陕宪兵团团长杨震亚等闻变抵抗，悉被戕害；侍从室主任钱大钧亦受枪伤。又在陕大员陈调元、蒋作宾、朱绍良、邵力子、蒋鼎文、陈诚、卫立煌、陈继承、万耀煌等均被拘禁。当经蒋委员长训责，张学良旋即悔悟，于同月二十五日随同蒋委员长回京请罪……

据此，判处张学良有期徒刑10年，褫夺公权5年。然后，蒋介石再要求特赦，以示宽大，但仍交军事委员会严加管束。从此，张学良失去自由，过着囚徒般生活长达半个世纪之久。这位西安事变的功臣、一心抗日的将领，不能再上抗日战场。

在西安，蒋介石亲口承诺，对张、杨不予追究；宋子文、宋美龄，都有过担保。但蒋介石背信弃义，令他们不好做人，无限内疚。宋子文要求释放张学良，不被采纳。端纳是重要的当事人，他知道张学良的自由，在西安的交谈中，是得到过确切保障的。他无法理解，为什么会是这样？一有机会，他就建议释放张学良，但毫无结果。他不得不怀着满腔的悲愤与失望离开中国。

西安事变的另一位功臣杨虎城，在张学良被扣南京后，多次呼吁，并直接致电蒋介石，要求释放张学良，使之回西安领导东北军抗日。

蒋介石非但不予采纳，而且把东北军调往苏北皖北，把西北军调往甘肃，逼迫杨虎城辞职出洋。1937 年 4 月 27 日，杨虎城被迫辞去西安绥靖公署主任及十七路军总指挥职务，准备离开西安。6 月 16 日，国民党发布了这样的命令：

兹派杨虎城为欧美考察军事专员，此令。

杨虎城 6 月 29 日出国，出国后第八天，就发生了卢沟桥事变。他在 7 月 11 日电宋子文，说："日寇进迫，国将不国，噩耗传来，五中痛愤。弟以革命军人，何忍此时逍遥国外，拟由旧金山返国抗敌，祈转陈委座。"杨虎城于 14 日抵旧金山，接宋子文回电说："以目前情况观之，请稍缓返国。"不让他回来。这天杨虎城在美国旧金山发表书面谈话，说：

我是一个革命军人、一个孙中山先生三民主义强烈的信徒，参加革命已逾二十五年。我完全看透日本帝国主义一贯侵华的来历和动向。保卫国土是军人的职责，我一直要坚决抵抗日本侵略者。这次卢沟桥事变，是危及中华民族生死存亡的大问题，我怎能置身事外、流连忘返？即拟兼程回国，请求任务，执行战斗，为国效死！

杨虎城在国外三次致电蒋介石，请求回国抗日，得不到答复；又电宋子文，得到的回答是：可"自动回国"。11 月 26 日，杨虎城从欧洲到香港，立即落入戴笠军统特务之手。之后，杨虎城被秘密关押与杀害。戴笠手下的周养浩知晓内情。《访周养浩谈杨虎城之死》中说：

西安事变翌年，杨虎城被迫出国考察，到过欧美各地，游踪所至，必对当地华侨和进步的留学生宣传抗日。后来国内七七卢沟桥事变爆发，杨虎城非常焦急，希望能早日回国投入抗战。他先后几次打电报向蒋介石请示，但是蒋氏始终没有答复，后来据说还是宋子文复电给他，同意他回来。当时张学良已经被蒋介石公开软禁，所以也有些好心的朋友劝杨虎城还是暂时不要回国为宜，但杨虎城认为外侮当前，岂可逍遥国外，终于不顾个人安危，毅然从马赛启程回国。

1937 年 11 月，杨虎城偕同夫人谢葆真、幼子拯中一行到达香港。上岸之后，旋即被军统特务暗中监视。接着，蒋介石从南昌来了电话，要他到南昌相见，并说已吩咐戴笠欢迎他。在香港住了几天之后，杨虎城一家便搭飞机往长沙，后来在武昌见到了戴笠。戴笠把他带回南昌软禁在自己的办公处，所谓蒋介石要在南昌接见他，完全是一种骗人的圈套。当时，杨夫人谢葆真偕同幼子拯中已去西安，后来听到这个消息，赶忙折返南昌，自此之后，就一直陪在杨将军身边，过着被囚禁的生活。

1938 年春，南京沦陷，蒋介石亲自命令戴笠，把杨虎城转押往后方较为偏僻的地方，以便于看管。于是，杨将军就先后被转押到长沙、益阳等地，但始终都是由军统的特务看管。直到这一年的冬天，武汉撤退时，他又被解往贵州。

在贵州，杨虎城最初被监禁的地方是息烽阳明坝的看守所。这地方后来成为军统的一个重要监狱，也就是息烽监狱，可容纳三四百人。1939 年，戴笠到息烽视察，认为杨虎城被监禁的地方不够安全，离公路太近，于是在息烽县城东十二里地的一个极为偏僻的山顶上，找到一个名叫“玄天洞”的山洞，这个山洞只有一个出入口，易于警戒。戴笠就把洞中的一个道士赶跑，把杨虎城全家转押在这个山洞里。玄天洞终年不见天日，洞里异常潮湿。在这恶劣的环境中，再加上精神方面所受的重重折磨，杨虎城的身体一天天衰弱，常常闹病，后来不得已自己出钱在警戒圈里盖了一个简陋的房子。1941 年，杨夫人生下了一个女儿。孩子的出世，更为他们带来无限的忧伤。

1945 年，杨虎城在狱中听到抗战胜利的消息，非常高兴。除了为抗战胜利而高兴之外，他还以为自己很快就可以得到自由。当时，周养浩也是这么想。但是，事实很快就把他们的幻想粉碎。1946 年，军统把息烽集中营结束，释放了一些人，但把杨虎城一家押到重庆，加以更严密的看管。

到了 1946 年，政治协商会议召开了，共产党方面，提出释放张学良、杨虎城、罗世文、车耀先等政治犯的要求，国民党表面上是同意了，但暗地里，却加紧想办法对付这些政治犯，其中一些比较重要的政治犯都被化名秘密转解到一些易于警戒的监狱里。杨虎城将军这时也被移到重庆特区的另一个秘密处所——杨家山。在这段日子里，杨夫人由于长期受到精神折磨，不幸染上了精神病，1947年在狱中逝世。杨虎城悲痛万分，他日夜以杨夫人的骨灰箱子为伴，连睡觉的时候也要放在枕边。当时知道这种情形的人无不受到感动。

1949年，蒋介石下野，李宗仁继任。

李宗仁曾接受中共的和谈条件，下令释放政治犯。他一方面给重庆市市长杨森一道释放杨虎城的命令，另一方面更派出一架专机来重庆要把杨将军接走。当时重庆《中央日报》也登出了这个消息。杨虎城看到报上登载的消息之后，他非常高兴。

且说杨森接到李宗仁的电话，就设法通知毛人凤。毛人凤是戴笠的继承人，当时他的权力之大是无法形容的，如果他不点头，一百道李宗仁的命令也无济于事。由于毛人凤住在上海，杨森拿不定主意，就只好一边给李宗仁复电推搪说毛人凤不在，杨虎城关在什么地方没有人清楚，而一边却叫周养浩打一个长途电话给毛人凤。毛人凤和周养浩是世交，又是同乡。周养浩用家乡话同毛人凤商量有关释放杨虎城的事。毛人凤也拿不定主意，就去请示告退在溪口的大老板蒋介石。蒋介石断然反对释放。

1949年，国民党从大陆大撤退的时候，在各地都有大破坏与大屠杀，尤以重庆、成都、昆明等西南地区最为疯狂。周养浩就在这时候“临危受命”，担任了重庆卫戍总司令部保防处处长、保密局西南特区副区长等职，执行特务头子毛人凤的命令，其中包括了谋害杨虎城的案件。

杀害杨虎城的地点定在重庆“戴公祠”。周养浩奉命去贵阳骗杨虎城来重庆，说是蒋介石要在重庆见他，然后把他送往台湾。杨虎城信以为真。

当周养浩离开了重庆之后，毛人凤和徐远举召集六个刽子手开了一个极秘密的会议。在会议上，刽子手集体宣誓，表示坚决完成这次任务，绝对保守秘密，为蒋总裁效忠。毛人凤还在会上宣布，事情完毕后，蒋总裁将会论功行赏。会议同时还讨论了一些具体的行动和步骤，例如决定匕首行刺，以避免发生惊动。

杨虎城一行在周养浩及看管杨的军统特务队长张鹄等的押送下，分乘三部汽车，驶向重庆。

第一辆小汽车上坐的是周养浩；第二辆汽车是救护车，坐的是杨虎城及其儿子拯中，还有看守杨虎城的特务队长张鹄；第三辆汽车所乘坐的人最多，是杨虎城的秘书宋绮云及夫人徐丽芳、儿子振中、杨虎城夫人在狱中生的小女儿以及杨虎城的两个副官阎继明和张醒民。

周养浩所乘的第一部车子开得特别快，黄昏过后已抵海棠溪。这时候由毛人凤派专人拦路转交一封亲笔信，嘱周养浩先回家休息，一切后事由来人接洽。毛人凤并已准备好渡轮，于是他们很快就过了江。周养浩立即回到了“中美合作所”杨家山他自己的家里，等待消息。周养浩说，至于后来杨将军等人怎样遭遇行刺的情况，都是从临场的特务队长张鹄口中得知的。

10点钟过后，第二部汽车也过了江，向“戴公祠”急驶而去。到达“戴公祠”的时间是午夜11点多钟。杨虎城走下汽车，张鹄即告诉他说，准备在这里住两天，一方面等蒋介石接见，另一方面等待到台湾的飞机。接着，在张鹄的带引下，他们走进了“戴公祠”。

杨虎城将军的儿子拯中，双手捧着盛满他母亲杨夫人骨灰的箱子紧跟在后面。这一年，他才十七八岁，但是头发已经花白。

这时早已监视着他们的刽子手杨进兴、熊祥等人，怕杨拯中有所反抗，所以决定分别在不同房间同时向他们下手。

当杨拯中走上石级、步入正房的一间卧室时，杨进兴从后面迅速以匕首刺入他的腰间，他惨叫了一声“爸！”还来不及挣扎就倒了下去。这时走在前面的杨虎城已知有异，正想转回头去看一看，但是说时迟那时快，经验丰富的刽子手已把刺刀刺进了他的腹部。杨虎城将军挣扎了儿下，也倒了下来。

杨将军倒下后不久，从贵阳来的第三辆汽车也到了“戴公祠”。这时除了杨将军的两位副官在过江后已被带往“戴公祠”坡下汽车间，宋绮云夫妇及两个无知小孩都先后下了车。本来毛人凤也想把阎继明和张醒民两位副官一起杀掉的，但是周先生极力反对，他认为阎、张两人是无辜的，如果说他们对上司尽忠，那也是应该的，不是他们的过错。毛人凤勉强同意了他的意见，所以车子过江以后秘密把他们押往渣滓洞监狱。特务们哄骗他们说，毛人凤想要了解杨将军的生活情况，好向蒋介石汇报，所以要先见见他们两位。但是他们始终逃不了死亡的厄运，在后来的重庆大屠杀中，他们也都先后遇难，不能幸免。

再说宋绮云夫妇和两个不足十岁的小孩子下车之后，跟着就被刽子手带往一间警卫室。一进门口，两把早已等待在那里的匕首，先把宋氏夫妇逼向墙角，在他们刚明白是怎样一回事时，利刃已刺进他们的躯体。这时候，两个本来正玩得开心的小孩，突然被这种可怕的局面吓住，他们不约而同地哭着跪在地上求饶，但是年幼无知的他们，又怎知道眼前是一批军统的刽子手呢？这时候，一名刽子手一个箭步向前，拿着利刃往小孩的背上插入，小孩“哇！”地惨叫一声，往前扑倒在地上。

第二个小孩马上扑上前去，正准备抱着自己的小伙伴，但是刽子手从后又是一刀。血，从孩子们的身上淌着，染红了地面。就这样，两个小孩也终于在血泊中结束了他们短促的生命。

两个小孩是杨虎城的8岁小女儿，和秘书宋绮云夫妇的儿子（一说是女儿）、不到10岁的宋振中，他们小小年纪，无辜惨死。

杨虎城和杨拯中的尸体被特务们埋入花园的一座花台里。刽子手们为了保守秘密，还用镪水淋了他们的面部。而宋绮云夫妇和两个小孩的尸体被埋在附近。这一天，是1949年9月6日午夜12时半。杨虎城将军的一生就这样结束了。

他的十七八岁的儿子拯中、8岁的女儿，以及秘书宋绮云、宋夫人徐丽芳和他们一个不满10岁的儿子，和西安事变没有任何关系。西安事变时，那两个不满10岁的孩子还没出生。他们均惨死在蒋介石特务的屠刀下。这就是蒋介石、宋美龄这两位忠诚的基督教徒的仁慈之举，这就是蒋介石的“领袖人格”。

七、背信弃义：否认西安的谈判协议和承诺

蒋介石一切承诺、协议，均不签字，以“领袖人格”担保，本来就是一种预谋的政治欺骗行为。宋美龄来西安，就打算先把蒋介石救出去再说。承诺、协议，不签字，没有凭证，可以不认账；“人格”在他们看来算不了什么。蒋介石为了个人目的不讲信义、不择手段做的事，已不在少数。这次，在他看来张、杨是“背叛”，决不可饶恕。只要大权在手，那些承诺和协议，都是掌中之物，可以随便弃取。

蒋介石把对张学良的“判决书”和他的西安日记，交给秘书、中央政治委员会副秘书长陈布雷，让他整理出一份《西安半月记》，宋美龄则写了一个《西安事变回忆录》，一起发表。

它们的共同特点有三：一是美化蒋介石为宁死不屈的“英雄”，他不但没接受对方的任何条件，而且严厉教训“叛逆者”，蒋是由于他人格力量的感召，而被释放。二是否认曾在西安与共产党代表周恩来面谈，及承诺停止“剿共”，一致抗日。对于宋子文见周恩来、他们夫妇两次见周恩来，均只字不提。宋美龄把与周恩来见面，说成见一“有力分子”，被她一番说教；把周恩来当面表明的，愿与国民党合作抗日的主张，说成是“外间所传”，她不相信。三是否认在西安的谈判、协议和单独对张、杨的承诺。蒋介石反复表明，他一直训斥张、杨被奸人蛊惑而反叛之行为，严厉拒绝任何条件。只字不提他令宋氏兄妹代表他与共产党、东北军、西北军谈判两天，并达成多项协议，更不提他对张、杨不予追究的保证，以及在机场对张学良的多项

承诺等。

蒋介石的日记记载，已经取其所要，并不反映事情真面貌。而《西安半月记》对日记原文又做了大的增删，与事实相距更远。仅举三例：

例一：十二月二十三日

与余妻研究此次事变之结局，觉西安诸人心理上确已动摇，不复如前之坚持。但余决不存丝毫侥幸之心，盖唯以至不变者驭天下之至变，而后可以俯仰无愧，夷险一致，且为战胜艰危唯一之途径也。

妻欲余述总理在广州蒙难之经过，余为追述之。妻谓余曰："昔日总理蒙难，尚有君间关相从于永丰舰中，相共朝夕，今安从更得此人？"余告之曰："此无足异，情势互不相同，来此均失自由，即赴难亦何益。且余知同志与门人中急难之情，无间遐迩，非不欲来也。余虽无赴难之友生，而君数千里外冒险来此，夫妻共生死，岂不比师生同患难更可宝贵乎？"

是日，子文与张、杨诸人会谈约半日，对于送余回京事，众意尚未一致。夜，子文来言，谓："当无如何重大之困难，决当做到不附任何条件而脱离此间，誓竭全力图之耳。"

蒋介石本日日记原文：12 月 23 日　雪耻　嘱子文准见周某。

清晨未起，趁监视者不能窥视时，余乃窃为妻私语曰：此事症结□□□□□（在于共产党）。该党代表周恩来前托张要求见余，余坚拒。而现今子文已来此，不如嘱子文与之相见，察其态度如何，再□□□□□（定对待方针）。后子文即约彼相见，与张、杨同座会议□□□□□□□子文与之所谈者之大略。子文对其所谈结果，颇觉满意。

例二：十二月二十五日

晨，子文来言："张汉卿决送委员长回京，唯格于杨虎城之反对，不能公开出城，以西安内外多杨虎城部队，且城门皆由杨部派兵守卫故也。张拟先送夫人与端纳出城先上飞机，对外扬言夫人回京调解，委员长仍留陕缓行。然后使委员长化装到张之部队，再设法登机起飞。”未几，张亦以此言达余妻，速余妻即行，谓“迟则无及，城中两方军队万一冲突，将累及夫人，张某之罪戾益深矣”。

余妻即直告张曰：“余如怕危险、惜生命，亦决不来此；既来此，则委员长一刻不离此，余亦不离此一步。余决与委员长同生命、共起居。而且委员长之性格，亦决不肯化装潜行也。”张闻此语，深有所感，即允为设法。

至午，子文来言，虎城意已稍动，但尚未决定。下午二时，子文复来告：“预为准备，今日大约可以动身离陕矣。”旋张亦来言：“虎城已完全同意，飞机已备，可即出城。”

余命约虎城来见。半小时后，张与虎城同来。命二人在余床前对坐而恳切训示之，训话毕，问张、杨之意如何，尚有他语乎？彼二人皆唯唯而退。

余乃整衣起行，到机场四时余矣。临发时，张坚请同行，余再三阻之，谓：“尔行则东北军将无人统率，且此时到中央亦不便。”张谓：“一切已嘱托虎城代理，且手令所部遵照矣。”遂登机起飞，五时二十分抵洛阳，夜宿军官分校。

蒋介石本日日记原文：

十时许，周又来见余妻，其事先为子文言曰：共产党对蒋先生并无要求，但希望蒋先生对余面说一语“以后不‘剿共’”是矣。余乃嘱妻找周来见余。余妻与子文求余强允之，否则甚难也。

妻与子文在邻室先见。余及见周，余谓周曰：“尔当知余平生之性情如何。”周答曰：“余自然知蒋先生之革命人格，故并不有所勉强。”余又曰：“尔既知余为人如此，则尔今日要求余说‘以后不“剿共”’一语，则此时余决不能说也。须知余平生所求者，为国家统一与全国军队之指挥，□□□□（尔等不为）余革命之障碍而已。若尔等以后不再破坏统一，且听命中央，完全受余统一指挥，则余不但不‘进剿’，且与其他部队一视同仁。”周答曰：“红军必受蒋先生之指挥，而且拥护中央之统一，决不破坏。”言至此，余乃曰：“此时不便多言，余事望与汉卿详谈可也。”周乃作别而去。

子文嘱其再说虎城，使其赞成余今日回京。周乃允之。

约至下午二时半，子文来言，请先准备，约即可行。未几，张亦来言，虎城□□□（已不反）对。飞机已准备，可即出城上机。

宋美龄的回忆录里，涉及在西安的事，真实性更差，谎言更多。蒋介石、宋美龄与周恩来谈话时，宋美龄对周千里迢迢来解决西安事变表示感谢，并保证不会再“剿共”。但在她的回忆录里，对此只字不提，并把与周恩来面谈，说成一个“有力分子”来见。还编造了一大篇她对这个“有力分子”的说教。

请看其回忆录中有关部分：

时张学良正竭力解劝疑惧中之各将领，并介绍一参加西安组织中之有力分子来见，谓此人在西安组织中甚明大体，而为委员长所不愿见者。余与此人长谈二小时，且任其纵谈一切。彼详述整个中国革命问题，追溯彼等怀抱之烦闷，以及彼等并未参加西安事变，与如何酿成劫持委员长之经过。余注意静听，察其言辞中，反复申述一语并不厌赘，其言曰：“国事如今日，舍委员长外，实无第二人可为全国领袖者。”述其对于国防上所抱之杞忧，亦喟然曰：“我等并非不信委员长救国之真诚，惟恨其不能迅速耳。”余俟其言竟，然后温语慰之曰：“青年人血气方刚，每病躁急。中国为一古国，面积之大，人口之众，领袖者欲求成功，理当做合理之进步，安可求快意于一时？更有进者，领袖之实行其理想，决不能超越群众之前而置群众于不顾，尤当置意于经济问题之重要。”彼言经济实为国防最重要之部分。余复言：“汝等若真信委员长为全国之领袖，即当遵从其主张之政策；不然，则混乱扰攘，国家与民族更受巨大之损害。若欲达同一目的，固可遵由不同之路线；然既择定一途，即当坚持不舍。不负责任与不重程序漫无计划之行动，必无达到目的之一日。我人对领袖既信任其有达此目的之诚意与能力，则惟一之道，即矢我等忠诚，步其后尘而迈进。”彼又言，此次兵变实出意外。余又告之曰：“如此小规模之政变，彼等尚无力阻止其流血与暴行，又安能自信其有主持国家大政之能力耶？”彼又言，彼等崇敬委员长十年如一日，未改初衷；奈委员长始终不愿听彼等陈述之意见何！谈话结果，彼允劝告杨虎城早日恢复委员长之自由，并约次日再见。

次日，余又见彼，嘱其转告各方：反对政府实为不智，并历数最近十年来称兵作乱者皆无幸免之史实。倘彼等果有为国为民服务之诚意，必在政府领导下共同努力，方是正道。今日此等举动，徒增加人民之痛苦与彼等个人之罪戾，应及早悔悟。我等皆为黄帝裔胄，断不应自相残杀，凡内政问题，皆应在政治上求解决，不应擅用武力，此为委员长一贯之主张。即对共产党亦抱此宽大之怀，故常派飞机向共产党散发传单，劝告彼等，如能悔过自新，做安分之良民，决不究其既往，一念从善，即可为中国造福……国难如此，今日民族运动者如为真正之爱国者，应即放弃其不能实行之政策，各尽其在中央领导之下诚意协作之任务。

蒋介石与宋美龄心里很清楚，要求得事变和平解决，尽快获释回南京，起关键作用的是共产党，所以，与周恩来见面，是有所求，而不是也不可能是训诫、说教。如果蒋介石摆一摆黄埔校长的架子，倒也罢了，但也得有分寸。宋美龄在周恩来面前有多大分量，恐怕她自己清楚，她有勇气说那一大篇不着边际的废话吗？

西安事变是中国历史上的大事件，是时局转换的枢纽。从此中国走上停止内战、一致抗日的道路，开始了全民族救亡图存的新时期。张学良和杨虎城功不可没，他们是中华民族的千古功臣。为了实现全民抗战，共产党坚持九一八以来的主张，停止与蒋介石国民党的敌对行动，联合抗日，因而积极致力于事变的和平解决。蒋介石被迫停止“剿共”，实行联共抗日政策，是明智之举。但蒋介石硬是打肿脸充胖子，不承认是接受了张、杨以及共产党的主张。1937 年 9 月 23 日蒋介石发表国共第二次合作谈话，以自大精神，说因为共产党的宣言符合国民党五届三中全会的精神，他对共产党不计前嫌，而开诚“接纳”。

蒋介石和宋美龄这种自欺欺人的行为，无非是要保面子装英雄，但效果适得其反。这么一个轰动全国乃至世界的大事件，真相是瞒不住的。连国民党营垒里的人们也看出来蒋介石在弄虚作假。替蒋介石改写日记的陈布雷，只能按照蒋介石的指示把《西安半月记》编造好交了出去。他心知肚明那是一派谎言。他在自己的日记中写了一段话：

每当与家人游荡湖山，方觉心境略为怡旷，但接侍从室公函，辄又忽忽不乐也。

余今日之言论思想，不能自作主张。躯壳和灵魂，已渐为他人一体。人生皆有本能，孰能甘于此哉！

国民党中央执行委员、民众训练部部长陈公博说：

西安事变的实况，我大概清楚了。蒋先生答应了张杨什么，谁也不知道，他没有签字于任何条件是事实，然而他确曾保证实行几件大事，也是一个事实。我们但知蒋先生离陕的那夜，全国都在放鞭炮，并且警察沿街拍老百姓的门叫放鞭炮，说张杨服从蒋先生的命令了。然而西安那夜也全城放鞭炮，警察也一样的拍老百姓的门叫放鞭炮，说蒋先生服从张杨的主张了。

那真是一个谜了，不过那谜慢慢也露了一些曙光。二十六年三月间，中央召集一个全体会议，通过一个“根绝赤祸案”，虽然该案开始批评了共产党一顿，但该案的内容，确是容许共产党活动的。共是不“剿”了，红军可以收编了，苏维埃的边区政府也可以存在了。

他看了蒋介石的《西安半月记》和宋美龄的《西安事变回忆录》的合刊后，说：

我草草一看，便发现《半月记》和《回忆录》很矛盾，你看蒋先生在《半月记》处处骂张汉卿，而蒋夫人在《回忆录》倒处处替张汉卿辩护。而且蒋先生在《半月记》里从不说他见过共产党，见过周恩来，蒋夫人在《回忆录》则叙述张汉卿介绍一个参加西安组织中之有力分子来见，既说他是“参加西安组织中之有力分子”，又说“彼等并未参加西安事变”，这都是罅漏，容易露出不实不尽的马脚。

第八章　抗日，联共

自1931年九一八事变起，中国的抗日战争就开始了。1931年9月18日，日军侵占东北，并进一步向华北深入。蒋介石南京政府忙于在南方打中国工农红军，对日采取不抵抗政策。但中国共产党和东北人民，以及东北部分爱国军政人员和士兵，拒不执行南京政府的误国政策，自动拿起武器抗击日本帝国主义的侵略。西安事变之后，蒋介石南京政府改变对内对外方针，停止了“剿共”内战；从1937年七七事变起，开始武装抗击日本侵略者。中国工农红军改编为国民革命军第八路军和新编第四军，开赴敌后抗日战场。全国进入抗日战争的新时期。

蒋介石允许八路军、新四军抗日。八路军平型关大捷，蒋介石予以鼓励，希望多打这样的大胜仗。但他不愿看到八路军、新四军在战斗中发展壮大，而妄图在抗战中削弱其力量的五分之二。因此，千方百计限制、打击人民力量，八年中曾发动三次反共高潮，并在原有的特务机构基础上，建成特务政治体系。国民党中央调查统计局（简称中统）、国民政府军事委员会调查统计局（简称军统）两大特务组织，横行无忌，监视、迫害共产党员和民主进步人士。

宋美龄的活动除了到前线劳军外，主要在后方从事妇女、儿童工作，与共产党员合作共事，比较开明，与蒋介石难免产生分歧。

一、抗战到底与对日和谈

1937年7月7日，日本侵略军进攻卢沟桥，8月13日又燃起侵占上海的战火。国民政府终于对日开战了。9月22日，国民党中央通讯社发表了《中共中央为公布国共合作宣言》。次日，蒋介石为发表该宣言讲话。国共两党合作抗日的抗日民族统一战线正式建立。蒋介石以国民政府军事委员会委员长的身份领导着国民政府和它的军队投入抗日战争。1938年4月，在国民党临时全国代表大会上，蒋介石被选为总裁，总裁具有当年孙中山担任的国民党的总理的职权。1939年，成立国防最高委员会，对国民党党、政、军实行一元化领导，委员长由蒋介石担任。1943年，国民政府主席林森故去，蒋介石继任国民政府主席。这时，蒋介石成了国民党统治区独一无二的最高领导人，宋美龄则成为“第一夫人”。

1937年7月17日蒋介石在庐山发表谈话，严正宣布中国抗战立场

南京政府抗战，晚了6年。不论如何，蒋介石与共产党实行第二次合作，并领导国民党和国民政府进行抗战，还是受到充分肯定和称赞。卢沟桥战火燃起，蒋介石积极调动军队，部署作战，表示：“宁为玉碎，毋为瓦全，以保持我国家与个人之人格。”倡导“如果战端一开，那就是地无分南北，年无分老幼，无论何人，皆有守土抗战之责任，皆应抱定牺牲一切之决心”。

抗战初期，中国单独对日作战，极少外援，敌强我弱；中国军队苦战沙场，极其艰难，常遭惨败。

南京沦陷以后，汪精卫对抗战失去信心，散布亡国论，谋求对日妥协。国民党、国民政府的某些大员，包括有的元老，也撑不住，主张与日本妥协。蒋介石没采纳，迁都大后方重庆，坚持长期抗战。

1939年，汪精卫叛变投敌，组织傀儡政权。日本人想用这个时机，以伪政权诱降蒋介石，声称只要蒋介石肯与日本讲和，就可取代汪精卫，必要时还可以把汪精卫除掉。这个条件相当具有诱惑力。国民政府里某高官同意了，很高兴地给蒋介石写信，说这是好机会，赶快派人去香港跟日本人谈判！蒋介石看到这封信以后，批示：以后如果再有人利用“汪逆伪组织”相劝，以汉奸论罪：杀无赦。

日本通过德国，以调停的名义向蒋介石诱降。众所周知，1937 年德国大使陶德曼曾经调停，谈判无果。

1939 年，又有德国元首希特勒私人密使冯・戈宁前来调停，蒋介石断然拒绝。据宋美龄的机要秘书张紫葛回忆，宋美龄交给他一份文件，进行文字整理。他看到其中有一段蒋介石的讲话里，谈到这位密使的所谓调停，蒋介石说：“假令前次两度调停，勉可称为斡旋，则此次之敦促，实为德日合谋，劝降逼降……吾人岂能中其奸计，步汪逆精卫之后尘？”并表示唯有全党团结，全军团结，全民团结，“一致奋起，誓死抗战”。这位德国密使一定要见蒋介石，蒋介石见了密使，接过他呈上的希特勒的亲笔信，然后说：“阁下既是贵国元首的私人代表，我就派我的夫人宋美龄做我的私人代表，与阁下做一次简短的非正式会谈。我特郑重通知阁下，凡我夫人的谈话，一概就是我的谈话。”

冯・戈宁对宋美龄说：中国已经丢了平汉、粤汉两条铁路以东的全部国土，败局已定，灭亡在即，不如与日本缔和，早日结束战争。他表示，日本意见也是如此。办法列了几条，概括而言，是恢复七七事变以前的状况，“中日亲善”，也就是中国做日本的附属国。

宋美龄表示：中国誓与日本侵略者血战到底，决不和侵略强盗讲和。如果日本打不下去了，要求结束战争，则必须全部撤退他们的侵略军，将汪精卫、溥仪等大小汉奸阴毒交给我们，由国民政府审判。

戈宁不以为然，问：“你们靠什么打赢这场战争？比如说，武器，靠英美？不一定靠得住吧！”

宋美龄：“我们靠自己，靠全国上下精诚团结，同仇敌忾！是的，我们需要武器，但是我们并不完全指望英美……”

“那么，指望谁呢？”

她稍稍提高嗓门："如果必要，我们随时可以接受俄国的军事订货！"

戈宁："夫人，我简直不敢相信自己的耳朵！我不能不想起：在贵国，还有共产党夺取政权的问题。你们不是同中共打过好几年吗？中日战争以来，中共发展迅速。你们不考虑这个心腹之患吗？"

宋美龄眼睛睁得更大了，她说：

> 我们中国有一句奉行了几千年的成语——"兄弟阋于墙，外御其侮！"说的是，两弟兄在家院里斗殴得很厉害，可是外面来了强盗，弟兄立刻停止斗殴，同心协力，去抵御强盗。今天，日本侵略者乃一江洋大盗，要亡吾人之国家，灭吾人之种族，我中华之全体国民，包括本党与中共，除了弘扬弟兄手足之情，同心同德，共御日寇之外，别无选择！

戈宁无功而返。

抗战时期，除了日方通过第三国向中国进行"调停"外，日本军政人员、所谓"民间人士"也出面，与中国谈判；国民政府中先后有汪精卫叛变过程中的对日谋和、孔祥熙等的对日谋和，等等。蒋介石并不拒绝和谈，根据形势变化有时还主动寻求"和平"。一般情况下，派出人员出面谈判，他幕后指导，如：1938 年 7 月底或 8 月初至 1939 年 10 月，萧振瀛和日本军部特务和知鹰二谈判；1940 年 7 月至 10 月，张季鸾在香港对日谈判；1940 年 11 月钱永铭对日谈判等。也有时派宋美龄前往指导。

萱野长知与小川平吉斡旋和平，蒋介石就曾秘密派宋美龄赴香港指导谈判。萱野在辛亥革命前曾参加中国同盟会，支持或直接参加过中国革命。小川平吉也曾支持辛亥革命，组织友邻会，提倡日中友好，1927 年任日本铁道大臣，是已经退出日本政坛的元老级人物。二人在头山满的推动下，得到近卫首相等政要支持，出面在中日间斡旋和平。

1938 年 7 月和 10 月，萱野先后两次到香港活动，向军统局在香港的工作人员郑东山表示：一、目前形势甚迫，但日本政府及人民均不愿战，军部方面，仅少壮军人主战，高级将领则不尽然。如双方能开诚相见，仍不难觅取和平办法。二、宇垣外相去职后，萱野曾向近卫首相请示，和平谈判应否进行，嗣接近卫复电，声称方针不变，仍照前约进行，政府当负全责。谈话中，萱野拿出近卫原电相示。10 月 15 日，戴笠向蒋介石请示：可否先派郑介民秘密赴港商谈，蒋介石没批准郑介民赴港，戴笠遂决定由杜石山与日方联系。杜石山（也作杜石珊），广东兴宁人，早年留学日本，为士官生，娶一日女为妾。民国初年曾出任统领，后长住香港。抗战爆发后参加军统局工作。杜石山与萱野长知等人的谈判由戴笠领导，目的在于收集情报。

据萱野向杜石山说：中日事件，如久延不决，于日本固有重大祸害，而中国之不利，则尤甚于日本。目前，日本当局深愿和平解决，否则继续军事行动，成立第二伪中央政府。中国似应趁机派员来港接洽，以无条件、无理由之和平解决，并声称和谈一事，近卫并已奏准天皇，定期停战，请迅速派人来港晤商。

面对萱野长知这样特殊的日方代表、和中国革命有过密切关系的日本友人，蒋介石不能长期不理。1939 年 3 月 4 日，蒋介石致电杜石山称："历次来电暨萱野翁前日来电，均已诵悉。中日事变诚为两国之不幸，萱野翁不辞奔劳，至深感佩。惟和平之基础，必须建立于平等与互让之基础上，尤不能忽视卢沟桥事变前后之中国现实状态。日本方面，究竟有无和平诚意，并其和平基案如何，盼向萱野翁切实询明，伫候详复。"

杜石山收到此电后，即电邀萱野返港。3 月 10 日，萱野返港，告诉杜石山，他回日后遍访朝野要人，新上任的平沼首相、有田外相都了解蒋的"伟大"，头山满准备亲自来华与蒋会晤。中日之间应当"平等言和，恢复卢沟桥事变前状态"，和平的基本原则为：甲、中日两国同时发表和平宣言；乙、由中日两国政府各派遣大员会议于约定地点，议明逐步退兵、接防之日期；丙、至于防共与经济提携问题，重在实事求是，以便互相遵守，而奠定中日共存共荣。12 日，萱野提出，双方政府代表可在军舰上见面。

3 月 16 日，蒋介石秘密派宋美龄到港指导谈判。宋美龄以治牙为名到香港与萱野进行了非正式的晤谈。17 日，萱野、柳云龙、杜石山商讨条件，柳云龙提出的最初为 9 条，后经修改，定为 7 条：1. 平等互让。2. 领土（完整）主权（独立）。3. 恢复卢沟桥事变前状态。4. 日方撤兵。5. 防共协定。6. 经济提携。7. 不追究维新政府、临时政府人员的责任。关于满洲，另议协定。

宋美龄对7条、9条都有意见，批评说：“此种条件，何能提出于国防会议耶！如能办到‘领土完整、主权独立’八字，便符政府累次宣言。此事当时时记住。蒋先生可以提出国防会议者，即可成功。”18日，杜石山等将7条电告蒋介石。杜在电文中劝蒋在汪精卫“所欲谋者未成熟之前”作出决定。19日，蒋复电命继续进行，同时称，得“‘领土完整、主权独立’八字便可，余请商量改删”。

3月29日，小川平吉到港参加谈判。他来港得到首相平沼、外相有田、陆相板垣及近卫、头山满等人支持。小川要求蒋介石派遣“有权威之代表”到港谈判；如居正、孔祥熙不能来港，则应与蒋先生直接晤谈。小川到港后，命萱野转交杜石山亲笔函一件，内称，日本政府尚未确认蒋介石有和平诚意，又称，日本要求国民政府改组，而国民政府认为不可能，他本人有一打破僵局的“便案”。所谓“便案”即要求蒋介石将“联共抗日”改为“反共亲日”，首先讨伐共产党，实行局部停战。杜石山请示宋美龄和蒋介石，均回答：同意，“用密约办理”。

日方的条件，在本质上和德国人的诱降没有什么两样。由与中国有友情的人出面，换汤不换药而已。日本妄想通过和谈巩固用武装侵略占领的中国国土，并用和谈破坏中国的抗战，得到尚未得到的中国领土和一切权益。和谈得逞，蒋介石国民政府停止抗战，取代汪精卫集团，做日本的傀儡。

蒋介石与日方在反共方面一致。只是他的腹案，是日本必须下令撤兵；恢复七七事变前原状，然后谈判。除平等互让、中国领土完整、主权独立，还必须保证中国行政完整。而如果以近卫建立东亚新秩序声明为和平根据，“即为卖国之汉奸”。他认为：必须战至“倭寇筋疲力尽，方得有和可言，此时决非其时也”。

蒋介石研究欧战爆发后的局势，认为如果国际民主阵线胜利，则中国亦可获最后胜利，“故我国之决胜时期，仍取决于国际战争之结局，而抗战到底，不与倭敌中途妥协，是为独一无二之主旨”。5月21日，蒋介石指示：“杜石山绝不准与小川来往。”27日，杜石山遵命办理。萱野除叹息外，默不一言，小川则莞尔一笑，并调侃说：“仆此行，诚不出板垣将军之所料矣。”他告诉杜石山：板垣认为，蒋先生自西安事变后，受共产党之计，实行抗日政策，日本虽欲和，而蒋先生不能和。二人决定于6月3日离港，14日由上海归国。

但这时蒋介石又不愿中断这条联络渠道。杜石山等挽留萱野和小川。6月4日，副官杨洁奉命自重庆到港。此前一日，宋美龄再次秘密到香港，与柳云龙等密议，由杜石山出面，通知小川：蒋介石将另派人来面商和平，希望小川设法阻止汪精卫组建伪政权。

蒋介石、宋美龄对日和谈，与日方取得一致之处，是共同防共反共。日本视共产党为死敌，认为蒋介石抗日是被共产党逼迫的结果。蒋介石联共抗日，暗中谋划削弱、打击共产党的力量。在这方面，他们双方一拍即合。其与日本没有也不能妥协之处，是蒋介石决不叛国投敌当傀儡。让他和汪精卫竞争，步汪精卫之后尘，取代汪精卫，当日本的傀儡，那是对他的侮辱。对于收回国家领土主权，即保证国土完整、主权独立，在谈判中具体的提法，前后有变化。抗战前期，蒋介石坚持以“恢复卢沟桥事变前原状”为与日方谈判的前提和条件。这与国民党五届五中全会上，蒋介石讲演中说明抗战“到底”的含义是一致的。他说：“抗战到底”是“要恢复七七事变以前的原状”。这个目标显然是错误的。中国人民的抗战目标，是收复被日本侵占的一切国土。随着世界反法西斯战争的发展，蒋介石的信心增强，不仅要收复七七事变以来被日本侵占的国土，收复九一八事变以来被日本侵占的国土，还要收复中日甲午战争时被日本侵占的台湾等地。

兵民是抗战的胜利之本。全国各族人民、国共两党领导的军队的广大官兵，为国舍命，浴血奋战，保卫中华国土，而有伟大抗战胜利的辉煌历史篇章。蒋介石南京政府是统治全国的中央政府，坚持抗战不妥协也至关重要。反之，中国的抗战会更加曲折和艰难。

二、宋美龄代蒋劳军，多次遇险

抗战既兴，宋美龄一直陪蒋介石在南京，直至南京沦陷前不久才撤离，之后去武汉。这期间，他们住在中山陵园树木深处一个花房里，花房内小屋数间，日寇飞机多次轰炸，有一夜空袭将相隔数十步的一个同样的小屋夷为平地。宋蔼龄偕孔令俊亲来劝宋美龄随孔家先去武汉，宋美龄婉言谢绝，坚决不走，说："为了国家大事，我一定要陪他在一起，很多场合里能帮助做些事，对私是给他精神上的安慰和信心，对公则是我们俩人都在首都，能安定人心和军心。"

蒋介石指挥军队在前方对日作战。宋美龄组织妇女支援前线，慰劳抗日将士。1937 年 8 月 1 日，在南京成立"中国妇女慰劳自卫抗战将士总会"，宋美龄担任主任委员。不久，在各地成立 60 多个分会。该会广泛开展募捐，制作棉被、棉衣、卫生衣、内衣、手套等，慰劳前方官兵。

宋美龄以身作则，上前方从事劳军工作，并且总是对前线的将士声明，她是代表蒋委员长来慰劳大家的。宋美龄领队，亲临现场，到前线救护伤员，到医院看望伤员，为伤员包扎伤口，节日向伤员发送慰问品，安慰、鼓励为

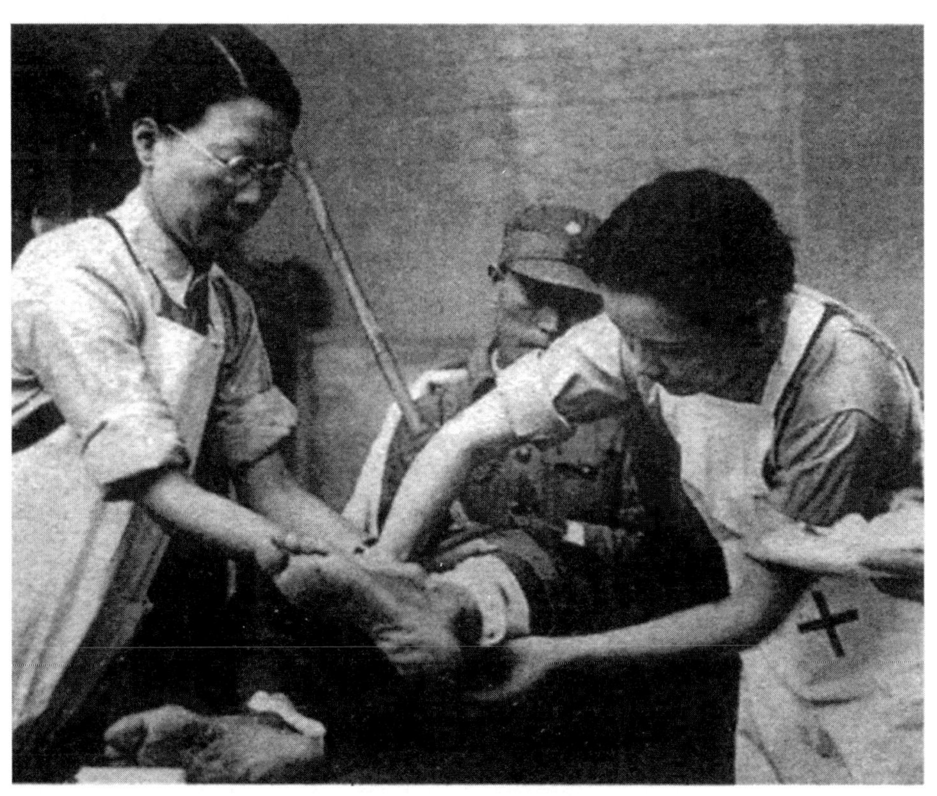

宋美龄为伤员包扎伤口

抗日受伤的士兵，并对伤兵说："蒋委员长感谢你们，挂念你们，叫我代表他来慰劳你们。"看到、听到战场上的战绩，便鼓励说："干得好哇！我一定要把这事详细告诉委员长，他会传令嘉奖的。"

到战火纷飞的前线慰劳官兵，经常身临险境，宋美龄和她的慰劳队伍不止一次死里逃生。

1937 年 10 月 23 日，宋美龄和端纳以及一名副官前往上海看望伤兵和处理其他一些政务。她像往常一样穿着工作装：一条蓝色羊毛便裤，一件衬衫，看不出她的身份。只是她所乘的轿车马力很大，速度很快，后面还紧跟着一辆，里面坐着另一名副官。

车子驶入"危险区"后，他们开始留意天空，观察日军的轰炸机。既要快速行驶，又要注意空袭，在一定程度上分散了司机的注意力，发生了意想不到的车祸。

大约在下午 4 点 30 分，当几架敌轰炸机飞到上空时，小车陷进了路边的凹地。司机加速，但前轮撞到一块凸地，车被弹回一大段距离。于是整个轿车翻出了公路，车里的人从后座中被甩了出来。端纳感到自己飞了起来，而且看到宋美龄和副官的身体在他眼前飞掠过去。他摔倒在翻倒的小车旁，有些战栗，但很幸运，没受伤。

端纳站起身，立即赶到宋美龄身边。只见她躺在一个泥潭里，一动不动，苍白的脸上满是泥泞，四肢瘫软，但似乎没有擦伤。端纳把宋美龄拖出泥潭，弯下身听她的呼吸正常，断定她还活着。

"夫人！"端纳叫道。一群农民聚拢来，第二辆车上的副官也赶到现场。端纳轻轻地摇着宋美龄瘫软的身体。

"喂，醒醒，"端纳粗声地说。"你最好醒一醒，睁开眼看看。"然后他开始唱了起来，"她轻松地飞向天空，秋千上那勇敢的少女……喂，夫人，醒醒！我希望你能现在看一看自己，你绝对是个美人！"

仍旧没有反应，她还是昏迷。"你身上都是泥！"端纳继续吼叫。

这时，宋美龄微微动了动，呻吟了一声。端纳即刻站了起来，把手放在她的腋下，扶她站了起来。宋美龄摇摆地站了起来，似乎摸不着头脑说："我恐怕不能走。"但端纳不容她考虑，搀着她朝一家最近的农舍走去。走到时，他还不停地对宋美龄说她如何像一个泥美人。端纳把宋美龄装有衣服的手提包交给她，劝她去换一换。宋美龄单独一个人时，又险些昏过去，多亏端纳使劲地敲门，催她动作快点。

她再次坐到车里，考虑下一步的行动计划。她的面色显得苍白。“我们现在在这里，”端纳说，手里捏着一张地图。“如果你想回南京，我很高兴。但假如我们继续往前走的话，我们仍可以在进城之前视察一下伤兵，时间很充裕。你怎么想？”

宋美龄考虑了一下，决定继续去上海。轿车又起动了，这次开得慢了些。宋美龄静静地坐在车子里，体验一会儿之后，发现不能呼吸，一呼吸就痛。宋美龄忍着痛苦坚持下来，当晚 10 点钟视察了伤兵，第二天一早安全返回南京。经医生检查，宋美龄折了肋骨，医生强迫她安静地卧床休养。

宋美龄慰问伤兵发生的意外还有几次：

在河南兰封县，她正和战地指挥官交谈，敌人一排炮弹打来，天崩地裂，她毫无准备，事后发现自己倒在了掩体底下。

在河南富金山阵地上，敌机投弹、射击，她和 5 个官兵匍匐、滚进、跳跃，从一个弹坑跃到另一个弹坑，躲过危险。

在九江万家岭前沿阵地慰劳部队，她和前线指挥官吴奇伟的夫人同行，敌人的飞机大炮袭来，她们躲进壕洞，一颗大炸弹落在洞口附近。

汽车队前往黄梅前线慰劳，途中，遇日机轰炸，车被掀翻，她的头、臂、腿几处受伤。

作为“第一夫人”，为慰劳抗日官兵，奔走于前线后方，不辞劳苦，甘冒风险，难能可贵。

三、不追究“航空之母”的失误

早在 20 世纪 30 年代中期，蒋介石决定扩大空军装备，进口大量空军器材。买飞机涉及大笔经费，蒋介石不放心他的那些下属。虽然他是航空委员会委员长，但因事多，不可能直接掌握其事，遂于 1936 年 6 月，任命宋美龄担任航空委员会秘书长，负责空军事务。

宋美龄既不懂军事，更不懂航空；让她去负责建立一支现代化的空军力量，实在强人所难。宋美龄很努力，她为航空事业投入极大的精力，努力熟悉每架飞机、每个飞行员。一有飞机起飞，她必在旁目送，一有空战，她就爬到高处观战。她进行有关知识的学习研究，严格管理，规定在这支精选的部队中，行窃者处以死刑，并发挥她对外交涉的优势，争取到美国国防部的支持，订购了价值2000万美元的产品，从而有了第一批属于中国的飞机，为未来的空军发展奠定了基础。

抗战开始前两个月，即1937年5月，美国退役空军上校、曾担任陆军航空队教官的陈纳德来到中国，帮助建设中国空军，曾担任过航校教官、总教官、顾问等职。卢沟桥事变爆发后，陈纳德根据蒋介石的要求，招募部分美国飞行员，于1941年8月1日，组成航空委员会美籍志愿军总队，即“飞虎队”，支援中国抗战。陈纳德任总指挥，宋美龄任名誉队长。蒋介石夫妇对陈纳德十分器重，宋美龄曾在美国的演说中向美国政府和人民赞扬陈纳德的国际主义精神，说他是美国人民对中国友好的使者，还代表中国人民向美国致谢。

1937年，南京被日军包围时，宋美龄的工作重点仍在空军。

但是，毕竟航空事业不是宋美龄所长。她既是外行，又是蒋夫人，身居高位，独断专行。空军将领以及航空委员会的人员，在蒋夫人面前必然谨言慎行，服从决定。

抗战开始不久，一接触实战，问题就暴露出来。当时中国空军用于作战的飞机只有300架。其中能够起飞作战的不到100架，能起飞的投入实战也不很得力。如：1936年从美国购入的9架“马丁B-10B”轰炸机，抗战开始前只运进6架，战争开始，这6架飞机进口不过几个月，尚处于磨合期，便匆忙投入使用，连续发生事故。到1937年10月23日，只剩一架飞机可以执行打击日军任务。这一架的驾驶员杨季豪在南京机场发现飞机有些故障，勉强修复后，去上海轰炸被日军盘踞的宝山机场，完成任务，返回南京，降落时也不幸失事。

就这样，中国空军仅凭着300架飞机，与日本空军开始了一场空前的血

蒋介石夫妇与陈纳德在一起

战。虽然空军将士们士气高昂、技术娴熟、屡建奇功，但无法与敌人抗衡。日本飞机2600架，由于补充不断，越战越多。中国飞机因为得不到补充，越打越少。从8月作战开始，不到3个月时间，中国空军就完全丧失了制空权，迁都重庆时几乎无飞机可以迎战。日机经常来狂轰滥炸，中国军队的空中力量尽失，无力还击。

当年一位在国民党空军服过役的人的亲历记中，记下了这段令人悲愤的历史：

我随空军第二大队到了武汉，空军所剩经过修复的飞机不足10架，只好驻在江西南昌，专以溯江面之日军为作战目标，不到几天，全打完了。南昌机场上空空荡荡的，没有一架飞机，只有跑道两旁的几面红旗在临风飘曳。空军人员住在远离机场的乡村师范学校里，从学校的楼窗可以遥望机场情况。南昌警报很多，日机常来，如入无人之境，任其低飞，任其扫射。我到南昌的第二天，适遇空袭警报，有一架日机竟在机场跑道上低空盘旋，降落于跑道，机上人下来走了几步，抽去一面红旗，然后从容登机，一飞而起，又盘旋数圈而去。空军人员遥望此类情况，气得直跺脚，悲愤已极。

对此，谁来承担责任呢？揭开内幕，竟与宋美龄领导无方有关，是宋美龄的“高见”所致。

当年，由于蒋介石对空军高度重视，国民党空军的经费特别优厚。关于这笔经费的使用，是造飞机还是买飞机，一时间引起了争论，最后，还是统一到蒋夫人的“高见”上。

要说造飞机，当时航空委员会下设两家飞机制造厂，一个在杭州，一个在南京，生产“羊城”“复兴”等飞机。宋美龄认为国产飞机不如正宗的外国货。这是实情。她提出既不自己造飞机，也不马上买飞机的主张。

宋美龄认为，世界各国飞机制造业发展迅速，型号日新，性能月异，一种飞机出世不久，很快就会被另一种更新的飞机所取代，这样岂不是买不胜买？最好的办法还是把钱全部存在银行里生息，到了必要时再买也不迟。宋美龄自作主张地把空军的大笔军费，连同老百姓的大笔航空救国捐款统统存到了香港银行里。

卢沟桥事变爆发后，蒋介石决定抵抗日寇侵略。宋美龄大笔一挥，同意立即大批进口飞机。但是生意场比不得战场，从讨价还价、草签合同、付款发货，到运抵中国，要一个过程。而且海岸线早已被日本人封锁，进口的飞机也进不来。当蒋介石听说作战飞机总共只有 300 架时，面色顿时大变，半天说不出话来。

国民党高级将领都知道，这些年，全国人民为实现“航空救国”的愿望，捐了多少钱！单是航空奖券储蓄一项，每期就是 500 万元。发了这么多期，该折成多少架飞机？其他的还有献机祝寿、一县一机运动，全国有多少县，就是打个对折，一次运动少说也有 500 架飞机。再加上临时捐款、义演献机等，拿出千百架飞机，绝对不成问题，怎么会只有 300 架飞机？

空军将领把宋美龄的“高见”和盘托出，听得蒋介石哑口无言，最后，蒋介石故作镇定地说道：“没有空军，也要抗战！”

如果不是自己的夫人宋美龄，蒋介石是不会放过的，至少也要给个降职处分。他不可能打自己夫人的板子，这件事只好不了了之。而宋美龄 1938 年 3 月辞去秘书长职，推荐钱大钧任航空委员会主任，她仍拥有中国“航空之母”美名和一架“美龄号”专机。

四、与共产党人合作，蒋、宋分歧

宋美龄在妇女、儿童工作中，依靠在国统区工作的女共产党人、妇女界非党进步人士，彼此建立了良好的合作共事关系，被国民党顽固派视为“左倾”，进行监视、干扰，蒋介石和宋美龄发生分歧。

为了动员全国妇女参加抗战，1938 年 5 月，宋美龄邀请妇女界领袖及各界知名女性代表在江西庐山举行谈话会，会议决定以宋美龄担任指导长的“新生活运动促进总会妇女指导委员会”（以下简称“妇指会”）为全国妇女团体的总机构。

7 月 1 日，“妇指会”在汉口改组扩大，指导长宋美龄之下设委员会和常务委员会。委员 36 人，常务委员 10 人，其中包括国民党、共产党、救国会、基督教女青年会等方面的人士，以及党政军官员的夫人、社会名流、专家学者等。李德全、吴贻芳、曾宝荪为常务委员，救国会的曹孟君（中共秘密党员）和代表中共的邓颖超、孟庆树、康克清为委员，基督教女青年会的张蔼真、陈纪彝分别担任正副总干事，全面负责会务；救国会的史良、沈兹九、刘清扬分别任联络委员会主任、文化事业组组长和训练组组长；无党派人士俞庆棠、谢兰郁分别为生产事业组组长、总务组组长；女青年会全国协会经济干事钮珉华为儿童保育组代理组长；国民党方面的唐国桢、陈逸云、黄佩兰分别任慰劳组组长、战地服务组组长和生活指导组组长。改组后“妇指会”实现了全国各党各派各方面妇女的大联合，全国妇女，不分党派，不分地域，不分阶层，不分宗教，在蒋夫人领导下，紧紧团结起来，标志着全国妇女抗日民族统一战线形成。

“妇指会”团结了全国 200 多个妇女团体，领导和推动全国各界妇女积极开展了文化宣传、儿童保育、劳军救护、战地服务、乡村服务、生活指导、生产事业等各种工作，成为安定和鼓舞后方的一股重要力量。

中共对“妇指会”的工作很重视，选派大批共产党员和进步人士在其中起积极骨干作用，宣传、动员、组织妇女群众参加抗战工作，促进了妇女界抗日统一战线的发展。“妇指会”及其附属单位均有左派人士和中共党员，中共党员和左派人士甚至占了主导地位，以出色的工作，赢得了宋美龄的器重。

日寇铁蹄从黄河踏过长江，华北、华东大片国土沦陷，日军的飞机狂轰滥炸，无数村庄、学校、家庭，毁于炮火，幸存的儿童被抛在城乡废墟、荒郊野外，流离失所、无家可归。为了抢救民族后代，救济这些难童，中共中央长江局妇委邓颖超，与沈钧儒、刘清扬、郭沫若、李德全、沈兹九等，联络国民党等各党派及社会各界知名爱国人士184人，联名于1938年1月24日，在汉口发起成立战时儿童保育会筹备会。遵循抗日民族统一战线政策，同时鉴于宋美龄的特殊地位和身份，邓颖超委托史良、沈兹九、刘清扬去见宋美龄，请她出来主持儿童保育工作。宋美龄欣然应允，并非常热心于这项工作。

1938 年 6 月 1 日，宋美龄在复美国纽约某女士的信中，充满自豪地介绍中国战时的儿童保育工作。儿童保育会在汉口设总会，各省都有分会，由总会委派干练妇女为之主持。为收容难童，在若干大都市，设立临时集中收容所。后方各省建立了若干院所，还有教会的院所。

工作第一步是派人员到战区去收集难童到各临时收容所沐浴更衣、检查身体，然后送到后方公立或教会的院所去，或让殷实人家领去抚养。参与工作的人们大都是义务性质的，他们以整个的时间在院服务，除供应膳宿外，每月仅得大约 3 美金的酬报，待遇菲薄，但她们为了关爱救护儿童，踊跃参加。

儿童保育会收到社会的捐款，严格管理，每一文都由总会经手，直接用到难童身上，全无虚耗。

第一批难童，收自开封，有500余名，并且还有自六安等安徽一带的第一战区，以及陇海线一带的第五战区如江苏的徐州、河南的郑州等处救出来的。

到1938年6月，共有五个战区，每区都设有临时收容所。天主教与基督教各教会，在各处都曾不断赞助。

浙江、安徽两省的难童，都以南昌为集中地点，其他则都要经过汉口。到后就给他们沐浴更衣，检查身体。每一儿童给以编号的徽章，上载姓名。他们的体格大都很健全，年龄大都在3岁与14岁之间，还有不少被遗弃的婴孩，其中以男孩为多，女孩较少。

汉口收容所的教师职员共计49人。孩子们都施以“战时教育”，包括识字及培养爱国心等，与平常的初等教育相仿。到了永久保育的地方，则给以职业训练，如农工手艺等。

外国教会代为收容难童，则由总会供给经费，教会方面供应服务人员，他们往往设立委员会一类的组织进行工作，也有若干教会仅把院所借给总会，其余一切，仍由总会派员料理。

截至1938年6月1日，分别收容各地难童的机关，略如下表：

地点	已收难童名额	机关	主持人
湖北　桥口	100	伦敦教会	克诺德夫妇
湖北　青山	50	美国教会	吉尔门主教
湖北　黄州	50	瑞典教会	华尔吉司牧师
湖北　宜昌	150	美国教会	吉尔门主教
湖北　大冶	100	监理会	海尔屋先生
湖南　芷江	50	孤儿院及福音堂	裴克先生
河南　开封	2000	天主教	麦克来博士
赣边临时收容所	500	妇女慰劳会	江西分会
江西　牯岭	100	同上	同上
江西　九江	100	丹福纪念医院	
四川　重庆	1000	妇女慰劳会	重庆分会
四川　成都	1000	同上	成都分会

（续）

地点	已收难童名额	机关	主持人
广西　桂林	500	同上	桂林分会
贵州　贵阳	1000	同上	贵阳分会
香港	2000	同上	香港分会
广东　广州	过渡	同上	广州分会
福建　福州	过渡	同上	福州分会
湖北　汉口	过渡	同上	汉口总会
浙江	1000	同上	浙江分会
江西　南昌	1000	同上	江西分会

宋美龄说："我们计划第一步保育两万个难童。"

事实说明，"妇指会"和儿童保育会的工作，是卓有成效的。战争时期，前线武装斗争固然是主体，后方的配合也不可或缺。难童救助还关系着中国的未来。与正常人的见解不同，国民党反共顽固派之所以联共，只是希望共产党和日本拼命，在战争中消耗力量，而不允许共产党的力量发展壮大和威信提高。宋美龄的这些工作中，共产党员和非党进步人士，担任各级领导，起骨干作用。顽固派认为宋美龄重用了不该重用的人，走"左"倾路线。

宋美龄为人处事的风格也与蒋介石不同。蒋介石专横、暴躁，宋美龄比较和缓、灵活、委婉，她常常在蒋介石与他人之间处于僵局时，起缓冲作用，寻觅解决之路。美国作家埃德加·斯诺初次与宋庆龄见面时，说："蒋、宋婚姻的双方都是出于投机，其中绝无爱情可言。"但是，1940 年的一天，宋庆龄在香港对斯诺说："开始时他们的婚姻并不是爱情的结合"，"但是，现在我认为是了。美龄真心爱蒋介石，蒋介石也同样爱她。如果没有美龄，蒋会变得更糟糕"。

1939 年至 1940 年的下半年，随着国民党在前线对抗日和联共态度的恶化，大后方因国民党要消灭异党分子，而引起的人事冲突也逐渐加剧。"妇指会"在宋美龄领导下，吸收了各党各派各方面的妇女人才，工作成效卓著。然而由于邓颖超、史良、沈兹九、刘清扬等中共党员和左派人士在其中工作，甚至占了主导地位，引起何应钦、陈立夫、张继等国民党高层的不满。于是，国民党方面逐渐着手干涉、破坏妇女、儿童的组织和工作。

有人揭露：国民党党部和地方政府“专门从事压迫妇女运动、破坏妇女团结、捕杀妇女干部的危害行动”，“连蒋夫人亲自批准的河南新运妇女工作委员会和陕西妇女慰劳分会亦被少数顽固分子以拒抗上级命令、违反群众要求而强迫改组了”。

随着国共关系一天天恶化，蒋介石与宋美龄之间逐渐产生了意见分歧，尤其表现在妇女干部训练班的教员聘请、讲课内容等方面。

黄薇是从新加坡归国投身抗战进而加入中共的女记者。1939 年春，宋美龄在重庆各界妇女领袖座谈会上听过黄薇的发言，觉得她很会做宣传工作，便邀请她到第三期新运妇女干部训练班讲课。该期学员举行结业式时，蒋介石也来参加，他看见黄薇坐在主席台上，极为不悦，显然他从其他渠道知道了黄薇的身份。几天之后，刘清扬告诉黄薇：“前几天蒋委员长批评了蒋夫人，问她为什么把你请到训练班去宣传共产党，并且叫她以后不能再让你去讲课。”

由于蒋介石的反对，黄薇自动解职了。

刘清扬曾因积极参加“一二·九运动”，以爱国罪被捕入狱，出狱后还是继续不懈地努力于救亡工作。宋美龄欣赏她的才干，邀请她担任“妇指会”训练组组长，刘清扬表示：“我要训练的是真能为群众服务、为祖国赴汤蹈火的干部。那样一来，会有人说我刘清扬是共产党，专门训练出一些共产党。那样，夫人你就不好办了。”

但宋美龄依然说：“只要训练出能为抗日工作的干部就行，陈立夫他们管不了我的事，你做你的好了。”不过，1940 年 5 月 1 日，新运妇女高级干部训练班结业后，关于再办下一班的消息却没有了。刘清扬忍不住去问宋美龄还办不办训练班，宋回答：“委员长说训练班不能再请以前的教员办了，有人汇报，说训练班宣传共产主义。”“委员长说，今后要训练干部的话，要让浮图关上的中央训练团的教员来训练了。”

迫于蒋介石的压力，宋美龄暂停开办新运妇女干部训练班。

1939 年 3 月，蒋介石夫妇聘请了加拿大传教士文幼章担任“新生活运动”

的顾问，希望定期听到他关于“新生活运动”的所见所闻和种种想法。此外，宋美龄还要求文幼章协助“妇指会”的工作，说她的各级工作人员中共产党人、基督徒和其他党派人士各占 1/3，要文幼章协助解决这些工作班子中出现的难题。自此，文幼章常常陪同蒋夫人四处奔波。但是，1940 年春出现了一个问题，就是，在宋美龄亲自督导下培训的新生活女青年队与三青团合并了。文幼章抗议这种草率从事的做法。文幼章写信给宋美龄说，把“新生活运动”纳入国民党的轨道是一个错误。“新生活运动”应该是独立自主的，应该对国民党和它的行动提出有益的、正确的批评。宋美龄请文幼章直接向蒋介石说明这些想法。

文幼章与蒋见面时开诚布公地批评，结果谈话不欢而散。文幼章感到他这个顾问没有价值了，决定辞职。

但是，宋美龄不允许，并给教会写了一封信，请求留他再为“新生活运动”工作一年。

蒋介石允许的国共合作也只是限制在打日本的范围，如果共产党活动范围扩大，威信提高，势力发展，他就不能容忍了。“妇指会”的情况，超出了蒋介石限制的范围，所以他出面干涉。“妇指会”被迫改组。

如何改组？当然是解决“妇指会”的“问题”，削减左派成分。宋美龄曾经动员“妇指会”中救国会的史良等人加入国民党，为特别党员，未果。1940 年 10 月 6 日，宋美龄“赴港医病”。第二天，中共《新华日报》刊登了题为《妇指委会局部改组（谢冰心、胡惇五分任组长）》的消息，称：“妇女指导委员会保育组组长与儿童保育会总干事，原由指导会副总干事陈纪彝兼任，兹陈以指导会工作日繁，不暇兼理保育事宜，已辞去兼职，闻该组组长与该会总干事，改由胡惇五女士继任，又指导会文化事业组组长现聘定谢冰心女士担任。”

此次“妇指会”改组中，辞去保育组组长与儿童保育会总干事的陈纪彝，并不是共产党员，而是思想开明的基督教徒，曾留学美国，早在担任汉口女青年会总干事时，已与邓颖超和左翼人士交往。她政治上希望超然于党派之争，而对处于弱势地位的共产党人抱以同情态度。邓颖超不仅与她建立了良好关系，还指示中共党员和左翼青年尽力支持她的工作。比如中共党员徐镜平担任儿童保育组副组长，与陈纪彝配合默契，深得陈的信任。并且，在儿童保育组及战时儿童保育会中，活跃着大批中共党员，在基层保育院有一大批中共秘密党员担任保育院院长。蒋介石的侍从室高级幕僚唐纵认为儿童保育会及儿童保育院被中共把握，何应钦等国民党高层对这种情况甚为不满。

文化事业组组长一职，原由文化界知名人士沈兹九（中共秘密党员）担任。当时沈兹九吸收了一批中共党员和左翼青年在文化事业组工作。比如中共党员夏英喆、徐培影分别编辑《妇女新运通讯》半月刊、壁报资料；左翼青年郑还因编辑“妇指会”会刊《妇女新运》月刊；魏郁编辑《中央日报》副刊《妇女新运》周刊。形势日益恶化，沈兹九只得辞去组长的职务。事后由于教育部次长顾毓琇的推荐，宋美龄邀请著名作家谢冰心接任文化事业组组长。

总的来看，1940 年 10 月宋美龄赴港前后，“妇指会”的人事更迭异常频繁。沈兹九、郭见恩、刘清扬、史良等中共党员及左派人士先后辞职。宋美龄新聘任的各部门主管人谢冰心、胡惇五、李曼瑰、熊芷、黄翠峰，均为毕业于教会大学或留学美国的专家学者及社会活动家，似乎更体现非党派色彩。

不过这种改组，并不彻底。儿童保育会的一些成员和保育会内部事务，引起了国民党方面的限制破坏。

但是，国民党高层并没有放松对“妇指会”的监视和追究，军政部长兼参谋总长何应钦，在党政军有关会议上报告：女“共党”在重庆之集中所一为儿童保育院，一为妇女指导委员会；李德全、刘清扬、史良等早加入“共党”并担任为共党做掩护工作等。会上研究对策。

1941 年至 1942 年美国学者欧文·拉铁摩尔担任蒋介石的政治顾问时，与国共双方人士有许多接触，他描述在重庆看到的自相矛盾的现象：“一方面是蒋介石的特工机构，像戴笠和陈氏兄弟，他们正在迫害和跟踪左派人士，另一方面又有相当数量的左派受到国民政府内高层人士的保护。”

1940 年 7 月，国民党第五届中央执行委员会第七次全体会议通过了恢复设置妇女部以利妇女运动案。蒋介石希望宋美龄负责国民党的妇女工作。

1941年4月，国民党中央组织部召集各省市妇运干部在重庆举行全国妇运干部工作讨论会，代表们一致请求国民党中央执行五届七中全会的决议案，早日成立中央妇女部，并恳请宋美龄出任部长，宋美龄发表讲话，谢绝担任国民党中央妇女部部长，而只愿集中精力主持“妇指会”。以上种种情形，可见宋美龄与蒋介石在某些问题上还存在分歧。

五、宋美龄发话：不许伤害二姐

有人称赞蒋介石，说他虽然背叛了孙中山的事业，但没杀害宋庆龄。持这种看法的人，可能不了解事情内幕。其实，蒋介石很想，也不停地在做伤害宋庆龄的事。做不成，与宋美龄兄妹的抵制有关。

因为孙中山的关系，宋庆龄与蒋介石相识较早。但她对蒋介石从来没有好感。蒋介石请孙中山帮忙，向宋美龄求婚，宋庆龄第一个反对。

宋庆龄是一位女政治家，伟大的爱国者。她忠于孙中山的革命思想和革命事业，坚贞不渝。1927年，蒋介石、汪精卫相继发动反革命政变，屠杀共产党和革命群众。宋庆龄立即旗帜鲜明地反对这种背叛革命、背叛孙中山的三民主义和三大政策的倒行逆施。国民党左派邓演达被蒋介石秘密杀害，她当面严厉质问蒋介石，并于1931年12月19日在上海奋笔疾书《国民党已不再是一个政治力量》的声明，向全世界宣告：

当作一个政治力量来说，国民党已不复存在了，这是一件无法掩盖的事实，促成国民党灭亡的，并不是党外的反对者，而是党内的领袖。

1925年孙中山病逝北京，国民革命突然失却了领导以致中辍。幸而当时在广州的党内同志严格遵守他的遗教，以群众为革命的基础，使北伐能于短期内在长江流域取得胜利。但是不久之后，蒋介石的个人独裁与军阀和政客之间的互相争吵，造成了宁汉分裂，使党与人民之间的鸿沟日益加深。

残暴的大屠杀和恐怖迫使革命转入地下。国民党以反共为名来掩饰它对革命的背叛，并继续进行反动活动……忠实的、真正的革命者却被有意地百般拷打，以致于死。邓演达的惨遭杀害就是最近的例子。

她指出：

过去北洋军阀政客所不敢做的事，却在“党治”的名义下毫无顾忌地做出了。

她严正宣告：

虽然今天当权的反动势力在进行恐怖活动，中国几百万真正的革命者必不放弃自己的责任。反之，由于国家当前形势的危急，他们将加紧工作，朝着革命所树立的目标胜利前进。

这个声明用《宋庆龄之宣言》的大字醒目标题刊登在1931年12月20日的《申报》上，其他各报也陆续刊载，震惊中外。

她顶着血雨腥风，在白色恐怖笼罩全国的险境中，站在以共产党为首的革命人民一边。为此，不得不和亲爱的自家兄弟姐妹疏离。南京国民党选举她为中央执行委员，她拒绝出席，并发表不参与国民党任何工作的声明。

针对国民党的专制独裁，反民主、反人民的暴行，1932年，她和蔡元培、杨杏佛、黎照寰、林语堂等发起组织中国民权保障同盟，任临时全国执行委员会主席，领导这个组织营救被国民党逮捕关押的共产党员及其他政治犯。

蒋介石派出大批特务监视宋庆龄，并策划杀害宋庆龄。恐怖组织把她列入狙击名单，还曾密谋用撞车等卑劣办法加害于她。她收到多封恐吓信，有的还装着子弹。

让蒋介石不得不慎重考虑的，是宋庆龄在国内外有崇高的威信，更有宋家兄妹们这一关不好过。于是，先派特务杀害了该同盟的总干事杨杏佛，达到“杀杨儆宋”的目的。人们都明白，“暗杀杨杏佛，意在孙夫人”。但宋庆龄并没被吓倒，继续进行反蒋民主斗争。

西安事变爆发，宋庆龄从大局出发，赞成释放蒋介石，和平解决西安事变。国共合作抗日，宋家兄弟姐妹重新团聚。宋庆龄接受共产党的建议，出席国民党中央执行委员会。1937 年 2 月 10 日，中国共产党为了表示同国民党合作抗日的诚意，发出《中共中央给国民党三中全会电》，向国民党提出“停止内战，集中国力，一致对外”等五项要求，和“在全国范围内停止推翻国民政府之武装暴动方针”等四项保证。

15 日，国民党召开了五届三中全会，主要目的是制定国内和平统一的方针。

宋庆龄从促进国共两党合作、挽救中华民族危亡的大局出发，在她中断参加国民党中央的工作几乎整整十年之后，第一次参加了国民党的中央全会，并且领衔和何香凝、冯玉祥、张静江、李石曾、孙科、鹿钟麟、李烈钧、梁寒操、经亨颐等 13 人联名向国民党三中全会提出“恢复中山先生联俄、联共、扶助农工三大政策案”。

“提案”痛陈是否遵行孙中山三大革命政策关系国家民族的兴亡盛衰，指出：“近半年来，迭接中国共产党致我党中央委员会书函、通电，屡次提议国共合作、联合抗日，足见团结御侮已成国人一致之要求。”“应乘此机会恢复总理三大政策，以救党国于危亡，以竟革命之功业。”

18 日，宋庆龄更在 10 年之后，第一次登上国民党中央全会的讲坛，发表了题为《实行孙中山的遗嘱》的演讲，她正气凛然，慷慨陈词，首先唤起大家认识这次中央全会所担负的重大使命。她说：“在这民族生死存亡的关头，国民党三中全会在南京召开，全国人民的眼睛都焦灼地注视着它。”

鉴于批判亡国论、失败论，树立“抗战必胜”的信念，是促成国共两党团结抗日的一个必要条件，她在演讲中，一开始就抓住这个要害，狠批了畏敌如虎的“恐日病”。她针对亲日派汪精卫在全会上提出的坚持“剿共”的政治决议案，以及他们的反共叫嚣，义正词严地提出：“在今天居然还可以听到抗日必先‘剿共’的老调，这是多么荒谬！”

宋庆龄责问他们：“我们要先打断一只手臂之后再去抗日吗？”

最后，她以洪亮的声音，斩钉截铁地说：“一切内争是可以，并且应当和平友好地解决。内战必须不再发生。和平统一必须实现。”

七七事变之后，宋庆龄以国民党中央执行委员的身份，在国统区重庆，有时在香港，和共产党保持密切联系，同时进行宣传团结抗日、慰问伤病、救护难童等抗日救亡活动。

在国共合作、全国一致抗日的形势下，宋家姐妹重新团聚。宋蔼龄、宋庆龄在香港时，宋美龄身体不适，去香港休养，三姐妹搬到一起住。多少年来，第一次心安理得地摒除政治上的分歧，形成“联合阵线”。在这些快活的日子里，三姐妹一起聊天，一起烹饪，互相试穿衣服，重温孩童时代手足之间的温暖和谐。

宋氏三姐妹出席献机报国仪式

宋氏三姐妹都热衷于公益事业。1938 年，三姐妹在一起，微服去香港一家豪华的饭店察看民情，看到那些富商、经理、贵妇、小姐们依旧过着纸醉金迷的生活，便设法动员这些有钱人出钱，为祖国抗战贡献力量。在重庆，三姐妹也共同做抗日宣传、难童救济等工作。

宋庆龄在重庆期间，绝少去委员长官邸。宋美龄在黄山官邸为欢迎孙、孔两位夫人莅渝举行盛大欢迎会。蒋介石在会上致欢迎辞。宋庆龄出席并讲话。除此以外，据说宋庆龄整个在渝期间，除了在中常会开会、公共活动、集体宴会时和蒋介石见面外，从未私下和蒋介石会晤过。蒋介石发动“皖南事变”，宋庆龄十分愤怒；蒋介石对孙夫人也非常冷淡。此后，凡有蒋介石参加的家宴宋庆龄概不参加。

宋庆龄受到社会各界的尊重和爱戴，在重庆的报纸上，对宋庆龄都以“国母”称呼。蒋介石表面上对宋庆龄也够“恭敬”，但暗地里派出大批特务，暗中监视、牵制她的行动。他曾指使特务在日军飞机轰炸时，向宋庆龄住处投炸弹。宋庆龄知道特务们的伎俩，毫无惧色，屡次在公共场所，如中苏友好协会、沧白堂等处露面，宣传坚持抗战、反对倒退，教育和激励广大人民。

鉴于这种情况，宋美龄打电话给宋子文说：“你关照他们（指戴笠）一下，不准在阿姊那里胡来，如果我听到有什么的，我是决不答应的。”宋子文回答：“好的，我马上就通知他们。”戴笠听孔祥熙、宋子文的话，因为他常向孔、宋伸手要钱。

特务头子们遵照蒋介石的意旨，对宋庆龄要有所举动。而宋美龄对此则坚决反对。据说，戴笠非常为难，照蒋介石的意旨办，夫人不答应，闹出乱子来吃罪不起。他知道，委员长还是拗不过夫人，夫人是不好惹的。下面的

宋氏三姐妹在重庆与战时儿童保育会工作人员一起看望难童

人也都有所顾忌，所以特务们一直有所畏惧，不敢胡来。

抗日战争期间，宋美龄交代侍从室侍卫长俞济时，给宋庆龄安装了一部对外不公开的电话，以便于姊妹间的通话。她们之间的通话，均由军话台接通，而且多数是由宋美龄先呼唤：“接宋委员电话。”当时宋庆龄是国民党中央执行委员。宋美龄打给宋庆龄的电话，是经由长途军话台接转的，同时宋美龄也把长途军话台的秘密电话号码——“2080”告知了宋庆龄。“2080”电话，外界是不知道的，是长途军话台一个绝对保密电话，除用于蒋、宋等必要联系外，并充作中继线之用。宋庆龄每打进“2080”时，即说：“2080吗？接蒋夫人电话。”宋美龄利用长途军话台接转市内电话，而且又把长途军话台秘密电话号码告知了宋庆龄，这样，她们之间的市内电话，均由军话台接通了。

宋美龄用电话通话，一般对外国人和某一些官员，一律使用英语。但和宋庆龄通话，则用地地道道的上海话。她们两人的上海话，都讲得极为清脆流利。每次她们通话都是互相问候，聊家常，不谈政治，语气之间始终保持亲切、热情。

宋美龄保护宋庆龄，是出于亲情，那是她的亲姐姐，和政治无关；她并非反对蒋介石的特务政治。

宋家兄弟姐妹感情深厚，宋美龄以她的地位，极力维护宋家亲人的安全与利益，只要宋家的人和蒋介石个人或官方发生矛盾，不分是非，她都决不妥协。

对宋子文的袒护也是一例。宋子文自1927年抛开血浓于水的二姐宋庆龄后，到南京与蒋介石结成君臣关系，当蒋家王朝的财政部长，7年间，没少做贡献，也没少与蒋介石发生分歧。蒋介石穷兵黩武，没完没了地打内战。宋子文上台7年，蒋介石和共产党打了6次大仗。所需军费浩繁，宋子文筹款艰难。九一八事变后，蒋介石采取“攘外必先安内”的政策，宋子文认为打日本比“剿共”重要，两人产生分歧。1933年10月，蒋介石对红军发动第五次“围剿”，要宋子文每5天拿出166万元军费，宋子文表示：拿不出那么多经费。蒋介石口出不逊，两人发生冲突。蒋介石抡起大巴掌，打了大舅哥一记耳光。

这一野蛮无礼行为，引起宋氏姐妹兄弟震怒。霭龄、美龄、子良、子安，齐集子文家，一致决定，决不饶恕蒋介石，由宋美龄出面和蒋介石算账。宋美龄驱车回到家中，对蒋介石不依不饶。蒋介石向宋美龄承认错误，并保证以后一定善待大舅哥。

蒋介石心里不满意宋子文，但他履行对宋美龄的保证。10 月 27 日宋子文提出辞职，29 日国民党中常会、中政会批准。蒋介石在会上，大讲特讲宋子文的能力和贡献。离去只是工作的需要，另有要职安排，表示两人继续合作，共图大业。

国民党中政会决议，批准宋子文辞财政部部长和行政院副院长职务，由孔祥熙接任，但保留宋子文的全国经济委员会常委职务，并选为国府委员。事实上，宋子文离开财政部后，更加风光起来。1933 年 10 月，出任全国经济委员会主席；1935 年 4 月，兼任中国银行董事长；1939 年 10 月，兼任“四行联合总处”副主席；1941 年 11 月，国民党五届十中全会上当选为中央常务委员；1944 年 12 月，兼代理行政院院长；1945 年 5 月，正式被任命为行政院院长；1946 年 6 月，兼任全国最高经济委员会委员长；同年 10 月兼任行政院绥靖区政务会主任委员；同年 12 月，当选为制宪国民大会代表。

第九章　寻求美英支援和重视

西安事变后，南京政府准备抗日，但军队的武器装备远远落后于日本。中国既没有先进的军事工业，无法自行生产，也没有足够的外汇向西方发达国家购买武器，唯一的出路，是向苏联求援。1937年8月21日，中苏签订互不侵犯条约后，苏联提供给中国新式军事装备、优惠美金贷款，派遣军事顾问团、航空专家和飞行大队等，援助中国抗战。苏联的援助，为中国在最艰难的岁月里抵御日本侵略做出了贡献。

当时，世界上几个主要国家中，苏联援助中国；德国和意大利是日本的盟友；英国和美国在大战前期标榜“中立”和“不干涉”政策，并向日本出售武器，太平洋战争爆发后，援助中国比较积极。蒋介石通过多个渠道宣传中国的抗战，以引起国际上对中国抗日战场的重视，并进行交涉、谈判，争取美英援助。大量工作通过外事部门去做，他也亲自接待来使，出席国际会议，进行交涉、会谈。同时，宋美龄发挥她的优势，从事对外宣传，并利用治病的机会，以与罗斯福夫妇私人交往的名义，出访美国，在蒋介石的指挥下，向美英交涉，求援。

一、向世界揭露日军侵华暴行

1937年卢沟桥事变以来，宋美龄个人或和她的两位姐姐宋蔼龄、宋庆龄一起，利用各种机会，向美国各界，向世界各国，揭露日本帝国主义侵华暴行，宣传中国的抗战大业，批评“列国竟袖手旁观”，指出容忍与纵容日本军国主义肆虐，受害的不只是中国，在华外国人，乃至欧亚各国，均不能幸免，因为日军的野心是奴役全世界。

宋美龄在《向全印妇女发表的谈话》中说：

> 日本武装已经在贵国的大门口，他们会说：“我们是来解救你们的。”不要相信，这是谎言。日军在中国的暴行，会告诉你们，他们将做什么：

你们可知道在南京发生些什么？在我军撤离后，日本军阀搜出每一个壮年男子，一个个腕间用绳扎住，押他们走出城外，痛打后再拿刺刀去刺。之后，日人甚至懒得去用刺刀或手枪（杀他们），往往叫他们先掘好一个个的坟墓然后（将他们）活活埋葬了事。

宋美龄在讲演宣传中国抗战

他们对我们的孩子又怎样呢？日人先是俘虏，然后取出他们的血液做输血之用。他们并且把那些孩子们一船船地运出，被训练成危害祖国的奸细。我们曾发现很多的小间谍，他们自己说是经日人训练后来危害我们的。这种事情特别是发生于一九三二年日人占据我国东三省之后，是时成千成万的儿童都被运送离国去受特种训练，使之日后来颠覆祖国。

当日本军阀占领并攫取一个城市时，他们非但尽情抢劫一切，且戕害一般人民的灵魂，也即是尽一切可能来同时毁灭躯体和灵魂。有时当某些幸存的人民充任日人的苦力时，这些人竟然得到鸦片及海洛因作为工资的一部分。所以日本军阀实在是世界上最残暴而毫无人性的敌人。

她在广播谈话《告美国民众》中揭露：

日本军阀以为毁灭学校，摧毁文化机关，也可以到处自由行动，为所欲为。天津南开大学，河北女师及河北工业学院，既毁于炮火，日人尚不满足，还加了石油，把残余也烧成了灰烬。上海沪江大学，毁于日本重炮和空军的弹雨，吴淞同济大学则荡然无存，南京中央大学，南昌保灵女校，也遭到日本飞机的轰炸。此外，南通美国教会医院，真如红十字会医院，以及其他若干红十字会的救护处所，更遭到故意的轰炸。

她揭露日军对手无寸铁的中国百姓进行惨无人道的大屠杀：

请看日本的飞机，到处翱翔，躲避在黄浦江中的兵舰，亘延数十里，他们用整批的炸弹、大炮、机关枪屠杀中国无数的民众。请看家室市廛，有的焚毁于野蛮的火焰，有的被炸而化为灰烬。请看血流成渠，积尸遍野；请看盈千累万的中外难民，惊骇呼号，仓皇逃避，想苟全他们的生命。确确实实有千万的中国妇孺，家宅沦亡，无衣无食，除了孑然一身之外，一无所有。当他们想逃出上海这恐怖圈子的时候，请看罢，多么惨痛的飞来横祸，又降临到了他们的身上。数天以前，有几千难民麕集在上海南站，候车离沪，空中忽然飞来了日本的飞机，恣意地丢着炸弹，结果有三百无辜人民，血肉横飞，受伤的也在四百人以上。那车站的附近，并没有兵士，这种惊人的残杀，绝无理由。字林西报是英人在远东所办的领袖报纸，他的主笔对于这种野蛮行为，大声疾呼地说："是一种肆意戕贼人类的罪恶，超越想象的残酷。"只隔了几天以后，许多难民，乘车离沪，在距上海若干英里的松江车站，也遭到同样的袭击，于是又有三百多人粉身碎骨，同归于尽，另有数百人，身罹重伤，车上连一个兵士都没有。《大美晚报》是美人在远东所办的重要报纸，他的社论，对于第一次暴行，斥为"故意杀人"，到第二次暴行发生，又抨击谓"这种凶恶的行为，在字典中简直找不到一个适当的形容词"。距上海不远的常熟，那里也绝无军队，但在八月二十三日，日本轰炸机也飞到了，先在繁盛街市的一边，用机枪扫射人民，并以炸弹轰炸民房和商铺，然后再飞往另一边，干着同样恶毒的工作，直到死伤枕藉，街市为墟而止。这种残杀，目下正在我国进行，将来在他们强占的海岛上，或在上海日人郊球场上筑就了飞机场之后，那么残杀的程度，还不知道要怎样的剧烈？！

她在《复美国圣路易某君书》中，进一步揭露日军残害中国百姓暴行之广、之深。她说：

中国境内，凡是敌机飞得到的地方，都受着这种自天而降的死亡与摧残。从北方到南方，从东边到西边，到处都如此。数百万与战事完全无关的男女老幼，或死或伤，或家业荡然，流离失所。人口稠密的地方，因死亡和流散的结果，变成数千里倏无人烟，也是别国所从未有过的悲惨景象。中国历来水旱灾荒，牺牲了不少生灵，然而这些还只限于若干区域，至于日军残酷的屠杀，就广及全国，漫无限制了。全国的人民尽可能地往安全地带整批流徙。自上海至芜湖，襟湖带江，是世上有数的富庶繁茂之区，如今原有的人民已很少残遗的了，成群结队的轰炸机，得以毫无阻碍地任意飞行，从容散布死亡。他们所未及屠杀或未能毁灭的，再由海陆军来完成他们的使命。

未经屠杀或不及逃避的不幸人民，就遭到了更可怕的命运。各地女性，受到日军兽性的污辱，许多还被残杀，同时凡有作战能力的男子也给用枪弹或刺刀来结果了生命。除了被日军用作夫役者外，所有的青年都一批一批地加以杀戮。南京和杭州，日军到达之后，惊人的暴行就这样开始了。这种大城市中所有的情况，其他凡日军占领的村镇市集，莫不皆然。

而且华北华中完全没有两样，全都遭遇了这种打破历史纪录的杀人放火、奸淫劫掠的暴行。

她批评西方国家说：

所奇怪的是，列强竟都袖手旁观，完全没有考虑到制止日本军阀的侵略行为。世界原有国际公法保护非战斗人员的生命财产，列强政府当然不会允许日本军阀永远这样肆行无忌的。

她在《告美国民众》的广播讲话中说：

列强的签订九国公约，原欲避此巨劫，也为了特别保证中国的独立与完整，免受日本军阀的侵略。列强又曾订立巴黎非战公约，防遏战争，并且组设国联，用这双重的保障来制止侵略国家向弱国作无理的侵凌。奇怪的是，这些条约，今竟荡然不存，开历史未有的先例。更奇怪的是，积年累月逐渐形成的战时国际法，它复杂的结构，原是节制战时行为，保护非战斗人员的，竟也和这些条约同化了灰烬。所以我们今天重复回返到了弱肉强食的野蛮时代，不仅战士捐躯疆场，连他们的家属妇孺，也难幸免，这些都是日本军阀正在中国肆行无忌的行为。然而条约的崩溃，与夫二十世纪重复发现这种大规模残杀无辜的惨剧，文明各国也不能无咎。在一九三一年日本军阀强夺东三省的时候，列国曾纵容它的开端，到了一九三二年，日本轰炸睡梦之中的上海闸北居民，列国实纵容它的继续。而现在呢，日本再度大举侵略，铁蹄差不多踏遍了中国全境，列国竟也熟视无睹。

世界是一个不可分割的整体，日本军阀残害中国人民，不仅仅是中国的灾难，她指出：

世界各国，倘使果真默许日本军阀这种疯狂的屠杀和蛮性的摧残，那么人类文化，已到临末日了。

现在中国已开始抗战了。我们的抗战，不仅为了国家的主权，民族的生存，也为了维护国际条约的尊严，而各国反坐视着他们在华权益的横被摧残，在华侨民的被迫流亡，岂非怪事？各国采取这种畏葸懦怯的态度，在日本军人看来，是一种可忻幸的鼓励，因为他们以为欧美在远东的威望，已经毫不费力地给日本军阀扫荡无遗了。

二、蒋介石函电指导，宋美龄赴美求援

太平洋战争爆发后，蒋介石谋求与盟国，特别是美国协同抗日，求得支援，遂于 1942 年 11 月至 1943 年 6 月，派宋美龄赴美。据说蒋、宋的朋友，《时代周刊》的创办人亨利·卢斯，也劝蒋介石让宋美龄去美国演讲，“你让她去一次，比 30 个师都有用”。于是，宋美龄赴美就医，借机访美求援。

1942 年 11 月 16 日，蒋介石自重庆致函美国总统罗斯福说：

此次内子之病，承蒙鼎力协助，得以提前赴美早日就医，私衷至为感谢。并得乘此访问阁下与贵夫人，代中正亲致敬意，使中正更觉无上愉快，一若与贵大总统及贵夫人晤聚一堂也。内子非仅为中正之妻室，且为中正过去十五年中，共生死、同患难之同志，彼对中正意志之了解，并非他人所能及，故请阁下坦率畅谈，有如对中正之面罄者也。余深信内子此行更能增进余两人私交及扩展我两大民国之睦谊也。

宋美龄没有政府职务，也没被授予外交职权，作为蒋介石的私人代表，担负了与美国总统罗斯福及美国其他领导人士进行谈判交涉的重要使命。这期间，她的活动很多，主要是：通过多方交谈，了解西方国家的动向，随时电告蒋介石，有时根据蒋介石的意图，对问题发表见解；进行抗日和中美友好讲演，争取国际上的同情和支援；就中国抗战之需，与美方谈判、交涉，寻求军事经费援助；此外，蒋介石与史迪威有矛盾，根据蒋介石的意图，在罗斯福等人面前吹风，为驱逐史迪威造舆论。

美方与宋美龄会谈的都是上层重要人物，宋美龄在美孤独一人，单枪匹马感到应付不济，她曾向蒋介石提出，希望能让她大姐宋蔼龄前往美国相助，但未能如愿。宋美龄发给蒋介石的电报，都是经过宋蔼龄译转的。

宋美龄 11 月 27 日到美国纽约，由机场直接入医院治病。在机场迎接并陪同宋美龄到医院的，是美国总统罗斯福的特别助理霍浦金斯。

罗斯福夫人到医院看望，宋美龄表示：此次来美尽以私人看病，对美国政府并无任何要求。但宋美龄电告蒋介石：罗夫人谓，“罗氏正苦无法与兄讨论各种战后问题”，今有此机会，“对诸关系方案均可透彻作谈，尽量交换意见。况现正其时”。

宋美龄与美国总统罗斯福夫人合影

宋美龄与美国总统罗斯福夫妇及其他上层人士会谈，了解诸多情况，及时电告蒋介石。

当时比较敏感的问题有以下几个：

关于苏联：英国首相丘吉尔对苏联极其防范，但罗斯福认为苏联无赤化世界野心。俄国战后拟割据立陶宛、拉脱维亚、爱沙尼亚，而对巴尔干半岛、波兰、南斯拉夫等国，则要求经济优先权，即对非洲及远东，斯大林亦表示要求善后问题。战后即使俄进占其邻邦领土，罗斯福总统亦绝不因之而与俄开战。但罗斯福总统颇有自信，认为对斯大林定有方法约束与应付，深信战后俄国内部必有种种问题，即使抱有野心亦当无力赤化全球。唯斯大林认为战后德国必定变为趋向苏俄的社会主义国家。日苏双方均不愿起衅，故彼此均极敷衍，近日订立商约，西伯利亚俄运输量每月吨位变本加厉，故美极怕俄将美供给的租借军火输送日本。

关于开辟欧洲第二战场：罗斯福总统曾与斯大林多次电讯检讨，斯大林表示，只要美在欧开辟第二战场，则不拘任何地点。美参谋本部认为进欧战略有二：一是由意大利进攻，另一个是取道土耳其。罗斯福总统在战略上倾向于直接进攻意大利。

关于罗斯福总统与参谋本部预期战事结束时间：据称，1944 年战事当可结束，若运用得法，1943 年亦有可能。在罗斯福总统的判断中，最困难时期当为胜利后 6 个月，并谓最可怕者并非英，而反为美国本身，届时美国内部意见分歧，不听中枢领导。而在霍浦金斯的估计中，现能领导者唯罗氏一人。罗斯福总统对 1944 年竞选尚未考虑。

关于英国和丘吉尔：丘吉尔屡次对罗斯福总统表示，他全副精力完全集中于战事各种问题；战后则拟退休著书，故毫不闻问其他。美方对英国人民抗战持赞美态度，而认为丘吉尔只可为战时英国领袖，战后恐不足在领导地位。丘吉尔对缅甸海、陆、空总攻事仍未热心赞同，虽亦能口头答应，但觉其无诚意，届时未必履行。然缅甸原系英属地，中、英、美又为联盟国，罗斯福表示不便迫英实行。

罗斯福总统拟派现在共和党主席爱德华 · 富林为美驻华大使，此人与罗斯福已有 25 年交往历史，且罗对他甚是信任，虽富林氏对远东问题完全不谙，但此人尚属可教。

关于战后事宜，罗斯福的意向：大连、旅顺、台湾，中美海空军共用事，罗谓俟中国准备完妥之后，美即可退出。罗意高丽（注：应为朝鲜半岛）可暂由中、美、俄共管。前国联交日本保管的太平洋各岛，罗意战后可由联盟国接收组织暂时共管。

此外，还有缅甸、印度和甘地绝食等问题。

1942 年 2 月，蒋介石、宋美龄访问印度，会晤甘地

宋美龄把与每个人、每次的会谈，及时电告蒋介石，并就有关问题发表自己的意见。她特别关注两个问题：

一是中国的国际地位问题。英国首相丘吉尔到美国，向世界广播演说，建议战后由英、美、俄总揽一切，完全把中国摈弃门外。她特在芝加哥的演讲中，予以反驳。她向蒋介石汇报说：罗斯福本人以及美国报纸，同意她演说中的看法，美国方面决定，击败德、日，不分轻重，战后中国应列入四强之一。

她与霍浦金斯谈话后，给蒋介石的电报中说：

> 综合霍浦金斯谈话之印象，妹恐战后英、美、俄又将忙于己身利益，将置我国于不顾。妹意如善为准备，仍可在和议席上争得重要地位也。哀我国家民族徒赤手空拳，亦为兄所怅叹者，唯凭应付得当，或有所成。

罗斯福和丘吉尔在北非开欧战会议，宋美龄电告蒋介石：罗斯福已抵达非洲，斯大林亦被邀发言。美国政府热诚请俄参加，可知俄不可太欺。中国有无重要代表，不得实知。如以上会议并无预先知照我国，则未免太显露将来趋势。她说：

> 妹自抵美之后，即抱我国虽穷亦绝不作低头求人态度。盖我国民族之抗敌，乃为全世界人民之幸福而做此极大牺牲，非仅为中国谋久长之康乐……

此次非洲会议则可做我前车可鉴之一点者，乃因美国如居里辈乘机诋毁者，正不乏人，若在和议席上欲争取合法权利，亦非有力量方能有资格说话。换言之，赶快积极发展轻、重工业，在可能范围内千计百方，总需设法切实提倡创办。须知欧美各国初始亦仅赤手空拳也。若再沉于幻想，俟他国战后开始供给所需，或纸上空谈，或竟沉潜于以往头痛医头、脚痛医脚敷衍办法，则一切均将太晚矣。

二是英美对世界大战，注重欧洲，轻视太平洋各战区，所谓“先欧后亚”。宋美龄认为：她的历次演讲强调抗击日本的重要性，引起美方重视，美国国会军事委员会认为，美国在太平洋方面，目前继续缺乏大规模军事作战，结果恐将成为空前错误，以美国立场观察，日本实为主要大敌。现由国会议员 5 人组织小组委员会，刻与参谋总长马歇尔商议进行步骤，赴太平洋前线进行调查。

此外，关于联苏、联共问题，宋美龄主张，不透露与国内共产党分歧问题，“以免外人认为我不团结，更可欺凌。我若在可能范围内与俄国取得具体谅解，俾于国际上取一致态度，即操得团结力量，于我国以为巨得计”。

关于总反攻时机问题，她告诉蒋介石霍浦金斯来访，询问中国方面消息。妹告：云南战线我缺乏飞机侦察敌人动态及轰炸敌军，故未能做总反攻，待有充量飞机后，始能开始反攻。并告，兄对同盟国在东亚开始反攻，综合缅甸先决条件为：陆、空联军同时由中国及印度反攻；海上由英海军做有效封锁，三面围攻使敌无转息之暇。她向蒋介石建议：若暂不反攻则已，若我同盟国决先反攻，则兄坚决主张非有充分准备，然后须至完成目的方毕，绝不能轻举妄动也。

宋美龄在美国国会发表演说

1943 年 2 月 18 日起，宋美龄在美国各地发表讲演。2 月 17 日赴白宫，18 日向美国国会演讲，后向美国无名士兵纪念碑献花。3 月 1 日返纽约，赴市政府接受纽约市赠予“荣誉公民”称号。

2 日晚 10 时半在麦迪逊花园向美国民众演讲。4 日在福尔多阿斯杜力亚旅馆答记者问并向华侨演讲。6 至 8 日赴卫尔斯利学院演讲。19 日抵达芝加哥，接受市长授予的巨大金钥匙。25 日赴旧金山，到市政府接受该市金钥匙后，检阅海、陆、空军等。26 日举行记者招待会、赴宴会并演说。31 日抵达洛杉矶。6 月访问加拿大，在国会大厦演讲。

事先，2 月 12 日，蒋介石电示演讲要旨：

对美国会讲演，照来电所述之意甚妥。此外应注重各点，略述如下：

一、中、美两国传统友谊过去一百六十年间，毫无隔阂之处，是世界各国历史所未有之先例。

二、代表中国感谢美国朝野援助中国抗战之热忱。

三、今后世界重心将由大西洋移于太平洋，如欲获得太平洋永久和平，必须使侵略成性之日本，不能再为太平洋上之祸患。若欲达成此目的，必须太平洋东西两大国家之中、美两国有共同之主义与长期之合作。否则，步骤不一，宗旨不明，必授侵略者以隙，如此不惟二十年后，日本侵略者仍将为害于中、美，而且太平洋上永无和平之希望。

四、战后太平洋各国应以开发西太平洋沿岸之亚洲未开发之物资与解放其被压迫民族、使世界人类得到总解放为第一要务，盖如此方不辜负此次大战中所牺牲之军民同胞，乃能达成此次大战之目的。

五、中、美两国乃为太平洋上东西两岸惟一之大国，亦为太平洋永久和平之两大柱石，此两国同为民主主义之国家，且同为爱好和平之民族。将来太平洋能否永久和平与全人类能否获得真正幸福，其前途如何，实以此二大民主国家之主义与政策如何而定，而其责任则全在吾辈，即此一时代两国国民共同之肩上也。

随后，又于 13 日 3 次致电宋美龄，对前指示做补充。其中特别强调：

对国会讲演，语意切不可使听者觉有训示之感，亦不宜有请求之意，只以友邦地位陈述意见，以备其检讨与采择之态度。其次，应使听众能移其目光，留心于太平洋问题之重要。再次，认定日本为中、美两国共同之敌人，非根本打倒不可。再次，战后亚洲经济地位之重要，若不准备大量开发亚洲，尤其是中国之资源，则战时之机器与资本及技术将无所施用，必致废弃。若能以中国之物资与美国之机器，以中国之人力与美国之资本配合，则中、美两国百年内之经济皆无虑其缺乏，而世界全人类生活亦必能长足进步，增进其无穷之幸福矣。

宋美龄于2月16日回电：

文、元各电均悉，所告卓见非常感佩。妹向国会及各地演词，当予分别遵照电示，总以维持我国家尊严，宣扬我抗战对全世界之贡献，及阐明中美传统友好关系为原则。私人谈判，当晓谕美国当局以我国抗战之重要性；公开演讲，则避免细节，专从大处着眼，以世界眼光说明战后合作之必要。兄意如何？

宋美龄在美国国会和各地讲演中，本着她的“中国之抗战，乃为全人类而牺牲”思想，揭露日军暴行，介绍中国不屈不挠的抗战，及其对世界的贡献。同时，表示对美国的信赖与期望。她说：

日本军阀于占领南京及其他区域之后，如何实行其有计划之残暴手段；如何从事劫掠，并剥夺受惊民众之一切谋生工具；污辱吾人之妇女，逮捕所有壮丁，将其捆缚一处，如捆缚禽兽然；并强其自掘坟墓，最后则将其踢入墓穴，予以活埋。吾人之用意与战略，乃使敌人所夺取之每一寸土地，必须付代价且付重大代价，庶几吾人可在时间方面，消耗敌人使其趋于衰竭。惟争取胜利之意志，必须能对抗钢铁与高度爆炸弹之猛烈打击耳。中国在重大困难下之长期抗战，证明吾人对于局势之观察，在心理上与军事上均属正确。吾人皆知敌人之企图，乃使吾人体力因极度疲乏而丧失抗战意志。以故，吾人心志坚定，决不屈服。我历尽磨难之人民，虽已饱尝苦痛，对在上者，决无怨言，此真最足称道也。吾人誓将敌人驱出国境之决心，从未稍有动摇。吾国人民信仰美国与其他民主国家，最后必能确认吾人之所以作战，并非只为吾人本身。而所以与敌人继续作战者，在使各民主国家有从容准备防御之时间。于此余有所欲言，当罗斯福总统洞悉正义与强权对抗之意义与结果，而毅然采取措施，使美国成为“民主国家之兵工厂”，其卓越远见与经世宏才，实为吾人以及后世所不能不钦仰不置者。历史与后世对贵国总统坚定不移之信念，以及努力实现此种信念之道德勇气，将颂扬不已。中国人民于应付战时迫切与频繁之需求中，同时准备奠定一公正永久之和平，及努力从事建设一新世界，此则吾人所可引为自豪者。

针对此次大战重视欧洲、轻视亚洲的偏见，强调彻底击败日本的重要性，她说：

就现时流行之意见而言，则又似认为击败日本，为目前比较次要之事，而吾人首应对付者，则为希特勒。但事实证明，并不如此。且即为联合国家整个利益着想，吾人亦不宜继续纵容日本使其不独为一主要之潜伏威胁，且为德玛克利斯（Damocles）头上之悬剑，随时可以降落。

吾人慎勿忘日本今日在其占领区内所掌握之资源，较诸德国所掌握者更为丰富。

吾人慎勿忘如果听任日本占有此种资源而不争抗，则为时愈久，其力量亦必愈大。多迁延一日，即多牺牲若干美国人与中国人之生命。

吾人慎勿忘日本乃一顽强之民族。

吾人慎勿忘在全面侵略最初之四年半中，中国孤独无援，抵抗日本军阀之淫虐狂暴。

美国海军在中途岛（Midway）及珊瑚海（Coral Sea）所获得之胜利，其为向正确方向之前进步骤，显然无疑，惟亦仅为向正确方向之前进步骤而已。盖过去六个月在瓜达康纳尔（Guadalcanal）之英勇作战，已证明一项事实，即凶恶势力之溃败，虽尚需时而费力，最后必将到来。吾人站在正义与公道方面岂无英、苏与其他英勇不屈之民族为吾人忠实之盟邦乎？惟是日本侵略恶魔继续为祸之可能，依然存在。日本之武力，必须予以彻底摧毁，使其不复能作战，始可解除日本对于文明之威胁。

她赞美中美友谊历史，强调两国相近之处，对共同创造美好世界充满希望。她在讲演中用“手足”二字比喻相互关系，说：

“手足”一词，在中国恒用以表示兄弟间之关系。国际间之相互依赖，今既已如此普遍承认，吾人岂不能亦谓一切国家应成为一集合体之分子乎？

吾中、美两大民族间一百六十年来之传统友谊，从未染有误会之污痕，此在世界历史中，诚无出其右者。

余亦能确告诸君，吾人渴望并准备与诸君及其他民族合作，共同奠定一种真实与持久之基础，以建设一合理而进步之世界社会，使任何恣肆骄狂或劫掠成性之邻国，不复能使后世之人，再遭流血之惨剧……我中国人民根据五年又半之经验，确信光明正大之甘冒失败，较诸卑鄙可耻之接受失败，更为明智。吾人将有一项信念，即在订立和议之时，美国以及其他英勇之盟友，将不致为一时种种权宜理由所迷惑。

讲演很成功，陪同随员顾维钧回忆说：“她在美国各处，受到空前热烈的欢迎，尤其是罗斯福总统无微不至的关切照应，使她深受感动。例如，罗斯福把自己的特工人员和保镖甚至他的专用列车派给她用。事实上她是受着像女王般的待遇。”

然而，并非所有美国人都喜爱蒋夫人。一些人不信任她；有些人认为，她一身珠光宝气，衣绫罗、裹轻裘，顶多是一个娇气十足的势利小人；有人认为她演讲中的华丽辞藻，有哗众取宠的味道。宋美龄出院后，罗斯福夫人把她接到白宫住，一些报道指出，在医院和白宫住，她坚持要睡在丝绸床单上，这同中国人由于饥饿而在大街上奄奄一息的情景很不协调。她傲慢地对待医院和旅馆的工作人员，也完全证明她不是民主生活方式的真正倡导者。有一次，当宋美龄与罗斯福共同进餐时，罗斯福问她和蒋介石将如何处理战时煤矿工人的罢工，宋美龄用一个深色的长指甲在自己的脖子上划了一道，表示杀头，这使同桌的所有人惊讶不止。罗斯福大笑着对夫人埃莉诺说：“你看到了吗？”埃莉诺私下里说：“她对民主制度能够讲得很漂亮，但是她可不知道怎样实行民主制度。”

宋美龄赴美的重要使命是求援。她和蒋介石商定交涉事项包括：对在缅甸作战的支援，对中国国内抗战的军事援助，以及缅甸反攻计划等。

1943 年 5 月 7 日，宋美龄向蒋报告 5 月 3 日、4 日到白宫与罗斯福谈判结果，其要点为：

> 一、既往每月空运吨位分配，陈纳德三千吨、史迪威四千吨，希望上述总吨数增至一万吨。
>
> 二、妹要求供给空军二大队，罗（斯福）已允照办。据告陈纳德只要四个中队。
>
> 三、罗允在利都至两部尖纳路线造成时，美方当助我设法打到腊戌、曼德勒，使此路线不再为敌切断。此次谈判之一大收获，即英、美本拟将反攻缅甸计划完全放弃，经妹交涉，现美已允助我维持新路线，虽将来作战并不包括仰光为作战。据告美运卡车一千五百辆，现在赴阿富汗途中。
>
> 四、兄要美派三师赴缅，再三竭力交涉，罗始答应派一师海军陆战队协助抗敌，并允竭力与陆军部洽商其余二师等语。妹乃指出该师所需食料，不能由每月一万吨中拿吨位，罗亦答应。……（6 月 25 日，宋美龄电告蒋介石罗斯福应允二师赴缅甸作战，于 9 月准备完毕）
>
> 五、（子）文兄计划要求由美国空运总处拨给运输机数架，供给国内之用。妹主张，国内所需运输机，可另由美国供给 5 架，罗亦允照办。

1942 年的宋子文

宋美龄于 5 月 24 日又电告蒋介石：

顷据毛邦初报告，美方决定贷我 A24 机一百五十架，由四月份起在美交货；P40N1 机一百五十架，由五月份起交货。以上两项均定于十二月底交完。除 P40N1、P40 型之最新式者颇合我用外，A24 为一单发动机俯冲轰炸机，全航程仅四百五十英里，将来能否由定疆飞到云南驿，尚成问题。在援华活动作战亦因航程关系而被限制，故向美方提议，将一百五十架 A24 轰炸机改为 A24 者五十架、B24 者一百架等语。以上均为具体结果。

史迪威是在支援中国抗战方面有功的一位美国将军。太平洋战争爆发后，蒋介石即谋求与美、英、苏等国结盟，组建国际反法西斯战线。1941 年 12 月 31 日，美国总统罗斯福在征得英、苏政府同意后，向蒋介石正式提议建立中国战区，设立统帅部，以便统一指挥中国战区的中国、泰国、越南、缅甸境内作战的联合国军队。1942 年 1 月 4 日，联合国正式推举蒋介石为中国战区统帅，建立统帅部。1 月 5 日，蒋介石在重庆宣布就任中国战区最高统帅，中国战区由此正式建立。1942 年 3 月，史迪威来华，担任中国战区统帅部参谋长，兼美国总统代表、驻华美军司令及美国援华物资监理人。最初，蒋介石持欢迎态度，其后，二人间逐渐发生矛盾，除了对于中国抗战军事方面彼此意见不一致外，史迪威与中国共产党人接近，更使蒋介石不能容忍。矛盾不断发展、尖锐化。

蒋介石、宋美龄与史迪威将军

在蒋介石和史迪威僵持不下时，宋蔼龄、宋美龄姊妹曾出面斡旋。史迪威向这一对姊妹谈过对当时中国军队存在问题的看法，也曾经研究过改革的办法——让宋美龄代替何应钦，出任军政部长。史迪威曾表示“不想待在不受欢迎的地方”。宋氏姊妹劝史，要“大度一些，坚持一下”。宋蔼龄对史称：“你的星正在升起”，闯过这件事，你的地位就会比从前更为稳固。姊妹二人表示，将代史见蒋，对他说：史迪威只有一个目标，就是中国的利益，假如史犯了错误，那也是由于误解而非有意。试图促使两人关系缓和。

这次宋美龄到美国，蒋介石电示她与罗斯福拜别时，相机提出史迪威问题，不以正式要求撤换的方式，而乘机以闲谈的方式说出情况。宋美龄虽然没提撤换之事，但她到美国之后，就“毫不掩饰”她对史迪威的厌恶，说他不了解中国，参与指挥缅甸作战犯了大错误，等等。不过，据说罗斯福尊重蒋夫人，认为她是中国的实权人物，但并不信任她。她在美国的时间越长，她对总统的影响力就越小。

1943 年 6 月 29 日，宋美龄完成了蒋介石赋予的外交使命，乘美国专机启程回国，7 月 4 日到达重庆。

三、对丘吉尔的争取与争斗

七七事变爆发后，蒋介石就采取主动、积极的态度，争取英国的合作与援助。但英国对日实行“绥靖政策”，容忍、妥协，无意支持中国的抗战事业。

1939 年 9 月，英法对德宣战，欧洲战场的战事全面爆发。1940 年，德、意、日三国签订军事同盟条约《德意日三国同盟条约》。1941 年太平洋战争爆发，为了借助中国的抗日力量阻挡和牵制日军在太平洋的猛烈攻势，英美等国表示给中国以支持。12 月 23 日，中、美、英三国在重庆召开会议，达成《远东联合军事行动初步计划》。同一天，中英签订《中英共同防御滇缅路协定》。从此，中英成为反法西斯同盟国，共同抗击在缅甸日军，打通“英缅路交通”。中国抗日战场是亚洲主战场，中国承担着抗击日军主体力量的重任。而英国和美国，只是要中国服从他们的战略意图，把中国当作一个小伙计加以利用。决定盟国作战情报、后勤与军火分配的联合参谋部首长会议，把中国排斥在外。凡涉及世界大事，盖取决于英、美、苏三国。特别是英国这位盟友，对中国始终不够友好，不仅援华不积极，而且以宗主国对殖民地的姿态对待中国。对于战后中国理所当然地收回自己的领土香港，英国持反对态度。

香港地区包括香港岛、九龙和新界。1842 年英国通过鸦片战争强迫清政府割让香港，使之成为英国在远东的军事商业基地。1860 年第二次鸦片战争后，英国又强割九龙，“归英属香港界内”。1898 年，英国又逼清政府签订《展拓香港界址专条》，把位于深圳河以南、九龙半岛界限街以北及附近岛屿的中国领土，即所谓“新界”租借给英国，为期 99 年。这样现在香港地区就包括南北九龙及附近 300 多个大小岛屿，总面积 1061.8 平方公里。香港地区历来是中国领土，英国的强割及强租纯属侵略行为。

日本在偷袭美国珍珠港的当天进攻香港，不到 20 天，港英当局便竖起白旗乖乖投降。

抗日战争中，蒋介石借助中国抗战的力量，在中国人民要求废除列强在华特权的呼声中，趁势提出英国归还香港问题。

1942 年 4 月 23 日，蒋介石让宋美龄在《纽约时报》上发表《如是我观》一文，提出取消外国在华种种特权，在国际上造成舆论，同时，又通过外交途径向英美提出废约。为了利用中国抗日，英美两国协商后，于 1942 年 10 月通知中国，决定放弃在华特权，谈判另订新约。蒋介石在改订新约的谈判中，提出归还香港问题。但英国丘吉尔、艾登等决策性人物则一贯坚决反对归还。在 10 月召开的英国议会上，英外交次长白特拉克在答复关于香港地位的询问时，公然狂言“香港是英国的领土”。11 月 13 日，中方提出的《中英新约修订草案》建议，在条约中，并没有要求一下子归还整个香港地区，而只是要求先归还九龙，也被英国拒绝。

1943 年 11 月 13 日，开罗会议期间，蒋介石虽极欲提出香港问题，但又怕正面激怒丘吉尔，于是蒋介石和宋美龄拜会罗斯福，请他出面和丘吉尔商谈。罗斯福敦促丘吉尔归还香港，并说那里居民百分之九十是中国人，而且又离广州很近。丘吉尔愤然回复说，只要他还是首相，他就不想使大英帝国解体。之后，他还说，中国要收回香港，除非跨过他的尸体。1945 年 8 月 15 日，日军一投降，英国就将舰队驶向香港海面，打算重占香港。在英美的双重压力下，蒋介石屈服，承认英国占领香港。战后，地处大陆的九龙已在中国军队手中。由于蒋介石怕刺激英国，主动撤出了九龙的中国军队。

英国觊觎中国西藏，由来已久。1937 年抗日战争全面爆发，英方利用中国处于全力抗日的困境，意欲染指西藏为其缓冲地带，并加强对西藏的侵略。英内阁甚至预言，战后中英两国在未来外交上最大的争执和冲突来源，西藏问题必是其一。

1940 年夏，中国政府基于抗战需要，准备修筑一条东起四川、中经西藏控制下的西康察隅、西至印度萨地亚的公路，用以运送战略物资。但英当局认为该公路一旦竣工，不利于英国策动和支持的所谓“西藏独立”运动，故坚决反对。西藏地方政府在英、印政府支持下，对抗中央；1943 年 4 月，下令停止所有货物从印度经西藏运往中国内陆，公开进行“西藏独立”活动。蒋介石立即下令青海、西康、云南的驻军向西藏开进，中英危机一触即发。

同年 5 月 22 日，蒋致电宋子文要求其转告丘吉尔，对其再三阻碍中国抗战的行为必定予以强硬抵制。但丘吉尔竟宣称西藏为“独立国家”。蒋即令宋子文再透过罗斯福对此事进行干预，认为丘吉尔的言论“无异干涉中国内政”“首先破坏《大西洋宪章》”，并表明中国的立场：“西藏为中国领土，藏事为中国内政”，“对此不能视为普通常事，必坚决反对”。罗斯福与丘吉尔会谈，指出：“西藏现乃民国之一部分，与英国无涉。”

经过中方的一再交涉，英国战时内阁才不得不于 7 月 7 日通过“有条件地承认中国对西藏宗主权的决议”，但同时又声称“假如中国人试图搅乱西藏的自治，我们将会考虑撤销我们对中国宗主权的承认”。

在世界反法西斯战争中的战略上，蒋介石和英美有“先亚后欧”与“先欧后亚”之争，即同盟国是集中力量，先击败东方的日本法西斯，还是先击败欧洲的德国法西斯？丘吉尔是“先欧后亚”的主张者，而蒋介石则是“先亚后欧”的主张者。美国最初赞成“先欧后亚”，对中国的援助不是数量太少，就是迟迟不能落实。1942 年 6 月，美国军方甚至将原已确定加入中国战场的空军调往非洲。1942 年 11 月，宋美龄访美，针对“先欧后亚”发表了不同看法。1943 年 1 月，罗斯福、丘吉尔等在北非的卡萨布兰卡召开军事会议，确定以欧洲战场为重点。同年 2 月 12 日，蒋介石指示宋美龄游说美方，将战略重心转移到太平洋方面，首先打击日本侵略势力。宋美龄在整个访美过程中，也一直在为贯彻蒋的这一战略主张而努力。

丘吉尔坚持“先欧后亚”论。1943年3月21日晚，丘吉尔发表广播演说，明确提出，彻底消灭希特勒的法西斯力量之后，才能向东方的日本法西斯进攻。丘吉尔提议，美、英、苏三大国成立战后的世界机构，“总揽一切”，处理战后问题。

中国人民抗击日本侵略，从1931年起已历经12年，从1937年起也有6年。丘吉尔的演说完全无视中国人民长期、英勇的抗战历史，以高傲的姿态声称将在击败德国后到东方去“拯救中国”，并主张由美、英、苏协商成立联合国，将中国排斥在外。这一切，反映出他一贯的轻视、排挤、敌视中国的立场。

宋美龄听到丘吉尔的演说后，于3月22日晚，在芝加哥发表演说，不指名，但尖锐地批评丘吉尔成立战后世界机构的意见：

有若干人士之主张，对于战后各民族更密切之合作，不啻树立栏障，而犹自以为高明。

她指出：

良心告诉吾人，为防止将来之毁灭与屠杀计，不应专着眼于本国之福利，而应兼顾其他民族之福利也。

宋美龄演讲前，曾致电美国总统罗斯福，请他收听自己的演讲；演讲后，又主动征询罗斯福的意见。罗斯福表示，与宋有“同一感想”。美国国务卿赫尔告诉宋美龄，罗斯福正设法邀请美国“行政负责人”发表演说，“对付英国”。其后，纽约、芝加哥的报纸纷纷发表文章，肯定宋美龄的主张：“以后全世界各国不得专顾一国本身的利益，而应以全人类利益为制，努力益使防止战争之再发，维持永久之和平。”

宋美龄在演说中只能不点名地驳斥丘吉尔排挤中国、贬低战后中国国际地位的言论，不便在美国的公众场合公开批评一个盟国的领导人。因此，她派人联系美国上、下议院的外交委员会主席及各委员，请他们出面表态，就欧亚先后、战后中国务须列入四强及亚洲和平与中国关系等问题发表意见。3 月 25 日，美国国会民主党领袖麦克卡麦克发表演说称："当此必须击败希特勒纳粹主义之际，远东之重要性亦不容忽视，该处有残酷且居心恶毒之敌人与吾人对峙，吾人之英勇盟友中国，亦在世界战争中之另一战场奋斗。击败希特勒诚为首要问题，然吾人亦不能容许一种印象存在，即击败日本乃吾人考量中之次要问题。余深知容许此一印象存在，则其全亚洲尤其中国人民灰心未有逾于此者，远东方面必须以勇猛不怠及日益用力之态度从事作战。中国之自由独立乃美国人民所重视者。"他又说："中国于胜利之后，参加和平会议与国际会议，其地位非以一获救之儿童之地位参加，而自有其正当之地位。世界之未来和平须由美、中、英、苏四国维持。任何和平会议，如无蒋委员长领导之中国代表与其他联合国家之代表以平等之条件发言，则会议永远不能称为完善。"他明确声明："我们不能存有击败日本为次要之观念，中国必须出席和平会议，应有它合理之地位，并非为一被救之儿童。中国为四强之一，应决定将来之和平会议。"在麦克卡麦克之外，乔治、白朗等人也纷纷表态。同日，美国国务卿赫尔表示："东西轴心均应摧败。"由于美国政治家们纷纷表示不同意丘吉尔的观点，迫使正在美国访问，商谈美、英、苏三国合作的英国外交部部长艾登不得不出面发表演说，纠正丘吉尔的观点。

3 月 26 日，艾登在马里兰州议会演说，强调"整个战争不可分割"。他向中国保证，"英国将协助中国对日本进行作战，直至获得最后胜利而后已""且中国在战后之和平期间，将与美、苏、英三国分担完全之责任""中国不必怀疑吾人，吾人将不至忘记（中国）多年以来独立抵抗侵略之经过""各联合国家尤其美国、不列颠联合国、中国与苏联在平时与战时应共同行动"。艾登访美，本不打算发表演说，但美国舆论显然针对英国的错误主张，他不能沉默。在艾登发表演说的当晚，宋美龄立即向宋蔼龄通报说："以前我国对外人总抱请求、客气态度，以致外人认为老实可欺。丘吉尔经妹驳斥后，艾登在美本不打算演说，其所以突然改变方针者，实因妹芝加哥演说使然。丘吉尔前屡言英美同种血统关系，现艾登则谓自由乃个人之护照。丘吉尔完全不提中国，艾登则谓中国必为四强之一，实已改变论调。凡此种种，均系妹在美工作结果。”

对艾登纠正丘吉尔演说的谬误，宋美龄加以肯定。27 日，在旧金山通过秘书表示：“蒋夫人聆悉英外相艾登在马里兰州发表之演说后，曾谓中国得与彼具有明确思想及诚恳目标之发言人之国家结为盟邦，实引以自豪。”但艾登的一次演说不意味着英国政府决心改变多年来对中国的一贯恶劣态度。所以蒋介石认为，这不过是英国老牌殖民帝国的欺骗手段；所谓“四强”之说，只是一种“虚誉”。

3 月 28 日，宋美龄在旧金山记者招待会上讲话，强调美国实际上已受日本攻击，而德国对于美国的攻击迄今尚限于言论。指出：1941 年 12 月，日本偷袭美国珍珠港，这是 19 世纪墨西哥战争以来美国领土第一次遭到攻击，从此，美日进入交战状态。蒋介石很欣赏宋美龄的这一论点，认为它会对美国人产生影响，有助于改变美国长期奉行的重欧轻亚政策。

道理非常简单，英国在欧洲与希特勒作战，从民族利己主义出发，力主“先欧后亚”。太平洋战争爆发前，美国也主张“先欧后亚”，对中国抗日战争援助寥寥。日本偷袭珍珠港，已经打进美国大门，而德国与美国敌对还停留在口头上，美国继续持“先欧后亚”论，无异于开门揖盗。

美国人并不都认同丘吉尔的观点，和宋美龄的演讲很容易发生共鸣。4 月 27 日，美国明尼苏达州众议院议员兼众议院海军委员会委员梅文玛斯提出，联合国家必须改变卡萨布兰卡会议确定的战略，须同时认识日本的威胁，立即集中美国军力，对付太平洋上的“可怖之危机”。

5 月 11 日，丘吉尔率领庞大的代表团访美，与罗斯福及美国军方举行太平洋军事会议。在此期间，美国形成更强烈的支持中国、重视太平洋战场的舆论。14 日，纽约《每日新闻》刊出漫画：宋美龄与罗斯福、丘吉尔共坐，其间有巨大地球仪一具，宋美龄指着地球仪说：“尚有太平洋在。”另有漫画指出，美国对中国的援助“太少”“太迟”。17 日，美国参议院军事委员会委员陈德勒发表谈话，呼吁参议院和美国人民共同向罗斯福、丘吉尔施加压力，促进对日采取攻势战，而暂缓对德采取行动。陈称：美国如不将军事力量用于太平洋方面，则中国仍将遭遇重大困难之威胁。

舆论促使丘吉尔的态度有所改变，罗丘会谈做出了重视太平洋战场、加强支援中国，和中国联合、共同进攻侵缅日军的一系列决定。19日，丘吉尔在美国两院演讲，保证英国对日本立即发动“无休止、无怜悯性之战争”“现驻印度东部之大批英军与海空军，在对日作战中，必将居于显著之地位”。他并且向中国表示：保证给予中国以“有效与立时之援助”。这次演说中，丘吉尔也没重提所谓美、英、苏三大“胜利国”组建未来世界机构的问题。

蒋介石充分肯定宋美龄在反对丘吉尔的“先欧后亚”论和排挤中国战后国际地位上的贡献，曾说：“华盛顿罗丘会议结果对我中国战区之将来作战比前已有进步。”“此乃吾妻赴美最大之效用，比之任何租借案之获得为有益也。”

宋美龄访美，受到美国高规格接待和礼遇，英国效仿，外相艾登于1943年2月24日在下院宣布，英政府殷望蒋夫人访英。两天后，英国国王与王后通过英国驻美大使哈利法克斯邀请宋美龄访英，蒋介石觉得以英王与王后的名义邀请，礼仪隆重，“却之不恭”，指示宋美龄“应即应允”。

但3月21日丘吉尔发表的“先欧后亚”以及排挤中国的演说，蒋介石很生气。3月26日，蒋介石致宋美龄电云：“访英问题，不必肯定，亦不必答复。观丘吉尔21日演词，对世界问题仍无觉悟，对中国观念毫无变更，将来政治似无商榷余地。如吾人此时访英，将被视为有求于人，否则，亦只有为其轻侮，或反被其欺诈耳。”

驻英大使顾维钧，重视中英关系，主张中、英、美三国形成核心关系，因此赞成宋美龄访英。3月24日，专门飞赴旧金山，和宋美龄详细讨论访英的利弊，动员她“勉为一行”，宋美龄曾表示同意，但不久又以身体不适为由，取消访英计划。

不久，丘吉尔再次访问美国，准备和罗斯福举行第五次会谈，并召开太平洋会议。蒋介石希望宋美龄乘此机会与丘吉尔会晤，为此先后发三电。蒋介石特别叮嘱，在与丘吉尔会见时，如丘面约访英，则当面允其请。“以最近经验与国际形势，吾爱能顺道访英，实与中国有益也”。

丘吉尔抵达华盛顿后，罗斯福夫人立即到纽约会见宋美龄，告诉宋，丘吉尔愿意有机会见见蒋夫人，她相信重庆也愿意蒋夫人会见丘吉尔。5月16

丘吉尔的傲慢态度，让宋美龄气愤不已

日，顾维钧得到通知，罗斯福总统将邀请蒋夫人于23日（星期五）到白宫参加午宴，与丘吉尔会见，以期缓解两国的紧张关系。宋美龄还是以已与医生约定打针时间为由，而断然拒绝了这次邀请。5月26日，宋美龄亲自对顾维钧说，丘吉尔目中无人，一定要她去华盛顿见他，她谢绝了。因为在国际关系和个人关系上，礼仪和尊严都至关重要，必不可少。宋美龄告诉顾，肯尼迪曾告诉她，丘吉尔非常想和她见面。当顾表示这样当然可以给丘吉尔脸上增光时，宋美龄立即表示："放心，不会帮他这个忙。"

蒋介石不赞成宋美龄拒绝与丘吉尔会晤的决定，认为她不愿与丘吉尔会晤，固执己见，而置政策于不顾。据说，当罗斯福听到宋美龄拒绝到华盛顿会见丘吉尔时，曾经惊呼："那个女人疯了！"多年以后，顾维钧在撰写回忆录时也表示："原因可能是妇女往往比较主观，或许蒋夫人在这件事情上又比较感情用事。我不知道她是否曾和委员长充分商量过。无论怎么说，被邀访英和在美国未同丘吉尔会晤这两件事，处理欠妥。我对两事均甚惋惜，我深知英国人也不愉快。"宋美龄则认为，"无论如何我在政治上没有外交部长之类的职务，所以有条件表现坚决一些"，令英方十分尴尬。

四、开罗会议，蒋、宋最光彩的时刻

1943年10月28日、11月1日和11月9日，美国总统罗斯福先后三次致电蒋介石，建议在埃及的开罗召开中、美、英三国首脑会议。11月12日，赫尔利以罗斯福特使身份来到重庆，与中方就开罗会议预先交换意见。赫尔利解释了罗斯福的用意，并强调：关于亚洲问题，中英两国如有分歧，罗斯福可以第三者的身份从中调解。

这个同盟国三国（中、美、英）首脑会议，将讨论与中国和亚洲有关的重大军事、政治问题，包括联合对日作战计划和战后处置日本问题。这是第二次世界大战期间，同盟国召开的十几次最高级会议中唯一有中国参加的一次。

近代以来，中国积贫积弱，在世界上处于被欺凌、被歧视的地位。在世界反法西斯战争中，中国军民苦战奋斗，流血牺牲，抗击东方法西斯日本侵略军主力，担负着亚洲战场主力军的重任，终于使英美不得不改变对中国的态度，开始重视中国的地位和影响，中国在国际事务上有了发言权。参加中、美、英三国最高首脑开罗会议，是中国孤军抗战、打出亚洲、走向世界、加入同盟国、被承认为世界四强之一的标志，表明中国在世界上的地位的上升。

蒋介石作为中国国家领导人，代表中国出席会议；宋美龄作为蒋介石的翻译、秘书和顾问，陪同前往，受到国内外的瞩目。

11 月 18 日，蒋介石在宋美龄的陪同下，与国防最高委员会秘书长王宠惠、军事委员会办公厅主任商震、侍从室一室主任林蔚、航空委员会主任周至柔、中宣部副部长董显光、侍卫长俞济时等 16 人，自重庆乘飞机启程，飞往开罗，21 日抵达开罗郊外的培因机场。

11 月 23 日，开罗会议开幕。三巨头中，蒋介石 56 岁，罗斯福 61 岁，丘吉尔 69 岁。罗斯福满怀热情，丘吉尔心不在焉，蒋介石则是抱着讨价还价的目的参加了会议。

宋美龄作为蒋介石的翻译、秘书和顾问，全程参加了三巨头会谈

这是一次规模很大的聚会，所有知名的英美军官都参加了。宋美龄是与会者中唯一不穿军装的女性。

罗斯福担任会议主席。他首先致简短的开幕词："今日开会仪式虽简，但本会为历史性的会议，因为这是美、英、苏、中莫斯科会议四国宣言之具体化，影响所至，今后将达几十年。"

会上，蒋介石夫妇要求英国协助反攻缅甸，争取美国更多军援物资和贷款，并收回被日本占领的东北及台湾、澎湖等群岛。

会议期间，罗斯福通过与蒋介石夫妇的面谈，产生了这样一种印象：国民党办事效率低下，政治腐败，军队战斗力不够强，蒋介石把反共看得高于一切，军援物资也可能被囤积起来对付中共，因此对反攻缅甸的计划产生了动摇。

然而中国仍是美国 B-29 型远程轰炸机的有效基地，中国战场仍然消耗着日军的主力，为了最后战胜日本，没有中国军民的抗战是无法想象的。罗斯福曾对他的儿子埃利奥特说："如果中国屈服，会有多少日本军队脱身出来？那些部队会干什么呢？会占领澳大利亚，占领印度，会像摘桃子一样轻而易举地占领那些地方。然后长驱直入，直捣中东……那将是日本和纳粹的钳形攻势，在近东某处会合，完全切断俄国同外界的联系，瓜分埃及，切断经过地中海的所有交通线，难道不会这样吗？"而且，他还有更长远的想法：中国战后应成为一个名副其实的大国，这个东方大国首先要站在美国一边，以填补日本留下的真空，并成为抵御苏联的广阔的空间地带。"在同俄国的任何严重的政策冲突中"，国民党中国将"站在我们这一边"。

基于以上考虑，尽管丘吉尔直到开罗会议结束时还一直坚持在缅甸作战，英国不承担任何义务，可罗斯福还是一再保证，英美将在南缅出动海空军配合中国作战，援华物资也尽量供应；同时，要求重庆政府与苏联友好，国共两党要联合，以增强中国的抗战能力。

关于缅甸作战计划，蒋介石和丘吉尔意见不一，曾多次晤谈，寻求一致。

23 日下午 7 时，蒋介石和宋美龄出席罗斯福举办的晚宴。双方私下进行了会谈，一直到深夜才结束。在座的只有罗斯福、霍普金斯及蒋介石夫妇

4人。双方会谈的内容非常广泛，战后问题是交谈的主题：

一是关于领土问题。中美双方一致同意，“日本攫取中国之土地应归还中国”，包括东北四省、台湾及澎湖列岛。对琉球群岛，蒋介石夫妇提出由国际机构委托中美共管。目的是可使美国安心，以免将来发生争议时处于孤立地位。对于香港，罗斯福提议：“由中国先行收回，然后即宣布与九龙合成为全世界的自由港。”蒋介石夫妇深以为然，希望美国从中疏通，使中国至少能收回九龙，但遭到丘吉尔的断然拒绝。关于太平洋上日本所强占的岛屿，双方认为应永久予以剥夺。

二是关于对日本的处置。罗斯福指出，美国内舆论要求追究天皇的战争责任，废除日本天皇制。蒋介石答：“这个问题，我认为除了日本军阀必须铲除、不能再让其起来干预日本政治外，至于他国体如何，最好待日本新进的觉悟分子自己来解决……我们应该尊重他们国民自由的意志，去选择他们自己政府的形式。”关于对日本的军事管制，罗斯福希望以中国为主，以减轻美国对远东的负担。蒋介石夫妇认为应由美国主持，中国可以派兵协助，究竟如何处理，可视将来情况再定。蒋介石夫妇还提出战争赔偿问题，战后日本在华的公私产业应完全由中国政府接收。罗斯福表示赞成，允许日本以实物作为赔偿。

三是关于战后中国的国际地位。罗斯福希望在战后保持中国的大国地位，与美、英、苏共同担负维持和平的责任。蒋氏夫妇欣然应允。

四是关于中美合作。罗斯福提出，为维护太平洋和平，战后美国应在太平洋各基地保持足够的军队，中美双方应做出安排以便互相支援。蒋介石夫妇非常欢迎美方这一提议，要求美国帮助装备中国的陆海空军，并提出将旅顺作为中美双方共同的基地。这样做的目的显然是针对中共与苏联的，对此，罗斯福并未做出承诺。关于经济合作，蒋介石夫妇提出战后中国经济建设的任务艰巨，迫切需要美国提供贷款形式的财政援助及各种类型的技术援助。罗斯福表示对此将做周密而切实的考虑，实际上美国是要以“门户开放、机会均等”即全面开放中国市场为条件，这一点在1946年的《中美友好通商航海条约》谈判中暴露无遗。事实上，蒋介石夫妇所得到的仅是一句空洞的保证。

五是关于中国周边国家朝鲜、印度支那和泰国的独立问题。蒋介石夫妇从中国长期受外国压迫的民族主义立场出发，提议让这些国家取得独立。对于朝鲜，蒋介石支持流亡在中国的李承晚临时政府，但美国认为这种海外组织与其国内人民联系极少，不便予以支持，还要考虑到苏联的态度，因此罗斯福只同意朝鲜独立的原则，对支持临时政府未明确表态。其后，丘吉尔采取了同样态度。苏联在后来的德黑兰会议上也同意支持朝鲜独立，然而在由谁来组成独立后的朝鲜政府问题上，各国的目标并不一致。在越南问题上，蒋介石积极扶植越南革命同盟，支持越南国民党的"亲华、反法、抗日"运动，鼓吹越南独立，但对胡志明领导的越南独立同盟却不予以支持。后在英法的坚决反对下，蒋介石夫妇不再提出让越南独立，而是国际托管，由中美两国尽力帮助越南在战后独立。具体做法是，由中、美、苏、法、菲律宾各派一人，另选越南两人，成立托管机构，训练越南人建立自治政府。罗斯福表示认可。

另外，蒋介石夫妇与罗斯福还谈到了中国国内问题，尤其是关于中国共产党的问题。蒋介石一再辩称中共并非仅仅是内政问题，是苏联"赤化中国"的工具。他们勾画了一幅共产国际利用亚洲共产党"赤化"亚洲的可怕前景，建议美国从各方面防止共产主义在远东的蔓延。他表示，中国可以向苏联做出某些让步，包括大连成为国际托管下的自由港，向苏联开放，但要求苏联必须支持中国国民政府，不支持中共。罗斯福则要求蒋介石以政治方法解决中共问题，在战争尚在继续进行的时候与延安方面握手，组织一个联合政府。罗斯福有自己的打算，他希望战后有一个稳定的合作的大国作为美国在远东的伙伴，发挥更大的作用，以遏制日本，对抗苏联，参加对原殖民地的国际托管，从而加强美国在远东的地位。他曾对艾登外相说过："中国既不会侵略，也不会成为帝国主义，而可成为抵消苏联力量的有用平衡力量。"所以他不希望国民党在内战中消耗力量。

蒋介石夫妇与罗斯福的会谈是"非常融洽"的，但会谈是在私下进行的，双方对会谈中所谈及的各项内容均不负义务，这使蒋介石的开罗之行大为逊色，特别是在要求10亿美元贷款一事上也未得到圆满答复。

开罗会议中罗斯福（坐在中间者）与蒋介石、宋美龄交谈

宋美龄随同蒋介石还与罗斯福进行过个别会谈，他们的会谈未做正式记录。根据1957年台湾就美国国务院外交文件编纂处提供的中方记录英译文记载：

关于中国的国际地位：罗斯福表示，中国应取得四强之一的地位，并平等地参加四强机构，参与制定该机构的一切决定。蒋介石答称，中国将欣然参加四强的一切机构和参与制定决定。关于中国的领土：蒋罗双方同意，日本用武力从中国夺去的中国东北四省、台湾和澎湖列岛，战后必须归还中国。经谅解，辽东半岛及其两个港口，即旅顺和大连必然包括在内。罗斯福一再问，中国是否想要琉球群岛。蒋介石答称：中国愿由中美两国共同占领该群岛，最后，在一个国际组织的托管下由两国共管。罗斯福还提出香港问题，蒋介石建议，在进一步考虑之前，请罗斯福跟英国当局讨论一下这个问题。

经过几天的会谈，开罗会议接近尾声。11月26日，中、美、英三国首脑聚会于罗斯福的寓所。虽然是军事会议，可参加会议的人都身着便装，唯独蒋介石像往常一样穿着整整齐齐的呢料军服，系着武装带，格外显眼。

罗斯福说："我们今天将宣布《开罗宣言》，这对我们都是一个重要的日子。"

蒋介石、罗斯福、丘吉尔最后审定了宣言稿，各方约定由罗斯福、丘吉尔会晤斯大林后再发表。26 日，开罗会议结束，会议通过《开罗宣言》，向全世界宣告："三国之宗旨在剥夺日本自第一次世界大战开始后所夺得或占领的一切岛屿；在使日本所窃取于中国之领土台湾、澎湖无条件地归还中国！"

这天下午，蒋介石夫妇在第一号别墅举行茶会。赴会的英方人士有中东大臣凯西、外相艾登、丘吉尔的二女儿、布鲁克上将、驻苏大使卡尔等；美国方面有罗斯福的儿子、驻英大使魏南特、驻苏大使哈立曼等。作为女主人的宋美龄，谈笑风生，招呼着各位来宾，始终是晚会的主角。相比之下，蒋介石倒大为逊色，他听不懂夫人和这些人"咕噜咕噜"说些什么。

在开罗会议中，宋美龄作为蒋介石的翻译、秘书和顾问，始终陪在他身边，为他出谋划策，针对会议中出现的任何问题她都与会讨论，可以说对会议的全过程，她比蒋介石了解得更彻底、更明确。

她的外交才能又一次得到了展示，给人们留下了很深的印象，以至罗斯福返美后，对记者说："在开罗，我所知道的都是蒋夫人向我讲的她丈夫如何如何，以及她是怎样想的。她总是在那儿回答所有的问题。我可以了解她，却根本看不透蒋先生。"

有评论说：

> 1943 年开罗首脑会议是宋美龄政治生涯的顶点，也是蒋介石走向末路的开端。

11 月 27 日，蒋介石和宋美龄乘机飞离开罗，次日晨，到达印度兰姆伽营地。在那里，他们受到了中国驻印官的热烈欢迎。蒋介石夫妇会见了驻印军将领孙立人、郑洞国、廖耀湘等。12 月 1 日，蒋介石夫妇回到重庆。

第十章　发动反共内战，走入歧途

抗战胜利日，是蒋介石的威望达到顶点之时，也是开始衰落之时

抗战胜利后，经过国共重庆谈判和1946年的中国政治协商会议（以下简称“政协”），确定两党继续合作，国家实行国会制、内阁制、省自治政体，中国曾出现和平民主建国的一线希望。

然而，蒋介石又犯了1927年的老毛病，一心独占抗战胜利果实，容不得昨日的合作者存在。重庆谈判和政协会议的过程中，就迫害爱国民主人士，接二连三地进犯解放区；1946年6月26日发动全面反共内战。

宋美龄仍然把蒋介石背信弃义、以武力称霸中国的反共内战，视为“英雄”行为，予以支持，积极配合。

这一仗，与抗日战争不同，不得人心。人民大众站在共产党一边，国民党的军队没有士气，输了。

一、和谈背后暗藏杀机

蒋介石一直把共产党视为心腹之患。本来，他指望八路军和新四军到敌人后方去作战，危险大，牺牲多，可削弱五分之二的力量。然而，与他的愿望相反。

抗战胜利后，蒋介石了解全国各种武装力量情况，看到共产党领导的八路军、新四军由1936年的3万人发展到120万人，敌后抗日根据地也大发展，桂系等地方实力派的军事实力还相当雄厚，他甚为恼怒：“打了八年，怎么还有这么多？”

消灭共产党是蒋介石的既定方针。但抗战胜利后，全国一片和平呼声，国际舆论不支持中国内战。蒋介石于是摆出一副“和平”姿态，于1945年8月14日、20日、23日连发三电邀请毛泽东到重庆进行两党和平谈判。

1945年8月14日发出第一封邀请电：

毛泽东先生勋鉴：

倭寇投降，世界永久和平局面，可期实现，举凡国际国内各种重要问题，亟待解决，特请先生克日惠临陪都，共同商讨，事关国家大计，幸勿吝驾，临电不胜迫切悬盼之至。

蒋中正　未寒

8月16日毛泽东回电，不谈是否接受邀请问题，要求蒋介石先对朱德8月16日的电报作出答复。因为8月11日蒋介石命令八路军原地驻防待命，不许向日军进攻和受降，剥夺八路军对日军的受降权。朱德电报则提出六项主张，其要点为：解放区一切抗日人民武装力量，有权接受所包围的日伪军投降，收缴其武器资财；解放区军队所包围的敌伪，由解放区军队接受投降，国民党军队所包围的敌伪，由国民党军队接受投降。毛泽东的回电说：

未寒电悉：朱德总司令本日午有一电给你，陈述敝方意见，待你表示意见后，我将考虑和你会见的问题。

蒋介石以为毛泽东不肯到重庆，为了使毛泽东处于尴尬境地，便发出更加恳切的第二封邀请电：

……抗战八年，全国同胞日日在水深火热之中，一旦解放，必须有以安辑之而鼓舞之，未可蹉跎延误。大战方告终结，内争不容再有。深望足下体念国家之艰危，悯怀人民之疾苦，共同勠力，从事建设。如何以建国之功收抗战之果，甚有赖于先生之惠然一行，共定大计，则受益拜惠，岂仅个人而已哉！特再驰电奉邀，务恳惠诺为感。

蒋介石把话说到这个程度，毛泽东不来，就背上不息内争、不体谅民生疾苦、不以国家民族利益为重之罪名。

周恩来太知道蒋介石的为人了。张学良被蒋介石扣押的事实，记忆犹新。毛泽东去和蒋介石会谈，他不放心，解放区的军民都不放心，爱国民主人士也不放心，国统区的朋友们更不放心。周恩来主动向中央请缨，让他先赴重庆。

22 日，毛泽东回电蒋介石，通知他周恩来准备赴渝。

毛泽东还是不来重庆，蒋介石更加兴奋了。他还非要毛泽东来不可，准备等毛泽东再一次拒绝时，就在世人面前，将不要和平的责任加在共产党人身上，于是又发出第三封邀请电：

未养电诵悉：承派周恩来先生来渝洽商，至为欣慰。惟目前各种重要问题，均待与先生面商，时机迫切。仍盼先生能与恩来先生惠然偕临，则重要问题，方得迅速解决，国家前途，实利赖之。兹已准备飞机迎迓，特再驰电速驾。

8 月 23 日，中共中央召开政治局扩大会议，毛泽东欲亲赴重庆谈判，会议通过。会议并提出现阶段的任务是争取和平、民主、团结建国。

毛泽东第二天就给蒋介石发出回电：

梗电诵悉：甚感盛意。鄙人亟愿与先生会见，共商和平建国之大计，俟飞机到，恩来同志立即赴渝进谒，弟亦准备随即赴渝。晤教有期，特此奉复。

毛泽东的回电，让蒋介石颇感意外和被动，这不是他希望的结果，他没有这个思想准备。CC（Central Club 中央俱乐部）派领袖陈立夫有言：毛泽东果真来渝，无异于政府承认其对等地位。然蒋氏假戏真做，已经是覆水难收了。

1945年8月28日，专程迎接毛泽东去重庆谈判的张治中、赫尔利与中共中央领导人在延安合影。左起周恩来、赫尔利、毛泽东、张治中、朱德

8月28日，毛泽东、周恩来、王若飞等飞抵重庆。经过40多天的谈判，于10月10日签订了《政府与中共代表会谈纪要》（即《双十协定》），确定了两党避免内战、长期合作、和平建国的基本方针。

可是，说归说，做归做，写在纸上的协定也不算数。就在毛泽东到达重庆的第二天，8月29日，国民党向各战区下令，印发蒋介石在十年内战时期编发的《“剿匪”手本》。同时美军用飞机把蒋介石的军队运往内战前线，边谈边打，并准备向共产党发起全面进攻。

重庆谈判期间，毛泽东与蒋介石合影

蒋介石也不打算放过毛泽东。毛泽东到重庆，蒋介石嘴上欢迎，心里想着扣留“审治”毛泽东。谈判后期，9月27日，蒋介石把谈判对手毛泽东丢下，偕宋美龄飞往西昌静养，实际是思考策划“审治”毛泽东这件事。10月8日，八路军驻重庆办事处秘书李少石被枪杀身亡，重庆全城震惊。传说国民党特务将采取对毛泽东不利

的行动，民主人士忧心忡忡地建议毛泽东："重庆气候不佳，不如早返延安。""三十六计走为上。"

扣押毛泽东，不那么容易。毛泽东来重庆的安全，美国大使赫尔利是做了保证的。苏联也不好惹。国内舆论更使蒋介石不能不顾忌。尽管他对毛泽东恨之入骨，还是不能公然动手。10 月 10 日，《纪要》签字那天，国民政府对抗战有功人员授予"胜利勋章"，蒋介石把毛泽东、朱德、彭德怀、叶剑英、董必武、邓颖超列入授勋名单。人们看到了蒋介石奖赏毛泽东的一幕，可那是虚伪的。

10 月 11 日，毛泽东在张治中（左）等人的陪同下乘蒋介石的专机离开重庆回延安。蒋介石的代表陈诚（右）以及各界人士到机场送行

历史真相是不会永远被掩盖的。10 月 11 日，早上，蒋介石和毛泽东做了最后一次直接商谈。之后毛泽东在张治中陪同下，乘机回延安。据张治中的女儿张素初回忆："后来听说路上曾出现险情。"20 世纪 80 年代任纽约《中报》社社长的傅朝枢告诉她："他曾当过山西省军阀阎锡山的机要秘书，见到一份机密文件，计划在毛回程路上经过西安时，对他下手。"后因张治中陪同"未能执行"。

蒋介石对毛泽东的谋害，归根结底还是要消灭共产党。据其第四方面军司令官王耀武记述：《双十协定》墨迹未干，11 月 11 日，蒋介石就在重庆召开军事会议，准备全面进攻解放区。12 月底，他接到蒋介石的电令：驻长沙的第四方面军司令部及直属部队，开往武昌南湖集结，并令他赴重庆见蒋。他到重庆先见到军务局局长俞济时，“俞是蒋的亲信，与我也很好。俞约我于午后6时到他家里吃饭。那天晚上我与俞济时在长谈中，谈到国共问题时，他说：‘委员长一向视共产党为心腹之患、劲敌，不消灭他们，他是不甘心的。现在我们不断地向华东、华北、东北调动部队，还发了《“剿匪”手本》，把对日作战的军事指挥机构名称，改为对内作战的军事指挥机构名称。这些措施都是准备与共产党打的。我看国共两党的问题，最后还是以武力来解决，和谈不会有好的结果。你准备作战吧。’我接着说：‘如若打起来，战事绝非短时间可以结束。’俞说：‘不要多长的时间。’”

二、唱黑脸，唱红脸

1946年1月10日，在重庆召开中国政治协商会议，通过了《和平建国纲领》，关于政府组织，效仿西方国家政体，实行两党或多党制、国会制、内阁制、省自治原则。

善良的人们，期待中国进入和平民主建国的新时期。然而，重庆谈判和政协还在进行中，国民党军队就奉命进攻解放区，造成边谈边打的局面。政协闭幕不久，1946年6月26日，国民党军队就大举进攻中原解放区，反共内战全面爆发。

发动反共内战，蒋介石犯了两大错误：一是违背民心，一是错误估计形势。

近代以来，由于帝国主义侵略和军阀混战，中国人民饱受战乱之苦，期盼天下太平。抗战胜利，中国需要休养生息，两党和谈，出现了和平的一线曙光。谁发动战争、破坏和平，谁就不得民心。

国共双方力量对比悬殊。国民党军队430万，拥有3亿以上人口的地区，有美国援助的现代武器装备及各种军火物资和美元，还有驻华美军113000人。而人民解放军120多万，基本上是“小米加步枪”，只有1亿多人口的解放区，还没连成一片。蒋介石满以为共产党不堪一击，3至6个月就可以消灭共产党。可是，他的估计错了，原因就在于忽视了人心向背在战争中的重要作用。

内战开始，国民党的军队气势汹汹，猛打猛攻，扩大占领区，几个月就占领中共中央所在地延安。共产党则谨慎防御，让开大路，占领两厢，到农村去。亿万人民和共产党站在一起，支持、参加人民解放战争。一年后开始反攻，向国统区进发。1948年开始战略决战，大获全胜。

宋美龄支持蒋介石打反共内战，他俩分工不同，扮演的角色不同。

1945年9月5日，前往美国就医8个月的宋美龄乘“美龄号”专机从纽约返回重庆。她回重庆的第一件事，就是和昨天妇女运动的合作者——共产党人为敌。

14日，她把“妇指会”总干事张蔼真和各组组长请到林园官邸，布置工作。她们商定在第二年3月8日，借国际“三八妇女节”对付共产党领导的妇女运动。

1946年的“三八妇女节”，是抗战胜利后也是中国政治协商会议闭幕后的第一个“三八妇女节”。政协会议闭幕后，邓颖超在重庆“现代妇女”社座谈会上报告了政协会议的经过，并提出不同党派的妇女团体共同筹备“三八妇女节”纪念活动的主张。在筹备会上，邓颖超代表解放区妇女团体，依靠民盟妇女和其他进步妇女力量，通过以巩固世界与中国和平、积极推进民主建设、要求各党派长期合作、加强国际妇女团结、彻底实现政协关于妇女权利的决议等为中心内容的宣传大纲、宣言草案和口号等。

在最后一次“三八妇女节”筹备会上，“妇指会”在宋美龄的指使下，动员了许多从未见过的“妇女团体代表”来竞选主席团成员，结果解放区妇女团体代表邓颖超和“民盟”的妇女代表都没能当选为主席团成员。邓颖超从大局出发，当即坦然地声明：这没关系，我们应该尊重已经决定的一切。自始至终我们只要求工作，从来没想到主席团不主席团的问题。

“三八”纪念会在川东师范体育场举行，到会妇女达6000余人。宋美龄被推举为大会总主席，并在大会上致辞，空喊“和平”。李德全、邓颖超等也在大会上讲了话。邓颖超关于各党派和无党派妇女团结合作，争取建设民主、和平、团结、统一、富强的新中国的演讲，获得与会进步妇女的热烈拥护。

抗战胜利后，蒋介石急于发动内战，两次派宋美龄飞往东北。

第一次是飞往长春。主要目的是敦促苏联军队撤出东北，以免内战开始后对国民党不利，特意派宋美龄作为他的代表，率领周至柔、董显光、蒋经国等，于1946年1月22日飞往长春，向苏军表示慰问，表示友好，以便促使苏军如期离开中国。宋美龄与蒋经国等在冰天雪地里检阅苏军仪仗队，发表讲话，热闹了一阵子。可是，苏军还是没有如期撤离中国东北，直到1946年5月3日才撤离完毕。

宋美龄在蒋经国陪同下，到长春慰问苏军

在这段时间里，蒋介石向美国记者表示，他“决心要消灭共产党，现在只看美国的态度如何”。4月初，宋美龄给回到美国的马歇尔的信中说，中国需要他，希望他赶快回到中国，并把马歇尔夫人也带来。4月18日，马歇尔夫妇双双飞返重庆。蒋介石以“和谈”和马歇尔的“调停”为掩护，在美国的帮助下，将160万正规军运送到内战的前沿阵地，并攻占了本来属于中共领导下的解放区的一大批城市。

5月3日，蒋介石和宋美龄告别抗战时的陪都重庆，飞抵南京。5日，国民政府正式宣布还都南京。

第二次是飞往沈阳，然后又飞往长春。1946年5月23日，蒋介石夫妇飞抵沈阳，部署国民党军队对中共东北解放区的进攻。他们在一批国民党将领的陪同下游览了清太宗皇太极的陵墓。6月3日，蒋介石夫妇到长春，向驻守在长春的国民党将领面授机宜。次日，蒋氏夫妇返回南京。6月26日，蒋介石悍然撕毁停战协定和政协决议，大举围攻中原解放区，内战自此全面爆发。

蒋介石发动内战，不仅针对共产党，一切反对内战、反对独裁的政治组织和人士，都在他的打击之列。国共之外的第三势力——中国民主同盟（简称民盟）等在中国社会生活中有着重要的作用。他们的职业基本集中在理论、科技、新闻、法律、文学、艺术、教育、医学等与社会政治、经济及日常活动有着密切关联的领域。这是一批知识分子，社会的精英阶层，崇尚西方的民主和社会生活模式，不满现实，反对内战，也反对用革命的手段解决中国社会问题。

抗日战争结束后，代表第三条道路的民主力量，主张用民主改造国家政治，用和平手段解决国内政治争端。尽管他们对中共不是十分了解，但对于中共和平、民主、团结建国的主张和行动十分佩服，在政治上比较倾向于共产党。

1946 年政协会议期间，中共和民盟等组织在沧白堂宣讲政协会议的情况，向各界群众宣传和平、民主建国的基本主张。国民党特务奉命前来破坏。2 月 10 日，民主党派又在重庆较场口召开庆祝政协胜利闭幕大会，国民党方面又暗中指使特务殴打出席会议的民主人士。他们竟把大会总指挥李公朴的胡子扯去大半，并把他一脚踹到主席台下。郭沫若（时任国民政府军委会文化工作委员会主任）为保护李公朴，眼镜不知去向。马寅初（上海交通大学教授、国民政府立法院经济和财政两委员会委员长）身负重伤，连马褂也被剥掉。作为大会主席团成员之一的施复亮被张牙舞爪的特务追打至一家小杂货店。周恩来赶到，见特务如此嚣张，怒斥："这是什么国家？"

6 月中旬，全国内战爆发前夕，由民盟、民主促进会等 12 个单位组成的上海人民团体联合会，和上海各校学生和平促进会，联合发起组织上海人民和平请愿团，推选马叙伦等 11 人为代表，赴南京请愿。6 月 23 日晚，代表们到达南京下关车站时，国民党特务又制造"下关惨案"，围攻殴打请愿代表，许多代表身负重伤。

事件发生后，中共中央驻南京代表团成员周恩来、董必武、滕代远、邓颖超、齐燕铭等立即赶到医院慰问代表，并在第二天发出备忘录，通过美方代表向国民党当局提出严重抗议，要求政府严惩下关行凶的暴徒，保护代表在京及其以后的行动安全。

在外界的强大压力下，1946 年 6 月 28 日，蒋介石才接见代表团成员蒉延芳。蒉延芳见到蒋介石，陈述上海各界人民迫切需要和平的希望后，接着说："再打内战，国家前途不堪设想。"蒋介石把内战的责任推给共产党，假惺惺地表示："和平很有希望的，就是他打过来，我也不打过去。"可是，他已经下令进攻中原解放区。就在当天，蒋介石正加紧布置向苏北解放区的进攻。

在这次事件中，宋美龄也表现得很活跃。请愿代表雷洁琼受伤后，躺在医院里。她曾出席过 1938 年宋美龄召集的庐山妇女谈话会，会上宋美龄认识了雷洁琼，因而宋美龄去看望负伤留宁的雷洁琼。雷洁琼滔滔不绝地向宋美龄列举内战造成的种种不良后果。她说："内战使工商凋敝，内战使学业受阻，内战使人民家徒四壁，妻离子散，民不聊生，内战使国亡种灭！"

宋美龄用耸耸肩膀来答复雷洁琼的沉痛叙说，并说："我不是政府呀，我只能转达给政府。"还说什么"蒋介石也有困难，如果断然去处理，人家又会说蒋独裁"。对此，雷洁琼回答说："只要符合人民的利益，蒋先生尽可以做，人民将是最强有力的后盾！"

雷洁琼用愤慨的语调向宋美龄报告了上海的几家报纸将要被政府封闭的消息。宋美龄听后却说："不会吧？！真的吗？"

雷洁琼说："我是这么听大家说的，你顶好打电话问问吴国桢市长。"她沉痛地继续说："假使人民连用语言文字来表达他们的意志的自由都没有，他们是会用行动来表示的。那时候，封也封不住，挡也挡不了，对政府没有好处的。目前人民对各种措施普遍表示不满足，人民迫切要求的是改革。如这一点不能达到，流血革命就将不可免！"

崇尚西方民主的宋美龄默默地听着，没做出任何明确的表示。

雷洁琼还向宋美龄详细地述说了"下关惨案"的经过。宋美龄听后提出两点疑问：一、"为何迟出车站？"雷回答说："是因为有行李，找不到红帽子脚夫。"二、"宪兵如何一个个从他们待的屋子里离开？"（当时，候车室里便衣"难民"不断增加，宪兵却不断减少）对此，雷洁琼只好苦笑着说："蒋夫人，那我就不知道了。"

这就是蒋介石派特务大打出手后，宋美龄对受伤的朋友雷洁琼的慰问。

这一时期，蒋介石利用特务制造的几起反民主事件，除了"下关惨案"外，还有"一二·一惨案"、较场口事件、暗杀民盟中央委员李公朴和闻一多事件等。1947 年 10 月 27 日，国民党政府公然宣布民盟为非法团体。

美军来中国，帮助蒋介石打内战。他们以占领者的骄横姿态肆虐中国，任意欺侮、凌辱甚至残害中国人民。仅美军军车横行出事一项，从 1945 年 8 月至 1946 年 7 月，便轧死中国人民 1000 余人，而击毙岗警、枪击学生、殴死黄包车夫等事，也层出不穷。这些，早已激起了中国人民极大的愤怒。

1946 年 9 月下旬，中国各大城市举行了“美军退出中国运动周”活动，反对美军驻华和政府的外交政策，进而掀起了大规模的“抗暴”运动。

上海举行反美抗暴游行

1946 年 12 月 24 日，北京大学先修班女学生沈崇，在东单被美国士兵皮尔逊强奸。消息传出，立刻激起人们的愤怒。27 日，北京大学民主墙上贴满了揭露和抗议美军暴行的文字。当日，北京大学学生召开了全校各系代表和各社团代表大会，决议 30 日罢课一天，举行示威游行，并成立了“北京大学学生抗议美军暴行筹备会”。

但是，国民党中央社发布歪曲事实的消息，诬蔑受害女生“似非良家妇女”，并无耻地说“美军酒后失检，各国在所难免”，等等，而大大小小的特务们则撕毁墙报，抢夺会场，像疯狗一样到处乱窜。

1946 年 12 月 27 日，清华大学学生也召开了大会，决定罢课游行。朝阳、师院、辅仁等大学也相继发动起来了。连美国教会办的燕京大学，到 29 日也成立了“燕大抗暴会”。

从北平学生开始的抗暴运动，很快在全国各地展开了，天津、上海、武汉、重庆等大城市相继开展了抗暴斗争。

到 1947 年 1 月底，全国几十个大中城市举行了抗议罢课示威游行，参加的学生达 50 万人以上，社会各界知名人士也纷纷参加了这一运动，从而在当时产生了极为广泛的影响。

美军强奸中国女大学生，本应该受到中国法律的制裁，但以蒋介石为代表的南京国民政府对美国存在依附关系，不可能做到。于是，蒋介石要宋美龄出面办理。蒋介石就这一案件与宋美龄交谈后，宋美龄便亲自出马处理这一案件。据陈廷一所著《宋美龄传》一书中描述说：

一天晚上，宋美龄乘一辆乌亮发光的雪弗莱轿车，驶入了金陵女子大学。不久前，沈崇刚从北平被接到这里。

在校董务室里，她专访了受难者沈崇同学。“你是沈崇姑娘吗？”宋美龄问。沈崇点点头，未说话就失声痛哭起来。宋美龄掏出雪白的手帕替姑娘揩着泪水，同时安慰着对方：“姑娘，想开点，我是信耶酥的。《圣经》上有句箴言：‘再没有比那些只顾自己鼻子尖底下一点事情的人更可悲了。’有什么要求，说出来我会满足你的，懂吗？”

姑娘渐渐平静下来，用嘴咬着手绢抽泣着，眼含泪水望着夫人道：“我曾想死，以死来洗刷自己的耻辱。”“不，姑娘，你不能死。你想想父母养活你这么大，又供你上大学，实在是不容易呀！难道你用死来报答他们？死并非死者的痛苦，而是生者的痛苦。你愿意加入基督教吗？我可以收你做个干女儿，也做你的洗礼人，让耶酥来超度你。”

“谢谢夫人。”沈崇点点头，接着眸中放出怒光：“为了天下姐妹免再遭痛苦，请夫人严惩皮尔逊之流！”

“孩子，我同意你的要求，我一定同美国政府交涉，将皮尔逊绳之以法！”宋美龄说出了沈崇姑娘要说出的心里话。

宋美龄临出金陵女子大学时，又告诉沈崇：“你既做了我的干女儿，又是基督徒了，也给干妈一点面子。我替你改了一个名字：沈筱龄，把你转到条件更好的北平女师大，换一个环境生活，这样也许更好！”

宋美龄的轿车驶出金陵校园，她又命令司机向远郊的特别军事囚禁所驶去。宋美龄让皮尔逊写一份认罪书，说：“只要你写一份真实的认罪书，我一定在贵国总统面前说情，最多判你15年徒刑，决不会处死你！”皮尔逊照办。1947年3月17日，美国军事法庭经过调查取证，判处皮尔逊15年徒刑。

当月20日，美国国防部同时又发文，要求所有涉外驻军以皮尔逊为戒，严整纪律，以儆效尤。

消息传来，蒋介石连连感谢夫人宋美龄帮忙，一是平息了国内事态，二是皮尔逊被绳之以法，可向国人交代。同时也感谢美国政府，不但以物资支援，道义也尽了责任。

但是，不久，美国对国民党政府连招呼也没打一声，就将皮尔逊释放了。

从1946年起，国民党在发动反人民内战的同时，加紧了对国统区人民的掠夺和压迫。其反革命暴行激起了国民党统治区人民的强烈反抗。上海、北平、西安、重庆、杭州等大中城市，工人罢工、学生罢课、教师罢教、商人罢市，市民的抢米风潮愈演愈烈。1946年五六月间，仅上海就有1100多个单位、9.5万余职工举行罢工。1947年，随着人民解放战争的胜利发展，国统区人民反对国民党统治的斗争日益高涨。在中国共产党的领导下，5月4日，上海学生举行示威游行，提出要饭吃、要和平、要自由，即“反饥饿、反内战、反迫害”的口号。这一爱国民主运动立即扩大到南京、北平、杭州、沈阳、青岛、开封等许多城市。上海、南京、杭州、苏州等地学生还要在国民党政府的首都南京联合举行示威。

恰在这个时候，宋美龄从重庆回到了南京。无毒不得江山坐，她支持武力镇压。蒋介石命令身旁侍卫官通知各部要员紧急开会，策划布置一场血腥屠杀事件。

5月20日，华北与京、沪、苏、杭等地的学生，分别在北平和南京举行反饥饿、反内战、反迫害大游行，汇成全国学生运动的新高潮。这天上午，京、沪、苏、杭地区16所高等学校学生6000多人，在南京中央大学集合，举行大游行，队伍浩浩荡荡，喊着口号，向国府路进发。

早有准备的国民党宪兵、警察冲进了人群，对手无寸铁的示威者进行殴打、践踏、逮捕。当场，学生被打伤100多人，其中重伤20人，被捕20余人。

这就是震惊全国的“五二〇血案”！ 20年前，宋美龄的丈夫在上海导演了一幕血淋淋的“四一二大屠杀”；20年后，他们合伙又在南京重演了一次。

可是，就在当天晚上，宋美龄由一个刽子手摇身变成了一位慈善者，到医院看望几百名受伤的学生。她一连去了8家医院。尽管医院的空气污浊，学生们呻吟不绝，绿头苍蝇扑鼻，血腥味十足，她仍坚持着。第一夫人的穿戴，一改往日高雅富丽之装，她身穿白色旗袍，肩披黑纱，胸前戴有白花。第一夫人的面部是亲切和善的。看到重伤者后，她猫哭老鼠的眼睛还挤出几滴眼泪："太可怕了！太残忍了！"她安排医院的服务人员："一定要好好抢救，因为他们还年轻。"第一夫人不是在看望医院的伤员，而是在演戏。新闻记者在她所到之处，都拍摄下了"精彩"的镜头，准备第二天登报宣传，取信于民。

宋美龄看望了8所医院的伤员后，在记者的话筒前，向伤员，也是向全国听众发表了即兴演讲：

孩子们，我理解你们，因为我也有过你们这样大的时候。在美国求学期间，我也参加过游行，可是我没有像你们那样流血负伤。我感谢你们，因为你们有为国为民的献身精神。请相信政府，我们一定要追究那些屠杀你们的人，惩治那些刽子手。他们是不能代表政府的，而是政府中的败类。你们许多的想法，政府也想过。你们的目标和当前政府的目标是一致的……天灾人祸，不休说人民承受不了，我们的政府也承受不了。

我们的国家好比一辆装载不平衡的破车，稍稍走快了点就有翻掉的危险，只能慢慢来，这就是我们的国情。你们提出的问题，只能慢慢解决，且不可以做出亲者痛仇者快的事情。我衷心地祝愿你们好生养伤。伤愈出院后，用我这些话去说服全国的人民。只有这样做，我们国家才是有希望的！随着时间的推延，我们这些老人必然要退出历史舞台，寄希望于你们这一代！

宋美龄继而又说：

我要我们的医院尽最大努力解决你们的住院问题，要把最好的房间让出来，不能让你们住走廊！

事后，《中央日报》在头版头条的显著版面上，刊载了宋美龄看望伤员纪实和她的“精彩”讲话。

人民的眼睛是雪亮的。花言巧语掩盖不了狰狞面目。国统区的反蒋民主运动继续走向高潮，形成解放战争的第二条战线。

三、“打虎”不能碰孔家

1948 年下半年，国民党统治区的经济状况进一步恶化，经济面临总崩溃的边缘。通货恶性膨胀，1948 年 8 月份的物价与 1937 年 1 月至 6 月的平均物价比较，上涨了 500 万倍到 1100 万倍。为了挽救经济局面，8 月 19 日，由国民政府明令公布《财政经济紧急处分令》，其主要内容是：自 1948 年 8 月 19 日起发行“金圆券”，以 300 万法币兑换 1 元金圆券，限期 10 月 20 日前兑换完毕；限期用金圆券兑换百姓手中的黄金、白银、银币与外汇，逾期任何人不得持有黄金、白银、银币与外汇，违者严办；限期登记本国人民存放在外国的外汇资产；整理财政，加强管制经济，以稳定物价，平衡国家总预算及国际开支。

蒋介石与上海经济管制督导员俞鸿钧及“协助”其督导的蒋经国合影

上海是中国最大的金融市场，稳定上海经济，是稳定全国经济的关键所在，因而，“币制改革”和“限价政策”首先在上海开始。蒋介石把整顿上海经济的重任交给了他的儿子蒋经国。于是，蒋经国在上海发动了一场轰动一时的“打虎运动”。

蒋经国到上海后，采取群众运动和铁腕手段，强行“限价”，打击投机倒把、囤积居奇的“奸商”，在一段时期内颇见成效。

蒋介石对蒋经国的工作很满意。9月19日晚，蒋介石在和宋美龄乘车到南京东郊兜风时，特别和妻子相约，支持蒋经国在上海的举措，“同为经儿前途打算，使之有成而无败也”。

当时，上海最大的“老虎”是孔祥熙与宋蔼龄的儿子孔令侃，问题在他所开设的扬子建业公司（简称扬子公司）。但蒋经国“打虎”先没打到他，而是打了杜月笙的儿子。杜月笙在儿子被捕后，揭发孔令侃。

蒋经国召集上海巨商开会，要杜月笙出席。杜在会上说：

> 我的小儿子囤积了六千多元的物资，违犯国家的规定，是我的管教不好，我叫他把物资登记交出，而且把他交给蒋先生依法惩办。不过我有一个要求，也可以说是今天到会的各位大家的要求，就是请蒋先生派人到上海扬子公司的仓库去检查检查。扬子公司囤积的东西，尽人皆知是上海首屈一指的。今天我们的亲友的物资登记封存交给国家处理，也希望蒋先生一视同仁，把扬子公司所囤积的物资，同样予以查封处理，这样才服人心。我的身体有病，在这里不能多待，叫我的儿子维屏留在这里听候处理。

杜月笙的话是对的，“王子犯法，与民同罪”。蒋经国表示：“扬子公司如有违法行为，我也一定绳之以法。”蒋经国立即派程义宽赴扬子公司执行。

杜月笙

9月29日，卢家湾警察局向上海警察总局报告，茂名南路、长乐路口的英商利喊公司汽车行囤有大量物资。经检查发现该处确实存有大量物资，均系扬子公司所有；另在大通路277号及虹桥路仓库中也发现该公司储存的大量物资。30日，这些物资被查封。

10月2日，上海《正言报》发表消

息，标题为：《豪门惊人囤积案，扬子公司仓库被封》，副标题有《新型汽车数近百辆，零件数百箱，西药、呢绒，价值连城，何来巨额外汇，有关当局查究中》《货主孔令侃昨晚传已赴京》等。

本报讯：我国“首席豪富”所设扬子公司蒲石路仓库为经检当局查获大批日用必需品，其中包括西药、呢绒、汽车以及汽车零件材料，本报记者曾至该地调查该扬子公司，仓库位于蒲石路，迈尔西爱路兰心大戏院对面西首转角外商“利喊汽车公司”楼上。汽车公司有彪形之罗宋人两名看守大门，据看仓库员某畏首畏尾的谈称，渠虽负责看管仓库之职，却不知内中所堆大木箱确数究有若干，因楼上所堆有半年以上或一二年以上者。其囤积居奇，由此可见一斑。又闻其中所囤物资，除已装配之新型汽车近百辆外，另汽车零件数百箱，其余西药约二百箱，英美货呢绒达五百余箱，其价值无法估计。据该库及邻近住居者语记者，经警曾于前日至该库检查，并查封该项物资。后因为数过多，乃续于昨日完成查封手续。孔令侃并已于事发后乘夜车离沪赴京。

扬子公司被查封后，孔令侃曾致函蒋经国交涉，说明扬子公司营业额不大，查封之物，已向社会局登记；并在扬子公司被查封的当天，赴南京，向宋美龄求救。南京官邸正宴客，上海突然来电话，宋美龄接完电话，“神气至为不安”，先行离开，并立即于10月1日晨9时乘“美龄号”专机抵达上海。宋美龄离开南京之前，打电话给在北平的蒋介石，要蒋介石火速来上海。

10月8日上午，蒋介石先后与侯镜如、陈铁、傅作义等将领研究东北作战计划。当日下午，蒋介石立即乘“中美号”专机飞抵上海，当夜与宋美龄“月下谈心”。

这时，蒋经国正在无锡参加十一个县的经济管制会议，受到群众的欢迎。在参观工厂的时候，工人伫立桥头静候，见到蒋经国经过，再次以欢呼送行。蒋经国见到此情此景，“内心十分难受，而且惭愧，眼泪亦想流出来”。当晚9时，蒋经国离开无锡，12时到达上海。第二天5点30分，天色破晓，蒋经国就急不可耐地拜见蒋介石。蒋经国、宣铁吾等辞出后，宋美龄于当日上午 10 时亲自驾车将孔令侃带进官邸见蒋介石。据报道："夫人御黑色旗袍，孔御灰色西装，神态怡然。"这无异在向上海各界示威了。蒋经国对友人说："我只有先在家尽孝，而后对国尽忠了。"显然，他的父亲没支持他查封表弟，孔令侃赢了。

扬子公司案件发生后，在南京的监察院迅速注意到此案，决议派员调查。院长于右任将这一任务指派给了监察委员熊在渭与金越光。二人于 10 月 7 日抵达上海，自 12 日起，先后访问上海市政府、上海市经济督导员办公处、上海警察局、社会局等处，并会见蒋经国，询问了孔令侃本人。但监察院的工作，受到蒋介石的阻挠。他以监察院无权过问此事和保护商民为由，下令市长吴国桢制止。10 月 18 日，蒋介石自北平致电上海市长吴国桢：

> 关于扬子公司事，闻监察委员要将其开办以来业务全部检查，中正以为依法而论，殊不合理，以该公司为商营而非政府机关，该院不应对商营事业无理取闹。如果属实，可嘱令侃聘请律师进行法律解决，先详讨其监察委员此举是否合法，是否有权，一面由律师正式宣告其不法行动，拒绝其检查。并以此意约经国切商，勿使任何商民无辜受屈也。
>
> 中正手启

蒋介石、宋美龄包庇孔令侃之事，迅速流传开来，蒋介石父子和宋美龄都受到社会包括国民党内部的广泛批评。当时守卫北平的将领傅作义就曾为此事对杜聿明说："蒋介石要美人不要江山，我们还给他干什么！"此事成为傅作义对蒋介石"失去信仰"的重要原因。贾亦斌在向蒋经国劝谏不成后也对他最后失望，"决心同蒋家王朝决裂，同蒋经国分道扬镳，去寻找新的道路"；1949 年 4 月，在浙江嘉兴起义，投向中共。在扬子公司问题上，蒋介石碍于宋美龄和孔令侃之间的关系，压制调查，窒息言论，徇私包庇，终于毁灭了国民党和政府拥戴者的最后一点希望，陷入人心尽失的严重局面。

国民党的机关报《中央日报》，1948 年 11 月 4 日曾发表殷海光执笔的社论《赶快收拾人心》，批判“豪门”贪财横行，“享有特权的人享有特权如故，人民莫可奈何。靠着私人或政治关系而发横财的豪门之辈，不是逍遥海外，即是倚势豪强如故”。孔祥熙当时在美国，孔令侃在扬子公司被查封后不久也经香港去了美国。社论指认“豪门”为“人民公敌”，斥责国民党和政府“甚至不曾用指甲轻轻弹他们一下”。社论说：

> 革命与反革命的试金石，就是看走多数派的路线，还是走少数派的路线。如果我们走少数人的路线，只顾全少数人的利益权势，那么尽管口里喊革命，事实上是反革命的。

人们很难分清，这些言论和当时共产党批判国民党的言论有多大区别。

孔令侃的问题，不是他个人的问题。宋美龄和蒋介石包庇孔令侃，也不仅仅是亲情。孔祥熙、宋蔼龄一家一向与宋美龄关系密切，经常帮助宋美龄聚敛钱财。太平洋战争爆发后，中国从美国借到 5 亿美元，其中 1 亿美元作为公债推销。到 1943 年春，销售数量达 5000 万美元时，孔祥熙突然下令停止销售，所剩 5000 万美金主要由孔祥熙与宋美龄等人鲸吞，用官价购入，再高价出售于黑市，一倒手获得巨额利润，这就是当时轰动一时的孔祥熙的“美金贪污案”。在“美金贪污案”中，宋美龄不担骂名，反而得到巨额利润。宋美龄没有亲生子女，她的财产、企业，由外甥孔令侃管理，生活由外甥女孔令仪、孔令俊管理和照顾。她视这些外甥、外甥女如亲生，非常疼爱。所以，她与孔家在政治上、经济上是联为一体的。蒋经国打在孔令侃身上，自然疼在宋美龄心上，宋美龄必定要救孔令侃，放走这只“大老虎”。

孔令侃（右）深得小姨宋美龄喜爱，访美时陪伴在身边

四、向美国求援遭冷遇

1948年下半年开始，中国人民解放军与国民党军队进行战略决战，人民解放军节节胜利，国民党军队呈现溃败局面。同年7月签订的《中美经济援助协定》，核定美国1948年度援助国民党政府27500万美元。随着国民党在大陆统治的溃败，美国停止对国民党的经济和军事援助。已核定的援助款，支用17000多万美元，其余的，美方移作他用。

蒋介石企图求得美国援助，以挽救危局，决定再一次派宋美龄赴美。主要随同人员有前驻日代表团团长朱世明和南京总统府秘书、驻纽约领事游建文。在宋美龄访美之前，美国国务卿马歇尔传话过来：蒋夫人只能以私人资格、作为马歇尔夫妇的客人访问美国。对宋美龄来说，以私人资格，要完成艰巨的官方使命，实在有鞭长莫及的苦衷，但也只好硬着头皮前往。

11月30日，宋美龄飞到美国旧金山，然后住进弗吉尼亚州利斯堡马歇尔夫妇的住所。

此次宋美龄赴美国，同抗日时期访美相比大不一样，华盛顿没给她铺红地毯，没邀请她在白宫过夜，也没邀请她在国会演说，一切接待规格都不高。宋美龄原打算发表一篇访美声明，并已由顾维钧拟好草稿，但最后却没有见刊。宋美龄深居简出，既不愿接见记者，也不愿做广播讲话。整个访美期间，除了很少几次应付性的场合外，宋美龄几乎没有实质性的活动。美国方面更是显得平静，官方没制定接待宋美龄的任何计划。杜鲁门在此期间的一次记者招待会上，闭口不谈中国问题，直到在场记者提问，才说他要会见蒋夫人，但尚未安排，一副漫不经心的样子。难怪宋美龄在发给蒋介石的电报中说："谁都对我们不感兴趣。"

宋美龄在美期间，见了国务卿马歇尔两次，见了总统杜鲁门一次。但这三次会见也是有名无实，毫无收获。她此次访美，名义上是马歇尔夫妇邀请的客人，但事不凑巧，宋美龄访美期间，马歇尔正因病住在瓦尔特雷德医院治疗，宋美龄两次会见马歇尔都是在医院里。第一次会见是12月2日下午

4时，马歇尔夫人偕同宋美龄前往医院探望。两人交谈了约45分钟即告辞。第二次会见是12月5日上午11时。宋美龄与马歇尔夫妇共进了午餐。这次会见直至下午4时45分才结束。会谈的具体内容没有透露。据《大公报》报道："蒋夫人曾以我国局势向马卿作综合之概述。"但会见毫无结果是肯定的。

宋美龄一到美国就急切设法见到杜鲁门，于12月1日抵达华盛顿。12月10日，宋美龄到华盛顿的第10天，杜鲁门终于打破沉默，邀请宋美龄参加一次茶话会。杜鲁门看上去对她很客气，实际上对她很冷淡。茶话会进行了半小时后，杜鲁门请宋美龄进他的书房，给她半个小时陈述此次来美国的要求。宋美龄旧话重提，要求美国：（一）发表支持南京政府反共救国的正式宣言；（二）派遣高级军事代表团来华主持反共战争的战略与供应计划的制定工作；（三）提供30亿美元的军事援助。

杜鲁门耐心地倾听着，然后接过话题，开门见山地说："中美友谊在历史上留下了重要的一页，但感到抱歉，因为美国只能付给已经承诺的援华计划的40亿美元（实际当时已付38亿美元，还剩下2亿，与宋美龄所要求的增加30亿美元相差甚远），这种援助可以继续下去，直到耗完为止，美国不能保证无限期地支持一个无法支持的中国（政府）。"杜鲁门对三点要求断然拒绝。这番话使宋美龄当面领教了美国人的坦率和无情。6时刚过，宋美龄就失望地离开了白宫。这次会见，与其说是商谈，毋宁说是一次礼节性的应付。茶话会以后，杜鲁门在一次回答记者提问时用挖苦的口吻说："她到美国来，是为了再得到一些施舍的。我不愿意像罗斯福那样让她住在白宫，我认为她也不太喜欢住在白宫，但是，对她喜欢什么或者不喜欢什么，我是完全不在意的。"

杜鲁门对宋美龄表面上客气，实际很冷淡

这一次和1942年访美不同，宋美龄的杰出口才、迷人风度全部失灵。杜鲁门根本就不为之所动，他对这类说词，似乎认为是陈词滥调，了无新意。杜鲁门不仅当时没给宋美龄面子，而且还不客气地向报界发表一项声明，透露美国给蒋介石的援助总额已超过 38 亿美元，离美国的承诺援助额很接近。

宋美龄失望地离开白宫。她不甘心，于 1948 年 12 月 6 日的一次公开呼吁之后，1949 年 1 月 15 日又公开呼吁美国朝野人士，救助国民党政权，以免中国大陆“陷入中共之手”。但收效令她失望。

其实，抗日战争时期宋美龄访美受到高调欢迎和热捧，此次受到冷遇，主要都不是宋美龄本人魅力和演说才能所致。美国政府首先考虑的是其本国利益，中国抗日，拖住日本，减轻美国的压力；美国人民出于对被侵略者的同情心和正义感，站到抗日的中国一边，积极援助中国，赞美、欢迎中国的使者，理所当然。打内战，打昨天的合作者，非正义之举，美国人民会欢迎和支持吗？打败了，美国政府会支持一个没有胜利希望的集团吗？

再者，早在抗战后期，美国上层官员，其中特别是外交人员，就发现蒋介石集团贪污腐败。这次，宋美龄访美，从杜鲁门那里没讨到美援，又组织院外援华活动，杜鲁门非常反感，曾对他的夫人说，他为“他不是和那个女人结婚”而感到高兴。他还说，“如果他按照她对美国的要求办理”，那他就“该死”了。根据国内舆论，杜鲁门也曾下令对宋氏家族在美财产进行过调查。

随后，杜鲁门就向他的助手坦率地谈论中国国民党政府中的“贪官和坏蛋”。他说，今天肯定有10亿美元的美国贷款，在纽约列入中国人的银行户头。不久，他听说他的估计过于保守了。1949 年 5 月，亦即宋美龄访美后的几个月，美国银行界传出，宋家和孔家确实有 20 亿美元存在曼哈顿。杜鲁门得知后，立即命令联邦调查局进行调查，以便确切了解这些存款的数额和储存地点。通过这次调查，杜鲁门对蒋介石政权彻底失望了。

宋美龄没讨来美援，但不久传来让人哭笑不得的喜讯，美国艺术家协会公布，蒋夫人当选为世界十大美人之一，她的鼻子被列为世界最美。

12 月，美国驻华大使司徒雷登向国民党政府有关人士提出与中共和谈并让蒋介石下野的主张。蒋介石大怒，1948 年 12 月 23 日，在给正在美国的宋美龄的电函中说：“其政府（指美国政府）虽一再声明不干涉中国内政，而其大使（指司徒雷登）在华言行，实已干涉我内政，而且无异促我下野，可痛之至！”

这时，中国国内人心惶惶，实现和平的呼声越来越高。在国民党内，李宗仁、白崇禧等人要求蒋介石下野，蒋介石迫于各方压力，于 1949 年 1 月 21 日上午 10 时，宣布从国民政府总统任上“引退”下野。当天下午 4 时飞离南京，抵达杭州，次日回到奉化溪口。这是他最后一次返回故乡，此时早已没有了往日衣锦还乡的荣耀，剩下的仅仅是时日不多的惶惶。

22 日，宋美龄从美国电函蒋说：“报载：兄已于马日（21 日）返乡小住。对兄之健康与安全，妹万分忧急……妹已另电经国，请兄日内来加拿大。妹当在加拿大候兄，会商一切。”23 日，宋美龄又致电蒋曰：“兄此次返乡休息，深思之后，颇觉安慰。盖兄为国服务已二十载，从未有适当休养，朝夕辛劳，爱国之忱中外皆知……年来欧美之军事、实业建设、科学日臻猛进……兄可乘此时机外出一行，以广耳目，藉以充实精力。”24 日，蒋介石电函宋美龄：“乡间甚安。兄决在乡静养，暂不他往。”

4 月 21 日，人民解放军过江，23 日南京解放。5 月 25 日上海解放。6 月 1 日，蒋介石撤到台湾。这时，宋美龄还在美国寻求援助，她此时已经感到，美国是无论如何也不再支持蒋介石了，而且美国政府内部都在议论，要不了多久，蒋介石连台湾也守不住。

蒋介石到机场迎接到美国乞援归来的宋美龄

1949 年 8 月 5 日，美国发表《美国与中国关系》，即白皮书。1950 年 1 月 5 日，美国总统杜鲁门就台湾问题发表声明，表示不再对台湾的中国军队提供军事援助。这份声明，让宋美龄感到万分痛苦与失望，于是她私下和宋子文表示想回台湾。

宋美龄决定离开美国，于 1950 年 1 月 9 日，她在向全美发表广播讲话“共赴国难”时说：“……几天之后，我就要回到中国去了。我不是回到南京、重庆、上海或广州，我不是回到我们的大陆上去，我要回到我的人民所在地的台湾岛去，台湾是我们一切希望的堡垒，是反抗一个异族蹂躏我国的基地……”

1950 年 1 月 10 日，宋美龄离开美国，13 日到台湾高雄，蒋介石亲临机场迎接。

五、衣锦还乡，凄凉告别

蒋介石逃往台湾之前，最后一次回故乡浙江奉化溪口。

“富贵不归故乡，如衣锦夜行”，这是中国封建统治者的传统观念。得意时回乡，是光宗耀祖。但人在失意时，往往更留恋故乡。蒋介石得意时，除特殊情况外，每年清明或自己的生日，总要回乡一两次。清明回乡是扫墓祭祖，生日回乡是为了“避寿”。但除了清明和生日，他也曾多次回溪口。

1927 年下半年，由于国民党内部权位之争，蒋被迫辞去国民革命军总司令的职务，宣布下野，于是年 8 月离开南京，经过上海、杭州回到溪口。这次回乡，从苏州带了次子蒋纬国同行。与毛氏会了面，当日在丰镐房住了一晚，吃了毛氏为他做的家乡菜。次日早饭后，蒋介石身穿长袍便服，带一班卫士，和他的大哥蒋锡侯（介卿）一同到东岙去扫母亲王太夫人的墓。扫墓既毕，循着石板砌成的小路，直趋雪窦寺。在身边的除蒋纬国外，还有秘书陈舜耕、警卫营长周天健及警卫人员，雪窦寺加强了戒备。雪窦寺住持大和尚太虚法师迎至山门外。太虚法师是当时很有名气的和尚，到处讲经，宣扬佛法，蒋是慕其名特意请他来住持雪窦寺的，对他很尊重。人们说他是“政治和尚”。蒋介石这次下野回来，好像真的要解甲归田了，实际是以退为进。来溪口访谒他的国民党军政要员，先后不断，如张群、王柏龄、刘峙、吴忠信、张静江、蒋伯诚、蒋鼎文、卫立煌、杨虎这些拥蒋的人物都来过。上海的闻人帮会首领杜月笙、王晓籁也来过，这自然都不是一般性的拜会。

蒋介石在溪口住了十多天，即赴上海去日本，请宋老夫人批准他与宋美龄的婚事。

1934年红军北上抗日，开始长征，蒋介石以为这是他军事上的“大胜利”。这一年，他回溪口过生日，前3天就通知丰镐房，到各村去布置赛会。这是奉化民间习俗中的一种灯会，有龙灯台阁、旗锣鼓伞等杂艺表演。通知并且说，老龙要多耍几条。蒋童年是喜欢盘龙灯的。溪口武岭学校师生和丰镐房执事人等，就大忙起来了，说这次“先生”回来，要与民同乐，要举行夜会，要大大地热闹一番。除准备灯会外，同时叫人到宁波订购油包馒头、蜡烛。在他生日那天夜里，玩个通宵达旦。这天夜里有滚龙十多条，在溪口前面一个溪滩上盘来滚去，耍得很起劲。蒋介石和宋美龄坐在文昌阁台阶上凝神观看。耍毕，蒋叫副官给每条龙赏洋10元，宋美龄在旁说了一声：“也颇吃力哩！”蒋马上又传令每条龙赏20元。蒋每逢回来过生日，对同族五服以内的贫苦年老穷而无靠者，每人给10元至20元，博得“悯老恤贫”的赞誉。溪口武岭农场的水蜜桃是有名的，蒋这次回来吩咐送一些罐头水蜜桃到庐山军官训练团，分给正在受训的学员吃，以表示他对部属的关心。

1937年1月，因西安事变中跌伤腰部，蒋介石回溪口养伤。这次回乡，蒋介石在溪口家里办了两件事，一件是为他的哥哥蒋介卿办丧事出殡，一件是为蒋经国的婚事补办喜事。

西安事变，蒋介石被扣，当这惊人的消息传来时，蒋介卿正在溪口武山庙看戏，闻讯惊骇过度，中风跌倒，不省人事，抬回家不到3天就死了。因蒋介石尚未得释，就草草入殓，停柩在家，设奠守灵。蒋介石回溪口养伤，吩咐其兄丧缓办，直到4月22日（农历三月十二日），蒋介石初步恢复健康，才为乃兄治丧出殡，由唐瑞福为治丧临时会计，孝堂设在蒋家祠堂。治丧仪式很隆重，国民党中央的一些显要人物前来吊丧者不少，如林森、冯玉祥、居正、何应钦、俞飞鹏、朱家骅、阎锡山等，都亲自前来。林森主祭，朱家骅读祭文。招待处设在武岭学校礼堂，礼堂中摆了3张长桌。林森、冯玉祥、居正等一些大官来到，都招待在礼堂另一房间休息，省市官员及海陆军一些军官都坐在两边长桌旁。高坐在中间长桌的，只有上海的杜月笙、王晓籁、金廷荪这些人。礼堂正中，蒋介石的挽联是由陈布雷代笔的，冯玉祥亦有亲笔挽联。当晚冯玉祥、杜月笙等都宿在武岭学校，有些人乘汽车去奉化城住宿。对这些吊丧的宾客，蒋介石是来不迎，去亦不送。这次丰镐房为蒋介卿办丧事，附近村镇都轰动，闻讯赶来丰镐房吃斋饭的人，蜂拥云集，事先备好 300 席的碗碟杯筷，先后开过 3 次斋席，总在 1000 桌以上，小菜不够，派专车到宁波采购。蒋介卿的丧事办毕，接着就为蒋经国夫妇补办了喜事。

1945 年抗日战争胜利，蒋氏父子曾回溪口。溪口蒋氏新老祠堂联合演戏 3 天，庆祝抗战胜利，欢迎蒋氏父子归来。蒋氏父子为还礼，也演戏 3 天，举镇若狂，共庆升平。蒋介石每晚必来看戏，但只看他事先亲点的一两出戏，看完就走。蒋经国夫妇喜欢看越剧，由唐瑞福到宁波延聘越剧演员毛佩卿到溪口演出，来去都由唐瑞福殷勤招待。演戏的剧场以武岭学校大礼堂居多，有时也分别到白岩庙、溪西庙、武山庙、蒋氏宗祠等处轮流演出。

1947 年 4 月 2 日午后，宋美龄陪同蒋介石由南京飞往上海，又转宁波。蒋经国和浙江省主席沈鸿烈以及几千名宁波学生、群众列队欢迎，锣鼓喧天。小汽车来到溪口，到达武岭门时，门上挂一幅红绸金字标语：“欢迎蒋主席锦旋故里！”武岭学校学生列队欢迎，女学生戴花，鞭炮齐鸣。

宋美龄最后一次随蒋介石回溪口的场景

翌日，庆祝宋美龄 50 岁生日。溪口新老祠堂联合演戏，武岭学校学生演出古装歌剧《群仙上寿》；丰镐房内设有寿坛，陈列寿糕，宋美龄十分开心。戏演了三天三夜，一为蒋夫人宋美龄祝寿，二为蒋氏夫妇荣归故里。蒋介石夫妇每晚必亲点一两出戏，看完才走。

宋美龄陪同蒋介石祭扫祖墓，遍访亲朋。一天，武岭学校学生去祭蒋母墓，陈布雷也去蒋母墓前行礼。蒋介石和宋美龄笑容可掬地坐在墓旁，在陈布雷行礼时，蒋氏夫妇站起来说了声："谢谢。"等到学生们依次列队行礼时，蒋氏夫妇则坐着说："好，好。"礼毕，丰镐房的账房分给每个学生两个在宁波订做的"赵大有"油包。

宋美龄陪蒋介石在溪口住了 9 天。就在蒋介石、宋美龄衣锦还乡的前些日子，蒋介石不得不把向解放区全面进攻改为重点进攻陕北和山东，他已经感到兵力严重不足了。宋美龄、蒋介石返回南京后，不久便传来山东孟良崮战役 74 师被解放军全歼的消息。蒋介石、宋美龄十分震惊。接着，解放军刘、邓大军强渡黄河，揭开了战略进攻的序幕，蒋家王朝呈江河日下之势。

1949 年 1 月 21 日，蒋介石宣告下野，退居幕后，23 日回到家乡，当晚即到其母墓庐"慈庵"住宿。这次，宋美龄没来，她正在美国求援，和蒋介石电函往来。据一位当时伺候过蒋介石的人员描述蒋介石的情绪说："先生这次回来，火气特别大，好像对什么都有气。一进卧室，看到沙发床，就很不高兴，马上命令，搬出沙发床，换上木板床。送上饭去，看到雪白的机器米也不顺眼，退了回来，要换碾子米（用石磨碾出来的米），伺候他的人只好到山下村子老百姓那里去调换来另做。武岭学校校务主任施季言给他买了两只甲鱼，他也不高兴，说'你为什么买这么贵的东西？你知道甲鱼多少钱一斤？'施季言不仅没有讨好，反而讨了个没趣。"

蒋介石这次回溪口，以进宗谱为名，开祠堂门祭告祖宗，大摆酒席，宴请族中父老，实际成了告别宴会。蒋介石每天带着孙儿，遍游溪口名胜古迹，有时在仰止桥观瀑，有时在碧潭观鱼，看上去闲散、清静，悠然自得。明朝的王守仁，在政治上失意后，也曾退隐溪口，漫游雪窦，有诗云："平生性野多违俗，长望云山叹式微；暂向溪流濯轩冕，益怜萝薜胜朝衣。"蒋介石这次回溪口，不如王守仁的心情那么轻松。武岭学校校务长施季言为了调剂生活气氛，特意在南京聘请了一个京剧班，在溪口演出了 1 个多月。农历腊月二十八日办了一次年夜饭，这是蒋在故乡吃的最后一次年夜饭。那天，蒋坐在正厅首席，奉化县长周灵钧是"父母官"，被邀相陪，武岭学校施季言与警卫组主任石祖德分坐两旁，蒋经国、方良夫妇坐在下首执壶敬酒。唐瑞福也被邀入座。在座的还有总统府参军施觉民、武岭学校会计蒋生娥。席间，蒋介石故作镇静地大谈要在溪口建一座大桥，可通汽车。

蒋介石带着儿孙最后一次在故乡与族中长辈合影

这时的蒋介石，表面上是以在野之身，装出泰然自若的样子，其实肚子里好比滚油煎。他通过汤恩伯、毛人凤和蒋经国等人，遥控着前方军事，但是前方不断传来的是解放军势如破竹、节节进逼的消息。而他的嫡系部队则在土崩瓦解，被他视为最亲信的首都警卫师（王晏清师）也倒戈，投向了人民；还有一个最精锐的伞兵团也"失踪"，起义北上。他真是众叛亲离了。

在这期间，他做了一切拜别家乡的事，除了隆重地举行了开祠堂门进宗谱之外，还一再地上鱼鳞岙去，站在蒋母王太夫人墓前默祷。他曾到葛竹外婆家里，向外公外婆的坟拜别，去看了两个年迈的舅舅；又去桃坑山拜别蒋父肇聪的坟。他还去奉化游了锦屏山，去了奉化城内的中塔、岳林寺以及其他一些寺庙。还到了奉化县政府、奉化孤儿院，这个院的名誉正副董事长正是蒋介石和宋美龄。他还去宁波，重游了天一阁、金峨寺、天童寺和育王寺，向寺里的和尚施舍了香金，要他们好好护理名刹。他在天童寺韦驮菩萨前还求了一签。他每到一处，口里讲一番将来如何发展这些地方的大计划，而心头却别有一番滋味。每每待着不动，好像在记忆儿时到这些地方的光景，又好像在寻觅着别的什么。后来，又去小盘山，拜别祖茔摩诃的墓，伫立墓前，依依不舍。这一次，他能去看的地方都去了，好像唯恐遗漏了什么似的，那

1949 年 4 月 25 日，蒋介石坐上“太康号”军舰赴上海，永远离开了故乡

种难解难分的离情别意，深深地揪住了他的心。

1949 年 4 月 21 日，解放军百万雄师过大江，他还留在溪口，好像等待着奇迹出现。直到 4 月 23 日南京解放，25 日，蒋介石闻讯，无言以对，沉默许久，颓然地吩咐俞济时：“把船只准备好，明天离开溪口。”这天上午，蒋介石首先带家人去辞别蒋母之墓，然后登上白岩山山顶，极目四望，下山后又乘渡船到达溪南。蒋氏父子在堤岸上久久伫立，遥望对岸故居，似有无限惜别之情。他知道此次一别，在有生之年是很难再回来了。然后带着长子蒋经国及其他随从人员，乘汽车离开溪口，到了宁海，乘兵舰“太康号”去上海。30 日到上海，住在吴淞口外的军舰上或马公岛上。5 月 7 日晨，乘江静轮，由复兴岛启程，驶离上海。进入舟山，不断巡弋于大小诸岛屿之间，在海上漂泊 20 天。5 月 25 日，上海解放，26 日，蒋氏父子自定海机场飞抵台湾冈山机场，乘车至台湾高雄，下榻寿山。中间又回大陆活动过几次，12 月以后再也没回来。

第十一章　合唱“反攻大陆”

1950 年 3 月 1 日“复职”典礼上的蒋介石和宋美龄

1949 年蒋介石败退台湾之后，于 1950 年 3 月1日宣告“复行视事”。在退守台湾的 25 载中，他先后担任五届台湾地区领导人之职，直至 1975 年 4 月 5 日。

蒋介石国民党败退台湾，以“反攻大陆”为中心，继续进行反共活动，武力骚扰大陆，派出或用潜伏特工人员，在大陆进行刺探情报、造谣生事、行凶破坏等活动，并组织妇女进行反共宣传，开展所谓“心战”。

在台湾，蒋介石自知无力“反攻大陆”，而寄希望于美国支持和援助。于是，夫妇二人不得不奴颜媚骨、低三下四乞求，并甘心受美国控制。但美国首先考虑如何利用台湾对自身有利，也由于对蒋介石重返大陆信心不足，所以，与蒋介石的意图常常不合拍，对退往台湾的国民党，时冷时热，只是当作一个可以利用的工具。最终，蒋介石的“反攻大陆”计划落空。

一、不断延期的“反攻大陆”计划

还在 1949 年 6 月26 日，当时大陆虽还未完全“失守”，但军事上已彻底失败。26 日，蒋介石在台北召开的东南区军事会议上就第一次提出了“反攻大陆”的口号。他说：“我可以断言：不出三年，‘共匪’一定不打自倒。”蒋介石还提出了三句口号：“（一）湔雪耻辱，报复国仇！誓灭‘共匪’，完成革命！（二）精兵简政，缩小单位！自动降级，充实战力！（三）半年整训，革新精神！一年反攻，三年成功！”

1949 年 10 月1 日，中华人民共和国成立。同年 12 月7 日，蒋介石宣布“总统府”“迁都”台北。

1950 年 5 月 16 日，蒋介石修改计划，将“反攻大陆”的时间由 3 年成功改为 5 年成功。但不说是修改，而说是“重说一遍”：“现在我再将政府‘反攻大陆’的计划，总括四句话对同胞们重说一遍，就是‘一年准备，二年反攻，三年扫荡，五年成功’。”

1957 年 10 月 10 日，中国国民党第八次代表大会召开，本着较为“务实”的态度，确定了“反攻大陆”以“政治反攻为主，军事为辅”。这之后，“军事反攻”的呼声低落，蒋介石非常不满。台湾当局根据蒋介石的意旨，将国民党“八大”提出的“政治反攻为主，军事为辅”“建设台湾，策进反攻”等口号，改称为“长期的反攻总体战”。这是台湾当局对“反攻”政策做的第二次调整。其实这次调整只是文字上的变动，实质仍是在“七分政治，三分军事，七分敌后，三分敌前”的反共方针下，加强对大陆的“政治作战”。

1963 年 11 月 12 日，国民党在台北召开第九次代表大会，正式确立了“反攻复国总体战”策略。大会确定国民党当前的中心任务，就是以“七分政治”和“三分军事”，进行对大陆的“政治作战”，渗进大陆，发展“策反组织”，有计划地从事各种破坏活动。

1950 年 6 月 25 日，朝鲜战争爆发，蒋介石视为“反攻大陆”的有利时机，极力争取派出军队援助南朝鲜。南朝鲜李承晚也请求蒋介石支援。蒋介石要求派去支援南朝鲜的五十二军是台湾最精锐的部队，是蒋介石在中国东北的 60 万军队中唯一没有被中共消灭的一个军。但他先后 3 次要求出兵朝鲜都被美国方面拒绝。

之后，蒋介石“反攻大陆”的叫嚣，在 1962 年和大陆“文革”时期，有两次高潮。20 世纪 60 年代初，大陆遇到自然灾害，加之苏联逼债，国民经济处于暂时困难时期，蒋介石像注射了兴奋剂似的，急于“反攻大陆”。1962 年 11 月 13 日，国民党召开八届五中全会，会议决定三大任务，其中首要任务就是进行“反攻复国”的动员与准备。蒋介石对美国记者称“目前正是进攻中国大陆的良好时机”“我可独立反攻”“一旦我们开始‘反攻大陆’，我们预期少则 3 年，最多 5 年内，完成我们……的任务”。

大陆“文化大革命”时期，蒋介石又提出建立“讨毛救国联合阵线”，号召：

“一切反毛的力量，在三民主义的思想与信仰之下联合起来。”蒋介石还幻想大陆“反毛”力量会组成“讨毛救国联军”，并保持与台湾国民党的密切联系。

蒋介石的“反攻大陆”，不仅在计划，而且一直都有所动作。尽管对于“反攻大陆”，蒋介石时而头脑发热，时而毫无信心，但是，国民党军队拥有美式装备，时不时对大陆发动空袭，如：

1950 年 2 月 6 日至 13 日，国民党飞机连续袭击上海市 13 次；

1950 年 3 月 3 日，美制国民党飞机多次袭击广州市、福州市闽江两岸地区和南昌市；

1950 年 5 月 9 日，美制国民党飞机 3 架，袭击福州市上空，投弹 16 枚，炸死炸伤市民 200 多人，犯下滔天罪行，等等。

在 20 世纪 50 至 60 年代，蒋介石对大陆的军事进犯，一刻也没有停止过。不是海岛包围大陆，而是从海岛骚扰大陆。

据统计，从 1949 年到 1966 年，国民党当局先后出动 5.4 万多人，对北起山东、南到广东的沿海 6 省市，进行登陆骚扰活动达 400 多次。其中，1950 年到 1953 年和 1960 年到 1964 年，是两次骚扰高潮。1966 年以后，蒋介石仍以派遣零星特务为主要方式，向大陆悄悄输送一些能够制造混乱的破坏分子，对大陆进行破坏活动。在台湾，有潜入大陆的“国民游击军”取得“成功”的报道。但这些只是在广东沿海活动而已，成不了大气候。在北京，经常有报道说在某地抓住了国民党特务，在某地处死了国民党特务等。直到 20 世纪 70 年代，这些活动才停止。

这些“反攻大陆”活动的结果，除了造成大陆无辜百姓的伤亡外，蒋介石得到的只是损兵折将。

而中国人民解放军，不仅消灭了在大陆的全部蒋军，陆续解放了大陆全境，还于 1950 年 4 月 30 日解放海南岛全境；5 月 12 日，解放闽南沿海的东山岛；5 月 19 日，占领舟山群岛；5 月 25 日至 12 月 7 日，解放万山群岛；7 月 7 日至 8 日，解放长江口外的嵊泗列岛；7 月 15 日，解放北麂山岛；8 月 4 日，珠江口外所有岛屿全部解放；11 月解放莱屿岛；1955 年 1 月，解放一江山岛；2 月 9 日至 25 日，解放大陈岛、渔山列岛、披山岛等岛屿。至此，浙江沿海岛屿全部被解放军控制，台湾方面仅存金门、马祖两个外岛。

蒋介石至死，不忘“反攻大陆”。

二、“妇联会”的“政治反攻”

宋美龄从1948年赴美，1950年才去台湾。蒋介石退往台湾，宋美龄返台前，蒋介石夫妇居住的士林官邸就在陈诚的指示下，由台湾省政府负责建筑，已经竣工。蒋介石夫妇很满意，于1950年3月31日住进去。士林官邸在蒋、宋定居后，历经两次重新整修。第一次是在1952年，加建了大客厅，除了会客，还可以举行祈祷会；二楼作为蒋介石、宋美龄夫妇的卧室和办公室，还有几间客房。第二次是在1972年，蒋介石因病行动不便，士林官邸加装了一部可载病床上下楼的电梯，还设有医生、护士宿舍，化验室等。

宋美龄回到台湾后，曾先后到金门、澎湖、马祖等岛视察劳军，并接触了若干地方妇女领袖。1950年3月8日，在台湾举行了第一个妇女节纪念会。在纪念会上，她要求大家在“大陆已经完全沦陷，苦难跟随而来”之际，“应以美国妇女工作和奋斗的精神为借鉴”，为“前线的伤患官兵服务”。她宣布，准备组织一个“中华妇女‘反共抗俄’大会”，“成立后，希望每一个妇女都团结起来，发挥自己的力量；同时妇女们应该不断求进步，利用机会，多看书，多作研究，以求得到真实的学问”。

宋美龄在蒋经国陪同下到金门视察

当时，台湾的局势已到了空前危险时期。蒋介石的决心很坚定，对手下将领说："如果台湾不保，我是决不会走的。"他下了"杀身成仁"的决心，并勉励其将领"要在国家最艰难的时候，选择最有意义的死"。

为配合蒋介石的主张，4月3日，宋美龄迅速成立并主持了"中华妇女'反共抗俄'联合会"（简称"妇联会"）的筹备会。蒋介石亲自参加，并发表演讲："现在大陆沦陷，男女同胞均陷于水深火热之中，而妇女界各位代表在台北热烈集会，共同一致商讨'反共抗俄'工作的进步，这是一件极有意义的大事。……我们饮水思源，台湾同胞就应该不畏危险，不怕困难，贡献我们的一切的力量……，奋斗到底。"

"妇联会"是宋美龄作为娘子军头目的权力机构，其成员有：陈诚的夫人谭祥、省主席吴国桢的夫人黄卓群、"空军总司令"周至柔的夫人王青莲、"海军总司令"桂永清的夫人何相钦、台湾省保安副总司令彭孟缉的夫人郑碧云、"保安局局长"毛人凤的夫人毛向新、金门防卫司令胡琏的夫人曾广瑜，以及蒋经国的夫人蒋方良、蒋纬国的夫人石静宜等。她们都是"妇联会"各地或各单位分会的主任委员。

蒋介石亲自给这个妇女组织下达的任务是：

第一，希望台湾每一个妇女同胞，无论在家庭，在社会，应劝导她的丈夫、兄弟和子女，坚定"反共抗俄"的决心，并且要督促他们贡献一切物质的或精神的力量，来完成我们"反共抗俄"的使命。

第二，我们妇女同胞要时刻警觉，要检举"匪谍"，使他们无从活动，无法藏身。

第三，"反共抗俄"是长期艰苦的斗争，无论男女老幼，都要节约消费，努力增产，来供应军事需要，而妇女同胞是家庭的实际管理者，格外要勤俭节约、爱护物力，乃能建立健全的社会风气。

根据蒋介石的授意，宋美龄给"妇联会"明确了具体工作任务："我们的工作分宣传、慰劳、组训三种……例如'沦陷区'人民'逃'出来的报告、'共匪'的种种虐政，报纸上常有登载，可是，山地和乡村的妇女和民众，还没有能知道，我们看过报纸，剪下来就可作宣传材料。……前线将士冒着生死，忠勇作战，伤病官兵躺在床上，痛苦呻吟，我们应该随时随地去慰劳服务。上次我们在台北曾发动义肢运动，对残废的官兵有不少的帮助，此后本会还想发起其他各种劳军运动，如为将士新兵做布鞋、衬衣、内裤及捐募药品等。……讲组训更是重要，有组织、有训练的民众，方能通力合作，例如肃清‘奸谍’，推行国语，训练急救防空等，都是现在需要的。”

“妇联会”的活动受到蒋介石的充分肯定。“妇联会”成立两周年之际，向蒋介石发出致敬电，称其“高瞻远瞩，领导‘反共抗俄’，宵旰忧勤，勋劳丕著，大业聿兴，民族是赖”。“妇联会”成立4周年时，蒋介石给予肯定称：“贵会成立以来，号召海内外妇女同胞，为‘反共抗俄’而奋斗，对军中，对社会，均有极大之贡献。而最近一年，各地分支机构逐渐增设，足见力量日益增强，工作日益展开，良用欣慰。”“妇联会”成立6周年的纪念大会上蒋在讲话中称：“妇联会”的工作“使得我们的士气，逐日提高，此一贡献，可以说与美援武器有同样的价值。因为士气的提高，武器才有用处，才能发生更大效力”。最后，蒋介石对“妇联会”发出新的指示：设法推动农民，增加生产，以发展对外贸易，增加外汇；实现“敬军爱民”的目标，以巩固“国防”；做好军队眷属工作，安定军心等。

1953年4月17日，宋美龄访美回到台湾，在“妇联会”3周年纪念会上演讲说：“我在美国养病8个月，本会的工作比我在国内的时刻做得还要好，足见大家的努力和负责，使我觉得非常满意与快慰。”

由于宋美龄是“妇联会”会长，所以该会早期资金充裕。蒋介石父子去世后，该会不被重视，“妇联会”不再活跃。

三、依靠和受制于美国

虽然宋美龄1948年赴美求援遭遇冷脸，但败退到台湾后的蒋介石还不得不厚着脸皮继续靠近美国。蒋介石心里非常明白，退据台湾一隅，要“反攻大陆”，和共产党为敌，没有别的出路，只能仰赖美国支持。乞求于人，就不得不受制于人。

因此，凡是与美国有关的事，蒋介石都不敢怠慢。其中包括对美国的共和党或者民主党进行“政治投资”，以求该党上台后有所回报。一般来说，这种“政治投资”都是台湾和美国政党之间在私下的秘密交易，除宋美龄或她最亲近的孔家成员主要是孔令侃亲自执行外，其他皆须由其信任的英文秘书或其他“外交人才”奔波。一位曾在蒋介石夫妇身边的随从回忆说：

每次届临美国总统大选的前夕，老先生夫妇就担心得不得了。有一回，我亲眼见到老先生的英文秘书某某，拎着一只硬壳大型旅行皮箱，从官邸正门进来要上楼。就在他要上楼的同时，老先生恰巧打铃要我上楼，在楼梯口碰到某秘书，彼此打了个招呼，我见到他很吃力的模样，就好心好意地向前作势要帮他一起提，可是，他却很敏感地退后一步，连声说“不用你帮忙，谢谢！我可以，我可以，你别来！”然后兀自吃力地双手拎着箱子，独自上楼。

我当时觉得很奇怪，为什么他那样神秘，我只不过要帮他提一把，没有其他的用意，而且我平时和他很熟悉，可以说是很好的朋友。后来，我从别的地方得知，原来那天某秘书来官邸，是提着一箱美元现钞，他是要把那箱现金，拿给老先生看。某秘书大概进去有半个小时左右，然后就一个人空手退出房屋。老先生的门口除了我之外，还有值班侍卫官坐在门口。如果某秘书拿出那只皮箱的话，一定难逃我们的双眼，显然那只皮箱是从老先生书房的另一扇门，由另外的人员取走了，而最可能的藏钱地点，就是老夫人的房间。

我从老夫人的亲信随从那儿知道，那笔美金是要送到美国去的，然而那段时间，台湾虽然慢慢已经脱离了美援，经济上还不算特别好，可是，台湾为什么要送钱去美国呢？那一大箱子的钱，如果全是百元大钞的话，少说也有一百万元。美元和台币的比例，在那时还是一比四十的年代，假设有一百万元，就价值台币四千万元。美国有共和党和民主党两党，传统上国民党是支持共和党的，从二战后，国民党支持美国总统候选人杜威，就是一个明显的例子。一直到台湾，老先生对共和党还是情有独钟，而我见到某秘书提着一箱子美元现钞的那次，正是美国总统选举前不久，而那次，共和党的总统候选人是尼克松。

蒋介石对美国官员，主动联系，经常邀请他们访问台湾，高规格送往迎来；或派宋美龄、蒋经国及其他官员访美。美国方面，也频繁往访台湾。双方各有目的，互相利用。有时合拍，有时不合拍。所以双方关系，时冷时热。

1950 年 8 月，侵略朝鲜的联合国军总司令麦克阿瑟访台时与蒋介石合影

蒋介石退据台湾，妄想“反攻大陆”，求助于美国。美国敌视新中国，阴谋把新中国扼杀在摇篮里；蒋介石统治下的中国，将是美国的盟友。从这个意义上说，美国理应帮助蒋介石“反攻大陆”。不过，美国方面对蒋介石没有信心，深恐“反攻大陆”不成，把美国拖入战争，拔不出腿。所以，对蒋介石援助不积极，甚至约束蒋介石不得轻易对大陆采取攻击行动。

1950 年朝鲜战争爆发后，美国对台湾政策有所改变，宣布“协防台湾”，恢复了对台湾的援助。从 1951 年到 1954 年，经济援助台湾 37520 万美元。之所以如此，是由于台湾的战略地位险要，联合国军总司令麦克阿瑟认为，“台湾是美国太平洋防线，自阿留申群岛经日本、冲绳，而至菲律宾之一环”，台湾可以“成为一座不能击沉之航空母舰”。不久，美国第七舰队进入台湾海峡。此后，美国即公开干涉和控制台湾当局，蒋介石国民党政权成为地地道道的美国工具，不经美国允许，他什么也做不成。

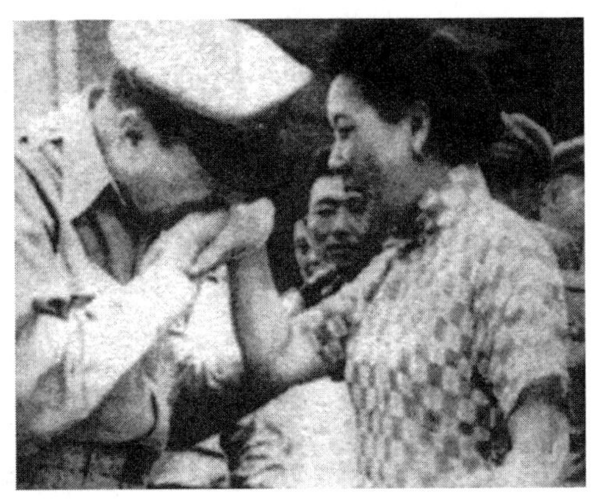
麦克阿瑟向宋美龄行吻手礼

宋美龄 1952 年又开始频繁往返于太平洋两岸。1952 年 8 月，宋美龄以“养病”为名，去美国为蒋氏政权争取外援。正赶上美国总统竞选，美国共和党人艾森

豪威尔为美国总统候选人，他重视亚洲和台湾的战略地位，主张“尽可能地利用台湾岛”，认为蒋介石政权是“美国坚定的朋友”。蒋、宋利用这个时机展开外交攻势。1953 年 1 月 20 日，艾森豪威尔正式就任美国总统，尼克松为副总统，杜勒斯为国务卿。当日，蒋介石电贺艾森豪威尔和尼克松。在美国的宋美龄给艾森豪威尔写信，希望能够拜会他和更多的美国重要人物。宋美龄收到了 3 月 9 日白宫茶会的请柬，受宠若惊。事先她和驻美“大使”顾维钧一起商讨与新总统说些什么，如：美国对台政策，了解他对“自由中国”的政策方面的态度和意图，以及他希望台湾在有关朝鲜冲突和远东的总形势方面做些什么等。很遗憾，总统夫妇非常和蔼、周到地招待宋美龄，与她谈论绘画、美式中国菜，让大家欣赏他的作品。这次白宫之行，仅仅以礼节性的应酬而结束。她只能在会晤美方一些重要人物时，传达了蒋介石的愿望。

1960 年 6 月，蒋介石、宋美龄欢迎艾森豪威尔访台的场面

1953 年 11 月，美国副总统尼克松到台湾访问，住在士林官邸招待所内。1954 年，美国对蒋介石“反攻大陆”的态度有所转变，表示支持，但措施阴损，要对中国使用原子弹。

当年 2 月，台湾与美方召开“共同防卫台湾作战会议”。4 月，蒋军与美军在台湾南部共同举行“联合大演习”，14 日，蒋介石邀请美国军方高级将领普尔少将等人聚餐，参加者一致表示，愿随蒋介石“并肩反攻大陆”。同年 9 月 3 日，海峡两岸发生炮战，中国人民解放军自厦门向金门发炮 6000 余发，击毙美军在金门的顾问 2 人。7 日，台湾蒋军出动海空军攻击解放军炮兵阵地。10 月 11 日，蒋介石致函艾森豪威尔，认为如果苏联首先使用氢弹，先发制人，则“氢弹一落，全世界人心震惊，其必同时萎缩、昏迷，不知所至，更不知如何能图报复”。因此，他建议美国，“不如助我‘反攻大陆’，使敌人专致力于此，而无暇顾及其他，是为长期消耗敌力，陷入泥淖，不能自拔之一法”。美国空军部计划处向蒋介石提议，只要蒋介石申请，就可以出借原子弹供“反攻大陆”之用。

蒋介石当然知道原子弹的厉害，但他更清楚，此物“使用”不得，一旦他向美国人借用原子弹，“对于民心将有不利之影响”，不仅“反攻大陆”不会成功，而且，他将永远成为民族的罪人。

1955 年 5 月，美国在内华达州试验“战术核武器”成功。这种核武器当量小，可以用 280 毫米口径的大炮发射，因此，威力较低，用于小规模战争或局部战争，目的在于摧毁敌方指挥所、集结的部队、作战工事和机场、港口等。1958 年 8 月，解放军福建部队猛烈炮击金门。同年 10 月 20 日，美国国务卿杜勒斯应邀访问台湾，企图说服蒋介石承诺不以武力打回大陆。22 日，杜勒斯声称，要摧毁金门对岸的中共数百门大炮，只有使用核武器。他问蒋：是否要求美国动用核武器？蒋介石答称：或许可以考虑使用“战术核武器”。杜勒斯立即告诉蒋介石说，其落尘会杀死 20 万中国人和金门岛上所有的人，苏联并有可能参战。蒋当即表示：如果这将引起世界大战，他不会要求使用核武器。23 日，蒋、杜再次会谈，蒋介石要求美国二者择一：“予我以原子重炮，毁灭其炮兵阵地，否则由我空军轰炸其运输线也。”蒋的用意在以进为退，迫使美国同意他的后一方案。1964 年 4 月，美国国务卿鲁斯克（Rusk）访问台湾，对蒋介石称：今后再不会有韩战作战方式，将以原子弹解决战争。据有关资料报道，当时，鲁斯克询问蒋介石，在“反攻大陆”时，使用原子弹如何？蒋称：美国有多种先进武器，没有必要使用原子弹。如果使用原子弹，受损失的将不只是中共及其军队，对环境污染太大，“光复大陆”成功后不易处理。1968 年 12 月，鲁斯克再次到台湾访问，蒋介石和他商谈“反攻大陆”问题，希望得到美国支持，鲁斯克表示：美国人不想在一场反对中国的常规战争中流血。蒋介石立即愤怒地表示：“你们永远不应设想以核武器对付中国。”

美国不肯用常规战争帮助蒋介石“反攻大陆”，用原子弹，蒋介石又不同意，便图谋分裂中国，让台湾与大陆“划峡而治”。

1954 年 12 月 2 日，台湾地区和美国签署《共同防御条约》，大陆方面提出质疑，并提出“解放台湾”。国民党想借着《共同防御条约》为台提供防卫安全保障。但美国方面规定的特别保护区仅限台湾和澎湖，而没将金门、马祖外岛是否在协防范围写进条约。20 世纪 50 年代末至 60 年代初，美国曾经为了从台湾海峡脱身，重新考虑对华政策，企图松动同中国大陆的关系。特别是肯尼迪入主白宫前后，曾发表言论称：他坚信美国必须保卫台湾，但应划一条清楚的防线。他一直认为金门、马祖对防守台湾并非必不可缺，美国防线应仅仅划在台湾本岛周围。

解放军占领浙江外海的大陈岛后，福建金门、马祖成了蒋“反攻大陆”的前沿。美方建议蒋介石从金门、马祖等外岛撤军，固守台湾，实行“金马中立化”，将这些外岛交给联合国托管，蒋介石坚决不同意，因为这等于割裂大陆与台湾的联系，造成“两个中国”的局面。

蒋介石不同意美国的主张，坚决不放弃金门、马祖。反对制造“两个中国”的局面。毛泽东保留金门、马祖不占领，用它们拴住台湾，避免台湾与大陆分割。他们都坚持世界上只有一个中国，绝不允许出现“两个中国”和“台独”，这是中华民族不可动摇的大原则。对此，不论国民党还是共产党，所有中华儿女都必须牢记的。

1955 年 2 月 14 日，蒋介石召开中外记者招待会，批判“两个中国”的谬论

宋美龄从她关注的角度极力称赞蒋介石，认为他很伟大。她说：

> 假使没有蒋公在大原则上不屈服、不妥协的领导，坚守金门、马祖，谁也不难想象到，如果金马陷落，难道台湾不会像这两个外岛一样沦亡？若不是因为他的坚定不移，谁能说，会因此而造成什么样的后果？……“中华民国”在面临生死存亡关头的困苦时机，很幸运地少数在位的人已经看到并确知在他们之外还有一位具有天赋的才能及伟大的特质者。必须说明的是，同样幸运地，我们的国家一位不胆怯、不动摇，亦不屈服于不可胜数的压力的领导。设非如此，全球所发起的善意、友好及协助，亦是枉然的。……我必须承认，当我读到艾森豪总统，经由当时美国驻伦敦大使而密送给丘吉尔总理的电报时，我非常感动（虽然，我自小即被教导要压抑自己的情绪，尤其是悲伤时）。我引述部分电文如下：“我们相信，如果我们企图强迫蒋氏放弃这些岛屿，他宁愿独立行动，同归于尽。”艾森豪总统的观察深湛，他全然地能透视到蒋公之坚强，而衷心感佩，甚至引用于郑重对英国的行文之中，忠告丘吉尔首相和艾登外相，若再使用压力，亦必徒然，实可谓之罕见。

1954 年 4 月，宋美龄赴美 6 个月，为的是争取签订“共同防御协定”。朝鲜战争结束后，蒋氏夫妇打回大陆的梦想破灭，美国第七舰队随时有撤出台湾的可能。再加上 1954 年 4 月在日内瓦召开的由美、苏、中、英、法 5 国外长参加、讨论和平解决朝鲜问题和恢复印度支那和平问题的国际会议，没有台湾当局代表。这是一个对台湾不利的兆头。所以派宋美龄赴美活动，鼓动人们反对苏联等国提出的让中华人民共和国在联合国得到席位的提案。

1954 年 9 月 9 日，美国国务卿杜勒斯到台湾访问，蒋介石在士林官邸与其会谈 3 个小时，这次会谈主要是为美国与台湾方面签订“共同防御协定”进行磋商。12 月 2 日，美国和蒋介石订立了《共同防御条约》。美国图谋通过此条约使台湾“中立化”，由联合国“代管”。

美国政府自 1955 年恢复中美大使级会谈以来，一直站在台湾的立场对付中国。蒋介石国民党在美国的军事援助和经济支持下，也产生了相当的效益，其实力有所上升。蒋介石、宋美龄更是叫嚣“反共抗俄、‘光复’大陆”，并加紧活动。宋美龄 1958 年 5 月下旬启程奔赴美国，在美国住了 14 个月。她发表演说，劝说美国人民支持蒋介石“反攻大陆”的计划。蒋、宋的反共主张一度迎合了冷战时期美国人的情绪，受到了部分美国人士的欢迎。7 月 9 日，宋美龄赴密歇根州安阿堡，接受美国密歇根大学授予的荣誉法学博士学位。

然而，美国人考虑问题很实际，在炮击金门后，美国人没有应宋美龄的要求，协助其丈夫实施“反攻大陆”的计划，因为美国希望蒋介石军队从金门、马祖撤走，从而分离台湾，制造“两个中国”。

从 1958 年 9 月 15 日开始，美国与中国在波兰华沙进行接触性谈判。中方要求美国从台湾撤兵，美方则主张中方首先停止对大陆沿海国民党占领的各岛的炮击。虽然各不相让，没有达成什么实质性协议，但中美开始讨论台湾问题，为日后中美关系正常化打下了基础。

华沙会谈后，10 月 23 日，美国派杜勒斯率领代表团到台湾与蒋介石进行会谈，双方发表了一个联合公报。在美国的压力下，蒋介石放弃武力“反攻大陆”计划，改用三民主义的方式来完成“恢复中国自由的目标”。

蒋介石面临着台湾在联合国的代表权问题的危机，这个任务就交给了宋美龄。宋美龄频繁奔走，精心策划的“联合国代表权保卫战”历时 20 多年，但最终还是被联合国摒弃出局。中美、中日关系逐步正常化给宋美龄外交以致命的打击。

四、被驱逐出联合国

1953 年 9 月，在第七届联合国大会上，由于苏联代表的提议，大会把注意力转向中国在联合国的代表权问题。在美国代表的阻挠下，大会经过长时间的辩论和多次表决，最后通过了把代表权问题至少延期到年终的决议案，也就是又一次延期。台湾当局不放心。

不久，台湾地区涉外事务主管部门就收到情报说，有人正在准备新年后发起一个主张接纳中国加入联合国的运动。美国前众议员阿姆斯特朗向顾维钧建议，必须警惕，并预谋对策。

当然，台湾在美国参众两院的那些朋友们会出面反对的。例如，参议员斯帕克曼就表示出他反对接纳中国加入联合国的顽固立场。这位参议员说，朝鲜战火既已停止，如果停战协定导致朝鲜问题的和平解决，各方面将向美国施加巨大压力，使之同意接纳中国加入联合国。为了对付这种压力，他支持向艾森豪威尔总统请愿的活动。

美国政府从来都是从本国的全球战略出发决定取舍的。早在杜鲁门时期，对恢复中华人民共和国在联合国的席位问题，美国一直进行多方阻挠，在《顾维钧回忆录》中有如下的记载：

> 近两年来（指 1952 年至 1953 年），大约召开过一百多次国际性会议，在每次会议上美国都支持我们保有代表权。不仅如此，美国还联络并促使其他代表团支持我们。这已经成为美国的既定方针。共产党越是在朝鲜和其他亚洲地区进行侵略活动，美国就越要挫败它，越要下力量帮助我们。

不过，早在 1951 年，共和党上台前，共和党领导人首次集会制定今后工作规划、讨论对待中国的态度问题时，艾森豪威尔和杜勒斯就都表示，可能最终不得不使中国和台湾当局都参加联合国，或许是个解决办法。在各方的压力下，美国在尝试这种方案。

这是不可能的。中国绝不会同意美国制造“两个中国”或“一中一台”。蒋介石也不愿接受这种方案，当部下向他报告关于接纳中国进入联合国问题时，蒋介石勃然大怒，吩咐部下转告台湾驻联合国“代表”蒋廷黻向联合国声明，如果中国被接纳，台湾当局就退出。宋美龄 1955 年 2 月 26 日接见美国《克利夫兰新闻报》记者时，非常坚决地说：“‘两个中国’政策很像信奉两个上帝。”

亲台的美国国会议员也行动起来了，首先站出来的就是参议员诺兰。他发表了一篇十分强硬的演说，不指名地回击了杜勒斯关于承认中国的模棱两可的讲话。这位参议员当时是多数派领袖。他说，美国人民不会赞成这种承认。他本人将竭尽全力加以阻止，因为它会意味着中国共产党要求占有台湾，而台湾的丧失将使共产党的威胁直逼美国西海岸。

1954 年 4 月赴美国“治病”的宋美龄自然而然要加入到这个反对者的行列中，她指挥着一些人千方百计游说于美国朝野和一些国家驻美使节们中间，拼命扩大台湾的“外交”关系，以争取联合国中支持台湾席位票数的增加。

台湾方面首先争取的是哥伦比亚。尽管哥伦比亚是个小国，但它能帮助争取其他拉美国家的支持。拉美集团在联合国和其他国际组织中占有 20 至 21 票，因而居于十分重要的地位。顾维钧获悉，美国代表团要花很大力气争取拉美集团的支持。哥伦比亚大使表示：愿意帮助台湾对付共产党向拉美国家的渗透。顾维钧对哥驻美大使表示感激之情。

在宋美龄一行人的活动下，在美国亲台议员们的强大压力下，白宫当权者排斥新中国的政策没有改变。杜勒斯表示，美国政策不仅无意承认共产党领导的中国大陆，甚至也无意考虑这个问题，至于接纳北京政权进入联合国问题，美国政府同样予以反对。艾森豪威尔也在 1954 年的国情咨文中表态：继续在经济、军事上援助台湾当局。

在美国住了 6 个月的宋美龄凯旋。台湾的席位保住了，宋美龄的病也好了，她容光焕发地走下了飞机。

进入 60 年代以后，形势变了。台湾与美国之间的“蜜月”关系结束。1965 年 8 月 22 日到 1966 年 10 月，蒋介石又派宋美龄到美国进行访问，在各种场合讲话达 20 次之多，这是她最后一次以“第一夫人”的身份出现在华盛顿。她竭力损毁共产党领导的中国大陆，阻止中美关系改善。她在谈话中仍要求美提供武器，表示国民党能够独自收复中国大陆。蒋介石在会见美联社的记者时也强调：“我们可以利用自己的力量‘反攻大陆’，没有必要求助美国的军队。我们不想让美国卷入任何战争。在中国大陆，它是我们和中共之间的事。一旦我们回到大陆，我们就有足够的力量。”

当时的美国，民主党人肯尼迪入主白宫以后，虽然仍宣称坚持艾森豪威尔对华政策的 3 条原则，即：（1）承认台湾为中国的“合法政府”；（2）拒绝承认中华人民共和国；（3）拒绝中华人民共和国进入联合国。但在具体做法上表现出极大的灵活性，特别是在中国大陆沿海岛屿与“反攻大陆”的问题上，表现出明显的差异，并一直暗示蒋介石不要轻举妄动。

与肯尼迪相比，约翰逊继任美国总统后，对华政策又有了进一步的改变。约翰逊之所以如此，是基于国际局势与国内形势的变化。1964 年，国际上发生两件爆炸性的新闻：一是中国第一颗原子弹试爆成功，使中国的国际地位大大提高；二是法国同中国建交。美国国内受国际局势变化的影响，批评政府的对华政策的人日益增多。形势迫使美国政府扩展与中国大陆的关系，与台湾的关系逐渐变冷。

正是在这种时刻，曾担任 12 年美国国会议员、8 年副总统的理查德・米尔豪斯・尼克松，于 1968 年 11 月 6 日当选美国总统。这个在近 10 年间 6 次访问过台湾的美国共和党人，曾给予蒋介石夫妇以很高的评价。毫无疑问，蒋氏夫妇对这位反共老手也曾寄予了很大的期望。

1965 年，宋美龄访美期间，与接待她的尼克松夫妇在一起

然而，使中美关系发生重大转折的恰是他们的这位“老朋友”。

尼克松入主白宫之后，重新调整了美国对华政策，结束了美国对新中国 20 多年的敌对关系，拉拢中国抵制苏联。尼克松一向坚决反共，当选总统后看到世界形势的新变化和美国的不利地位，承认美国过去孤立中国的做法反而使自己也孤立起来，决定改变对华政策。尼克松并没有放弃反共立场，他之所以这样做，是从美国的全球战略特别是对苏战略，以及美国本身的利益考虑的。

尼克松改变对华政策基于3点考虑：

（1）对抗苏联要有实力。为了对抗苏联，他主张开展“三角外交”，打开同中国大陆的关系，结束中美对抗，以便利用中苏矛盾，造成对苏施加压力和进行牵制的杠杆，诱使苏联对美国让步。

（2）出于结束越南战争的考虑。要结束越南战争，必须同中国大陆取得谅解，否则很难从越南战场抽身。

（3）鉴于中国力量与影响的增长，中美对立的时间越长，美国付出的代价就越大，不利于美国稳定亚太地区的形势，更难集中力量对付主要对手苏联。

1970年2月，尼克松向国会提出的第一个外交政策报告中说：

> 从长远来说，如果没有拥有7亿多人民的国家出力，要建立稳定和持久的国际秩序是不易设想的。

同年10月，尼克松在接见美国《时代》周刊记者时称：

> 如果说我在死以前有什么事情想做的话，那就是到中国去。如果我去不了，我要我的孩子们去。

尼克松的上述言论表明，他力图在任内结束中美隔绝20多年的不正常状态。就此点而论，尼克松不失为一个具有战略眼光的政治家。

正是这位扛了20多年反共大旗的美国总统，却替西方世界迈出了大胆的第一步，打开了与中国交往的大门。

对于尼克松的举措，蒋介石非常不满意，当然对于尼克松准备访问北京一事，蒋介石当时是一无所知的，直到1971年7月15日尼克松宣布其北京之行决定的前20分钟，台湾当局驻美国“大使”沈剑虹才从国务卿罗杰斯给他的电话中得知。这个消息使沈剑虹有几分钟时间震惊得说不出话来。他简直不能相信方才听到的话是真的。台北方面对此消息的最初反应同沈剑虹一样，也觉得难以置信。

当1972年2月21日尼克松访问北京之际，正值台湾召开“国大”一届五次会议，会议对尼克松北京之行发表声明：“戡乱反共国策”决不改变，不承认中美间任何协议，大陆中共是“叛乱”集团，无权代表中国。

但是《中美上海公报》简称《上海公报》向全世界宣告：

> 美国认识到，在台湾海峡两边所有中国人都认为只有一个中国，台湾是中国的一部分。美国政府对这一立场不提出异议。

美国这一立场否定了多年来“台湾地位未定论”。同时《上海公报》还提出中美应实现“两国关系正常化”。

蒋介石电令沈剑虹会晤尼克松，当面澄清《上海公报》未提《共同防御条约》所引起的不安。尼克松对沈剑虹保证，“美国决心遵守对‘中华民国’的承诺”。翌日，沈剑虹返台向蒋介石汇报会晤尼克松的情形，蒋介石听后感慨：从此以后，我们要比以前更依靠自己。

在尼克松改变对华政策的同时，美国对在联合国的中国代表权问题，立场也发生变化。从 20 世纪 50 年代开始，联合国每年都对中国代表权问题进行辩论，美国一直站在支持台湾的立场上。20 多年过去了，到了 70 年代，美国劝说台湾接受“两个中国”，即联合国纳共而不排台的方案。台湾官方不少人赞成这个方案。但宋美龄不同意，严正地说：“宁为玉碎，不为瓦全！”

不少人附和，蒋介石却保持着“沉默不语”。据在场的人说，蒋介石的表情是很苍凉的。

时至 20 世纪 80 年代后，台湾人对当年“蒋夫人一言定江山”之事仍感到不胜惋惜！他们认为：时机一失去，岂能再来？其实，他们的惋惜是多余的，即使宋美龄不拒绝美国的方案，台湾也不会被留在联合国。

由于形势已很明朗，宋美龄想起了在 1949 年离开大陆之前，蒋介石转移政府财宝的预见能力，这时她又想起了转移另一种财宝，即“中华民国”自动撤回国际货币基金组织中的股份，价值达 5990 万美元。在 10 月 25 日联合国进行决定性辩论的前一周，蒋介石下令提取所有的存款，以免落入中国共产党手中。

1971 年 10 月 25 日，联合国第 26 届大会就中国代表权案进行表决，会议以 76 票赞成，35 票反对，17 票弃权，3 票缺席，通过了阿尔巴尼亚等 23 国提案，恢复中华人民共和国在联合国的一切合法权利，并立即将蒋介石集团的代表从联合国的一切机构中驱逐出去。

26 届联大表决阿尔巴尼亚等国的提案之前，蒋介石为避免尴尬局面的出现，命令“外交部部长”周书楷率台湾当局出席联大会议代表团悄悄退出联合国大会会场。

继联大驱蒋案之后，几乎是在一夜之间，有 20 多个国家与台湾当局断交，转而承认中华人民共和国。截至 1973 年 2 月，仅有 39 个国家与地区同台湾当局保持“外交”关系。

这对蒋介石来说是极为沉重的打击。除了在日记中骂尼克松为“尼丑”，指责他出卖“中华民国”以外，蒋介石又迁怒于孔令侃和宋美龄。原来，1959 年尼克松在与约翰·肯尼迪竞选总统失败后，先后在洛杉矶和纽约做律师。1967 年 4 月，尼克松访问台湾，并会见蒋介石。当时，台湾国民党当局已因经济起飞而有了实力，尼克松此行的目的是从蒋介石手中得到资助，以便第二年再次参加总统竞选。会谈中，尼克松未开口要钱，蒋介石也就装糊涂，不肯掏钱，而且对他持轻视、鄙薄态度。而这些，都是孔令侃的主意。孔令侃影响了宋美龄，宋美龄又影响了蒋介石。结果，尼克松空手而归。不料，尼克松在竞选中获胜，入主白宫。蒋介石认为尼克松之所以疏远台北，亲近北京，是在发泄 1967 年台湾之行“空手而归”之恨。1972 年 5 月 17 日蒋介石日记云：“晚见令侃，心神厌恶，国家生命几乎为他所送。妻既爱我，为何要加重我精神负担？”5 月 27 日，蒋介石日记云：“独上中兴宾馆视事。近日精神苦痛，以女子、小人为难养也，故拟独居自修。”蒋介石原来和宋美龄同居于离台北圆山不远的士林官邸，3 天后的下午，已处于重病中的蒋介石离开士林官邸，独自搬到阳明山中兴宾馆“独居”。到 6 月 19 日，宋美龄也搬来“同住”，这段风波才告一段落。

第十二章　特权—敛财—奢华

蒋介石国民党从大陆到台湾，一路失败，是一段非常值得深思的历史。它的教训，是历史性的，不只是国民党蒋介石的，而是有普遍的借鉴价值，总结出来，是一笔宝贵财富。蒋介石和宋美龄进行了总结，很遗憾，他们没有也不可能看到实质性的、根本的问题所在。

一、蒋介石、宋美龄对失败教训的总结

蒋介石国民党在大陆的失败和到台湾后“反攻大陆”的计划落空，一脉相承。退台之初的蒋介石曾经反省过国民党在大陆失败的原因，其内容涉及政治、经济、军事、外交和党务诸方面。他为他在大陆失败找了 8 条原因：

第一，主要的原因是国民党军事的崩溃；

第二，“戡乱”失败最后一步就是党的失败；

第三，政治上的失败；

第四，组织不严是在大陆失败的重要因素；

第五，经济上的失败导致了政治、军事与社会的瓦解；

第六，国际外交上的失败是：苏俄对华的侵略政策和美国的妥协主义分不开；

第七，国民党在大陆最大的失败就是教育和文化；

第八，他的下野亦是国民党在大陆迅速崩溃的原因之一。

宋美龄也对国民党政权在大陆的失败进行反省。她甚至不提蒋介石曾总结的 8 条，完全把失败原因归于“中共于武器及军火方面之占优势，使之一再战胜。彼时对共党方面之妥协心理，使国际政坛满布阴影，亦自使中国民气，遭受不佳之影响”。

蒋介石到台湾，进行反省，还进行一些有益于国计民生的建设，值得

肯定。建设总比连年内战好，只是他的反省没找到根本原因，看不到病根在哪里。宋美龄还不如蒋介石，她不懂得历史学的灵魂是实事求是，不可胡编乱造。人民解放军当年的武器装备什么样，尽人皆知，有目共睹。从来没有人认为这支军队在军火武器方面占优势。宋美龄谈历史随心所欲已经不是第一次了。

美式装备的国民党军队，为什么打不过小米加步枪的人民解放军？找到这个答案，失败的原因就找到了。换言之，以共产党为师，把人民放在第一位，问题就迎刃而解。

为了什么人的问题——也就是立党为公还是立党为私，是根本问题。得民心者得天下。为公，为民，民心所向。反之，远离人民，与人民为敌，不会有好下场。蒋介石以孙中山的继承者自诩，但以当上中国独一无二的最高统治者为宗旨，与孙中山的革命纲领——民族、民权、民生三民主义不符。共产党的宗旨是全心全意为人民服务，孙中山把共产党视为好朋友。蒋介石始终与共产党不共戴天。他在大陆，抗日，是实行民族主义，受到人民拥护；到台湾，投靠美帝国主义，这一条又丢了。在大陆统治22年，反共，排斥异己，不惜穷兵黩武，百姓无宁日，专制独裁，镇压人民，何谈民权民生？在大陆失败的原因找了8条，根本原因是什么？没找到，只能在错误的路上越走越远。

立党为私，权力私有，形成特权集团。特权必然导致政治腐败。历史上腐败的王朝，最终都走向败亡。唐朝诗人李商隐《咏史》中说：“历览前贤国与家，成由勤俭破由奢。”蒋介石古书读了不少，但对此缺乏理解。蒋介石国民党特权集团的腐败，日甚一日，利用职权，谋高位，聚敛钱财，营私利，无孔不入。抗日时发国难财，连外援都不放过。抗战胜利，对敌伪财产的接受变成劫收。1948年搜刮民间金银美元。退往台湾前，掏空国库，有的存入个人账户。为首者拥有的财富，以若干亿计算，生活奢侈腐化；而中国的老百姓在啼饥号寒。这种腐败透顶的王朝，民心丧尽，不可能不败亡。可惜，蒋介石总结的8项失败原因，没找到腐败这个毒瘤。

二、从大陆运往台湾多少金银财宝?

据李宗仁回忆录载:

> 自民国三十七年八月“金圆券”发行之后，民间所藏的银圆、黄金、美钞为政府一网打尽。据当时监察院财政委员会秘密会议报告，国库库存金钞共值三亿三千五百万美元。此数字还是依据中国公开市场的价格计算；若照海外比值，尚不止此数。库存全部黄金为三百九十万盎士，外汇七千万美元和价值七千万美元的白银。各项总计约在美金五亿上下。

台湾省主席陈诚 1949 年 1 月 5 日上任后，蒋介石便密令将国库所存全部银圆、黄金、美钞运往台湾。

李宗仁还揭露，蒋介石在下野的同一天，又手令提取中国银行所存的美金 1000 万，汇交当时在美国的空军购料委员会主任毛邦初。嘱毛将该款以及毛氏手上的余款悉数自纽约中国银行提出，改以毛氏私人名义存入美国银行。据毛氏事后对人说：蒋先生虑及与中共和谈成功，联合政府成立，该款必落入新政府之手，乃有此不法私相授受的措施。

问题的关键还不在数量，而在于它是“搬空银行、兵工厂和博物馆”。留下的国库空空如也。李宗仁时任代总统，国库空虚，政府一文不名，无法运转。他亲身感受其艰难。

此外，还有将近 2500 件价值连城的绘画、瓷器、玉器和青铜器从各地运到了上海，而后转运台湾。这种事下野的蒋介石不好出面，便委托夫人宋美龄办理。夫人临上飞机时，蒋千叮咛万嘱咐：“到了上海，事要机密，人要可靠，越快越好，万无一失！”后经杜月笙，运出了上海港。

宋美龄曾在怒不可遏的时候喊叫：“我就是‘中华民国’！”这不是一时冲动失言。早在大陆时期，蒋介石就摆出“朕就是党国”的架势，他集党

（国民党）、国（中华民国）、家（蒋家）于一身。到了台湾后，大陆时期能与蒋介石抗衡的地方实力派，桂系李宗仁、白崇禧，冯系冯玉祥，阎系阎锡山，奉系张学良，都已无声无息；这里的天下是蒋氏家族独有的。

因此，“国库”是国家的，要负担当局的军政开支，也要投入社会建设。同时与家库之分并不十分严格。管理政府财政的不是宋子文就是孔祥熙，都是“自家人”。如前所述，美国调查发现援华款被蒋、孔、宋氏挪入自己腰包。外援尚且如此，何况“国库”？ 1949 年 1 月 16 日，蒋介石曾下令中国银行、中央银行将外汇化整为零，存入私人户头，以免被新政权接收。

由公款办的企业，公私不分，是公家的，也是蒋家的。或者说公家投资，蒋家收益，赔了是公家的，赚了是蒋家的。蒋家有这种特权，孔家、宋家同样如此。仅举两个例子：

台北圆山大饭店，是一座被称为“雄伟得连山都变小了”的大饭店。它建造在台北市的圆山山坡上，依傍基隆河和剑潭，主体楼高约 14 层。饭店的整体设计都是模仿明清时期的宫廷式建筑，与普通饭店的设计在风格上有明显不同，被人称作台北的“紫禁城”。

圆山大饭店早在 20 世纪 50 年代初已具雏形，蒋介石建造圆山饭店的动机，一是因为当时台湾有许多美国人，为的是让他们在台湾能够住得好、吃得好、玩得高兴；二是为了打开台湾的“外交”局面，也需要建造一个像样的饭店，接待外国宾客。因此，这家大饭店是台湾最早的国际观光饭店，在国民党“外交”迎宾史上扮演过重要的角色。

它的性质是非公非私的。它是既非公营也非个体的奇特的经济实体。这是宋美龄的又一个“杰作”。圆山大饭店是由蒋介石的士林官邸出面向台北市银行借贷两亿台币建立的，圆山饭店开始时的真正的掌门人是宋美龄。据说，当时士林官邸与银行商议借款之事，出面人就是宋美龄的亲信黄仁霖将军。1960 年，圆山饭店刚刚经过修整，宋美龄突然看到饭店飞檐上的琉璃瓦颜色不对，下令全部换掉，一下子花掉台币 2000 万元。后来，它的实际控制者是宋美龄视同己出的孔二小姐孔令俊。

圆山大饭店借款两亿台币后，据说一直未曾归还。“台银”由于是债权银行，因而特地组成了一个圆山大饭店管理委员会，由台湾省府主席担任主任委员。不过，这个管理委员会发挥不了什么作用。由两亿台币起家的圆山大饭店，后来发展成为雇用员工 600 人、资产总额 23.16 亿台币的财团。1986 年时，它的营业额已达 15.82 亿台币。而这也与官方无关。

它从未向台湾“经济部”做过公司登记。这个畸形的经济实体、形态特异的观光大饭店就这样长期以非正常的状态维持着。

中华航空公司和圆山饭店同一性质。它成立于 1959 年，官方说它是“民办”公司，实际是百分之百的“公营”。华航的董事长与总经理的任命均出自蒋介石夫妇的士林官邸。直到 20 世纪 80 年代后期，华航人事权仍属这个“最高当局”。人员的配备，主要是国民党空军官兵以退役或停役的方式调用的。既然是公司，按规定就应有公司登记，而且董事、监事名单必须公开。但是，华航的这些资料均属机密。在台湾官方方面，还有一个高阶层的“华航小组”，它最早的召集人是俞国华，后改为连战担任。但是这个“华航小组”的职责只是负责帮助华航解决财务问题。

华航初建时投资总额 20.7 亿元台币，均由国民党官方垫付。截至 1985 年的统计资料表明，华航的资产总值已达到 11.47 亿美元，但其负债总额已达 10.6 亿美元。一般公司，这样高的负债比例早已接近破产的边缘，但是华航却是安然无恙，因为它有国民党高层的“华航小组”为它解决财务问题，还有“交通部”和民航局编列预算为它维持运营。截至 1987 年，华航已连续亏损了 10 年，据估计，仅民航局的民航事业作业基金，为了华航已经亏损了 100 亿元台币以上。这种超度的“保护”，说明华航是个特权公司，也可算是国民党经营的公司。

据台湾媒介披露，华航之所以能够具有这种特权，也是脱胎于“空军之母”宋美龄。宋美龄 1936 年 6 月至 1938 年 3 月，担任过航空委员会的秘书长。几十年来，宋美龄视国民党空军为己出，因此，自华航出世以来，宋美龄即介入甚深，有人评论说，她形同实质的董事长。

从这个意义上说，华航既不是“国营”，也不是“民办”，而是真正的蒋家的“私营”企业。台湾的有识之士评论说：

上述情况，一经深入检讨即可发现，它仍是那个国民党

"党""国""家"三者不分的时代的产物，由于三者不分，他们办了一个公司，当然不需要去"登记"，反正在她（他）们看来，整个国家都是他们的。公司有了亏损，他们自然视为当然地用国库去补贴。圆山大饭店是个例子，"华航"也是个例子。事实上，这种例子还多得很。

宋美龄对国民党空军、台湾的民航既然有如此的特权，当然用起飞机来也如同自家的一样。抗战期间，宋美龄拥有一架"美龄号"专机，是D.C-3型的最新机型（当时别号"空中霸王机"），每次出门，都有照顾她衣食住行的大小仆人30余人随行。

1991年9月，宋美龄乘专机赴美一事，曾经在台湾引起轩然大波。有人指责宋美龄只是蒋介石夫人而已，在台湾政界没有任何公职，凭什么坐专机?

一时间，宋美龄离台乘专机一事在台湾被新闻媒介炒得沸沸扬扬，结果一些有关宋美龄的陈年旧事也随之被揭露出来。一位名叫洛佩斯的美国退役军官，曾向台湾记者讲述了一件发生在抗战后期的事情。他说：

1944年，正值中国抗日战争的关键时期，由于日军切断了几乎所有的补给线，送往中国境内的一部分补给，就只好仰赖美国空运指挥部用运输机飞喜马拉雅山（即所谓的"驼峰"）来运补。这是一项颇为艰巨的任务。在这条飞越驼峰的航线上，美国飞行员所付出的代价是十分惨重的：折损了600架飞机和上千条人命。可就在这时，几位一直执行驼峰空运任务的战友告诉他一个他们发誓说是千真万确的故事，故事的主人公是宋美龄，也就是当时蒋介石的太太，为她重庆的宅邸由美国买进了一批昂贵的古董家具，其中还包括一架大钢琴。尽管中国抗日战场上急需军用物资，但由于宋美龄的特殊地位，她的家具和钢琴当然为第一优先，立即被装上了一架要飞往中国的C46运输机。那架运输机的驾驶员给惹火了，因为他知道中国国内非常迫切地需要战争补给品，而不是宋美龄的家具和钢琴。于是在快飞到航线终点的时候，他就用无线电报告说，飞机有一具引擎失灵，需要抛掉整舱的货物才能维持飞行的高度。身为飞机驾驶员，这些措施完全没有超出他的权限范围。这位美国军官在向记者讲述这件事时还特别谈了他的感受：每当想象起那架钢琴在崎岖的高峰侧面弹跳滚落的情景，我总觉得其味无穷。

三、蒋、宋、孔氏家族都是巨富

蒋、孔、宋家都是巨富，但谁也说不出具体、准确数目，因为那是高级机密。

富有不是错，人们关心的是钱从哪里来，用到哪里去。蒋介石是国民党的官员，拿政府的工资；宋美龄经常为政府做事，拿津贴，按常规，能有多少财富，可想而知。如果多得出奇，人们自然想到，和权是什么关系，和国库有什么关系，和外援有什么关系。宋子文、孔祥熙也是一样。

往台湾运送国库的金银财宝中，有4200两黄金就是蒋介石私存的。蒋、宋从大陆带去台湾多少财富，后来又增加多少，不得而知。但有一点是不言自明的，凭借蒋介石的权力，蒋氏家族获取了巨额的财富。1983年美国《财星》杂志有关“亚洲富豪”的专号中，评选出的台湾亿万富豪，上榜的只有三家：一是“蒋氏家庭”，一是“台塑集团”，一是“台泥集团”。《财星》杂志估计“蒋氏家庭”的资产大约有5亿美元。当年1美元合40台币，计为200亿台币。

孔（祥熙）氏家族、宋（子文）氏家族也同时暴发。中华人民共和国成立前后，孔祥熙、宋蔼龄、宋美龄和宋子文先后飞赴美国。

孔氏夫妇的财产，据比较保守的估计也有将近几十亿美元。由于贪污中饱，在政界名声不佳，到美国后，便借口身体状况不好，谢绝一切社会活动，闭门做了寓公。

初到美国的宋子文曾对蒋介石提出的“反攻大陆”积极支持，并要求美国增加援助，增加台湾的军备装备。不料，这一要求立即遭到美方的拒绝。其实，早在1949年5月，宋美龄访美几个月后，杜鲁门总统已听到银行界人士对国会议员们提出，关于宋家和孔家在美国的曼哈顿实际上积蓄了20

亿美元的指控。总统立即命令联邦调查局对这些传闻进行秘密调查，查明涉及款额的确切数目和钱存在什么地方。这次调查以及调查的结果，于1983年，事隔34年后才解密，但仍然受到严格的控制。

首先，联邦调查局找出关于宋家战时情况的档案材料，发现宋子文“开始担任公职时财力十分有限，而1943年1月，他已经积蓄7000多万美元”。同时指出，孔祥熙夫人宋蔼龄在美国一家银行存款8000万美元；蒋夫人宋美龄在美国一家或两家银行共存款1.5亿美元。

对于美国人的指责以及秘密调查，宋美龄极为不快。她愤怒地离开了华盛顿，隐居到了纽约里弗代尔孔祥熙的别墅。然而就在这时，宋子文却毫无准备地踏上了美利坚的土地。

令宋子文大伤脑筋的并非什么“共产党分子”，而是美联邦调查局的调查人员还发现这个家族在美国拥有或控制着许多公司。

在确凿的事实面前，难怪杜鲁门总统要大骂：“他们都是贼，个个都他妈的是贼……他们从我们给蒋送去的38亿美元中偷去7.5亿美元。他们用这笔钱在圣保罗搞房地产投资。他们有的房地产就在纽约市。”

就连曾经支持过蒋介石的美国将军魏德迈也不无讥讽地说：“不要再派出像中国要求的那种正规军事代表团……派少量美国顾问，分配给每个中国师长，则所需费用不大，也许只需几百万美元，是可以做到的，这笔经费让宋子文单独筹措就可以了。”他显然认为，宋子文应从私人财产中拿出这笔钱来。

本来美国人就对其资产大兴调查，宋子文还赶在这当口要援助，岂不是自找没趣！美国舆论界对国民党当局不断要求资助的态度，予以了毫不留情的抨击。1950年5月1日《华盛顿明星晚报》的专栏作家布朗在一篇文章中指出：

> 台湾与其请求美国国会的援助，不如动用中国私人存美的资产。蒋“总统”目前所极需的安全金融、建设经济等的款项共约3亿美元，实在可由孔祥熙与宋子文两氏私人借款，不必再向美国纳税人民乞求。因为根据美国官方确切可靠的统计，孔、宋两人在美国的银行存款达5亿

美元之多，从这中间借款3亿美元给蒋介石将军，绝不会使他们两人当真“贫穷”起来的。何况以他们和蒋“总统”的亲戚关系，过去都曾先后拜膺财政部长兼“行政院长”的高官巨任，荣辱同当，患难安乐共尝，于公于私都有贡献援助之义。省得蒋“总统”的政府为求一点有限的美援，费尽九牛二虎之力向美国政府和国会申请，多方活动，还不断遭受到误解和抨击。所以由孔、宋等豪富来“援助”中国的政府和他们的至亲蒋“总统”，实在是天经地义不过的。

孔、宋豪门“捐献助国”的话题一经打开，在新闻界掀起了轩然大波，台湾和香港报刊纷纷就孔、宋财产问题发表评论。台湾国民党中央也电召宋、孔来台湾“共赴国难”。不过，宋、孔都装聋作哑，不肯出面。

有一种说法：宋氏三姐妹，蔼龄爱钱，庆龄爱国，美龄爱权。其实，宋美龄爱权，也爱钱。她那么富有，又似乎热心于公益事业，但士林官邸过去的侍卫官翁元说，宋美龄是个小气的人，巧克力在冰箱里存放不知多少年后，才对下人说：“这些糖你们拿去吃吧！”

人们都知道，宋美龄热心于救济活动，不过她绝不自己掏腰包。一位熟悉宋美龄的记者说，她过去在慈善和公益事业上所花的钱，并不是从她的腰包里掏出来的，也不是从她的银行账户上提出来的，而是花台湾当局的钱。

1997年11月，获得美国国家科学奖章的数学大师丘成桐曾希望宋美龄能够捐款，设立科学发展基金。丘成桐透露，他曾向诺贝尔奖获得者李远哲私下提议，希望能带美国国家科学院院长艾伯特去专程拜访宋美龄，请她向这个科学交流基金会捐款，目的是鼓励台湾和美国之间的学术交流，并由美国国家科学院每年给优秀人才颁奖。

然而，这件事最后不了了之，丘成桐遭到了人们的嘲笑。美国和台湾的媒体说，丘成桐只知道宋美龄腰缠万贯，拥有数不清的钞票，但他不知道这位“百岁寿星”却是一个一毛不拔的守财奴。

四、蒋介石的行馆，宋美龄的旗袍

蒋介石和宋美龄的衣食住行一向是很奢侈的，和当时中国人民饥寒交迫的生活相比，简直是天壤之别。到台湾之后，更有过之而无不及。行馆和旗袍，只是两个例子。

蒋介石长期身为中国政府的最高领导，在全国各地拥有官邸和行馆（行馆相当于古代皇帝的行宫。有称之为“宾馆”“行邸”或“官邸”的），已成惯例。蒋介石喜好出外旅行，强调“宁静致远”之道，行馆多设在山明水秀之处。在行馆，既可游山玩水，欣赏大自然风光，休闲静养，又远离繁杂的办公处，便于安静研究思考政事。蒋介石在台湾 26 年，行馆设立成为一大独特景观。

1949 年 4 月，解放军占领南京不久，时任中国国民党总裁的蒋介石最后一次离开故乡浙江奉化，在大陆东南、西南地区奔波，筹措战事。5 月以后，他先驻节澎湖，稍后飞高雄，开始了在台湾的生活。他在台湾起居的行邸，最初由东南军政长官兼台湾省主席陈诚提供。1950 年 3 月，搬入台北士林官邸。此后直到去世，台湾各处的行馆陆续建立。

1993 年 3 月，台湾当局领导人办公室表列的《先“总统”蒋公时期各地宾（行）馆一览表》，内有 22 处，均曾由宪兵司令部派员维安。如果加上社会各方的调查，则官邸、行馆总数当在 34 座左右（见表一）。

这 34 座官邸、行馆的兴建时间，可分为 1949 年之前、1950−1962 年和 1963 年以后三大阶段。早自日本统治时期，就已遍设贵宾馆、招待所。所以 1949 年国民党迁台时，陈诚就将原有设于各观光景点的官方招待所，拨交蒋介石使用，其数约有 8 所。

1950 年初，蒋介石迁入士林官邸。自 1958 年起，宾馆建设进入高潮期，截至 1962 年，包括大贝湖（后改澄清湖）、慈湖、角板山和头寮等 7 处陆续落成。这批新建官邸，多与当时“反攻大陆”的规划有关，附设庞大的地下防空工程，形成当年蒋介石宾馆群的核心。

表一 蒋介石在台湾的行馆

时间	宾馆名称	记略
第一阶段（-1949）8处	澎湖第一宾馆	1942年修建，日据时期称之“贵宾馆”，1949年5月17日进驻，现澎湖县政府整修为观光景点
	高雄西子湾宾馆	日人所建，传为彭清约宅邸，1949年5月25日进驻。1977年由台湾台局领导人办公室核定改移交高雄市政府接管，并改为蒋介石纪念馆，同时全面开放西子湾风景区
	垦丁宾馆	1949年6月14日进驻四重溪，有天然涌泉
	大溪宾馆	日人所建，原公会堂，1949年6月21日进驻，1956年增建
	阳明山官邸	1920年建，原日本糖业株式会社招待所，1949年6月24日进驻，今湖底路草山行馆
	阿里山贵宾馆	1949年11月4日进驻避寿，蒋介石共来过3次
	日月潭涵碧楼	1949年12月24日进驻，生前最常停留，六层楼高的中国宫殿式建筑，有“台湾第一名胜”之称。除了作为蒋介石行馆，部分空间固定租给台湾旅行社经营旅游业务，游客如织，1955年翻修
	角板山复兴宾馆	日人所建，原太子楼，1950年10月25日进驻，1992年毁于大火
第二阶段(1950-1962)7处	士林官邸	1950年3月完工迁入。1952年、1972年历经两次整修
	台北博爱路宾馆	原美国驻台领事官邸用地，蒋充作午休之所，称博爱宾馆。1979年3月，移拨给“北协”作为办公处
	大埔阳明营房	1955年起建，据云从未进驻，1962年底移交国光作业室
	大贝湖澄清楼	1958年12月落成，最早筑有防空指挥所。1963年11月26日，蒋介石改大贝湖为澄清湖
	慈湖宾馆	1955年购地，1958年起建，1961年落成，筑有防空指挥所。后蒋介石遗体奉厝于此，成为蒋氏陵寝
	角板山花园宾馆	1960年起建，面积最广，清幽隐邃，筑有防空指挥所，规模宏大
	头寮宾馆	日人所建，原大溪档案库，1958年增购地皮，1961年重建，格局属台湾农庄的方形，内有天井，附近有山有水，1962年8月落成，定名复兴山庄。1988年1月13日蒋经国逝世，1月30日遗体安厝于此，改名为大溪陵寝，亦称头寮陵寝

（续）

时间	宾馆名称	记略
第三阶段（1963–1975及传闻者）19处	谷关青山山庄	1963年8月28–30日，蒋介石首度游览中部横贯公路。沿途各宾馆，当在此前后陆续兴建
	天祥招待所	
	清境山庄	
	梨山宾馆	
	武岭农场招待所	
	合欢山松雪楼	
	福寿山庄宾馆	
	天池达观亭宾馆	
	宜兰武陵宾馆	
	宜兰栖兰宾馆	
	宜兰太平山宾馆	
	中兴宾馆	1970年起用。蒋介石去世四年后，国民党党史会将办公地点及党史资料迁移至此，改为“阳明书屋”
	八卦山行馆	地方政府为蒋巡行时提供的临时休憩处，80年代后期被民进党地方政府以已达使用年限为由决议拆除
	南投庐山宾馆	今警光山庄。泉质优良，蒋介石作为避暑休憩之地。中横公路开通后交通与观光资源大幅改善
	南投溪头宾馆	系“竹庐”。由台大实验管理处于1975年兴建，由于蒋介石随即去世，因此从没来过
	花莲文山宾馆	宋美龄去世后，进行了整修，并对外开放
	嘉义农场宾馆	地方政府或单位为蒋巡行时提供的临时休憩处，蒋介石生前从未进驻
	金山松涛小屋	“救国团”金山青年活动中心松涛小屋，今已对外开放，环境十分清幽
	木栅宾馆	史无明文，传闻于青邨之内

1963年以后，一方面是“反攻”计划渐告搁置，另一方面随着中部横贯公路通车，沿途所兴建的行馆大量增加。这些宾馆多数属于休闲游憩性质。

这34处官邸、行馆中，第一与第二阶段的阳明山官邸（草山行馆），台北博爱路、大溪、慈湖、头寮、角板山（二处）、大埔、涵碧楼、西子湾、澄清楼（原大贝湖澄清楼）和澎湖12座官邸，应是蒋介石宾馆群的主要组成，是最具历史意义的代表部分。蒋介石在这里除度假外，还做关键决策、召开重要会议，或会见国际政要。它们曾经是台湾政治最核心的舞台。

蒋介石、宋美龄经常到野外，兴致勃勃地郊游

所有官邸、行馆，产权公私难分。蒋介石专用，产权不属于蒋介石个人，名义上全是公产，但也并未明确归属哪个单位，也不由某机关统一管理。许多是由地方当局或公营事业单位就近负责。尽管多数系由台湾银行出资，归属台湾省政府财产，但两单位并无主导权。官邸地点的选择，皆出自蒋介石一人意旨，若干用地属于山林水土保护区，不仅难以合法，还带来维修上的负担。由于官邸与蒋介石个人起居密切相连，很自然成为政治上的象征物。

由于宾馆设立不尽合法，容易招致社会批评，所以蒋介石去世不久，蒋经国即着手重新安排使用这些宾馆。其中多数充作青年学子寒暑期活动的场地。位居旅游胜地者，有些则开放为旅馆，或活化为餐厅。

此34处行馆不是定论。但说它二三十处，总是可以的。台湾是中国的一个面积较小的省，建二三十处行馆，供蒋、宋享用，不能不说太过分。

出奇的还有宋美龄的旗袍。宋美龄的生活，向来是非常讲究，衣、食、住、行，都是当时最豪华的。在大陆如此，到台湾依旧。蒋介石和宋美龄都欣赏现代中国女式旗袍，所以宋美龄不论日常生活、工作，还是参加社会活动、外出访问，都穿合体的各种款式和花色的旗袍。以她的身份，常出席各种场面的活动，旗袍多一些，属于正常现象。不过，她的旗袍多得令人吃惊。

蒋介石身着传统长衫，宋美龄身着时尚的旗袍

宋美龄恐怕是全世界拥有旗袍最多的女人。据说：台北士林官邸楼上有好几间壁橱，供她存放旗袍，其中，有两间壁橱，存放宋美龄日常穿着的旗袍，包括她最常穿的黑丝绒旗袍。此外，还有一间壁橱是存放普通衣服的。宋美龄可能自己都搞不清楚她有多少衣服。有些旗袍，她可能一辈子都没穿过，刚做好还是簇新的，就被摆进壁橱里，有些充其量穿过一两次，也被永久封存在深不见底的壁橱内。

宋美龄的旗袍布料种类也多。士林官邸二楼有间小屋子，专门储存中外高官显要送宋美龄的礼物。礼品房间里有好几个特大皮箱，里头塞满了名流贵客送给夫人的高档布匹、绫罗绸缎。

她有一位终年为她做旗袍的好裁缝，这位裁缝师傅名叫张瑞香。在大陆时张瑞香就跟着宋美龄，一直在蒋的官邸工作。宋美龄几次长期逗留美国，张瑞香始终追随左右。她夜以继日、不停地为宋美龄赶制旗袍，甚至每两三天即可做好一件旗袍。宋美龄见张瑞香送上新旗袍，多半时候只是稍稍瞥两眼，连试穿都懒得试，就吩咐左右把新旗袍摆进衣橱里。

宋美龄这身旗袍不一般

五、第一夫人的骄娇脾气

宋美龄作为蒋家王朝第一夫人，她的才能，她对蒋家王朝的贡献，的确无与伦比。她像男人一样爱掌权。在台湾，仅仅一个“妇联会”的会长是不能满足她的权力欲望的，她还担任“台湾省妇女代表大会”名誉会长、“国民党妇工会”指导长等职，成了“娘子军”总头目。与她有密切关系的单位，在全盛时期达到5个：“妇联会”、华兴保育院、振兴复康医学中心、圆山大饭店、“励志社”等。此外，还有无职务的权力，那就是她对蒋介石的影响和支配。所以，宋美龄是全台湾最有权势的女人。

官升脾气长。宋美龄很希望人们尊重她。蒋介石手下的将军或官员几乎没人敢得罪她，人们表面上都对她毕恭毕敬。宋美龄的好友卢斯夫人的朋友谈过这样一件事：有一次，卢斯夫人与宋美龄乘车去购物，当她们回到轿车旁时，彼此推让，都请对方先上车。卢斯夫人在说过三次“不，您先请”之后，没有再让，上了车。宋美龄接着在卢斯夫人身边坐下。在回官邸途中，宋美龄满脸不高兴，一言不发。回到官邸，宋美龄高视阔步回到自己房间。

卢斯夫人问一位秘书自己做错了什么事，说：“我让过她三次啊！”这位秘书回答：“你本来应该让四次。”

20 世纪 60 年代的某一天，宋美龄在美国看到《纽约时报》刊登了一条有关中国的消息，报纸顺便在资料上提到蒋介石一生曾有三妻一妾，宋美龄名列正妻第三。

宋美龄看后，很是不高兴，便要前来探病问安的周书楷以驻美“大使”的身份，代表她前往该报更正。周书楷一听便知道这是个困难的差事，但为了夫人之命，又不能不去试探着交涉一番。

第三就是第三，并没有什么可以更正的。如果对方是台湾报纸，叫它更正，焉敢不从；不幸对方却是连美国总统都不买账的《纽约时报》。周书楷去了一趟，自然不能如宋美龄所愿。

周汇报了事情的结果，宋美龄当然甚为不满，在几句话应对不佳之余，情急之中，周书楷抢白了一句，他说：“我是‘大使’，代表的是‘中华民国’。”

宋美龄怒不可遏，结结实实给周大使一记耳光，厉声训示：“我就是‘中华民国’！”一向被称为文明、温柔、低声细语的宋美龄，何以出手打人？不是性格所致，是地位、特权导致一种霸气的支配。

她对蒋介石也不客气。1954 年 4 月，宋美龄到华盛顿逗留了 6 个月，鼓动人们反对苏联等国提出的让中华人民共和国在联合国得到席位的提案。她回到台湾庆祝蒋介石 67 岁寿辰，到松山，年老的、白发苍苍的蒋介石待在候机楼里没有露面，蒋经国和他的小儿子走到飞机旁边迎接宋美龄。在宋美龄看来，规格太低，而且是一种前所未有的无礼行为。当蒋经国陪着她从一批要人和“中国妇女反侵略联盟”的一批妇女面前走过的时候，宋美龄的态度非常冷淡。她从他们面前匆匆走过，进入候机楼，向蒋介石嘟哝了一句谁也听不清楚的话以后，就一言不发走向在旁边等着的轿车。

有一天，当宋美龄正专心致志学画的时候，蒋介石跑到她的书房，在她背后观看，初学者的拙笔让蒋介石发笑了。宋美龄听见蒋介石的笑声，马上回过头来，问道：“笑什么？没见过画画吗？！”蒋介石看出夫人不高兴，自觉无趣，便不作声，讪讪而去，回到了自己的书房。

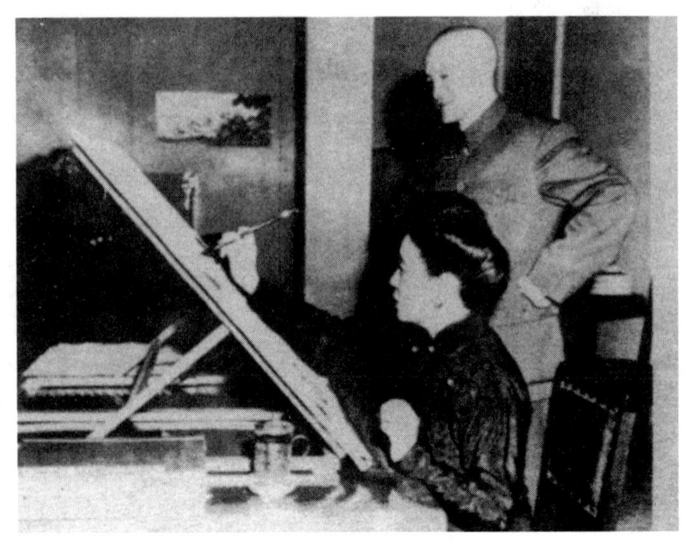

通常，宋美龄作画，蒋介石在旁观赏，画成，为之题词

宋家富有，宋美龄自幼养尊处优，又长时间留学美国，洋气十足。回国后，连宋家富裕的生活条件都不中她意。当“第一夫人”几十年，过着中国最上层的外加美式的豪华生活，在赞歌和吹捧声中度日，日久养成宋美龄的说一不二、盛气凌人、骄娇二气。

宋美龄的日常生活都要有人服侍。服侍过宋美龄的人都不堪其苦，知道那实在不是一件轻松的事。蒋氏官邸里，有一位郭副官，丈夫原来是官邸轿夫班的轿夫，英年早逝，撇下 3 个小孩。孤苦伶仃的郭副官一个人无法抚育孩子，承担孩子的教育。宋美龄因为抗战时搞过儿童保育运动，听说郭的丈夫死了，孩子又小，就答应将她的 3 个小孩送到设在台北的华兴育幼院，享受政府津贴。郭副官受到如此厚待，便拼着老命去报答宋美龄了。而宋美龄自认为对郭有恩，并且郭副官也没有什么文化，所以就把她当作一般下人对待，呵斥、责备是常有的。因为常挨骂，郭副官脸上难见笑容，整天一副悲苦的样子。

郭副官每天的任务是帮宋美龄做一些按摩捶背、洗洗擦擦的差事，同时还要服侍全官邸最难侍候的孔二小姐。孔二小姐喜欢力气大的人为她按摩，当她自己的副官不在的时候，就叫郭副官去代班。于是，服务两边，累得郭副官精疲力竭，连喘息的时间也没有了。日积月累的疲劳致使她的手连抬都抬不起来。

后来，宋美龄要去美国定居，曾经问郭副官要不要随行。郭考虑自己尚未成年的孩子，拒绝了宋美龄的邀请。郭的拒绝令宋美龄和孔二小姐大为光火，齐声指责她“忘恩负义”。由于郭的“抗旨”，她的孩子被迫离开了宋美龄创办的华兴中学。

宋美龄每天都需要服务人员替她按摩。一般初到官邸服务的护士很少有懂得按摩的，然而，为了服侍好“第一夫人”，不管会不会，都得全力去做。护士小姐先是从她在阳明山车祸中受伤的左腿开始按摩，一般病人受过外伤的肌体很容易血脉不通，按摩的确有助于血液流通。但是，按摩在宋美龄看来，不仅仅是单纯的舒筋活血，适当的按摩对她来说，还是一种享受。往往护士按摩过腿后，她又要求按摩背部。于是，护士就从她背部自上而下地每一寸肌肤开始按摩。

孔二小姐给宋美龄买来一个按摩器，护士按照孔二小姐的命令为宋美龄按摩，宋美龄似乎发现按摩器的感觉很美妙，连连称赞。这样，按摩器成了护士小姐服侍生活里的又一沉重负担。因为，这种按摩器只要接上电，配戴者也好像被通电一样，全身震动，十分难受。而且，使用这种按摩器要用力下压，很耗体力。日子长了，护士们都对这种按摩器恨之入骨。可是，苦水只能往肚里咽，谁也不敢把愤怒发泄出来。

为宋美龄按摩，劳动量很大，一般人受不了。宋美龄只要让人替她按摩，就不会轻易让人住手。当时护士值班坐的椅子，都是军中军人读训时用的那种板凳，没有靠背可以休息，一个夜班长达 12 个小时，护士就是这样僵直地坐在小凳子上为宋美龄按摩。一夜下来，护士腰酸背疼，大汗淋漓。一位亲身经历者诉说：

> 宋美龄的床边，一灯如豆。我就坐在床边为侍卫副官和护士特别准备的没有靠背的小板凳上，陪伴宋美龄度过漫漫长夜。然而，这一夜的经验，却是让我终身难忘。蔡妈交代我宋美龄“醒着”的时候，就要为宋美龄按摩，可是，说也奇怪，宋美龄似乎始终是“醒着”的。

我从来没有帮人按摩的经验，所以，大概只按了半个多钟点双手就开始发酸，于是，我便本能地停下来休息片刻。但是，宋美龄似乎根本没睡着，她在发现后面替她按摩的手停止了按摩的动作时，便开始翻来覆去、辗转反侧，让我觉得她对我猛然停止按摩的手很不耐烦。她在翻了两个身后，把背部挨近我的方向，我当然知道她的意思，马上开始继续按摩。

不知道宋美龄是否关心护士的辛苦，这个时候，她丝毫没表现出基督教徒的慈悲为怀。

蒋介石和宋美龄口喊为革命、为国家，实际做的呢？这样的统治集团和人民大众距离如此遥远，能得民心吗？

第十三章　蒋、宋晚年和身后的期盼

人到老年，身体衰弱，多病，是自然规律，无法抗拒。蒋介石和宋美龄的晚年，也不例外。尤其是蒋介石，除了政治上不遂心，无计可施外，身体又多灾多难。1975 年 4 月 5 日晚 11 时 50 分，蒋介石与世长辞，终年 88 岁。

蒋介石辞世后，宋美龄去美国定居，2003 年 10 月 23 日去世，终年 106 岁。

一、晚年蒋介石多病多灾

1972 年是台湾的大选之年，85 岁高龄的蒋介石在遭到内政、外交等一连串的打击之后，于 3 月 21 日，在国民代表大会第五次会议上，以 1308 票的高票额，再次成为台湾地区领导人。5 月 20 日，举行宣誓就职典礼。在蒋介石生命的最后 3 年，“反攻大陆，解救同胞”的宣传标语依然贴满台湾的大街小巷。中小学生们每天依旧高唱“大陆是我们的国土，大陆是我们的疆域”的《反攻复国歌》。但此时此刻，“反攻大陆”真的只是一句苍白无力的口号。蒋介石对此心知肚明，无计可施。而此时，更雪上加霜的是其健康情况不佳。

宋美龄六十大寿时的夫妻合影

蒋介石一生未患过重病，一向精神抖擞，精力充沛，富有军人的气质和体魄。但步入老年，特别是阳明山车祸之后，身体一蹶不振。

1969 年 7 月初，蒋介石和夫人宋美龄按往年惯例，准备从台北的士林官邸搬到阳明山官邸避暑。接到蒋要出行的通知后，侍卫长孔令晟立即通知有关部门在沿途布置了周密的警戒。从士林官邸沿着仰德大道可以直达阳明山。为了蒋介石避暑方便，台北市政府和阳明山管理局拨专款为蒋介石修建了这条高等级公路。据说，仰德大道除了山势陡峭这一自然因素无法改变之外，堪称当时台湾岛上最高级的一条公路了。

这天下午，由几辆豪华轿车组成的车队离开士林官邸，驶上了仰德大道，送蒋介石夫妇前去避暑。行驶在最前面的是一辆前导车，紧跟在前导车后面的是蒋氏夫妇乘坐的高级防弹轿车，再后面是两辆警卫车。由于路上车辆稀少，车队的速度很快，风驰电掣般地离开了台北市区。

当车队快速经过仰德大道岭头附近的一处弯道时，前导车司机发现有一辆要下山的公路局的班车停靠在前面的站牌下，让乘客下车。前导车因为刚转弯，没有来得及观察到这辆公路局班车后面的情况，就在这时，从这辆班车的后面猛然冲出一辆军用吉普车，以发疯般的速度直向车队冲来。前导车发现情况紧急，唯恐这辆吉普车会冲撞蒋介石的座车，也来不及通知后面的车队，前导车司机当即紧急刹车，准备拦截这辆吉普车。

就在这关键的一刹那，紧跟在前导车后面的蒋介石专车司机猝不及防，根本来不及刹车，猛力撞在了前导车的车尾上。后面两辆警卫车的司机反应还算敏捷，紧急刹车才没有发生追尾连撞。

在撞车的一瞬间，冲击力非常剧烈。毫无防备的蒋介石，当时手拄拐杖端坐在轿车的后排，他只听到一声金属撞击声，还没有明白是怎么回事，身体已飞了起来，狠狠地撞到了前排的防弹玻璃隔板上。强大的冲撞力把蒋介石的阴囊都撞肿了，两排假牙也从嘴里飞了出去。但蒋介石受伤最严重的地方还是胸部，由于胸部受到重创，他的心脏受到严重伤害。宋美龄坐在蒋的左侧，双腿撞到了玻璃板上，当时痛入骨髓，尖声惨叫起来。

车祸发生后，现场一片混乱。大部分侍卫人员手忙脚乱地把蒋介石和宋美龄从座车上抬下来，小心翼翼地抬到后面的警卫车上，飞速送往台湾医疗条件最好的荣民总医院救治。蒋介石心脏受创，当时没有立刻发现。后来发现蒋介石在这起车祸中，心脏主动脉瓣膜受到重创，情况进一步恶化，有明显扩大的现象。在随后的 1970 年春，蒋介石在与严家淦谈话时就曾经郁闷地说："永福（阳明山车祸发生的地点）车祸，减我阳寿二十年。"

那辆肇事的吉普车，是一名陆军师长的专用吉普车。那天，这位师长参加完军事会议后，急急忙忙叫司机开车送他回家。蒋经国在反复核实这仅仅是一起意外车祸，而不是针对蒋介石的谋杀后，下令以"伤害最高领袖罪"，给予那位少将师长撤职查办处分。

1972 年 5 月，蒋介石因前列腺肥大住进医院，做了一次大手术，后又转为慢性前列腺炎的宿疾。据说这是一种十分常见的男科病，当时台湾荣民总医院也拥有最优秀的外科及泌尿科医生，是台湾一等的专家，完全有能力为患者解除痛苦。可是，相信"美国月亮也比中国圆"的宋美龄却强烈反对，一定要从美国延请名医专程赴台湾诊治。这位来自琉球美军基地医院的黑人医生，在动手术时大丢手艺，"十分不镇静，以致手在发抖"。后来炎症反复发作，一直折磨着蒋介石。

1972年和1974年，蒋介石先后两次由于患感冒转而引起肺炎，病情较重。而且，由于长期治疗慢性前列腺炎，大量使用抗生素药物，以致细菌抵抗药性能力增强，也导致他的疾病治疗起来颇为困难。

1974 年端午节，病魔缠身的蒋介石与全家人合影

1973 年 11 月间，国民党十届三中全会结束后，10 位主席团主席到医院晋见总裁蒋介石。因为他的右手肌肉萎缩，即使坐着也会垂下来。为了避免暴露这个“缺陷”，他命人用透明胶把他的右手固定在沙发扶手上，穿着长袍，坐在沙发上。

蒋介石住在荣民总医院，宋美龄到医院照顾，医院为她安排了舒适的生活、休息环境。1974 年末，蒋介石的心脏不好，病情仍然没有显著改善的迹象，宋美龄已表现出十分的无奈和烦躁，她不顾医疗小组的阻拦，硬要从医院搬回士林官邸。她对医疗小组的医生喊叫：

“我不管！他（指蒋介石）如果不搬，我还是要回士林官邸过 Christmas（圣诞节）！我搬回去！”

对于宋美龄的要求，蒋介石也没有反对的意思。医疗小组只好从命，连同蒋介石一起搬回士林官邸。为了蒋介石回士林官邸后的治疗和休养，差点没把整座病房的所有医疗设备都搬回士林官邸。所以，侍卫们当时就戏称士林官邸几乎成了一座小型荣民总医院。各种医疗器材应有尽有，连可以搬动的 X 光摄影机也移到了官邸，尽管它体积过于庞大，还是整机搬了过去。

宋美龄如愿了，他们夫妇回到自己家中过了 1974 年的圣诞节。这是他们两个人一起过的最后一个圣诞节。

1975 年 1 月 5 日，美国驻台湾“大使”马康卫即将离任回国，要求见蒋介石。宋美龄考虑见为好。医疗小组有不同的意见，因接见时间较长，蒋介石已出现过几次心跳突然停止的情况。每次心跳停止间隔时间已有日渐缩短的迹象，不宜离开心电图的监视太久，心脏也经受不起刺激。但宋美龄还是按照计划进行。马康卫准时如约前来。蒋介石也早在“大使”到来之前，就已端坐在士林官邸的客厅里等候，医生们则在客厅的隐秘处严阵以待，侍卫们则在客厅的后方随时听候派遣。侍卫回忆说，在蒋介石夫妇与马康卫的谈话过程中，蒋介石的表情有一点僵硬、不太自然，偶尔会讲几句中文，舌头有硬化的感觉，而且在谈话时还会不时喘着大气，这说明蒋介石的病情已到了相当严重的程度。幸好有夫人在一旁协助，才能使马康卫比较清楚地了解蒋介石的意思，并且掩饰了蒋介石口齿不清和词不达意的窘态。

同年 1 月 9 日夜，蒋介石在睡眠中发生心肌缺氧症，经急救转危为安。

但病情毫无起色。据其医疗小组报告："腹部不适，同时小便量减少。医疗小组认为蒋公心脏功能欠佳，因之血液循环不畅，体内组织可能有积水现象，于是授以少量之利尿剂，使蒋公排出500CC之小便。下午四时许，小睡片刻。"

宋美龄不断为蒋介石的治疗想办法。1975年3月，蒋介石的身体仍不见明显好转，宋美龄让孔令侃和孔令俊特邀一名美国胸腔专家来为蒋介石做进一步的诊治。这名洋大夫看了蒋介石的病历之后，认为他的病所以不见起色，与他的肺脏有三分之二浸泡在胸腔积水中有关，建议为蒋介石做肺脏穿刺手术，把积水抽出，方可使心脏病好转。蒋介石医疗小组的医生们则坚决反对这种刺激性强烈的治疗方式。但宋美龄固执己见，医生们也毫无办法。第一，宋美龄是蒋介石的配偶，她在法律上有充分的权利做这样的决定；第二，她还贵为台湾第一夫人，在官邸大小事情上，向来都是一言九鼎的，谁也不能违背她的意思。最后的结果当然是宋美龄同意美国医生的建议，马上准备做这个手术。

手术如期进行，医生从蒋介石的肺脏中抽出了近半升脓水，结果真叫士林官邸的医生们不幸言中，并发症接踵而来。术后的当晚，蒋介石体温猛升至41℃，高烧不退，接着，他往年就有的小便出血毛病，比以往更加严重。医疗小组不得不在一夜之间为蒋介石输入250CC血浆，才将尿血病状稍稍稳定下来。心脏停止跳动的频率不但越来越高，而且间隔也越来越近。一个医生很无奈地私下里向侍卫翁元说："老先生这次大概很难熬过去了，唉！快油尽灯枯了！"

3月29日，蒋介石从昏迷中醒来，自知来日无多，他把宋美龄、蒋经国和台湾的党政大员召到床前，口授遗嘱，由国民党中央副秘书长秦孝仪执笔记录。

4月5日晚上8时1刻，蒋介石病情恶化。医生发现蒋介石的脉搏又突然转慢，当即施行心脏按压及人工呼吸，并注射药物等急救，一二分钟后，心脏跳动及呼吸即恢复正常。但四五分钟后，心脏又停止跳动，于是再施行心脏按压、人工呼吸及药物急救，然而此次效果不佳，心脏虽尚时跳时停，呼吸终未恢复，须赖电击以中止不正常心律，脉搏、血压已不能测出。

"至十一时三十分许，蒋公双目瞳孔已经放大，急救工作仍继续施行，曾数次注入心脏刺激剂，最后乃应用电极直接刺入心肌，刺激心脏，但回天乏术。”

宋美龄由两个儿子搀扶着为丈夫送行

蒋介石病逝后，台湾地区行政管理机构于4月6日晨2时发布经主治医师签字的医疗报告及蒋介石遗嘱。蒋在遗嘱中称：“余自束发以来，即追随总理革命，无时不以耶稣基督与总理信徒自居……实践三民主义，‘光复’大陆国土，复兴民族文化，坚守民主阵容，为余毕生之志事，实亦即海内外军民同胞一致之革命职责与战斗决心，惟愿愈益坚此百忍，奋勉自强，非达成国民革命之责任，绝不中止，矢勤矢勇，毋怠毋忽。”

1975年4月28日，台湾国民党全体中央委员举行会议，修改党章，规定国民党最高领导人的称呼改用“主席”。党“总裁”的名义，永远留给蒋介石，他人不得再用。会议推举蒋经国担任中国国民党中央委员会“主席”。

二、宋美龄定居美国

蒋介石去世5个月后，即1975年9月17日，宋美龄赴美国就医。行前，她发表了3000多字的《书勉全体国人》的告别词，以悲切的语气诉说她近数年的不幸遭遇，以及“身心俱乏”，亟需就医的情况。开头一段说：

近数年来，余迭遭家人丧故。先是姊丈庸之（孔祥熙）去世。子安弟、子文兄相继溘世。前年蔼龄大姊在美病笃，其时“总统”方感不适，

> 故迟迟未行，追赶往则姊已弥留，无从诀别，手足之情，无可补赎，遗憾良深，国难家忧，接踵而至。二年前，余亦积渐染疾，但不遑自顾，盖因“总统”身体违和，医护唯恐稍有怠忽，衷心时刻不宁。“总统”一身系国家安危，三民主义之赓替，“中华民国”之前途，全担在其一人肩上，余日夜侍疾，祷望“总统”恢复健康，掌理大事，能多一年领导，国家即能多一年扎实根基，如是几近三年，不意终于舍我而去。而余本身在长期强撑坚忍、勉抑悲痛之余，及今顿感身心俱乏。憬觉确已罹疾，亟须医理。

宋美龄身体多病，数次赴美就医。1937 年 10 月 23 日前往抗日前线慰问时，其座车因躲避炮火而翻落，宋美龄被摔到车外，导致肋骨断裂、脊椎骨扭伤、脑震荡及背部疾病，加之因抽烟过多引起鼻窦炎，以及长期荨麻疹等病症，早在 1942 年，即曾赴美就医。她以 11 周时间，住入哈克尼斯医院，把她的肋骨扭伤、背部扭曲、神经衰弱导致失眠、鼻窦炎、智齿陷于腭骨长不出来等病症，全部医好。1966 年 4 月，曾在美国做胆结石手术，10 月返回台湾。

1975 年这次赴美，是因患乳腺癌，到美国动过两次手术治愈。1976 年 4 月 2 日，蒋介石去世一周年，为了追念夫君，宋美龄特别搭乘专机返回台湾住了 4 个月。然后，又因皮肤过敏症发作，需要到美国找她昔日治疗的医生诊治，因而再次飞赴美国。

宋美龄 91 岁高龄时，被查出患卵巢囊肿，准备在荣民总医院妇科做手术，但她不太信任这家医院的外科大夫，极力主张请美国医生哈比夫前来主刀。哈比夫曾为她做过乳腺癌手术。这件事让当时的荣民总医院院长罗光瑞十分为难，因为台湾不久前曾发布了一个《执业医师法》，在这个法律中明确规定：任何外籍医生如因病人所请前来台湾参加手术，必须要遵守台湾卫生署颁发的这个法令，就是外籍医师可到台协助患者手术，但绝对不可以在台湾地区的任何医院充当主刀医生，如有违犯，可处以 1 年以上、3 年以下的徒刑。而面对宋美龄这位特殊的患者，罗光瑞退了一步，建议由本院一位技术高超的外科医生主刀，请哈比夫做助手，或在手术台边充当指导。这一建议再被宋美龄否定。罗院长没办法，只好让从美国请来的哈比夫上台执刀。1989 年 1 月 31 日，哈比夫从美国乘飞机到台湾，为宋美龄做卵巢瘤根除手术。肿瘤是恶性还是良性，对宋美龄来说已不重要，有过乳腺切除手术的经历，她早已能驾驭生命中的风浪与波折，术后恢复得很好。

宋美龄于 1975 年 9 月移居纽约后，大部分时间住在孔祥熙所购置的长岛蝗虫谷巨宅。宋美龄在这里住了 20 年。住宅靠海，每逢秋冬，寒气逼人，交通又不便，如遇大雪，顿成与世隔绝的孤岛。1998 年初秋，宋美龄将这处豪宅以 280 多万美元低价出售。此财产归孔祥熙和宋蔼龄的 7 名后人所有。90 年代后，宋美龄以曼哈顿一栋老公寓 9 楼为家，这栋 15 层楼公寓面对公园，屋临东河，临窗瞭望，视野广阔而一览无遗；旁有一座中央公园，空气新鲜，可以散步，接受大自然的恩赐，宋美龄很满意。住在第五大道公寓的孔令仪和她的夫婿黄雄盛也便于就近照顾她。宋美龄和孔家的关系不一般。人们能看到，两者在财产方面有不分彼此的现象。孔家子女，与这位小姨亲如母子。对二小姐孔令俊，宋美龄视如己出。孔大小姐孔令仪，曾在南京和宋美龄、蒋介石一起生活 5 年。他们把她当自己的女儿，甚至比对自己的儿子还亲。她陪伴、照料晚年宋美龄，为宋美龄养老送终。

由于美国气候比较干燥，宋美龄病情好转，尤其是东部地区四季分明，且她又是旧地重游，因此也并不过分寂寞。宋美龄在美国的日常生活平静，远比住在风风雨雨的台北舒适、愉快。她本人深居简出，平常除了读报、看书、看电视外，多半是练习书法或绘画。据一些行家评论，宋美龄的国画水平在中等偏上，尤其是画竹，有一定的水准。

蒋家晚辈，经常请安，以居住在旧金山的蒋孝章一家人，向她探望、问安的次数最多。此外，蒋纬国也曾若干次代表蒋经国去问安。若干台湾官员访美之时，纷纷前往拜见。

1984 年，《海外侨胞》第 4 期，刊载《蒋夫人近况》一文，写道：

蒋介石的遗孀宋美龄，现年八十八岁，居住在美国纽约长岛蝗虫谷附近拉丁镇孔令侃别庄内，只有医生和保镖能自由出入别庄。据宋美龄的一位“随从秘书”说，宋美龄“生活有规律，饮食和睡眠以及运动都有适当节制，但因患乳腺癌，两乳皆已实施切除术”。她经常阅读、写字，且勤于练字、画画。不久前，宋美龄曾从纽约公寓赴德克塞斯州休斯敦参观一家医院的治疗中心，长途跋涉，毫不在乎。目前，有几位小曾孙在她身边。据菲利浦斯石油公司发言人米尔本说，宋美龄已向该公司投资五百万元，开始在新墨西哥州安东尼附近钻探一口天然气井。他还说，宋美龄拥有德克塞斯州休斯敦的韦特兰石油公司及天然气公司，是菲利浦斯石油公司这项钻探计划的合伙人。

蒋介石去世后，台湾当局于 1978 年 5 月做出决定，卸任的台湾地区领导人的配偶可应邀参加大典；还可享用交通工具车辆；配备处理事项人员 1 人及事务费；提供台湾内外医疗，包括私人医生与健康检查所需的一切费用；以及视实际情况由“国安局”提供安全警卫。据此，宋美龄无论在台湾还是在国外，所有医疗费用完全由台湾当局支付，实报实销。2003 年，还为她编列 1 位事务工作人员，每月供给 4.7 万元新台币（约人民币 1 万元）预算。所以，为了照顾宋美龄，每年支出至少 56 万元（约人民币 12 万元）。派往宋美龄身边的工作人员经过筛选，需要会英语。一般需要在那里工作两年，不少人则工作了六七年。此外，振兴医院还经常寄一些药品和医疗器材，如：降压药、助眠药、点滴针管等，供宋美龄和工作人员使用。

宋美龄在美国定居后，对台湾岛内的政局，仍至为关心，与台湾方面一直保持联系。她在美国的对外事务由“外交部”人员代劳，对内则由其贴身秘书助理代劳，中文通信由台北故宫博物院院长秦孝仪负责。宋美龄对秦孝仪非常信任，1982 年《致廖承志贤侄》和 1984 年《致邓颖超先生》的公开信，都是宋美龄授意、秦孝仪执笔的。他古文功底深厚，曾任蒋介石的机要秘书、国民党中央副秘书长。英文通信则由沈昌焕负责。

宋美龄虽然与大革命时期的苏联顾问鲍罗廷没有政治上的联系，但 1976 年 10 月，她在纽约公开发表了长达 4 万字的文章——《与鲍罗廷谈话的回忆》。

1978 年 3 月 21 日，蒋经国当选台湾地区领导人时，邀请宋美龄观礼。宋美龄于 4 月 1 日致函蒋经国，“深恐睹物生情，哀思蒋公不能自已”，而未返台参加其就职典礼。

1986年10月25日，宋美龄在蒋经国三公子蒋孝勇的陪侍下，自纽约搭乘中华航空公司包机返回台北。10月30日，宋美龄在蒋经国夫妇及家人的陪同下，一起到台北西南的大溪慈湖为蒋介石扫墓，次日在台北“中正纪念堂”举行的蒋介石百年诞辰纪念大会上，首次公开露面。

会上，蒋家唯一讲话的是宋美龄。她仪态端庄，站在台上好几分钟，身旁虽有两名侍从相扶，但健康状况看上去良好。她致辞简短，强调“中华民族世世代代都能享受更多的自由幸福”，要国民党“再进一步发扬无私无我的精神”。另外，宋美龄发表了《我将再起》的纪念文章，借以表示对蒋介石的“追念”和对后人的“策励”。

1988年1月13日，蒋经国逝世，宋美龄主持遗嘱签字仪式。91岁高龄的宋美龄坐着轮椅从侧门进入蒋经国的灵堂，哀戚满面。宋美龄回台湾后，多次接见台湾政军人士。蒋经国去世后，国民党中常会于1月27日通过由李登辉代理国民党主席的议案，宋美龄则事先于1月26日晚写信指出：此时选代主席时机不当，在国民党“十三大”时决定比较适合。6月9日，她以“台湾妇女反共联合会”主任委员的身份，邀集所属各分会主任委员、总干事举行联谊茶会。会上，她针对蒋经国去世后的台湾政局发表了意见。

1988年7月8日，宋美龄到国民党第十三次代表大会会场，请李焕代为宣读了她的《老干新枝》的讲话稿：

> 眼前正值紧要关头，老成引退，新血继之，譬比大树虽新叶丛生，而卓然置基于地者，则赖老根老干。如今党内白发苍苍、步履蹒跚者，不乏当年驰骋疆场之斗士或为劳苦功高之重臣，其对党国之贡献，丝毫不容抹煞，当思前人种树，后人乘凉。夫国之强、党之壮，赖有一定之原则，连续生存之轨迹，创新而不忘旧，前进而不忘本，当年国父如不建党立国则无今日之中华，台澎依旧日本殖民地，饮水思源发人深省。

宋美龄自从发表这篇富有政治意味的演说之后，将近一年的时间没有公开露面。蒋经国与章亚若所生的儿子蒋孝严，在国民党“十三大”之后，出

1997年，适逢宋美龄百年华诞和国民革命军遗族学校建校70周年，各届毕业生前来祝寿

任“外交次长”。

2000年9月8日，作为国民党中央评议委员会主席的宋美龄，重新办理国民党党员登记，从美国寄往台湾包括亲笔签名的“党员规约”、两张照片、1万元新台币党费等在内的参加党员重新登记所需材料，成为国民党终身党员。

宋美龄始终不改反共立场，与大陆保持距离。1981年，得知宋庆龄病危，宋美龄坚持不赴北京探望，连让宋庆龄赴美治病的家书中，也不肯署名，只以“家人”落款，其反共意念之顽固由此可见一斑。5月29日，宋庆龄在北京逝世，大陆为她举行国葬，治丧委员会向宋美龄发出邀请，请她前往参加葬礼，宋美龄没有作出任何反应。宋庆龄的遗体火化后，安葬在上海宋家墓园，是宋家子女当中唯一长伴双亲的。因为受限于两岸的政治因素，宋美龄一直没亲自到墓园祭拜父母，几年前她特别委托别人代她献花致意。

1991年9月21日，94岁的宋美龄乘坐台湾中华航空公司客机直飞纽约，当时的台湾地区领导人李登辉、台湾地区副领导人李元簇夫妇均亲往送行。台北士林官邸，也随之彻底关闭。她此去美国等于为蒋氏家族在台湾政坛的影响力画上了句号。

1994年9月8日，96岁高龄的宋美龄最后一次返台，探望病中的外甥女孔令俊。在台停留10天即返美。孔令俊是宋蔼龄的次女，从小就跟随在宋美龄身边，膝下无嗣的宋美龄视孔令俊为己出。可惜，探视后不久，孔令俊因直肠癌并发心肺功能衰竭去世。

1995年7月26日，适逢二次大战结束50周年纪念，98岁的宋美龄在家人的陪伴下应邀连续参加了美国国会向她致敬的酒会和台北驻美代表在双橡园举行的茶会。在国会山庄接受致敬时，并发表简短谈话。她叙述了中国自1937年至1941年被迫“孤独无助地”对日抗战的经历，但她立刻表示从心底感谢美国人民在珍珠港事件之后给予中国的精神支持和物资援助。会场的墙面上布置了许多宋美龄和丘吉尔、罗斯福、杜鲁门、艾森豪威尔及和她同时代的其他领导人合拍的照片。此次华府之行使垂垂老矣的宋美龄重温了一场遥远的旧梦。

晚年的宋美龄

2003年3月14日，宋美龄过完106岁寿诞不久，因肺炎住院。又隔几个月，因感冒，又有肺炎症状，最终在美国当地时间10月23日23时17分（北京时间24日11时17分）在美国逝世。当时在场的亲属包括已年过80的孔令仪及其夫婿黄雄盛、曾孙蒋友常（蒋孝勇之子）及跟随她逾40年的武官宋亨霖。

10月24日，宋美龄的遗体被安放到曼哈顿八十一街和麦迪逊大道交界处的弗兰克坎贝尔殡仪馆的教堂，放进一具密封的灵柩。美国东部时间10月30日上午由纽约的弗兰克坎贝尔殡仪馆移至纽约上州的芬克里夫公墓，按照宋美龄生前的意愿安放在该公墓的芬克里夫室内陵园。

24日中午，当时正在美国的国民党主席连战在洛杉矶通过电话指示台湾国民党紧急成立治丧委员会，国民党除与亲民党成立联合治丧委员会，协助蒋家后人处理治丧事宜外，国民党的党旗，也将降半旗以表示哀悼。

台湾当局领导人陈水扁表示：准备10月31日抵达美国，第一件事就是直奔灵堂致哀，还要为宋美龄女士“盖旗”，一定以最大的诚意展现对宋美龄女士的“最大敬意”。但陈水扁的这项“诚意”遭到宋美龄的孙媳蒋方智怡的拒绝。她激动地表示，宋美龄女士一生信仰一个中国的思想，怎么可能被一位不认同一个中国的人为她覆旗？

大陆方面得知宋美龄去世的消息后，时任全国政协主席贾庆林24日致宋美龄亲属唁电，对宋美龄女士逝世表示深切哀悼。贾庆林并发表谈话说，宋美龄女士是中国近现代史上有影响的知名人士，她曾致力于中国人民抗日战争，反对国家分裂，期盼海峡两岸和平统一，中华民族兴盛。贾庆林所发唁电全文如下：

宋美龄女士亲属：

惊悉中国近现代史上有影响的知名人士宋美龄女士逝世，我谨代表中国人民政治协商会议全国委员会表示深切哀悼，并向你们表示诚挚慰问。

中国人民政治协商会议全国委员会主席

贾庆林

二〇〇三年十月二十四日

蒋介石葬在了台湾大溪慈湖，宋美龄葬在了美国。

三、反“台独”，望回归

蒋介石和毛泽东，分别代表着国共两党，在北伐大革命、1937 年至 1945 年的抗日战争中合作过；在十年内战和抗战胜利后的内战中，进行过你死我活的较量，直到他们生命的最后。不难发现，在敌对状态下，他们二人有一个明显共同的意志，那就是反对任何分裂中国、制造“一中一台”或“两个中国”的阴谋，坚持实现中国统一大业。蒋介石要“反攻大陆”，由他一统中国。毛泽东要解放台湾，实现中国统一。美国要蒋介石放弃金门、马祖，“台湾独立”，蒋介石不同意；毛泽东也不同意，他下令炮击金门，但不攻取，保留金门、马祖，牵住台湾，不与大陆分离。他们要的都是一个统一的中国。美国策划台湾留在联合国，并允许中华人民共和国进联合国，制造“两个中国”或“一中一台”，蒋介石不同意，宋美龄说那是信奉两个上帝。同样，新中国也不同意。

为什么统一的中国的意念在中国人心中占有如此之重的分量？世界东西

方反华势力无法理解。他们有的要独霸世界，不愿意看到世界上有一个统一的、强大的中国，千方百计分裂中国，收买、拉拢中国的民族败类，培植“台独”“港独”“藏独”势力，妄图肢解中国，削弱中国，以便被他们奴役。他们不了解中国和中国人，他们打错了算盘。

中国是一个统一的多民族的国家，不是若干国家的联合体。中国有史以来就是单一体制国家，不是几个国家联合的联邦国、合众国，更不是邦联。几个国家联合可以分开；要想分裂一个一体的国家，不那么容易。中国人的爱国心、民族感、骨肉情，有悠久的传统，牢不可破；谁反其道而行，谁就是中华民族的千古罪人，就会是过街的老鼠——人人喊打。正常的、有良知的中国人，在任何情况下都不会碰这个底线。

蒋介石是一个“矜持的反共老人”，直到生命的最后一刻还念念不忘“反攻大陆”计划。蒋介石国民党退据台湾，并以“反攻大陆”为目标，与新中国为敌，加剧了两岸之间的隔绝。美国等反华国家借机插手台湾事务，极力分裂中国，导致台湾与大陆迟迟不能统一。国民党蒋介石的行为在客观上为外国分裂势力制造“两个中国”与“台独”分子搞“台独”提供了可乘之机。但蒋介石在主观上坚持一个中国原则，反对分裂，反对“台独”，主张统一。

美国等帝国主义图谋分裂中国，制造“两个中国”或“一中一台”，由来已久。早在 1949 年中期，国民党在大陆失败，向台湾撤退时，英美恐其不能固守台湾，被解放军夺取，使其南太平洋岛防线出现缺口，就曾图谋由美国管理台湾。蒋介石认为“对美应有坚决表示，余必死守台湾，确保领土，尽我国民天职，绝不能交归盟国”。1949 年 6 月 20 日，蒋介石再度向美国及麦克阿瑟表明对“联合国托管”说与各种分离台湾方案的态度与立场：“台湾移归盟国或联合国暂管之拟议，实际为中国政府无法接受之办法，因为此种办法，违反中国国民心理，尤以中正本人自开罗会议争回台、澎一贯努力与立场，根本相反。”

朝鲜战争爆发前，蒋介石对于美国公然鼓吹的“台湾地位未定论”与“联合国托管说”进行了有力的批判与抵制。时任台湾省主席的魏道明，根据蒋介石的指示发表讲话，严厉驳斥美国分离台湾的图谋。魏道明阐述了台湾自古以来就是中国领土的事实，并强调《开罗宣言》已明确指出台湾应归还中国。他表示：坚决反对在对日和会上讨论台湾问题，如果发生这种情况，600 万台湾人民和 4 亿 5 千万大陆的人民将不惜为之流血。

后来，美国要求蒋介石放弃金门、马祖，制造台湾与大陆分离的所谓“划峡而治”。1955 年 2 月 5 日，台湾当局驻联大“代表”蒋廷黻在纽约谴责“停火”和“两个中国”的谬论。2 月 8 日，蒋介石在台北讲述国际形势时，称大陆与台湾均是中国的领土，“绝不容许任何人割裂”。他指责在外岛“停火”是“别有阴谋”，斥责“两个中国”论“荒谬绝伦”。2 月 14 日，蒋介石为大陈岛撤退举行答记者问时再度抨击“停火”与“两个中国”主张是“荒谬绝伦”，宣称确保金门、马祖，“中华民族不久终归于一统”。

中国政府坚决反对美国的“停火”说，要求美国从台、澎和台湾海峡撤出一切武装力量，停止向中国领海领空的一切军事挑衅和干涉中国内政，以缓和和消除目前台湾海峡的紧张局势。

海峡两岸的强烈反对，彻底击破了美国的“停火”与“撤军”说，使其“划峡而治”分裂中国的阴谋不能得逞。

进入 20 世纪 60 年代之后，美国相继由肯尼迪与约翰逊主政，尽管“划峡而治”阴谋遭到挫败，但美国搞“两个中国”的意图并未从根本上转变，只不过从“划峡而治”，转变为同意中国进入联合国，但同时保留台湾席位，继续制造“两个中国”或“一中一台”，又遭到海峡两岸的拒绝。

20 世纪 60 年代末 70 年代初，美国出于与苏联对抗的考虑，提出“联华抗苏”的战略构想，美国总统尼克松访华，中美关系由敌对趋向缓和。尼克松的中国之行，最终签订了《上海公报》，美国在公报中不得不承认：美国认识到，在台湾海峡两边的所有中国人都认为只有一个中国，台湾是中国的一部分，美国政府对这一立场不提出异议。也就是说，美国承诺不再制造“两个中国”，也不可能再明目张胆地鼓励和支持“台独”。

除了美国，日本也企图控制台湾，分裂中国。它的主要活动是扶植、笼络中国的民族败类，从事分裂国家、分裂民族的“台独”活动。“台独”最早起源于 1945 年日本宣布无条件投降之后，日本军方的主战派不甘心把台湾交还中国，主张力保台湾，其手法就是策动和资助“台湾独立”活动。

“台独”成员主要是日本侵略者扶植的中国民族败类，是外国反华势力的一群狗。有的日本军人直接参与“台独”活动，成为“台独”力量中的“外籍军团”。1949 年初，在香港的“台独”势力因遭香港人民反对，从香港迁往日本东京，日本遂成为“台独”分子活动的大本营。以廖文毅为首的“台独”组织，反蒋、反共、亲日，赞美日本对台湾的统治，主张台湾先在联合国托管下实行高度自治，进而建立独立、中立的“台湾国”。其“临时政府”使用日本昭和纪年，“国旗”为加上月亮的日本太阳旗，集会须讲日本话，唱日本歌。他们是彻头彻尾的日本走狗。

“台独”势力也受到美国反华势力的支持、培训、收买和利用。廖文毅返台后秉其美国主子之旨意，在台湾抛出“台湾法律地位未定”“应把台湾交美国托管”等谬论。从 1949 年至 20 世纪 60 年代初，“台独”的大本营一直在日本。进入 20 世纪 60 年代以后，“台独”活动重心由东京移往美国。当美国制造的“台湾地位未定论”“联合国托管说”与“划峡而治”阴谋被挫败后，也企图寻求代理人来进行分裂中国的活动。

进入 20 世纪 70 年代之后，以“台独”之父著称的彭明敏秘密逃出台湾，赴瑞典申请政治避难，后到美国，成为在美“台独运动”的重要领导人，美国成为名副其实的“台独”中心。

此后，岛内“台独”势力受美国“台独”势力提出的“暴力革命的行动落实到岛内”口号的影响，在岛内发动了多起暴力事件，如 1970 年 10 月 12 日，台南市美国“驻台新闻处”被炸；1971 年 2 月 5 日台北市美国一银行被炸；1976 年 1 月 6 日，高雄市变电所遭炸；1976 年 10 月 10 日，台湾省主席谢东闵被“台独”分子所寄邮包裹炸伤。所有这些爆炸事件都是“台独”分子有计划、有组织、有预谋制造的。有些“台独”分子到美国加州接受“都市游击战法”训练，有的跑到日本接受军事培训，有的直接接受在美国的“台独”分子领导。

由于台湾岛内绝大多数民众反对暴力与恐怖事件，故岛内“台独”势力在 20 世纪 50 至 60 年代，甚至 70 年代中期前，并未能成气候。

对于岛内外各种分裂势力的分裂活动，蒋介石集团均采取了坚决的打击政策与反对立场。

蒋介石把“台独”分子的活动统称为“叛乱”活动，“台独”组织被列为“叛乱”组织。1949年5月19日，台湾省主席陈诚宣布：自5月20日起在全台湾实施“戒严”。此后台湾国民党当局颁布了一系列有关法令和法规，矛头直指中共和“台独”分子。1958年和1959年这两年，蒋介石下令抓捕大批“台独”分子，不仅把“台独”头领彭明敏等人长期关押，而且对任何鼓吹“台独”的人都不放过，一概抓起来，投入监狱。1960年4月，台湾选举各县、市长和“省议员”，蒋介石明令：凡是鼓吹“台独”的人，不得参加选举。1956年，受日本和美国支持的“台独”头子廖文毅在日本的东京成立了所谓“台湾共和国临时政府”，自封为“大统领”。蒋介石立即让台湾驻日本“大使”与日本政府交涉，要日本政府取缔所谓“台湾共和国临时政府”，抓捕、引渡廖文毅。日本不敢再公开支持廖文毅等人的活动。

至20世纪60年代末，在台湾岛内破获多起“台独”案件。法办了一批“台独”分子，罪大恶极者处死，其余判处各种徒刑。在坚决打压“台独”活动的同时，台湾国民党当局还采取了打、拉相结合的手法，对某些“台独”分子进行争取和挽救。同时，对青少年加强祖国观念教育。

蒋介石病逝后，蒋经国在反对“台独”问题上与其父保持一致的立场，故而从1949年陈诚奉蒋介石之命颁布“戒严令”至1987年7月宣布解除“戒严令”，这期间，“台独”势力始终没有成气候，是与蒋介石、蒋经国的反对“台独”政策紧密相关的。

不过，蒋介石既然需要依靠美国的支持才能守台湾，因此必然在反对美国所支持的“台独”上有十分不力之处。事实上，蒋介石是把与共产党的矛盾放在第一位，把与“台独”分子之间的矛盾放在第二位。他认为，“反攻大陆”是他的主要任务，反对“台独”，并不十分要紧。蒋介石这样做，实际上不可能真正把“台独”势力消灭掉。

不论如何，蒋介石抵制美国制造“两个中国”“一中一台”的阴谋，反对“台独”，坚持一个中国原则，谋求中国统一，是值得肯定的。他一心“反攻大陆”，但反对美国对大陆使用原子弹，更是值得赞扬的举措，说明蒋介石在这两项关系祖国和中华民族命运的大事上，有原则，有底线，有中国人的良知。

毛泽东注意到了蒋介石的政策，他对于蒋介石采取的打击“台独”的行动是赞同的。1959 年 10 月 5 日，毛泽东在同拉丁美洲十七国共产党代表团谈话时说："我们反对两个中国，蒋介石也反对两个中国，我们有一致之处，有共同点。"

确实，蒋介石与毛泽东晚年，曾经通过使者商谈两岸和平统一，即实现祖国统一大业一事。由于 1975 年、1976 年，二人相继辞世，这一遗愿留给了后人。

蒋介石似乎已经预感到，将来死后安葬紫金山的梦想难以实现，所以在 1961 年，蒋介石在台湾为自己选择了一块停灵之地——慈湖。到了 20 世纪 70 年代初，中、美、苏三者之间的关系发生重大改变，台湾岛内也出现了一系列的重大变化，这迫使当时已经风烛残年的蒋介石不得不暂时放下"光复大陆"的幻想。

蒋介石和宋美龄反对分裂，反对"台独"，坚持一个中国的主张，为蒋家后代所继承。蒋介石去世后，蒋经国继位，也和父亲一样，曾经几次到金门借助望远镜与大陆遥遥相望。随之蒋经国解除了台湾长达 38 年的戒严令，并且也开始将笼罩在台湾人民头上的"反攻"气氛驱散。

蒋经国也曾经在生前嘱咐子女，希望在自己百年归老之后，能安葬于奉化溪口生母墓旁。针对蒋经国的陵寝安置问题，国民党治丧委员会最终议定，暂时将其安放在与慈湖陵寝相距 2 公里的头寮宾馆，并将这里改称为"大溪陵寝"，亦称"头寮陵寝"。

1996 年 7 月 8 日，国民党中央直属第六组会议上提出了蒋介石、蒋经国灵柩的移动方案，还成立了"移灵奉安委员会"，并提出议案，决定将两陵寝迁至大陆，并希望借此"迁陵"行动促成两岸的和平统一。

这一消息一经发出便在两岸人民中引起了强烈的反响。当时蒋经国的三子蒋孝勇已经身患喉癌，深知留给自己的时间已经不多了，但是为了帮助先人达成重回故土的心愿，也是极力主张"移灵"大陆，还曾经不顾多病的身体，重返家乡浙江溪口考察，亲自了解父亲、祖父将来的墓址情况，并将各种细节告知妻子蒋方智怡。此时的蒋孝勇知道自己的病情已入膏肓，便嘱托妻子完成全部工作。

为两蒋移灵之事前后奔波的蒋纬国曾经慨叹道："遗憾的是，权力不在我手里。”已经逐渐失去政权的蒋家开始日趋平民化，对于一般家庭来说，移灵本属普通的事情，在蒋家却难以以普通的方式来实现。蒋纬国想为两位已故的人完成遗愿，却招致了李登辉的一次次发难。

有分析认为，蒋家有意将两蒋的灵柩迁往大陆，是为了让当时的台湾国民党难堪。而实际上，在李登辉主掌大权之后，种种关于他在暗中搞“台独”的批评一直没有间断过，如果两蒋的灵柩真的迁移大陆，依靠两蒋“国家元首”和力主统一的立场、身份，无疑是对当时国民党李登辉当局政治统治的一种极大否定。

消息传开之后，国民党曾一直对此事进行了密切关注，国民党当局希望蒋家后代打消这一愿望，还企图将问题归咎到蒋纬国的一厢情愿上。

万般无奈之下，蒋纬国只得远赴美国，借为宋美龄祝寿的机会，与之讨论蒋介石“入土为安”的方案。宋美龄表达了自己的看法，因蒋介石留下遗愿，希望葬在南京的紫金山上，因此，宋美龄希望自己可以与在上海的母亲葬在一起。她认为南京是孙中山与蒋介石的奉安之地，不是她安葬的最佳之地。万一蒋介石没能如愿安葬在南京，而是回到奉化老家，宋美龄则希望在百年归老之后与蒋介石一起葬于奉化溪口祖坟。

在当时的国民党高层里，蒋介石与蒋经国的安葬问题被称为“国葬”，牵涉到的问题甚广，因此也有人提议，有关安葬事宜最好在两岸统一之后再行商议。

1996 年 12 月 20 日，宋美龄在台湾奉安移灵小组所拟的方案上，以红笔批了“同意”两个字，由此，台湾有关方面做出了将蒋介石、蒋经国“先在台湾国葬，等统一后再迁葬大陆”的决定。

第十四章 后 代

蒋介石有两个儿子：蒋经国、蒋纬国；有一个养女蒋瑶光，在蒋介石与陈洁如离婚后，离开蒋家，随母姓。宋美龄和蒋介石没生育子女（蒋介石的日记中有1928年8月25日宋美龄流产的记述，但美国作家汉娜·帕库拉著《宋美龄传》中说医生告诉美龄她并没怀孕），蒋经国和蒋纬国就是他俩的儿子。

蒋介石很满意他的两个儿子，说：经国可教，纬国可爱。宋美龄与这两个儿子及其下一代之间，也还融洽。

蒋氏父子同游日月潭

蒋经国和蒋纬国，继承了乃父反对国家分裂、反对“台独”的立场。特别是蒋纬国更进一步，主张两岸和平统一。

一、蒋经国从共产党员到国民党领导人的历程

蒋经国（1910—1988）在母亲温暖的怀中长大，性格也颇像母亲，稳重、朴实、勤奋、善良。而他的父亲，不但冷落他的母亲，对他也严厉得吓人。

在上海读书时，“上海姆妈”陈洁如见他的父亲面对儿子一副冷若冰霜的面孔，而幼小的蒋经国则非常拘束紧张，完全没有孩子在父母膝下的那种欢快和天真，曾经劝说过蒋介石对儿子和蔼些、慈爱些。

和当时的爱国青年一样，蒋经国满腔热血，参加爱国反帝反军阀运动。但这不符合他父亲的要求。他要去苏联学习，父亲不同意，幸亏有陈妈妈的支持，才如愿以偿，于 1925 年 10 月前往莫斯科。

在苏联，他的学习和工作都是很优秀的。先在莫斯科孙逸仙大学学习，不久，加入了社会主义青年团，后来又加入共产党。他并从孙逸仙大学转入列宁格勒托玛卡红军军政学校学习。毕业后到列宁大学（即原孙逸仙大学）担任中国学生的助理指导（辅导员）。1927 年蒋介石发动“四一二”反革命政变，蒋经国公开声明：

> 蒋介石的叛变并不使人感到意外。当他滔滔不绝地谈论革命时，他已经逐渐开始背叛革命，切望与张作霖和孙传芳妥协。蒋介石已经结束了他的革命生涯。作为一个革命者，他死了。他已走向反革命并且是中国工人阶级的敌人。蒋介石曾经是我的父亲和革命的朋友。他已经走向反革命阵营，现在他是我的敌人了。

中共驻共产国际代表、“左”倾机会主义者王明，不看这个青年人本人什么样，而就因为他是蒋介石的儿子，就把他派到狄拿马电器工厂当学徒，后来又把他下放到莫斯科附近农场劳动。蒋经国的表现得到认可，被选为村苏维埃副主席。后被调到阿尔泰金矿场主编《工人日报》，1933 年 10 月，调任乌拉尔重型机械厂副厂长。1935 年 3 月与该厂女工费娜结婚。翌年任《工厂新闻》总编辑，不久被解职。

回国后，蒋经国本来有自己的考虑，想为抗日做一番事业。但蒋廷黻劝他多看看，实际是让他听他父亲的安排。他的父亲不放心他，让他学习、洗脑。

卢沟桥事变后，全国投入抗日战争的热潮中。蒋经国来到重庆。不久，江西省政府主席熊式辉便迎合蒋介石的心意，于 1938 年 1 月，任用蒋经国为江西省保安处少将副处长，兼江西省政治讲习学院（专为训练一批流亡青年而设，以后改编为“江西省青年服务团”）总队长。

同年 5 月，蒋经国又兼任江西省保安司令部新兵督练处处长。新兵督练处设在临川（抚州）温泉，集中训练江西省新征来的壮丁，编成几个新兵团，归他督练，以补充野战部队。这是蒋经国回国后第一次担任独当一面的职务。他把从苏联带回来的建设红军的经验，和他父亲的主张融合在一起，作为工作的指针。

他首先提出，要连队做到经济公开，赏罚公开，不准打骂士兵，不准克扣士兵伙食，注意改善士兵生活。他以身作则，爱护官兵，不作威作福，有时深入连队与官兵同吃同住，一道活动。

其次，他积极采取措施对官兵进行思想政治教育。对于军官教育，反复宣传王阳明学说。他还遵照其父的一贯做法，把《增补曾胡治兵语录》（增补本）、戚继光《纪效新书》《练兵实纪》等列为军官必读书籍。

再次，开展“康乐活动”，以活跃官兵精神，造成朝气蓬勃的气象。蒋经国把这一段督练新兵的过程，编了一本《温泉练兵实纪》，借以宣传他练兵的成绩，同时也是向他父亲交的“考试答卷”。蒋介石见儿子初涉政界即崭露头角，十分得意，曾指示一些部队派人到江西新兵督练处参观。

新兵督练处于 1939 年迁到赣州。赣州地方的恶霸势力很大，省府的政令向来不能贯彻执行。这个地区的专员、县长，如果不与地方恶霸集团勾结，就站不住脚。熊式辉便借此机会派蒋经国接任赣州行政督察专员，兼赣县县长（当时由杨明代理），冀图利用这位“太子”的权威来整顿赣南的混乱局面。

1939 年 6 月，蒋经国就任赣州行政督察专员兼区保安司令。他雷厉风行地采取了一些措施，施展了他的才能。

首先，他提出“除暴安良”的口号，打击地方恶霸、流氓、地痞的气焰，恢复地方秩序。他敢于采取严厉手段对付顽抗者，赣州的恶霸、流氓一时有所收敛，政令基本上得以通行。

其次，他强调严惩贪污，整饬吏治，提倡“公仆”精神。他常常微服出访。据日本人若菜正义著《中国第一家庭》记载：

他从不使用公用的三轮车；身穿简朴的衬衫，脚着拙陋的草鞋，就这么巡视农村、道路，和蔼可亲地与人们交谈，并聆听他们的意见。在1939年至1940年这一年内，他走了一千五百公里的路，赣南的十三个县（约为台湾的三分之二大）他一共巡察了三次；所以，对于桥梁的铺设和水利设施等工程，都了若指掌。

蒋经国对于公、私的区别非常明显。例如，私用的长途电话费，均是他自己掏腰包付的。每个礼拜一的下午，就打开官署的门，听取民众的申诉。

再次，他厉行禁烟、禁赌、禁娼，改良社会风气，并且认真执行。对于明知故犯的高官及其亲属，也丝毫不加纵容地予以惩处，使得赌博等恶习，大为减少。

蒋经国在1940年夏季，公布了“新赣南建设三年计划”之后，又改为“五年计划”。这些计划的目标是“建设新赣南”，树立“三民主义模范区”，“开创赣南新时代”，“建设‘五有’的新天地”，即人人有工做，人人有饭吃，人人有衣穿，人人有屋住，人人有书读。由于新计划的开始实施，原本落后的赣南竟然有耳目一新之感：赣县郊外的中华新村，设立了现代建筑的托儿所、幼稚园、小学、中学；也设立了贫民食堂以收容孤儿、弃婴，并帮助犯罪者重新做人；私娼、鸦片、赌博一律取缔，更打破了浪费的恶习，积极鼓励集体结婚；设立新赣南合作社和交易公店，以统制米、食油、盐等各种日用品经销，人民由此免于奸商的牟取暴利和通货膨胀的压力；原来四十余种的赋税，也简化为一种。

由此，赣南的社会面貌大为改观。有人不理解，为什么“许多顽强的恶势力，到了他的面前，竟乃冰山立消，说来近乎奇迹”。《蒋经国传》的作者江南认为：

其实说奇不奇，中共取得政权后，用相同的方法，连上海那样复杂的环境，仅几个回合，黄金荣那样的牛鬼蛇神，就恭顺地大现原形，像喝了雄黄的白蛇娘娘。

蒋经国的作风，国民党人不很习惯，认为他“师承共产党”。没错，蒋经国组织上已经脱离共产党，但共产党员的思想和作风犹存。老百姓很拥护，纯朴的农民称他为现代“包公”“蒋青天”。

在他父亲统治的天下，推行从社会主义国家学来的思想、措施，不能没有局限。蒋经国在赣南推行新政，宣称“要打倒封建势力”，事实上他对封建势力根本没有触动，也不可能触动。在蒋经国的计划中，根本没有考虑农民迫切要求解决的土地问题。因为那样做与国民党、国民政府的宗旨不符。

蒋经国在赣南上任初期，对抗日战争的态度表现很积极，公开赞扬抗日民族统一战线，因此赣州一度呈现出开明进步的气象，如1939年江西吉安等地的生活书店都被查封，而赣州的却照常营业；江西各地禁止《新华日报》发行，赣州直到1940年初还可公开出售。然而，蒋介石掀起反共高潮后，从1940年3月起，他的态度发生了变化，开始反共。他还大力加强保甲制度，严密控制百姓。

蒋经国在1940年6月以前，还不是国民党党员和三青团团员。这年6月，他带职到重庆中央训练团党政班第三期受训1个月，取得党团员的资格。从此，他在三青团的地位迅速上升。7月被指定为三青团临时中央干事，8月又被指定为三青团江西支团筹备主任。三青团的干部是国民党干部的后备军，蒋介石要培养儿子继承自己的位子。随着政治地位的变化，他也必然按着国民党的领导人的标准改变自己。

蒋经国在赣南期间，与他手下一位女工作人员章亚若，有一段婚外情。

章亚若（1913—1942），江西万安县人，有一次失败的婚姻，有两个儿子，留给了婆家。章亚若当时只有23岁，才貌双全，深得蒋经国器重，被调到赣南专员公署，担任蒋经国的专职秘书。她的工作是收集与整理各种资料，整理蒋经国接见民众时的记录，有时还会陪蒋经国视察民情。这样，蒋经国、章亚若就走得更近。章亚若怀孕，蒋经国送她到桂林待产，安排她的妹妹章亚梅照顾她的生活。1942年初春（正月二十七），章亚若在省立桂林医院生下一对双胞胎男婴（孝严、孝慈），消息很快传到了重庆。孪生子快半岁的时候，章亚若考虑，不能让她和孩子的身份不明不白，要名正言顺地与蒋经国明确婚姻关系，成为蒋家的人。蒋经国不敢答应。而蒋介石为了让儿子避嫌，决定将蒋经国调回重庆。1942 年 8 月的一天，章亚若应朋友之邀，外出赴宴。参加宴会回来便上吐下泻，15 日上午送到医院，下午不治而亡，当时只有 29 岁。蒋经国闻讯痛苦万分，却不能亲自奔丧，他只得托朋友将她安葬在桂林。

章亚若在桂林暴亡时，孪生子不到 6 个月，蒋经国将他们交给章亚若的母亲，由外婆、舅舅、舅妈抚养，地点在江西万安。这里比较闭塞，无人知晓，不易惹麻烦事。两个儿子随母姓。1989 年 11 月初，章亚若的两个儿子章孝严、章孝慈，从台湾回大陆修葺了他们母亲的墓地。

1943 年 12 月，蒋经国被调到重庆担任三青团中央干部学校教育长（校长是蒋介石），兼三青团组训处处长（名义上仍兼赣州专员，由杨明代理），从此他离开赣南，走向全国，开始协助其父，涉足全国性政务活动。

“中央干校”的全称是“三民主义青年团中央干部学校”，正式创建于 1944 年，校址在重庆复兴关（浮图关）原“中央训练团”的旧址。蒋经国在创立干校之初，确也费过一番苦心。他非常讲究环境布置，制造气氛，一入校门即张挂一些诱惑力极强的大幅标语口号，诸如“双手万能”“劳动创造世界”，等等，十分触目。不论寒冬雪天，吹过起床号，紧接着就吹集合号，开始早操。身任教育长的蒋经国，赤着上身，亲自带领各处、组人员及全校千余师生，去操场绕圈跑步。他的这种作风，当时曾博得青年人的好感，给他们留下极为深刻的印象。

1944 年，侵华日军发动湘桂战争，由湖南长驱直入，经广西到达贵州边境，重庆震动。为了应付当时的困难局势，蒋介石提出“一寸河山一寸血，十万青年十万军”的口号，号召知识青年从军，组建一支新兴的队伍——青年军。同年 11 月，任命蒋经国为青年军编练总监部政工干部训练班的班主任（中将）。第一期 1945 年 12 月开学，1946 年 1 月结业，训练为期 1 个月，约 1000 人。1945 年 12 月，青年军成立政治部，蒋经国奉命兼任政治部主任。

多达 10 个师的青年军，其政工干部，尤其是团及团以下的政工干部，均由三青团中央干校研究部及政工班毕业的学员担任。青年军的政治工作做得比较细，不仅要求政工干部与士兵打成一片，也注意在士兵中选拔培训各方面的骨干分子。

蒋经国在青年军中广泛发展三青团，尤其是临近复员之前，一般是集体加入。而有些青年军的师长、师政治部主任等，则被任命为三青团中央干事或中央监事，用这种办法控制三青团。此后不久，蒋介石搞“党团合并”，三青团的中央干事成了国民党的中央委员，团的中央监事成了党的中央监察委员。从此，蒋经国在国民党中央委员会中也有了自己的一派势力。

青年军复员之后，仍设“复员管理处”，予以管理和安置。陈诚任处长，蒋经国任副处长。管理处后改为国防部预备干部局，由蒋经国任局长。从青年军的人事安排及复员后的管理，已经初步看出“蒋介石—陈诚—蒋经国”的布局。青年军成了蒋经国登上政治舞台、准备接班的一股政治力量。

1945 年六月和七月间，蒋经国以国民政府代表团随行团员（蒋介石个人代表）的身份，随团长宋子文（行政院院长兼外交部部长）前往莫斯科，缔结《中苏友好同盟条约》，并受到斯大林的接见。他回国后担任外交部东北特派员，和东北行辕主任熊式辉、行政院经济委员会主任委员张嘉璈同赴长春，负责对苏外交事务。

1947 年，伴随军事上的节节失利，国统区爆发经济危机。这年 8 月 19 日，蒋经国出任上海经济管制副督导员，与督导员俞鸿钧（中央银行总裁）专事清理黑市商业与地下银楼活动，试图以行政手段解决经济危机。

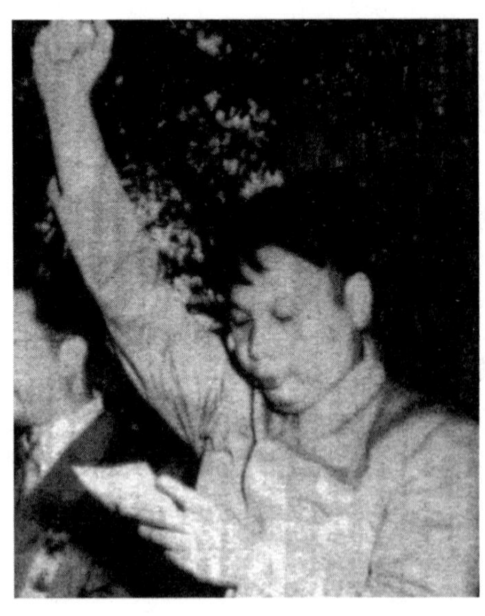

高举拳头誓打“老虎”不打“苍蝇”的蒋经国，在宋美龄的干预下，不得不放“虎”归山

蒋经国动员 5000 名“民主革命青年军”，依靠“人民的力量”，开展“打老虎”活动，毫不留情地揭发了为数甚多的巨商、要人的不法行为，并予严肃处理。例如：把泄漏经济机密的财政部秘书陶启明判刑；把上海警备司令部科长张尼亚、大队长戚再玉等人枪决；把囤积居奇的商人王春哲判处死刑；又把包括一部分巨商大

户在内的商人 64 名关进监狱。

蒋经国名声大噪，深得人心。但是却经不起以扬子公司为代表的孔、宋两大财阀的反击，以及广大不法官员的抵制。结果蒋经国只得发表一篇《告上海人民书》而草草收兵。

这件事使蒋经国无法向那些支持他、信任他的上海市民交代。据曹聚仁以历史当事人的身份记叙：

> 经国放下经济特派员职位的前一星期几乎天天喝酒，喝得大醉，以至于狂哭狂笑。
>
> 这显然是一场骗局，他曾呼吁老百姓和他合作，老百姓已经远远离开他了，新赣南所造成的政治声誉，这一下完全输光了。有的人提起了经国就说他是政治骗子；有人原谅他，说这都是杨贵妃（指宋美龄）不好，害了他。蒋先生的政治生命，也就日薄西山了。

1949 年，蒋经国同他的父亲一起去了台湾。曾任台湾地区防务事务主管机关政治部主任（后改为“总政治”部主任），并负责监督筹划情报业务，和对大陆游击活动的指挥派遣。曾任“国民党中央常委”“中国青年反共救国团”主任、台湾地区防务事务主管部门副部长和部长、台湾地区行政管理机构副院长和院长等职。蒋介石去世后，蒋经国成为台湾地区领导人。1988 年 1 月 13 日，蒋经国去世。

蒋经国和他的父亲持同一立场，反“台独”，坚持一个中国原则。遗言去世后回溪口，与母亲葬一处。

二、蒋纬国反“台独”遭受打击报复

蒋纬国（1916—1997）生于 10 月 6 日。他虽然不是蒋介石的亲生儿子，但到溪口后，受到的蒋家的抚养、爱护不亚于蒋经国。他称王太夫人为“祖母”，称毛氏为“娘”，称姚氏为养母，并视其为生母。蒋介石对蒋纬国视如己出，

少年时期（1930 年）的蒋纬国与蒋介石在一起

蒋纬国对父亲的感情也极为深厚。他回忆说：“我最记得每当父亲在前方打仗打得最危急、最激烈时，或当父亲遭受国内外大压力时，他总喜欢把我叫到他身边，以纾解他所承受的压力。”蒋纬国只要说想父亲，蒋介石必接他到自己身边。人们看到蒋介石把蒋纬国抱在怀里，有时让他骑在自己的肩上，十分亲昵。

和对蒋经国一样，蒋介石对蒋纬国的教育是很严格的。蒋纬国幼年非常顽皮，有一次坐轿至源和钱庄门前，不等轿子停下来，就蹦跳着下轿，差点出事。这次，他的父亲发火了，痛斥了他一顿。

蒋纬国随姚氏居奉化县城时，进了培本幼稚园，这是当时奉化唯一的一个幼稚园，同学不过十数人，全是有名望、有地位人家的子弟。蒋纬国很活泼，骑木马、玩沙土、摔跤……他都有兴趣。他挺聪明，识字很快，过目不忘，一个姓商的教师最喜欢他。

姚氏携蒋纬国迁至宁波，蒋纬国开始入小学。不久，姚冶诚又领他搬往上海，住在张静江的别墅里。这时蒋经国已来到上海，蒋纬国便在 7 岁那年（1923 年）随哥哥入上海万竹小学读书。蒋纬国有时也到其父第三夫人陈洁如那里，称陈为“庶母”。

蒋介石与姚冶诚离婚后，蒋纬国随姚氏居住在苏州。名义上的托养人是他的干爹、干娘吴忠信夫妇。实际上，他仍和养母姚冶诚生活在一起。同时，也经常与戴季陶往来。蒋介石也常派侍从人员接他到南京或溪口小住几日。

他在苏州进入东吴大学附属中学读书。附中毕业后，又进入东吴大学理学院物理系进修学分，并到文学院政治、社会、经济学系旁听有关课程。

1937 年 9 月，21 岁的蒋纬国遵从其父蒋介石的指示，携带朱家骅的介绍信，远赴德国留学，研习军事。直到后来，他还能以相当流利的德语，追述当年就读于慕尼黑军事学院的情景，以及在卡密希第九十八“猎人军团”受训的情形。欧战前夕，蒋纬国又奉命赴美，入美国陆军航空战术学校受训，并到美国装甲兵训练中心研习装甲战术。

1940 年底，蒋纬国回国，入西北军胡宗南麾下，担任步二营少尉排长，开始往返于重庆、潼关之间。此时，他与西北豪富、纺织界大亨石凤翔之女石静宜相爱。石静宜出生于 1918 年。蒋纬国与石静宜在一次从西安搭火车时邂逅。当时，石静宜正看一份英文报纸，蒋纬国向她索借，石小姐见是一位军官，丝毫不予理睬。但这次相遇为他（她）们的结合打下了最初的基础。一位是蒋委员长的二公子，一位是大企业家的千金，门当户对，1940 年底由蒋介石、宋美龄主婚，结为夫妻。

抗战结束前夕，蒋纬国调任青年军六一六团第二营营长。抗战胜利后，在蒋介石、何应钦、邱清泉等的提携下，以 30 岁出头的年纪，出任少将装甲兵副司令兼参谋长，直到去台湾。

石静宜作为装甲兵司令的夫人，是够威风的。她性格豪爽，有男子的风度。喜欢穿长筒马靴，并经常与装甲兵袍泽聚会。她自己开车，而不用勤务兵。在台湾，装甲兵仍时常能见到这位司令夫人。

石静宜怀孕后，在预产期之前，蒋纬国奉命赴美国考察。当时石静宜的预产期为当年农历九月中，而农历九月十五是蒋介石的生日。蒋纬国家住台北广州街。当时台北唯一较佳的中心诊所也在广州街。石静宜为了自己的子女能和公公同一天生日，乃请求医生为她控制产期。但是到了农历九月十四日晚上，仍没有阵痛，她又请医生施行催生。可能安胎药和催生药物发生了什么作用，石静宜的医生发出了“病危”通知。

石静宜的父亲石凤翔健在，但一时找不到。蒋纬国在美国考察。后来通知了蒋经国，但蒋经国赶到中心诊所时，石静宜已经停止了呼吸。经过各种急救，终于回天乏术，腹中胎儿，也早已胎死腹中。蒋纬国闻讯，从美国赶回料理丧事。后来他在台北原“装甲兵之家”地址，办了“静心小学”“静心乐园”，并在台中办了一所“静宜女子英专”，以纪念这位原配夫人。随后又有“静宜中学”。蒋纬国在这些学校和乐园都兼任董事长。不过，后来这些董事长职务，都因他军职繁忙而辞退。

蒋纬国丧妻 4 年之后，于 1957 年在日本东京某教堂，完成他的第二次婚事，对象是台湾“中央信托局”副处长邱秉敏的女儿，名叫邱爱伦，1936 年生，比蒋纬国小 20 岁，原籍广东，是一名中德混血儿。母亲是德国人，父亲是中国人。据说，蒋纬国早在 1955 年就在台北与邱爱伦结识，并定下婚约。之后，邱爱伦即去日本学习音乐。1957 年 2 月，蒋纬国本拟与邱爱伦在台北举行婚礼，但蒋介石则认为在日本成婚为宜。蒋纬国便遵父命，在戴安国的陪同下，赴日本娶回邱爱伦。

1962 年，蒋纬国与邱女士生一子名叫蒋孝刚。传闻，他们夫妻后来分居了。邱长期住在美国，并有时与宋美龄共处。蒋纬国则独自一人在台湾，过着单身的生活。蒋纬国病重期间，邱爱伦和儿子蒋孝刚专程从美国回台湾照料他。蒋纬国去世以后，邱爱伦参加了吊唁活动和葬礼，但此时，她已改名为丘如雪。

蒋纬国到台湾后，晋升为“陆军上将”，历任“装甲兵司令”及三军大学校长、“联勤总司令”“国安会议”秘书长等要职，发表若干军事著作，成为台湾颇负盛名的军事学家。

蒋经国逝世，李登辉上台之后，美化“台独”思想，排斥异己。蒋纬国深感不满。尽管蒋纬国自此完全退出政坛，但是他对祖国的统一与保持祖国的完整事业依然十分关心。蒋纬国一直希望能回大陆看看，但由于种种原因，这一愿望没有实现。

蒋纬国反对“台独”，力主祖国统一，和他的父亲蒋介石不同，不再坚持由国民党“反攻大陆”；而站在中华民族整体利益的高度，主张两岸和平统一，实现中华民族大团结，共同发展。

1994 年，蒋纬国以台湾当局领导人办公室资政的身份，在台湾接见《中国抗日战争图志》画册作者暨《血肉长城》电视记录片编辑杨克林。在谈到大陆、台湾和日本的关系时，他慷慨激昂地说：“中华民族只有一个，要发展一起发展。”大陆和台湾“这是血肉关系，有共同的五千年历史，也在一百年前同遭甲午战争的痛苦”。他主张牢记甲午战争后割让台湾澎湖的“百年国耻”。

对于所谓的“台湾独立”叫嚣，蒋纬国一针见血地指出：独立是假，臣服于日本是真。历史的真实就是如此。当年日本侵占朝鲜和中国东北，也假称建立“独立国”，实际是傀儡，根本没有独立。蒋纬国说，一百年前日本是用军事侵略，继而施以经济压榨。台湾只要宣布独立，就必然受日本控制。“台独”分子要成立的“台湾共和国”，用菊花徽号为旗志，“菊花是日本的皇家标志，是九瓣的，‘台湾共和国’旗却只敢用八瓣，心理上已经臣服日本”。“台独”分子最后是要从乡土化变为归顺日本。他表示：“我决（绝）不甘心在这样的状态下做一个中国人。”

1995年7月28日，蒋纬国在接受香港《文汇报》记者采访时，公开批评“台独”势力。蒋纬国说，在中国长达五千年的历史中，总有一部分人想逆历史潮流而动，正是这些人的行为导致了祖国的分裂，历史上的朝代经过无数次更迭，但是中国却依然屹立于世界民族之林。蒋纬国还尖锐地提出，那些搞分裂、不做中国人的人，可以离开中国的国土到其他地方生活。

1995年8月23日，蒋纬国写给冯玉祥的次子冯洪志的亲笔信中，对“台独”势力进行了无情的批判，也更多地流露出他期盼两岸统一的心声。下面是信的部分内容摘抄：

> ……海峡两岸之和平统一，是全体中国人共同心愿。盖多年来，纬国更以之为矢志奋斗目标。前有见于此间“台独”分子，在黑手操纵之下，日形猖狂。纬国当时虽尚居要职，仍不计个人荣辱、毁誉，首先发动予以反制，并对海峡两岸有识之士提出警告：如果“台独”得逞于统一之前，必致问题益趋复杂难于解决！并以《海峡两岸是血肉关系》为文提供世人参考，亦希望迷途之“台独”分子觉醒。……唯诚如所云，中国之统一大业，须海内外中国人加强团结，共同努力，以早日完成中华民族大团圆的心愿！而今之问题核心，亦即一切祸源，均来自“台独”，应视为共敌，非优先拔除，不易跨出第二步也。

蒋纬国因这一封反“台独”势力的书信，遭到了当时“台独”势力的疯狂打击与报复，他们找茬整治蒋纬国：1995 年，陈水扁出任台北市市长时，指责蒋纬国在其出任“联勤总司令”一职期间自费兴建别墅，而后赠予其子蒋孝刚，这一行为是违法的。早在 1971 年，蒋纬国申报自费兴建了这栋位于台北士林至善路的别墅。1984 年，蒋纬国另建新居之后，就将自己名下的这栋别墅赠予了儿子蒋孝刚。

而台北市政当局则提出，在 1971 年时，蒋纬国建房所征用的土地是作为军事用地申报的，因为蒋纬国一直隶属部队，遂再未提及此事。但此时的蒋纬国和蒋孝刚已经不是军队的人，况且军方已经表示该地不属军事用地，所以依据相关法律，这套房产属于违规建筑，应该予以拆除。

蒋纬国听说这一消息后，被气得住进了医院，蒋孝刚聘请律师上告至台北法院，并且请诸多媒体对这一事件进行报道。但台北法院驳回了蒋孝刚的诉讼请求，台北市政府于 1996 年将该建筑拆除。

不久之后，蒋纬国台湾当局领导人办公室资政的头衔也被罢免。

患有高血压的蒋纬国曾经因脑中风导致下肢瘫痪，而后肾炎、糖尿病等病症先后加诸蒋纬国身上。1997 年 9 月 1 日，蒋纬国因急性肺炎并发呼吸衰竭，在荣民总医院加护病房进行治疗，病情一直反反复复，后来又因尿毒症、糖尿病导致胃肠功能病变，胃部出现大出血。1997 年 9 月 23 日，蒋纬国告别人世，终年 81 岁。

蒋介石夫妇与家人合影

三、蒋介石家族世系表

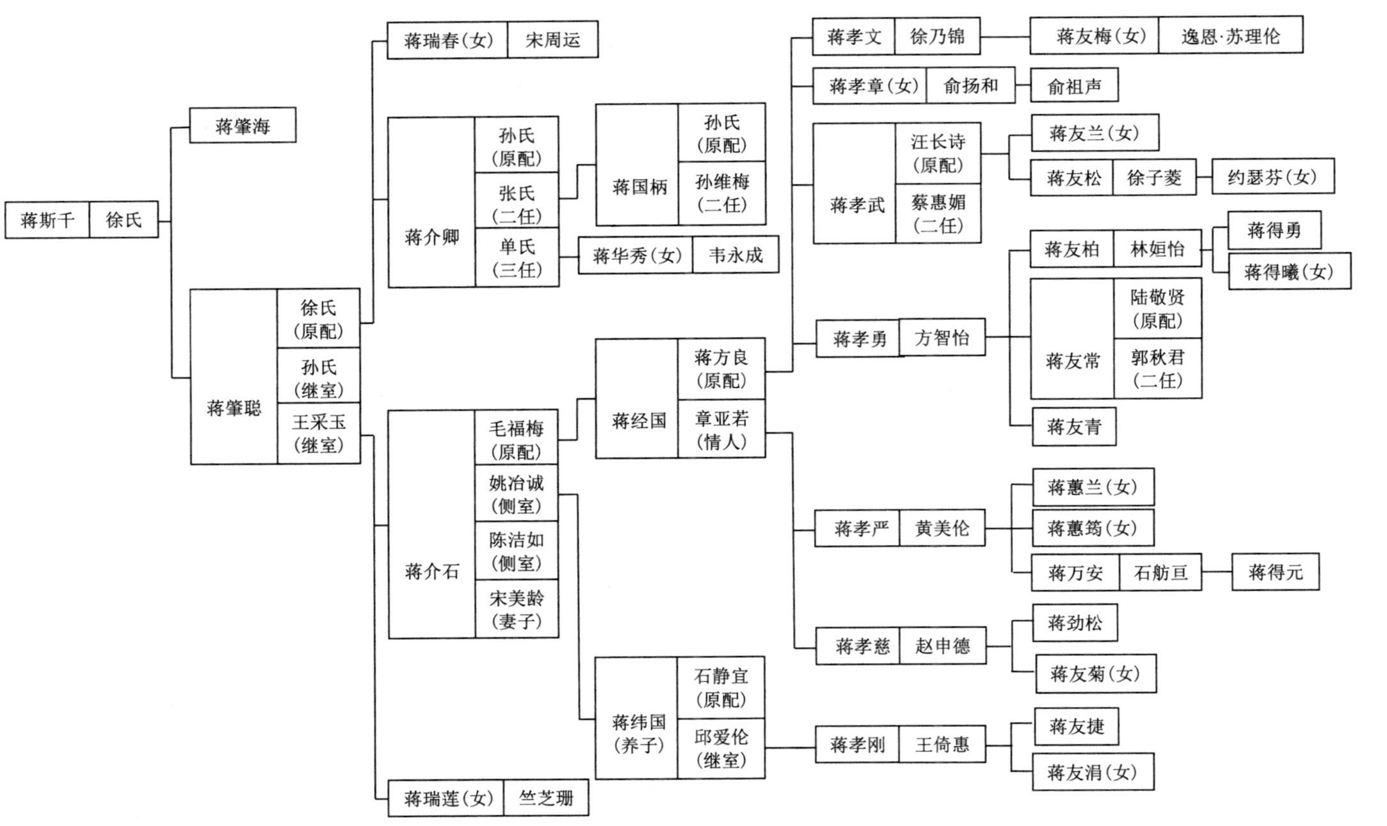
蒋斯千
徐氏
蒋肇海
蒋肇聪
徐氏（原配）
孙氏（继室）
王采玉（继室）
蒋瑞春（女）
宋周运
蒋介卿
孙氏（原配）
张氏（二任）
单氏（三任）
蒋国柄
孙氏（原配）
孙维梅（二任）
蒋华秀（女）
韦永成
蒋介石
毛福梅（原配）
姚冶诚（侧室）
陈洁如（侧室）
宋美龄（妻子）
蒋经国
蒋方良（原配）
章亚若（情人）
蒋纬国（养子）
石静宜（原配）
邱爱伦（继室）
蒋瑞莲（女）
竺芝珊
蒋孝文
徐乃锦
蒋友梅（女）
逸恩·苏理伦
蒋孝章（女）
俞扬和
俞祖声
蒋孝武
汪长诗（原配）
蔡惠媚（二任）
蒋友兰（女）
蒋友松
徐子菱
约瑟芬（女）
蒋孝勇
方智怡
蒋友柏
林姮怡
蒋得勇
蒋得曦（女）
蒋友常
陆敬贤（原配）
郭秋君（二任）
蒋友青
蒋孝严
黄美伦
蒋蕙兰（女）
蒋蕙筠（女）
蒋万安
石舫亘
蒋得元
蒋孝慈
赵申德
蒋劲松
蒋友菊（女）
蒋孝刚
王倚惠
蒋友捷
蒋友涓（女）

附录

蒋介石与宋美龄生平大事年表

1887 年（清光绪十三年）

10 月 31 日（农历九月十五日），蒋介石生于浙江奉化县溪口镇一个盐商家庭。谱名周泰，乳名瑞元，学名志清，中正、介石是后来起用的。父亲蒋肇聪，母亲王采玉，异母兄蒋介卿，异母姐蒋瑞春，同母妹蒋瑞莲。

1892 年（清光绪十八年）

蒋介石 5 岁，入家塾读书。

1894 年（清光绪二十年）

2 月，牧师兼企业家宋耀如结识孙中山，从此投身于反对封建清王朝的民主革命洪流中。

11 月 24 日，孙中山在檀香山建立兴中会。宋耀如参加兴中会。

1895 年（清光绪二十一年）

7 月 5 日，蒋介石的父亲蒋肇聪病逝。从此家道中落，靠母亲开小商店和收微薄田租维持生活。

10 月，孙中山发起革命党人的第一次武装起义——广州起义。

1897 年（清光绪二十三年）

3 月 14 日（农历二月十二日），宋美龄生于上海，父亲宋耀如，母亲倪珪贞，大姐蔼龄，二姐庆龄，长兄子文，弟弟子良、子安。

1901 年（清光绪二十七年）

冬，蒋介石由母亲做主，与本县岩头村比他大 5 岁的姑娘毛福梅结婚。

1902 年（清光绪二十八年）

宋美龄 5 岁，入上海马克谛耶女子学校读书。

1903 年（清光绪二十九年）

夏，蒋介石入奉化县城凤麓学堂，学习英文、算术，开始接受新式教育。不久转到龙津学堂续学。

1906 年（清光绪三十二年）

本年，蒋介石考取浙江武备学堂，用名蒋志清。

4 月，蒋介石东渡日本，在东京清华中学学习日语。结识陈其美。同年冬，回国。

1907 年（清光绪三十三年）

夏，蒋介石考入全国陆军速成学堂（保定军官学堂），学习炮兵。年底，赴日本留学，被保送日本东京振武学校。

夏，宋美龄赴美国新泽西州小镇萨米特，就读于克拉拉·波特温小姐创办的学校，为报考美国的大专院校做准备。

1908 年（清光绪三十四年）

夏，蒋介石回浙江看望母亲。旋即奉命赶到上海，由陈其美介绍，加入中国同盟会。

暑期过后，宋美龄入美国佐治亚州的山城德莫雷斯特一所卫理公会办的皮德蒙特学校八年级，学习 9 个月之后，在梅肯的卫斯理安学院当旁听生。

1909 年（清宣统元年）

冬，蒋介石从振武学校毕业。12 月 -1911 年 10 月，在日本新潟县高田镇的陆军第十三师团野战炮兵第十九联队，为士官学校候补生。

1910 年（清宣统二年）

4 月 27 日，农历三月十八日，蒋经国出生于奉化溪口。

6 月，孙中山经檀香山到达日本，经陈其美引见，蒋介石首次与孙中山会面。

1911 年（清宣统三年）

10 月 10 日，武昌起义。

25 日，孙中山抵上海。29 日，十七省代表选举孙中山为中华民国临时大总统。

31 日，蒋介石回抵上海。11 月 4 日，参加杭州起义，成功后回到上海，被沪军都督陈其美任命为二师五团团长。

1912 年（民国元年）

元旦，孙中山在南京就任中华民国临时大总统，宣布中华民国成立。三个月后，孙中山让位给袁世凯，专办中国铁路事宜。

1 月 14 日，蒋介石受陈其美之命，暗杀了光复会的创立者和领导人陶成章。之后去日本。同年冬，回国返奉化闲居。

8 月，同盟会联合统一共和党等党派，改组为国民党。孙中山任理事长，宋教仁代理。

本年，宋美龄正式入卫斯理安学院，为一年级新生。1913 年，转学到马萨诸塞州的卫尔斯利学院。

1913 年（民国二年）

3 月 20 日，宋教仁被袁世凯派人暗杀。6 月，国民党人起兵讨袁，即“二次革命”。

7 月 18 日，陈其美在上海通电讨袁。28 日，蒋介石等受命围攻江南制造局，战至翌晨，撤退。之后赴日本。

8 月 9 日，“二次革命”失败，孙中山到日本与宋耀如会合。27 日，孙中山在日本东京筹组中华革命党。翌年 7 月 8 日，中华革命党在日本东京开成立大会，孙中山宣誓就任总理。

10 月 29 日，蒋介石等在上海加入中华革命党。

1914 年（民国三年）

5 月 30 日，沪宁讨袁第一路军司令蒋介石在上海谋起兵讨袁，失败。赴日本。

6 月，蒋介石奉孙中山之命，赴东北满洲里、哈尔滨、长春等地视察东北革命形势。9 月，至上海，后赴日本复命。

1915 年（民国四年）

10 月 25 日，宋庆龄和孙中山在日本结婚。

12 月 5 日，陈其美与蒋介石、吴忠信等在上海策动肇和兵舰起义，失败。

本年，蒋介石纳妾姚冶诚。

1916 年（民国五年）

2 月 14 日，于讨袁护国战争中，蒋介石率革命军进攻江阴要塞，占领 5 天后退回上海。孙中山任命蒋介石为中华革命军东北军参谋处长，协助参谋长兼代理总司令许崇智整顿军队。

10 月 6 日，蒋纬国出生。

1917 年（民国六年）

夏，宋美龄回国，结束在美国 10 年的留学生涯。

7 月，孙中山到广州，领导护法运动。

9 月 10 日，孙中山在广州就任中华民国军政府海陆军大元帅。

11 月 1 日，孙中山任命蒋介石、张群为大元帅府参军。

1918 年（民国七年）

3 月 11 日，蒋介石受孙中山派遣，赴汕头参加陈炯明粤军总司令部，任作战科主任，7 月 31 日辞。

5 月 3 日，宋耀如因患胃癌逝世，享年 57 岁。

9 月 26 日，蒋介石出任粤军第二支队司令官，驻长泰。12 月 8 日，率部攻取永泰。

1919 年（民国八年）

5 月 4 日，五四爱国运动爆发。

7 月 12 日，蒋介石辞粤军第二支队司令官。

10 月 10 日，孙中山改组中华革命党为中国国民党。

1920 年（民国九年）

10 月 5 日，蒋介石抵汕头，参加粤军讨桂作战。11 月 12 日，返沪。

1921 年（民国十年）

4 月 4 日，蒋介石致函毛福梅之兄，表示欲与毛氏离婚。

5 月 5 日，孙中山在广州就任非常大总统。

6 月 14 日，蒋母王采玉去世，享年 57 岁。

7 月 1 日，中国共产党诞生。

12 月 5 日，蒋介石和陈洁如在上海结婚。

1922 年（民国十一年）

6 月 16 日，陈炯明叛变，围攻总统府。孙中山脱险后登永丰舰，率海军讨伐叛军。

29 日，蒋介石奉孙中山电召抵粤，上永丰舰，随护孙中山。

8 月 9 日，孙中山离粤赴香港，转上海。蒋介石随行。

10 月 10 日，孙中山为蒋介石著《孙大总统广州蒙难记》撰序。

18日，孙中山任命许崇智为东路讨贼军总司令，蒋介石为参谋长。22日，蒋介石到闽就任。

11月27日，蒋介石赴沪，返奉化溪口。

12月1日，蒋介石奉孙中山急召，赴上海。本月初，在孙中山家结识宋美龄，本月底，他请孙中山把妻妹介绍给他。

1923年（民国十二年）

2月3日，孙中山委任柏文蔚、蒋介石等13人为中国国民党本部军事委员会委员。

3月2日，陆海军大元帅大本营在广州正式成立。孙中山任陆海军大元帅。

6月16日，蒋介石任大元帅行营参谋长。7月12日，辞职。

8月16日，蒋介石受孙中山委派，赴苏联考察政治、党务和军事，为期3个多月。

12月15日，蒋介石回到上海。12月16日，为纪念蒋母六十冥寿，回到溪口。

1924年（民国十三年）

1月16日，蒋介石从溪口抵广州，面见孙中山报告旅俄考察情况。

20日至30日，在孙中山主持下，中国国民党在广州举行第一次全国代表大会，确定联俄、联共、扶助农工三大政策，将旧三民主义发展为新三民主义，实行国共合作。

2月8日，蒋介石因奉孙中山之命筹建黄埔军校，召集陆军军官学校筹备会议。21日，请辞职，离粤回沪。孙中山挽留，催促返粤。4月26日，到黄埔军校视事。5月3日，孙中山正式任命蒋介石为黄埔军校校长。

6月16日，黄埔陆军军官学校举行开学典礼，孙中山自任军校总理，廖仲恺任党代表，蒋介石任校长兼粤军总司令部参谋长。

7月7日，孙中山任命蒋介石兼长洲要塞司令。

11日，中国国民党设立中央政治委员会，孙中山自任主席，指派胡汉民等7人为委员。首次会议指派9人为中央军事委员会委员，蒋介石为委员。15日，蒋介石兼任各军训练筹备委员会委员长。

8月9日，孙中山命蒋介石处置广州商团私运军械事件，缉获哈佛轮。

10月11日，为平定商团叛变，组织革命委员会，孙中山自任会长，后命蒋介石等6人为全权委员；蒋介石为军事委员会委员长，统率各军围剿商团。15日，平定事变。

11月11日，孙中山任许崇智为军事部长，蒋介石任军事部秘书。

1925年（民国十四年）

2月1日，第一次东征开始。蒋介石率军官学校学生和教导团，会同许崇智部粤军担任右翼，为东征军右路，出师讨伐盘踞在东江的陈炯明叛军。

3月12日，孙中山在北平逝世，享年59岁。

4月13日，中央执行委员会决议，成立党军（建制为旅）。廖仲恺任党代表，蒋介石任司令官。

7月3日，国民政府成立军事委员会，蒋介石等8人为委员。汪精卫任主席。

8月20日，廖仲恺在广州遇刺身亡。蒋介石为清查廖案的领导成员。

24日，蒋介石兼广州卫戍司令。

26日，国民政府各军统一编组为国民革命军，共5个军。蒋介石任第一军军长。

9月20日，蒋介石派人将许崇智部军队缴械，编入第一军。令许解职离粤。

28日，中央政治委员会议决第二次东征计划，并特派蒋介石为东征军总指挥。10月6日，蒋介石率参谋团及司令部人员出发东征，讨伐陈炯明。12月，凯旋广州。

10月7日，国民党中央执行委员会第六次会议上，苏联军事顾问鲍罗廷宣布，为纪念孙中山先生，莫斯科将成立中山大学（亦称孙逸仙大学）。鲍罗廷推荐30名国民党要员的子弟入学，包括蒋经国在内。25日，蒋经国由广州赴莫斯科，进入中山大学。

1926 年（民国十五年）

1 月 1 日至 19 日，中国国民党在广州召开第二次全国代表大会，蒋介石当选为中央执行委员。二届一中全会，蒋被推举为中央常务委员和中央政治委员会委员。

2 月 1 日，军事委员会任命蒋介石为国民革命军总监。

3 月 1 日，中央军事政治学校（陆军军官学校改称）举行成立典礼。蒋介石任校长。

20 日，蒋介石以广州卫戍司令名义宣布广州戒严，制造“中山舰事件”。

4 月 16 日，国民党中央党部与国民政府联席会议推选蒋介石为军事委员会主席。

5 月 15 日至 22 日，中国国民党在广州召开二届二中全会，会上通过蒋介石等提出的排斥共产党的《整理党务决议案》。

6 月 5 日，国民政府任命蒋介石为国民革命军总司令，并被授权组建北伐军总司令部。

11 日，蒋介石兼任中央组织部部长（后由陈果夫代理）。

29 日，蒋介石任国民政府委员。

7 月 2 日，在广州，蒋介石往访宋美龄。宋将回上海，蒋依依不舍。之后，二人有书信往还。

4 日，蒋介石任中央军人部长，有任免所辖革命军及军事机关党代表之权。

9 日，国民革命军总司令蒋介石行就职礼。

13 日，蒋介石任中央执行委员会常务委员会主席（后由张静江代理）。

27 日，蒋介石督师北伐，陈洁如携蒋纬国送行。北伐进军顺利，把革命从珠江流域推进到长江流域。

30 日，蒋介石致函张静江，对陈洁如不满，欲令其出洋留学。

9 月 9 日、10 月 22 日、11 月 19 日，蒋介石均致电中央，主张中央党部和国民政府迁到武汉。

10 月 28 日，国民政府决定迁往武汉。中央党部和国民政府人员分批由广州出发北上。

12 月 13 日，中央执行委员和国民政府委员在武昌成立中央临时联席会议，为中央人员到齐之前临时执行最高职权的机构。徐谦为主席。同月19日、20 日，蒋介石两电武汉表示同意。

1927 年（民国十六年）

1 月 5 日，蒋介石在南昌发出通电，谓政治会议临时会议决定中央党部和国民政府暂驻南昌，武汉设政治分会。武汉方面拒绝改变原定的迁都方案。

11 日，蒋介石由南昌赴武汉。武汉人民集会，质问蒋介石违抗中央决定事。25 日，蒋介石返回南昌。

2 月 21 日，武汉中央临时联席会议结束，中央党部和国民政府即日在汉口正式开始办公。随后，停留在南昌中央党部和国民政府的领导人到武汉。

3 月 10 日至 17 日，中国国民党二届三中全会在武汉举行。会议中心议题是恢复党治，加强合议制，抑制军事独裁。在全会改组的机构中，中央常务委员会不设主席，汪、蒋均为常务委员；国民政府不设主席，汪、蒋均为委员，汪为常委；军事委员会不设主席，汪、蒋均为委员和主席团成员，国民革命军总司令为军事委员会委员之一；中央政治委员会不设主席，汪、蒋均为委员，汪为主席团成员。另，撤销军人部；组织部长为汪精卫（吴玉章暂代）。

21 日，北伐军攻占上海。24 日占领南京。25 日蒋介石入南京视察。

26 日，蒋介石以北伐军总司令身份到上海后，立即去宋家看望宋美龄。

4 月 12 日，蒋介石在上海发动反革命政变，屠杀共产党员和革命群众。宁汉分裂。

17 日，武汉国民党中央和国民政府宣布开除蒋介石党籍，免去其本兼各职，通电讨蒋。

18 日，蒋介石集团在南京成立“国民政府”，与武汉国民政府对立。

20 日，武汉国民政府宣布进行“二次北伐”。第四方面军总指挥唐生智率其第八军进入河南，张发奎的第四军支援。

5 月 15 日，蒋介石与宋美龄在宋蔼龄的安排下，一次镇江“焦山之游”，使爱情得到了进一步升温。

6 月 10 日，汪精卫、谭延闿、孙科、顾孟余、唐生智等，以中央政治委员会主席团名义，在郑州与冯玉祥等举行会议。其中，在反共问题上达成共识。

19 日，蒋介石、胡汉民等与冯玉祥在徐州举行会议，决定冯在所辖地区“清党反共”，并督促武汉方面反共，“宁汉合作”。会后，冯玉祥将会议精神致电武汉国民党领导人。

28 日，驻武汉的第三十五军军长何键发表反共宣言，发动反共事件。

7 月 14 日，武汉国民党中央秘密召开反共会议。宋庆龄坚决反对汪精卫集团的反共决定，并发表《为抗议违反孙中山的革命原则和政策的声明》。

15 日，汪精卫集团在武汉举行反革命政变。

8 月 1 日，共产党领导南昌起义，打响了武装反抗国民党反动派大屠杀的第一枪。之后，又有秋收起义、广州起义等，在武装起义基础上，组建中国工农红军。

13 日，蒋介石离宁赴沪，15 日通电下野，经上海、杭州回到溪口，住入雪窦寺，和毛福梅协议离婚。毛氏离婚不离家。与姚冶诚离婚，蒋纬国由姚氏抚养。

19 日，陈洁如赴美国留学。

9 月 16 日，宁、沪（西山会议派）、汉三方代表，在南京组成国民党中央特别委员会，代行中央执行委员会职权，筹备召开国民党第三次全国代表大会。汪精卫、蒋介石、胡汉民名列其中，但未参与其事。

28 日，蒋介石东渡日本，请求宋夫人批准他与宋美龄结婚。

11 月 10 日，蒋介石由日本回到上海。电汪精卫到沪商谈党政统一问题。11 日，汪精卫在广州发表演说，表示愿与蒋介石合作。

24 日，由蒋介石、谭延闿、汪精卫、李济深发起，中央执监委在上海开谈话会，决定开四中全会预备会。

12 月 1 日，蒋介石与宋美龄在上海大华饭店举行极为豪华的婚礼。

1928 年（民国十七年）

1 月 3 日，国民政府增推蒋介石、孙科、林森为国民政府常务委员会委员。

4 日，蒋介石正式复任国民革命军总司令职。之后，宋美龄随同蒋介石离开上海，住到南京。

18 日，中央政治会议决议：特任蒋介石为国民革命军北伐全军总司令；并通过战斗序列，组织对奉系军阀的北伐。

2 月 2 日至 7 日，在南京召开国民党二届四中全会。会议推举蒋介石等为中央常务委员；推举丁惟汾等为国民政府委员，以谭延闿为主席；推举于右任等为军事委员会委员，蒋介石为主席。

28 日，蒋介石兼任第一集团军总司令。

3 月 7 日，中央政治会议推举蒋介石为主席（旋由谭延闿代理）。

本年春，蒋介石与陈洁如正式办理离婚手续。

4 月 7 日，蒋介石誓师北伐。宋美龄随同总司令来往于前线。

5 月 3 日，日军制造“济南惨案”，阻挠北伐。蒋介石“忍辱负重”，一面派人与日方交涉，一面令部队绕道北伐。11 日，日军占济南。

6 月 15 日，国民党宣告“统一”完成。

10 月 10 日，蒋介石就任国民政府主席。

本月，宋美龄任南京国民政府立法院立法委员。

本月，宋美龄通过蒋介石向国民党中央执行委员会提议设立“遗族学校筹备委员会”，1929 年 8 月，“国民革命军遗族学校”建成。宋美龄亲自掌握学校的建设与管理。

秋，蒋经国由中山大学毕业，被保送进入列宁格勒的红军军政学校深造3年。

11 月 28 日，陈公博等在上海成立“中国国民党改组同志会”，即“改组派”，总部设在上海，奉汪精卫为领袖，标榜恢复 1924 年国民党改组精神，进行反蒋活动。

本年，蒋介石首次携新婚夫人宋美龄回溪口老家拜认祖先。

1929 年（民国十八年）

1 月，军官“励志社”成立于南京，社长蒋介石，实际负责人为基督教青年会工作人员黄仁霖。

1 日至 26 日，国民政府以裁军为名在南京举行军队“编遣会议”。

3 月 15 日至 28 日，国民党在南京召开第三次全国代表大会。会后蒋介石任中央常务委员、中央组织部长、中央政治会议主席。

26 日，国民政府颁发讨伐桂系令。29 日，蒋介石赴九江前线指挥对桂系作战。

27 日，蒋介石为讨伐桂系李宗仁等发表告将士文。次日，蒋介石率兵讨伐桂系。6 月，桂系失败。

5 月 22 日，蒋介石下令讨伐冯玉祥，蒋、冯战争爆发。冯败。

28 日，蒋介石夫妇到蚌埠恭迎从北平运往南京安葬的孙中山灵柩。

本月，“改组派”组织“中国国民党护党救国革命大同盟”，唐生智、张发奎、石友三、李宗仁等派代表参加，策动武装反蒋，组建“护党救国军”。

6 月 1 日，安葬孙中山遗体于南京紫金山陵墓（中山陵）。奉安大典由蒋介石主祭。旅居欧洲的宋庆龄回国参加孙中山的国葬仪式。

10日至15日，国民党召开三届二中全会，制定了进一步推行训政的方案，规定训政期为 6 年。

8 月 1 日，国民党全国第二次编遣会议在南京召开。6 日，会议通过《全国编遣实施会议宣言》，地方实力派反对，相继起兵反蒋。

9 月 17 日，张发奎在鄂西宜昌通电反蒋。败。

24 日，汪精卫与陈公博等联名发表《中国国民党第二届中央执监委员会最近对时局宣言》，宣布发起讨蒋战争。

27 日，广西俞作柏在南宁就任“护党救国军总司令”，通电反蒋。败。

10 月 10 日，冯玉祥属下西北军将领通电反蒋。14 日，蒋介石发表《告全国将士书》，组织讨伐西北军；27 日，发表讨冯誓师词。西北军败。

11 月，汪精卫撮合桂系与张发奎联盟，组成桂张联军。26 日，桂张联军在梧州设立大本营，李宗仁为“护党救国军总司令”，与拥蒋的粤军作战。败。

12 月 2 日，汪精卫委任的“护党救国军第五路总司令”石友三部在浦口举行兵变，炮轰南京。“护党救国军第四路总司令”唐生智，立即于次日在郑州宣布讨蒋，唐、石联合反蒋起事。败。

28 日，国民党中央常务委员会决定永远开除汪精卫党籍。

1930 年（民国十九年）

2 月 23 日，阎锡山、冯玉祥、李宗仁等 45 人联名致电香港汪精卫的“中国国民党第二届中央执监委员联席会议”，提出党统问题。汪精卫赞成，派人北上。3 月，改组派上海总部转到北平。

5 月中旬，中原大战爆发。

6 月，蒋经国在列宁格勒的红军军政学校毕业后，到列宁大学（即原来的中山大学）担任中国学生的助理指导。同年 10 月，被派到狄拿马电器工厂做学徒。

8 月 7 日，以汪精卫为首的“改组派”，以邹鲁、谢持为首的“西山会议派”，以阎锡山为首的晋军和以冯玉祥为首的西北军等，联合反蒋，在北平中南海怀仁堂召开成立“中国国民党中央党部扩大会议”。以汪精卫等 7 人为扩大会议常务委员，号召依法召开第三次全国代表大会和筹备召集国民会议，制定约法。之后组织国民政府，与蒋介石的南京政权相对抗。

9 月 6 日，阎、冯的军队在中原大战中失败。

10 日，张学良在北陵别墅召开东北军高级干部会议，宣布站在蒋介石一边。18 日，张学良发表出兵华北的通电。22 日，东北军进驻平津两市。27 日，南京政府正式命令东北军接收平津、河北的政权。

10 月 23 日，蒋介石、宋美龄在西摩路宋家教堂里，由卫理公会的会督江长川牧师主持，举行蒋介石加入基督教的洗礼仪式，正式加入基督教的美以美会（后改称卫理公会）。

本月，中原大战以蒋介石取胜，冯、阎、桂的失败而告结束。

12 月 27 日，蒋介石调集 10 万兵力，对中央革命根据地进行第一次军事“围剿”。被粉碎。

本年，蒋、宋奉蒋母命筹办的奉化县私立武岭农业职业学校建成。

1931 年（民国二十年）

2 月 28 日，因约法之争，蒋介石囚禁国民政府立法院长胡汉民于南京郊外汤山。

4 月，蒋介石纠集 20 万兵，对中央革命根据地进行第二次“围剿”。5 月 30 日，被红军击败。

5 月 27 日，胡汉民派、汪精卫派、“西山会议派”，及两广地方实力派陈济棠、李宗仁等，在广州成立“中国国民党中央执监委员非常会议”，为反蒋联盟最高机关，进行反蒋斗争。

6 月 13 日至 15 日，南京召开国民党三届五中全会，决定集中力量反共；对广东采取“和平攻势”、政治分化等绥靖政策。

7 月，蒋经国被下放到莫斯科附近的石可夫农村劳动，实地参加土地政策的研究。曾被选为村苏维埃副主席。

7 月 20 日，广州国民政府委任的第五集团军总司令石友三在石家庄发动讨蒋。

21 日，广州国民政府正式颁发讨蒋令，所属各路军队相继“北伐”。

23 日，蒋介石在南昌发表文告，称“攘外必先安内”。要消灭共产党，削平粤逆。

本月，蒋介石调集 30 万大军对中央革命根据地发动第三次“围剿”。被粉碎。

9 月 5 日、11 日，桂军、粤军分头北进，联合出兵讨蒋。中旬，桂军前锋到达湖南衡阳以南，蒋介石调 3 个师增援湖南。一场大战即将爆发。

18 日，九一八事变爆发，日军侵占东三省，蒋介石奉行对日不抵抗政策。全国各界人民要求一致抗日。中国共产党领导东北人民武装抗击日本侵略军，中国抗日战争开始。

本月，蒋介石亲自到武汉，布置对鄂豫皖革命根据地进行“围剿”。

10 月 6 日，粤方通电全国，提出蒋介石下野、宁粤召开和平统一会议等主张。

22 日，蒋介石、汪精卫、胡汉民在上海见面，决定宁粤代表在上海开和平会议。

27 日至 11 月 7 日，宁粤代表在上海召开和平会议，研究双方息争、和平统一问题。会议决定分别开国民党第四次全国代表大会，然后共同产生统一的中央。

11 月 12 日至 23 日，宁方蒋介石一派在南京召开中国国民党第四次全国代表大会。

18 日至 12 月 5 日，粤方胡汉民等各派在广州召开中国国民党第四次全国代表大会。

12 月 3 日，粤方汪精卫一派在上海召开中国国民党第四次全国代表大会。

15 日，蒋介石辞去国民政府主席、行政院院长、陆海空军总司令职务，下野。

22 日至 29 日，宁、粤、沪 3 个中国国民党第四次全国代表大会产生的中央委员，在南京召开四届一中全会，推举胡汉民、汪精卫、蒋介石等 9 人为中央常务委员；选任蒋介石、汪精卫、胡汉民等 33 人为国民政府委员，林森为主席，孙科为行政院长；推举蒋介石、汪精卫、胡汉民 3 人为中央政治会议常务委员。但胡在广州，汪在上海，蒋介石于 22 日开幕式后，偕宋美龄回奉化溪口。

1932 年（民国二十一年）

1 月 1 日，孙科政府宣誓就职。

5 日，广州中央党部与国民政府通电撤销。设立中央执行委员会西南执行部、国民政府西南政务委员会、军事委员会西南军事分会。

9 日，孙科到上海吁请蒋、汪、胡到南京主持大计。

13 日，蒋介石从奉化到杭州，16 日，蒋介石密约汪精卫到杭州晤谈合作。

17 日，蒋、汪联名致电胡汉民请入京视事。

18 日，孙科应蒋、汪之召到杭州商谈，决定蒋、汪入京主持中央工作，并电请胡入京。胡拒绝，继续在广州依靠两广地方实力派，与南京抗衡。22 日，蒋介石回到南京。

28 日，召开中央政治会议临时会议，决定改组南京政府。其中，准孙科辞行政院长，汪精卫继任。决定成立军事委员会，统管全国军事。3 月 8 日，国民政府特任蒋介石为军事委员会委员长兼参谋总长。

本日，十九路军在上海抵抗日军进攻，是为“一·二八抗战”。

30 日，国民政府迁至洛阳。

3 月 1 日，日本在长春成立傀儡伪满洲国。

4 月 26 日，中国工农民主政府正式发表《对日宣战通电》。

6 月 15 日，蒋介石在庐山召开豫、鄂、皖、赣、湘五省“清剿”会议。蒋亲兼鄂、豫、皖三省总司令。28 日，在汉口成立“剿共”总司令部。之后，在“攘外必先安内”口号下，向各革命根据地发动第四次军事“围剿”。

7 月，热河告急，汪精卫电张学良出兵抵抗，张听命于蒋介石，不买汪精卫的账。

12 月 1 日，国民政府迁回南京。

1933 年（民国二十二年）

1 月 1 日，日军炮击榆关，随即攻占。

2 月，蒋介石调集 30 多个师 50 万兵力，对中央革命根据地进行第四次“围剿”。被粉碎。

25 日，日军进攻热河，3 月 4 日占承德。之后，攻击长城各口。

3 月 26 日，蒋、汪在南京会晤，决定“全力‘剿共’”；对日交涉。之后，蒋介石赴江西继续指挥反共内战，汪精卫在南京主持行政院和对日交涉。

5 月 31 日，国民政府与日本签订《塘沽协定》。

9 月 12 日，汪精卫与孙科、孔祥熙、宋子文相继去庐山，与蒋介石商讨第五次“围剿”革命根据地的政治、财政问题。

10 月，蒋介石在德、意、美等国的军事顾问参与策划下，纠集 100 万兵力，对各革命根据地进行第五次大规模军事“围剿”。其中 50 万兵力用于“围剿”中央革命根据地。

1934 年（民国二十三年）

2 月，在武昌成立“新生活运动促进会”，蒋介石担任会长。同时成立“新生活运动促进总会妇女指导委员会”，宋美龄担任指导长，宋美龄置身于运动领导行列。

10 月 4 日，蒋介石在汉口召集会议，研究“围剿”红军行动。

本月，中央红军第五次反“围剿”失利，被迫战略转移，进行二万五千里长征，北上抗日。蒋介石派军队对红军围、追、堵、截。

11 月 10 日，蒋介石军队占领中央革命根据地首府瑞金。

1935 年（民国二十四年）

1 月，中共中央在遵义召开会议，毛泽东在全党领导地位确立。

3 月，蒋经国与苏联姑娘费娜（中文名蒋方良）结婚。同年 12 月，生下长子爱伦，中文名蒋孝文。翌年（1936 年），蒋经国成为《工厂新闻》的总编辑，同年又生一女孩爱理，中文名蒋孝章。蒋经国因受“左”倾错误政策之害，于 1936 年 12 月被工厂解职。

6 月 27 日，国民政府与日本签订《秦土协定》。

7 月 6 日，国民政府与日本达成《何梅协定》。

8 月 1 日，中国共产党中央委员会、中国苏维埃中央政府发表《为抗日救国告全体同胞书》，即《八一宣言》，主张停止内战，抗日救国。

21 日，蒋、汪在南京会晤，决定：由汪全权主持行政院的政治、外交事项，不必都交中央政治会议议决；中央财政由行政院独立主持。

12 月 2 日至 7 日，国民党召开五届一中全会，改组中央机构。汪精卫辞行政院长及兼外交部部长职，蒋介石接任行政院长职。

本年底、翌年初开始，蒋介石在武力“剿共”同时，曾谋求用谈判方式解决国共关系问题。

1936 年（民国二十五年）

6 月，宋美龄担任航空委员会秘书长，负责空军事务。1938 年 3 月辞。

7 月 13 日，蒋介石在国民党五届二中全会解释“最后关头”为保持领土主权完整。表示不能承认伪满洲国。

10 月 22 日，蒋介石飞往西安，部署、督促张学良、杨虎城“剿共”。之后去洛阳。

12 月 4 日，蒋介石飞往西安，以临潼华清池为“行辕”，严饬张学良、杨虎城加紧“剿共”。

12日，张学良、杨虎城发动西安事变。宋美龄为营救丈夫，同她哥哥宋子文赴西安调解，说服蒋介石，并代表蒋介石同意停止“剿共”、共同抗日的协议。

25日，张学良陪同蒋介石和宋美龄飞往南京。张学良被扣押，失去自由；1949年，杨虎城被杀害。

1937年（民国二十六年）

1月2日，蒋介石回奉化休假。

24日，汪精卫去奉化，会晤蒋介石，力主“‘剿共’事业不可中止”。

2月10日，中国共产党为了表示国共两党合作、一致抗日的诚意，发出《中共中央给国民党三中全会电》，向国民党提出“停止内战、集中国力、一致对外”等五项要求，和“在全国范围内停止推翻国民政府之武装暴动方针”等四项保证。

15日至22日，国民党在南京召开五届三中全会，制定国内和平统一方针。宋庆龄领衔向全会提出“恢复中山先生联俄、联共、扶助农工三大政策案”。

3月25日，蒋经国携妻子儿女一行4人从苏联出发，于同年4月，抵达上海，拜见蒋介石和宋美龄。

4月，宋美龄写信礼聘美国空军上校陈纳德为中国抗日战争效力。5月，美国曾担任陆军航空队教官的陈纳德来到中国，帮助建设中国空军，曾担任过航校教官、总教官、顾问等职。

7月7日，卢沟桥事变，全国抗日战争爆发。

8月1日，宋美龄召集国民党要员的女眷们在南京开会，成立“中国妇女慰劳自卫抗战将士总会”，简称“妇慰总会”，宋美龄担任主任委员。

13日，“八一三事变”，上海抗战爆发。

14日，国民政府发表自卫抗战声明书。

9月22日，国民党中央通讯社发表《中共中央为公布国共合作宣言》。次日，蒋介石为发表该宣言讲话，标志着国共合作的抗日民族统一战线正式形成。

10月23日，宋美龄前往淞沪抗战前线视察和慰问，途中车翻，摔伤肋骨。

30日，国防最高会议决议：迁都重庆。

11 月 9 日，蒋介石下令全线撤退。12 月 7 日，蒋介石、宋美龄飞往江西星子。

12 月 13 日，南京沦陷，日军进行惨无人道的大屠杀。

14 日，蒋介石与宋美龄由江西星子乘飞机至武昌。

1938 年（民国二十七年）

1 月 1 日，蒋介石辞行政院长职，孔祥熙接任。

3 日，美国《时代》杂志报道了蒋介石的对外宣言，宋美龄把《宣言》译成英文，对外宣传中国抗战主张。她的《战争与和平通讯》相继出版。

本月，蒋经国任江西省保安处少将副处长，兼江西省政治讲习学院总队长。同年 5 月，又兼任江西省保安司令部新兵督练处处长。

4 月，在国民党临时全国代表大会上，蒋介石被选为国民党总裁。

5 月下旬，宋美龄邀请妇女界领袖及各界知名女性代表，在江西庐山举行谈话会，决定以“新生活运动促进总会妇女指导委员会”（简称“妇指会”）为全国妇女团体的总机构。宋美龄任指导长。7 月 1 日，“妇指会”改组扩大，吸收各党派、各界的妇女代表人物参加。

8 月 5 日，中国工业合作社协会成立，宋美龄为董事长，开展生产救亡。

10 月 25 日，武汉失守。

1939 年（民国二十八年）

2 月 7 日，国防最高委员会成立，蒋介石以国民党总裁的身份担任委员长。

3 月，蒋介石夫妇聘请加拿大传教士文幼章担任“新生活运动”的顾问。

6 月，新兵督练处迁到赣州，蒋经国就任赣州行政督察专员兼区保安司令。

12 月 12 日，毛福梅在日机轰炸中不幸罹难，年仅 57 岁。

12 月至翌年 3 月，蒋介石掀起抗日战争期间的第一次反共高潮。

1940 年（民国二十九年）

春，在宋美龄亲自督导下培训的新生活女青年队与三青团合并。

6 月，和海外唯一取得援助的道路——滇缅公路被日机封锁。

7 月，蒋经国被指定为三青团临时中央干事，8 月又被指定为三青团江西支团筹备主任。

10 月 6 日，宋美龄“赴港医病”。在此前后“妇指会”改组，人事更迭异常频繁。

11 月 5 日，蒋介石致电罗斯福，祝贺他当选美国第三十四届总统。9 日，分别接见了美英驻华大使。

1941 年（民国三十年）

1 月，“皖南事变”，蒋介石掀起第二次反共高潮。

8 月 1 日，在重庆组成“航空委员会美籍志愿军总队”，即“飞虎队”，参加中国抗战。陈纳德为总指挥，宋美龄为名誉队长。

12 月 8 日，日本空袭美国珍珠港。

23 日，中、美、英三国首脑在重庆蒋介石的委员长官邸举行“东亚军事会议”，决定如日本侵入缅甸，中国将派陆军赴缅甸助战抗日，美国负责供应战略物资。

1942 年（民国三十一年）

1 月 4 日，推举蒋介石为中国战区统帅，建立统帅部。1 月 5 日，蒋介石在重庆宣布就任中国战区最高统帅，史迪威为参谋长。中国战区由此正式建立。

2 月 4 日至 21 日，蒋介石偕宋美龄遍访印度、缅甸，调停英印政争，并与甘地会谈。

3 月 1 日，蒋氏夫妇乘飞机赴缅甸北部军事要地腊戌，视察滇缅公路和盟国驻缅部队的作战情况。

11 月 18 日至 1943 年 6 月 29 日，宋美龄赴美国纽约、华盛顿、芝加哥、旧金山、洛杉矶访问 7 个多月，蒋介石函电指导，宋美龄执行求援意图。1943 年 7 月 4 日回到重庆。

1943 年（民国三十二年）

年初，蒋介石派中央军进军新疆，夺取新疆的控制权。

3 月，蒋介石的《中国之命运》一书发表。

7 月 7 日，国民党军队炮击陕甘宁边区关中军分区，掀起第三次反共高潮。

8 月 1 日，国民政府主席林森故去。10 月 10 日，蒋介石继任国民政府主席。

9 月 13 日，蒋介石在重庆召开的国民党第五届中央委员会第十一次全会上，被选为国民政府主席兼陆海空军大元帅，并继续担任军事委员会主席，同时又兼任行政院院长。

11 月 23 日至 26 日，蒋介石偕宋美龄赴开罗，与美国总统罗斯福、英国首相丘吉尔举行“三巨头会议”，即“开罗会议”，通过《开罗宣言》。

12 月，蒋经国被调到重庆担任三青团中央干部学校教育长（校长蒋介石），兼三青团组训处处长（名义上仍兼赣州专员，由杨明代理）。

1944 年（民国三十三年）

元旦，蒋介石给夫人宋美龄颁发青天白日勋章，以表彰她对国家的贡献。

6 月，宋美龄因身体状况不佳，去巴西休养。之后，又去美国就医。

21 日至 24 日，因蒋介石对日作战不利，罗斯福派美国副总统华莱士来华与蒋介石会晤，要求蒋介石对其腐败政治进行改革，加强对日作战。蒋介石以种种借口拒绝接受。

1945 年（民国三十四年）

4 月 12 日，美国总统罗斯福逝世，享年 63 岁。

5 月，宋美龄当选为中国国民党第六届中央执行委员、中央执行委员会常务委员、妇女运动委员会委员长。

8 月 12 日，国民政府军事委员会侍从室奉蒋介石之命，任命汉奸周佛海为军事委员会上海行动总队总指挥。20 日，改任其为上海行动总队司令，令其组织伪军与共产党为敌，负责维持上海一带“治安”。

15 日，日本宣布无条件投降。抗日战争胜利。

15 日、20 日、23 日，蒋介石连发三电请中共中央主席毛泽东赴渝面商国家大计。28 日，毛泽东飞抵重庆。10 月 10 日，国共双方共同签署了《政府与中共代表会谈纪要》（即《双十协定》），确定了两党避免内战、长期合作、和平建国的基本方针。

9 月 5 日，前往美国就医 8 个月的宋美龄乘“美龄号”专机从纽约返回重庆。组织“妇指会”中亲信人员，决定于 1947 年国际“三八”妇女节，排斥妇女运动中的共产党人和民主人士。

12 月 1 日，国民党军警特务武装镇压昆明反内战师生，制造“一二·一惨案”。

1946 年（民国三十五年）

1 月 10 日，中国政治协商会议在重庆开幕。会议先后通过五项协议，于 31 日闭幕。

22 日，蒋介石派宋美龄飞往长春，向苏军表示慰问，促使苏联红军撤离东北。

2 月 10 日，国民党特务暴徒在重庆捣毁各界庆祝政协胜利闭幕大会，制造“较场口事件”。

3 月 1 日至 17 日，国民党在重庆召开六届二中全会，蒋介石公然号召破坏政协协议。会议通过推翻政协关于宪法原则的决议等多项决议案。

5 月 3 日，蒋介石偕宋美龄告别重庆飞回南京。5 月 5 日，国民政府宣布还都南京。

23 日，蒋介石夫妇飞抵沈阳，部署国民党军队对中共东北解放区的进攻。

6 月 3 日，蒋介石夫妇到长春，向驻守在长春的国民党将领面授机宜。次日返回南京。

23 日，国民党特务暴徒在南京下关车站围攻、殴打以马叙伦为首的上海各界人民和平请愿代表团，造成“下关惨案”。案发后，宋美龄到医院看望被打受伤的雷洁琼，对雷洁琼的诉说不以为然。

26 日，蒋介石背信弃义，下令向中原解放区大举进攻，全国性内战开始。

7 月 11 日、15 日，国民党特务在昆明先后刺杀民盟中央委员李公朴、闻一多。

9 月 21 日，宋美龄在山洞林园官邸大礼堂设宴招待美国助华妇女辅助队，用英语致欢迎词。会后，带领队员参观了魏德迈、赫尔利住过的别墅。

10 月 5 日，蒋介石夫妇从南京飞往台湾，出席台湾光复一周年纪念，蒋介石发表讲话。

11 月 15 日至 12 月 25 日，国民党在南京召开国民大会，通过《中华民国宪法》，翌年 1 月 1 日，由国民政府公布，同年 12 月 25 日施行。

12 月 24 日，驻守北平美军士官皮尔逊，公然在北平东单奸污北京大学先修班女学生沈崇。宋美龄出面处理这一案件，偏袒美军。

1947 年（民国三十六年）

2 月 28 日，台湾人民反对国民党暴政，举行武装起义。国民党军队进行镇压。

4 月 2 日，宋美龄陪同蒋介石回溪口老家，住 9 天返回南京。

5 月 20 日，国民党军、警、宪、特，镇压南京“反饥饿、反内战、反迫害”示威请愿活动的学生，制造“五二〇血案”。当天晚上，宋美龄乘车到 8 所医院“慰问”受伤的学生，并发表了“感人肺腑”的讲话。

10 月 27 日，国民党政府公然宣布民盟为非法团体。

1948 年（民国三十七年）

4 月 19 日，蒋介石在国民大会上当选为总统，并有不受宪法限制的“紧急处置的权力”。

8 月，蒋介石颁布《财政经济紧急处分令》，实行“币制改革”和“限价政策”。从 19 日起发行以黄金为本位的新币“金圆券”，严令人民手中不得持有金银，一律兑换成“金圆券”，强令限制物价，企图摆脱通货恶性膨胀、物价飞涨的困境，结果更加速了财政经济的全面崩溃。

11 月 7 日，杜鲁门当选为美国总统。

30 日，宋美龄到达旧金山，12 月 1 日抵达华盛顿。向美国求援，被冷落。

1949 年（民国三十八年）

1 月 21 日，蒋介石迫于各方压力“引退”，下野。当天下午飞离南京，抵达杭州，23 日回到奉化溪口。

4 月 23 日，中国人民解放军解放南京，宣告国民党统治覆灭。25 日，蒋氏父子离开溪口，30 日到上海。5 月 25 日，上海解放，26 日，蒋氏父子逃往台湾。

10 月 1 日，中华人民共和国成立，首都北京。

12 月 7 日，蒋介石宣布将台湾台局领导人办公室定在台北。

1950 年

1 月 1 日，蒋介石在台湾发表“元旦文告”，表示要“反攻大陆”，反共到底。

10 日，宋美龄离开美国，13 日到台湾高雄，蒋介石亲临机场迎接。

3 月1日，宋美龄在台北陪同蒋介石参加复职仪式。

8 日，宋美龄在台湾举行第一个妇女节纪念会，发表《妇女节致词》，提出“应以美国妇女工作和奋斗的精神为借鉴”，号召台湾妇女“应为前线的伤患员服务”。

31 日，蒋氏夫妇住进士林官邸。

4 月3日，根据蒋介石的意图，宋美龄成立并主持了“中华妇女‘反共抗俄’联合会”（简称“妇联会”）的筹备会。蒋介石亲自参加，并发表演讲。17 日，台湾“中华妇女‘反共抗俄’联合会”宣布正式成立，宋美龄任会长。

5 月 18 日，宋美龄到基隆（位于台湾岛东北角）劳军。

6 月 25 日，朝鲜战争爆发。美军第七舰队驶入台湾海峡。蒋介石先后三次准备出兵，支援李承晚集团，被美国阻止。

8 月，宋美龄返台后，她在美国的一些朋友和亲台人士组织“院外援华集团”，争取美国支持蒋介石“反攻大陆”。

1951 年

本年，美国参议员诺兰夫妇访台。

本年，蒋介石开始在台湾实行“土地改革”，把公有的土地出售给农民，地款 10 年内偿还。

1952 年

1 月 1 日，蒋介石发表告全国军民书，号召推行社会、经济、文化、政治四大改造，进行反共反俄总动员。

9 日，美国总统杜鲁门与英国首相丘吉尔联合声明，指出英美对华政策虽异，唯仍合作对付中共。

8 月，宋美龄以“养病”为名，去美国为蒋氏政权争取外援，为期 8 个月。

10 月 10 日，国民党第七次代表大会在台北阳明山开幕。18 日，一致拥戴蒋介石连任中国国民党总裁。

11 月 7 日，美国大选揭晓，共和党艾森豪威尔当选总统，尼克松当选副总统。

本年，蒋介石为“反攻大陆”，提出了“文武合一”的教育方针。初级中学实行“童子军训练”，高级中学施行军训，并在海内外青年中组织“中国青年反共救国团”。

1953 年

1 月 20 日，艾森豪威尔正式就任美国总统，尼克松为副总统，杜勒斯为国务卿。当日，蒋介石电贺艾森豪威尔和尼克松。

2 月 2 日，艾森豪威尔在致美国国会的一份咨文中声称：“解除台湾中立化，不再限制‘中华民国’武装部队对大陆的行动。”5 日，蒋介石发表声明，盛赞说“实为美国最合理而光明的举措”，开始大肆叫嚣“反攻大陆”。

3 月，美国总统艾森豪威尔访问台湾，表明美国支持蒋介石集团。

4 月 17 日，宋美龄回到台湾，在“妇联会”3 周年纪念会上演讲。

11 月，美国副总统尼克松访问台湾，与蒋介石举行会谈后发表声明：“对台湾目前的实力亦感到骄傲。”

1954 年

3 月，台湾“国民大会”召开，修改“宪法”，台湾地区领导人可以无限期连任。大会选举蒋介石为台湾地区领导人，陈诚为台湾地区副领导人。20 日，台湾地区领导人蒋介石、台湾地区副领导人陈诚宣誓就职。蒋介石提名俞鸿钧任台湾地区行政管理机构负责人。

4 月，宋美龄赴美 6 个月，争取签订“共同防御协定”。

5 月6日，蒋介石乘峨嵋号军舰视察大陈岛，不久，大陈岛外围的鲠门、头门、田岙三岛即被解放军解放，大陈岛、一江山岛暴露在解放军的炮火射程之下。

9 月 9 日，美国国务卿杜勒斯访问台湾，蒋介石与杜勒斯为美国与台湾方面签订“共同防御协定”进行磋商。

10 月，宋美龄赶回台湾庆祝蒋介石 67 岁生日。

11 月，台湾当局领导人办公室根据蒋介石的指示，设立“‘光复大陆’设计研究委员会”，由陈诚任主任委员。

12 月 2 日，蒋介石和美国签署《共同防御条约》，美国图谋通过此条约使台湾“中立化”，由联合国“代管”。大陆方面提出质疑，并提出“解放台湾”。

1955 年

1 月，中国人民解放军解放一江山岛。

2 月 9 日至 25 日，中国人民解放军解放大陈岛等岛屿，浙江沿海岛屿全部解放。

1956 年

1 月 19 日，盘踞金门岛的蒋军向厦门地区村镇疯狂炮击，解放军给予猛烈还击。

9 月，宋美龄公开发表她的见解——《三十年来中国史略》。回顾“中华民国”30 年来的历史，为蒋介石大唱赞歌，也为其历史罪责开脱。

11 月7 日，美国大选揭晓，艾森豪威尔、尼克松当选连任总统、副总统。

本年，宋美龄协助蒋介石把其著述《苏俄在中国——中国与俄共三十年经历纪要》译成英文。

1957 年

11 月 11 日，美国第七航队在台湾南部海域进行大规模军事演习，宋美龄和蒋介石观看演习，宣布台湾海峡进入紧急作战状态。

1958 年

5 月下旬，宋美龄启程奔赴美国，争取美国人民支持蒋介石“反攻大陆”的计划，在美国住 14 个月。

7 月 9 日，宋美龄赴密歇根州安阿堡，接受美国密歇根大学授予的荣誉法学博士学位。

13 日，宋美龄赶往新奥尔良，探望癌症晚期的陈纳德将军。同日，接受了新奥尔良市金钥匙一把和名誉公民证书一张。27 日，65 岁的陈纳德去世。

15 日，艾森豪威尔总统及夫人在白宫设午宴款待宋美龄一行。

9 月 15 日，美国开始与中国在波兰华沙进行接触性谈判。中方要求美国从台湾撤兵，美方则主张中方首先停止对大陆沿海国民党占领的各岛的炮击。

10 月 23 日，美国国务卿杜勒斯率领代表团到台湾与蒋介石进行会谈，双方发表了一个联合公报。在美国的压力下，蒋介石放弃武力“反攻大陆”计划，改为采用三民主义的方式来完成“恢复中国自由的目标”。

从 1958 年至 1961 年，蒋介石开始大量引进外资，发展进出口贸易，并重点发展重工业。这三年时间，初步改变了台湾过去以农业为基础的经济结构。

1959 年

4 月 18 日，美国总统宣布国务卿杜勒斯因患癌症辞职，赫特继任国务卿。

1960 年

5 月，蒋介石第三次当选台湾地区领导人。

6 月，美国总统艾森豪威尔访问台湾，与蒋介石会谈。

11 月 8 日，美国大选揭晓，民主党肯尼迪和詹森当选正、副总统。

1961 年

4 月 6 日，蒋介石密令军方在台北县三峡山区设置“国光作业室”，指派台湾地区防务事务主管机关作战次长室执行官朱元琮担任主任。

5 月 14 日，美国副总统詹森抵台。15 日，詹森与蒋介石举行三次会谈后离台。行前发表公报，保证美不承认中共政权，并反对其进入联合国。

20 日，蒋介石、宋美龄、陈诚等人观看台湾军队试射“胜利女神”导弹。

1962 年

11 月 13 日，国民党召开八届五中全会，会议决定三大任务，其中首要任务是进行“反攻复国”的动员与准备。

1963 年

7 月 25 日，宋美龄陪同蒋介石和其他高级军政官员登上美航母“星座号”参观。

8 月 14 日，美国驻台湾美援公署长白慎士在美宣称：美援贷款自下半年起缩减，并在四年内停止援助。

11 月 12 日，国民党在台北召开第九次代表大会，正式确立了“反攻复国总体战”策略。

1964 年

10 月 16 日，我国第一枚原子弹试爆成功。蒋介石一度欲以强烈的武装反制行动，摧毁大陆的核弹设施。

11 月 4 日，美国大选揭晓，詹森、汉弗莱分别当选总统、副总统。

1965 年

1 月 13 日，蒋介石任命蒋经国为台湾地区防务事务主管机关负责人。

5 月 14 日，我国第二颗原子弹爆炸成功。

7 月 20 日，李宗仁冲破艰难险阻从美国回到中国。

8 月 6 日，我海军击沉美制蒋军大型猎潜舰“剑门号”和小型猎潜舰“章江号”。

22 日到 1966 年 10 月，蒋介石派宋美龄到美国进行访问，在各种场合讲话达 20 次之多，这是宋美龄最后一次以“第一夫人”的身份出现在华盛顿。

25 日，宋美龄答美国记者问时说：“金门、马祖的价值重大，国民党军队一定死守到底，对大陆的行动很成功。”

9 月，蒋介石派台湾地区防务事务主管机关负责人蒋经国访问美国，会谈中美共同关切的问题。

11 月 14 日，我海军击沉美制蒋军护航炮舰“永昌号”，击伤大型猎潜舰“永泰号”。

本年，美国终止对台湾的直接军事援助，而以贷款形式采购美国物资。

1966 年

3 月 21 日，蒋介石第四次当选台湾地区领导人。蒋在就职文告中说：“一日不收复大陆，一日誓不甘休。”因陈诚去世，严家淦任台湾地区副领导人。

4 月，宋美龄在美国做胆结石手术。

18 日，宋美龄在美国底特律发表演说，称“中共正在准备核战争，美国切不可撒手不管，必须先发制人，摧毁中共的核武器系统”。

9 月 30 日，宋美龄在美国接连发表演说，称“大陆‘文化大革命’是自杀的开始，美国对中共的扩张必须采取坚强的对策”。

10 月 26 日，宋美龄回台湾。

27 日，我国进行导弹核武器试验成功。

1967 年

5 月，蒋介石派台湾地区副领导人严家淦访问日本。

6 月 17 日，我国第一颗氢弹爆炸成功。

9 月 7 日，日本首相佐藤荣作访问台湾。8 日，蒋介石与佐藤会谈时，鼓动日本加强防卫力量，及早消灭“共匪”。

11 月 17 日，蒋介石派台湾地区防务事务主管机关负责人蒋经国访问日本。

本年，蒋介石颁布第一道台湾教育改革训令。从本年起，把台湾过去实行的六年制义务教育改为九年制义务教育。

1968 年

3 月 14 日，蒋介石指示台湾地区行政管理机构兴建大钢铁厂，建设南北直达公路。

4月19日，台湾地区教育主管部门根据教育改革训令，制定并宣布革新教育四项措施；加强推行职业教育，增加留学生名额，改进大专联考教育，准办二年制专科学校。

6月5日，台湾省政府向亚洲银行贷款新台币一百亿元，建设全省南北直达公路。

11月6日，美国大选揭晓，共和党尼克松、安格纽当选总统、副总统。

1969年

1月30日，李宗仁在北京病逝，享年78岁。

2月25日，宋子安因脑溢血在香港病逝，享年63岁。

3月29日，国民党第十次代表大会在台北阳明山举行。蒋介石说这次会是"党政革新"，在国民党领导层真正完成了改组，实际上是为蒋经国接班铺平道路。

7月初，蒋介石与宋美龄在往阳明山官邸避暑途中遇车祸，蒋介石多处受伤，宋美龄腿部受伤。

1970年

4月24日，我国成功发射第一颗人造地球卫星。

本月，蒋介石派台湾地区行政管理机构新任副院长蒋经国访问美国，了解美国对华外交政策。蒋经国与尼克松会晤，未得到美国的任何承诺。

1971年

2月2日，台湾省第一座自行设计之微功率核子反应器建造成功。

21日，陈洁如在香港去世，享年64岁。

4月25日，宋子文在美国旧金山去世，享年77岁。

10月25日，第26届联合国大会以压倒多数通过决议，恢复中华人民共和国在联合国的一切合法权利，并立即将蒋介石集团的代表从联合国的一切机构中驱逐出去。

1972 年

2 月 21 日，美国总统尼克松访问中国，打开了与中国交往的大门。

3 月 21 日，蒋介石当选为第五届台湾地区领导人，提名蒋经国出任台湾地区行政管理机构负责人。

本月，蒋介石因前列腺肥大动手术，后转成慢性前列腺炎的宿疾。

10 月 31 日，台湾南部横贯公路竣工，正式通车。

1973 年

11 月 29 日，台湾地区行政管理机构负责人蒋经国作《行政工作口头报告》，宣布台湾九大工业建设计划，即：南北高速公路、台中港、北回铁路、苏澳港、石油化学工业建设、高雄大钢厂、高雄大造船厂、铁路电气化和桃园国际机场。总投金额为 64 亿美元。

1974 年

6 月 16 日，蒋介石派蒋经国主持庆祝“黄埔军校”建校五十周年活动。

12 月 28 日，台湾建设核能第三厂，向美银行贷款近 5 亿美元。

1975 年

3 月 29 日，蒋介石口授遗嘱，由国民党中央副秘书长秦孝仪执笔记录。

4 月 5 日，蒋介石在台湾台北去世，享年 88 岁。

4 月 9 日，蒋介石灵柩移至国父纪念馆。4 月 16 日，宋美龄在蒋经国、蒋纬国的陪侍下参加了“奉厝大典”。

28 日，台湾国民党全体中央委员举行会议，修改党章，规定国民党最高领导人的称呼改用“主席”。党“总裁”的名义，永远留给蒋介石，他人不得再用。会议推举蒋经国担任国民党中央委员会主席。

9 月 17 日，宋美龄赴美国就医，行前，发表了《书勉全体国人》的告别词。

1976 年

4 月 2 日，蒋介石去世一周年之际，宋美龄特意返台小住 4 个月。

10 月，宋美龄在纽约公开发表了长达 4 万字的文章——《与鲍罗廷谈话的回忆》。

1978 年

3 月 21 日，蒋经国当选台湾地区领导人。

1981 年

4 月 5 日，宋美龄就蒋介石去世 5 周年发表文章称“台湾在逆境成长，台湾实力大增”。

5 月 29 日，宋庆龄在北京逝世，享年 88 岁。中国为她举行国葬，治丧委员会向宋美龄发出邀请，宋美龄无回应。

1984 年

年初，美国作家斯特林 · 西格雷夫撰写的《宋家王朝》一书出版，在美国引起轰动。

1986 年

10 月 25 日，宋美龄在蒋经国三公子蒋孝勇的陪侍下，自纽约搭乘中华航空公司包机返回台北。30 日，宋美龄在蒋经国夫妇及家人的陪同下，到台北西南的大溪慈湖为蒋介石扫墓，次日出席台北“中正纪念堂”举行的蒋介石百年诞辰纪念大会。

1987 年

本年，宋子良在美国纽约去世，享年 88 岁。

1988 年

1 月 13 日，蒋经国在台湾去世，享年 78 岁。宋美龄主持遗嘱签字仪式。

26 日，宋美龄致函国民党中央秘书长李焕，提出此时选举国民党代主席时机不当，现应缓议的建议。27 日，国民党中常会拒绝宋美龄的建议，通过了由李登辉代理国民党主席的决定。

7 月 8 日，宋美龄亲临国民党第十三次代表大会会场，请李焕代为宣读她的《老干新枝》讲话稿。

1989 年

1 月 31 日，美国大夫哈比夫到台湾，为宋美龄做卵巢瘤根除手术。

4 月 14 日，蒋经国的长子蒋孝文去世，享年 54 岁。

1991 年

7 月 1 日，蒋经国的次子蒋孝武去世，享年 46 岁。

9 月 21 日，94 岁的宋美龄乘飞机直飞纽约，时任台湾地区领导人李登辉、台湾地区副领导人李元簇夫妇送行。台北士林官邸，也随之彻底关闭。

1994 年

9 月 8 日，97 岁高龄的宋美龄回台湾，探望生命垂危的外甥女孔二小姐孔令俊，在台湾停留 10 天返回美国。

1995 年

7 月 26 日，适逢二次大战结束 50 周年纪念，98 岁的宋美龄在家人的陪伴下应邀连续参加了美国国会向她致敬的酒会和台北驻美代表在双橡园举行的茶会，并在国会山庄接受致敬时，发表简短谈话。

8 月 23 日，蒋纬国写给冯玉祥次子冯洪志的信中，坚决反对“台独”，受到民进党打击。

1996 年

2 月 24 日，蒋经国和章亚若生的儿子章孝慈在台北去世，享年 54 岁。

3 月，99 岁的宋美龄到美国纽约大都会艺术博物馆“中华奇观”预展现场。台北故宫博物院有约 450 件珍品在展会上展出。

12 月 20 日，宋美龄在台湾奉安移灵小组所拟的方案上，以红笔批了“同意”二字，由此，台湾有关方面做成了将蒋介石、蒋经国“先在台湾国葬，等统一后再迁葬大陆”的决定。

22日，蒋经国的三儿子蒋孝勇因癌症在台湾去世，享年48岁。

1997年

3月20日，宋美龄在美国曼哈顿家中庆祝百岁华诞。台湾国民党组织祝寿团一行12人前往美国纽约祝贺。李登辉捎来了贺函和贺礼。

9月23日，蒋纬国由肺炎感染败血症在台湾去世，享年81岁。

2000年

3月17日，在蒋、宋、孔三代子孙的陪伴下，宋美龄在纽约曼哈顿的寓所欢度她103岁生日。宋美龄已表示，自己的一切将交给上帝，身后不与蒋介石奉厝台湾。

9月8日，宋美龄重新办理国民党党员登记，成为国民党终身党员。

2002年

3月25日，宋美龄在她的纽约寓邸里欢庆105岁生日。

2003年

3月14日，宋美龄过完106岁寿诞不久，因肺炎住院。又隔几个月，因感冒，又有肺炎症状，最终在美国当地时间10月23日23时17分（北京时间24日11时17分）在美国逝世。

10月24日，时任全国政协主席贾庆林给宋美龄亲属唁电，对宋美龄女士逝世表示深切哀悼。

11月5日，宋美龄的追思礼拜在纽约曼哈顿中城公园大道上的曼哈顿圣巴托罗缪大教堂举行。台湾国民党、亲民党、新党及“妇联会”成立联合治丧会议，并派团赴美参加宋美龄女士的追悼会。中国驻美大使杨洁篪受全国政协的委托参加吊唁活动。

本书征引参考的著作、资料、文章目录

1. 王舜祁著 . 早年蒋介石［M］. 北京：团结出版社，2008 年 11 月版 .

2. 董显光著 . 蒋“总统”传［M］. 台北市：中华文化出版社，1960 年 10 月版 .

3. 王德胜编 . 蒋“总统”年表［M］. 台北市：世界书局，1982 年 2 月版 .

4. 杨天石著 . 找寻真实的蒋介石：蒋介石日记解读 1［M］. 重庆：重庆出版社，2015 年 9 月版 .

5. 杨天石著 . 找寻真实的蒋介石：蒋介石日记解读 2［M］. 北京：华文出版社，2010 年 6 月版 .

6. 杨天石著 . 蒋氏密档与蒋介石真相［M］. 北京：社会科学文献出版社，2002 年 2 月版 .

7. 曾景忠编注 . 蒋介石家书日记文墨选录［M］. 北京：团结出版社，2010 年 1 月版 .

8. 张宪文、方庆秋主编 . 蒋介石全传［M］. 北京：人民出版社，2010 年 12 月版 .

9. 王晓华、张庆军主编 . 蒋介石的家事与国事［M］. 北京：团结出版社，2010 年 5 月版 .

10. 刘红著 . 蒋介石大传［M］. 北京：团结出版社，2001 年 2 月版 .

11. 尹家民著 . 从黄埔到草山：蒋介石沉浮岁月［M］. 北京：华文出版社，2002 年 1 月版 .

12. 李敖著 . 蒋介石研究（中）［M］. 北京：中国友谊出版公司，2010 年 7 月版。

13. 陆卫明等著 . 蒋介石的外交秘闻［M］. 长春：吉林人民出版社，1999 年 4 月版 .

14. 张庆军著 . 蒋介石信函密档［M］. 北京：台海出版社，2013 年 3 月版 .

15. 罗敏主编 . 中华民国史研究（第 1 辑）：蒋介石的日常生活［M］. 北京：社会科学文献出版社，2015 年 11 月版 .

16. 方靖口述，方知今整理 . 六见蒋介石［M］. 长沙：湖南人民出版社，1985 年 11 月版 .

17. 沈醉等著 . 亲历者讲述・蒋介石［M］. 北京：中国文史出版社，2013 年 5 月版 .

18. 江涌主编 . 蒋介石的真实侧影［M］. 北京：中国文史出版社，2013 年 12 月版 .

19. 李松林著 . 蒋介石的晚年岁月［M］. 北京：团结出版社，2014 年 1 月版 .

20. 陈廷一著 . 蒋氏家族全传［M］. 北京：中国青年出版社，2013 年 5 月版 .
21. 张振华编著 . 民国第一家庭——蒋氏家族［M］. 北京：中国文史出版社，2013 年 11 月版 .
22. 金国编著 . 蒋介石与蒋经国、蒋纬国［M］. 北京：东方出版社，2009 年 7 月版 .
23. 江南著 . 蒋经国传［M］. 北京：中国友谊出版公司，1987 年 3 月版 .
24. 陈冠任著 . 蒋氏父子［M］. 北京：东方出版社，2004 年 3 月版 .
25. 陈洁如著 . 我做了七年蒋介石夫人——陈洁如回忆录［M］. 北京：团结出版社，1992 年 12 月版 .
26. 宋美龄著 . 宋美龄回忆录［M］. 北京：东方出版社，2010 年 11 月版 .
27. 袁伟、王丽平选编 . 宋美龄自述［M］. 北京：团结出版社，2004 年 1 月版 .
28. 陈廷一著 . 宋美龄全传［M］. 青岛：青岛出版社，2001 年 10 月版 .
29. 张紫葛著 . 在宋美龄身边的日子［M］. 北京：中国人民大学出版社，2013 年 10 月版 .
30. 刘毅政编著 . 宋美龄评传［M］. 北京：华文出版社，2000 年 9 月版 .
31. 何虎生、于泽俊编著 . 宋美龄大传［M］. 北京：华文出版社，2002 年 1 月版 .
32. 阳雨、张小舟著 . 宋美龄的外交生涯［M］. 北京：团结出版社，2007 年 1 月版 .
33.［美］汉娜·帕库拉著，林添贵译 . 宋美龄传［M］. 北京：东方出版社，2012 年 1 月版 .
34. 王丰著 . 宋美龄台湾生活私密录［M］. 北京：作家出版社，2013 年 1 月版 .
35. 佟静著 . 晚年宋美龄［M］. 合肥：安徽人民出版社，1998 年 12 月版 .
36.［美］斯特林·西格雷夫著 . 宋家王朝（全译本）［M］. 澳门：星光书店，1985 年 10 月版 .
37. 陈廷一著 . 宋氏家族全传［M］. 北京：中国青年出版社，2013 年 5 月版 .
38. 张振华编著 . 民国第一豪门——宋氏家族［M］. 北京：中国文史出版社，2013 年 11 月版 .
39. 刘家泉著 . 宋庆龄传［M］. 北京：中国文联出版公司，1988 年 10 月版 .
40. 张长江等编著 . 蒋介石宋美龄在南京的日子［M］. 北京：华文出版社，2003 年 5 月版 .
41. 江涛、刘芳编著 . 蒋介石宋美龄在重庆的日子［M］. 北京：华文出版社，2003 年 5 月版 .
42. 李义彬著 . 西安事变史略［M］. 北京：社会科学文献出版社，2016 年 5 月版 .
43. 李宗仁著 . 李宗仁回忆录［M］. 南宁：政协广西壮族自治区委员会文史资料研究委

员会发行，1980 年 6 月版 .
44. 王泰栋著 . 蒋介石的国策顾问陈布雷外史［M］. 北京：中国文史出版社，1988 年 4 月版 .
45. 陈公博著 . 苦笑录［M］. 北京：现代史料编刊社，1981 年 4 月版 .
46. 中国人民政治协商会议浙江省奉化县委员会文史资料研究委员会编 . 奉化文史资料（第一、二辑）［M］. 奉化县：地方国营奉化印刷厂印，1985 年版 .
47. 中国人民政治协商会议浙江省委员会文史资料研究委员会编 . 浙江文史资料选辑（第二十三辑：蒋介石史料）［M］. 浙江人民出版社，1985 年 3 月版 .
48. 中国人民政治协商会议江苏省委员会文史资料研究委员会编 . 江苏文史资料选辑（第五、九辑）［M］. 南京：江苏人民出版社，1982 年版 .
49. 中国人民政治协商会议江苏省委员会文史资料研究委员会编 . 江苏文史资料选辑（第十五辑）［M］. 南京：江苏古籍出版社，1984 年 9 月版 .
50. 张向明 . 抗日战争时期苏联对华援助［J］. 炎黄春秋，2017，（1）：62–65.
51. 熊斌 . 重庆谈判后期毛泽东为何迅速离渝［J］. 炎黄春秋，2017，（1）：26–28.
52. 胡卓然 . 给西南联大留下奖学金的抗日烈士［J］. 炎黄春秋，2017，（1）：90–93.
53. 张祖龚 . 蒋介石与战时“是盟非友”的中英关系——以“结盟基础”为中心［A］；中外学者论蒋介石：蒋介石与近代中国国际学术研讨会论文集［C］. 杭州：浙江大学出版社，2013：232–247 页 .
54. 杨天石 .“近代探幽系列”3：蒋介石日记解读与宋美龄的婚后生活［J］. 文史参考，2010，（6）：44–47.
55. 夏蓉 . 皖南事变前后宋美龄与蒋介石的“离合”［J］. 学术研究，2016，（6）：135–143.
56. 杨天石 . 蒋介石与宋美龄闹“分居”［J］. 文史博览，2016，（1）：19.
57. 宋时娟 . 美国韦尔斯利学院藏宋美龄档案介绍——以米尔斯档案为中心［J］. 史林，2014，（1）：183–188.
58. 唐玲玲、周伟民 . 从《中华民国国父实录》解读宋耀如与孙中山的关系［J］. 海南师范大学学报，2010，（2）：117–122.
59. 余菁 . 同志、朋友、翁婿——孙中山与宋耀如［A］；孙中山：历史 · 现实 · 未来国际学术研讨会论文集［C］. 上海：中国福利会出版社，2006：1–11 页 .

60. 朱永琳 . 襄助孙中山革命的宋耀如［A］；近代中国（第八辑）［C］. 上海：立信会计出版社，1998：190-205 页 .
61. 连若雪 . 宋耀如简评［J］. 复旦学报，1989，（3）：79-83.
62. 胡欢欢 . 简论蒋介石与基督教［J］. 大庆师范学院学报，2013，（4）：132-134.
63. 张庆军、孟国祥 . 蒋介石与基督教［J］. 民国档案，1997，（1）：77-83.
64. 裴京汉 . 蒋介石与基督教——日记里的宗教生活［A］；民国人物与民国政治［C］. 北京：社会科学文献出版社，2009：277-289.
65. 王侃 . 从台湾史料看蒋介石"反攻大陆"政策之演变［J］. 史学月刊，2005，（6）：125-128.
66. 王光远 . 蒋介石皈依基督教［J］. 文史精华，1996，（9）：45-48.
67. 陈蔚 . 论蒋介石宗教信仰的转变［J］. 学理论，2010，（29）：115-116.
68. 窦应泰 . 赴港台发掘宋美龄历史资料的经过［J］. 钟山风雨，2015，（1）：4-10.
69. 许月瑛 . 菊花无情毋忘国耻［J］. 亚洲週刊，1994 年 11 月 6 日封面专题 .
70. 史事挖掘机 . 宋美龄驾鹤西去留下四大惊人谜团：至今令人无解［EB/OL］.http：//www.diyitui.com/content-1476864014.59208013.html，2016-10-20.
71. 新华网 . 人物：跨越三个世纪的宋美龄（组图）［EB/OL］.http：//news.sina.com.cn/c/2003-10-24/13341989932.shtml，2003-10-24.